Elke Schwab

Kullmanns letzter Fall

Elke Schwab

Kullmanns letzter Fall

Ein Saarlandkrimi

CONTE
KRIMI

Bibliografische Information Der Deutschen Bibliothek
Die Deutsche Bibliothek verzeichnet diese Publikation in der Deutschen Nationalbibliographie; detaillierte bibliografische Daten sind im Internet über http://dnb.ddb.de abrufbar.

ISBN: 978-3-936950-71-7

Am Ludwigsberg 80-84
66113 Saarbrücken
Tel: 0681/416 24 28
Fax: 0681/416 24 44
E-Mail: info@conte-verlag.de
www.conte-verlag.de

Umschlagentwurf: Gepa Schwickerath
Druck und Bindung: PRISMA Verlagsdruckerei, Saarbrücken

Der Winter kündigte sich regnerisch an. Wie schon seit Wochen blieb auch heute der Himmel hinter schweren, grauen Wolken versteckt, die das wenige Tageslicht in sich aufsogen. Der Feierabend konnte erst nach dem Einbruch der Dämmerung beginnen. Und wenn man danach etwas zu erledigen hatte oder nach Hause kam, war es schon nächtlich dunkel.

Walter Nimmsgern konnte seine Freude kaum zügeln, weil er schon seit Monaten an dem Fall Luise Spengler gearbeitet hatte. Zäh hatte er seine Idee verfolgt, der Weg zur Lösung lag ihm klar vor Augen, es fehlte nur dieses Ergebnis. Das würde das letzte Mosaiksteinchen sein, das seine Mühen krönte. Nimmsgern ärgerte sich jedoch darüber, dass ausgerechnet heute Kullmann nicht im Haus war. Deshalb musste er den Bericht mit nach Hause nehmen. Nur dort war er gut aufgehoben. Er wusste, dass er ausschließlich Kullmann seine Beweise vorlegen durfte, um ihm damit unmissverständlich klar zu machen, wem die Lösung des Falles zu verdanken war. Nimmsgern stellte sich die Szene vor, wie er vor seinem Chef mit diesem letzten Beweisstück auftauchte, nach dem dieser lange verzweifelt gesucht hatte. Nimmsgern war dessen nervöser Eifer von Anfang an nicht entgangen; er vermutete, dass persönliche Gründe in diesem Fall mitspielten, was der Alte niemals zugeben würde. Was würde sein Chef für Augen machen! Eine kindliche Vorfreude berührte Nimmsgern mit der Gewissheit, dass dann endlich gesehen würde, wie erfolgreich er arbeitete.

Auf dem schwach beleuchteten Innenhof steuerte er seinen Wagen an und ließ sich in die abgewetzten Polster sinken. Jetzt überfiel ihn eine fast schmerzhafte Müdigkeit; die letzten Tage hatten ihn sehr gefordert, er konnte nur mit äußerster Mühe seinen baldigen Triumph hinter einer freundlichen Fassade verbergen. Jetzt erst mal richtig ausschlafen...

Seinen Wagen steuerte er bedächtig auf den Heimweg. Verstohlen erlaubte er sich einen gelegentlichen Blick auf den Beifahrersitz, auf dem der graue Umschlag lag. Er kannte das Verbot, dienstliche Dokumente aus der Dienststelle zu entfernen. Aber er vertraute nicht mehr auf die Sicherheit der amtlichen Schreibtischschlösser. Eine bittere Erfahrung hatte sogar Kullmann vor einiger Zeit machen müssen, aus dessen Schreibtisch in einer Nacht- und Nebelaktion die wichtigsten Unterlagen kurz vor dem Abschluss eines Falls gestohlen worden waren. Außerdem saß Hübner in den Startlöchern, um sich für den ersten Platz der anstehenden Beförderung zu empfehlen. Hübner war so karrieregeil, dass er das entscheidende Ergebnis bestimmt als seinen Verdienst darstellen würde. Er hatte keinerlei Skrupel, sich auf den Lorbeeren anderer auszuruhen. Auch seinem Teamkollegen Horst Esche traute er nicht über den Weg, wenn es ans Eingemachte ging. Er riss ähnlich wie Hübner alles an sich, weil er immer im Mittelpunkt stehen musste. Nimmsgern verachtete für sich diese eitlen und rücksichtslosen Selbstdarsteller, die den Namen Kollegen nicht verdient hatten. Heute fühlte er sich endlich sicher, dass nur er die Beförderung verdient hatte. Jetzt hatte er die große Chance. Mit dem Ergebnis der Fingerabdrücke wollte er allein die Ernte einfahren. Mit dieser Trumpfkarte musste Kullmann ihm die Türen für seine Beförderung öffnen. Dann wäre er nicht mehr fünftes Rad am Wagen, niemand würde ihn mehr unterschätzen. Und der aufkommende Neid seiner abgehängten Konkurrenten wäre ihm Beweis für seine Tüchtigkeit und seinen Triumph.
Nach den letzten Häusern mündete der Rotenbühler Weg in eine asphaltierte Straße, die durch ein Waldstück führte, das er wie seine Westentasche kannte. Diese Strecke war für den Durchgangsverkehr nicht erlaubt. Aber Nimmsgern kannte den Förster des Stadtwaldes am Schwarzenberg und hatte

sich mit ihm geeinigt, weil er auf die Abkürzung zu seinem Wohnhaus in Dudweiler nicht gerne verzichten wollte. Als er dort einbog, begann sein Auto plötzlich zu stottern. Tuckernd fuhr er noch einige Meter, bis der Motor völlig erstarb und das Auto liegen blieb. Verärgert versuchte er, neu zu starten, aber der Motor wollte nicht mehr anspringen. Nimmsgern schaute sich um und musste widerstrebend feststellen, dass alles stockdunkel um ihn herum war. Er befand sich ganz tief im Wald – weit und breit keine Zivilisation!

Nach einigem Zögern steckte er seine SigSauer 9mm in die Jackentasche, man konnte ja nie wissen. Den Bericht der Spurensicherung steckte er in die andere Tasche. Er stieg aus und schob seinen Wagen an den Seitenrand.

Es war so dunkel, dass er die Hand vor Augen nicht sehen konnte. Langsam setzte er sich in Bewegung, wobei er auf seine Schritte achten musste, denn der Straßenrand war schadhaft und unbefestigt. Manchmal geriet er mit seiner Leibesfülle etwas ins Stolpern, konnte sich aber fangen.

Vielleicht gehörte diese letzte Anstrengung mit zu diesem Tag, als Spiegel seiner vergangenen Mühen, die er ganz alleine und gegen die schwierigsten Hindernisse bewältigt hatte. Er glaubte das Knistern des Papiers zu hören, das unter seiner Jacke gut verwahrt war. Das ermunterte ihn gegen seine Müdigkeit anzugehen, diese dümmliche Panne zu meistern. Das Papier war das Sprungbrett und die Garantie für seinen bevorstehenden Erfolg.

Plötzlich hörte er ein Knacken hinter sich. Erschrocken drehte sich Nimmsgern um, konnte aber nichts erkennen.

„Ist da jemand?“ rief er.

Statt einer Antwort hörte er wieder das Knacken von Ästen. Rehe konnten das keine sein, das ahnte Nimmsgern. Das Knacken war so laut, dass es ein schwerer Körper sein musste, der auf die Äste trat. Es blieb ihm keine Zeit, darü-

ber nachzudenken. Wenn er hier mitten im Dunklen verharrte, gäbe er ein leichtes Opfer ab. Durch diese Erkenntnis angespornt beeilte Nimmsgern sich, dort wegzukommen. Zum ersten Mal in seinem Leben spürte er, dass ihm sein Übergewicht sehr zum Nachteil werden konnte. Es ging sehr schnell, da bekam er schon keine Luft mehr, aber er wollte sein Tempo nicht verringern. Seine Beine packten ihn nicht mehr und er begann ständig zu stolpern. Sein Kopf dröhnte und trotzdem hörte er in aller Deutlichkeit, dass das Knacken der Äste ihm im gleichen Abstand folgte. Sein Verfolger hatte mit ihm ein leichtes Spiel.
Endlich gelangte er an eine Lichtung. Der Vollmond spendete so viel Licht, dass Nimmsgern etwas sehen konnte. Er zog seine SigSauer aus der Jackentasche, hielt sie mit beiden Händen fest, nach Vorschrift ganz dicht am Körper, jederzeit zum Einsatz bereit. Hastig drehte er sich um und zielte. Aber das einzige, was er sah, war ein Schatten, der in einem Dickicht verschwand.
„Polizei! Bleiben Sie stehen, oder ich schieße!"
Hinter dem Dickicht bewegte sich nichts mehr, und so verzweifelt Nimmsgern auch versuchte, dort etwas zu erkennen, fand er nichts. Angestrengt starrte er weiter in die Richtung, wo er den Schatten gesehen hatte. Vergebens. Nichts war zu hören, nichts zu erkennen. Sein Kopf bewegte sich ruckartig hin und her, um das Blickfeld zu weiten. Seine Augen blieben endlich an einem dicken Baumstamm hängen. Bewegte der sich nicht, wölbte der sich nicht zur Seite, mal links, mal rechts? Der Stamm schien sich schattenhaft zu verformen.
„Legen Sie die Hände hinter den Kopf und kommen Sie langsam hinter dem Baum hervor!"
Nichts bewirkte diese Aufforderung. Nimmsgern wollte soeben seinen Befehl wiederholen, da löste sich der Schatten von dem Baumstamm und verschwand in ein tiefschwarzes

Dickicht. Nimmsgern konnte unmöglich von seiner Waffe Gebrauch machen. Niemand bedrängte ihn unmittelbar, dass er sich auf Notwehr berufen könnte. Er jagte möglicherweise einem Phantom hinterher.

Als wenn sein unsichtbarer Gegner seine Gedanken lesen könnte, vernahm Nimmsgern von weitem ein leises Kichern.

Gänsehaut kroch ihm über den Nacken. Mit wem hatte er es zu tun? Die Liste seiner Verwandten und Bekannten raste blitzschnell an ihm vorbei. Gab es einen Streit, der Rache forderte, ein Kriegsbeil, das ausgegraben werden musste? Niemand fiel ihm ein, der ihm Böses antun wollte. Und diejenigen, die nicht sehr glücklich über seine Ergebnisse sein würden, konnten unmöglich Wind von seinen Recherchen bekommen haben.

Aber bald würde eine Bombe einschlagen. Dann würden die Karten neu gemischt. Er würde sich ein unvergessliches Denkmal setzen können.

Also, wer blieb da noch?

Sabotage! , schoss es ihm durch den Kopf. Aber das war doch unmöglich. Wie hätte jemand sein Auto so manipulieren können, dass es ausgerechnet an dieser Stelle stehen blieb?

Angestrengt versuchte Nimmsgern eine Bewegung hinter der Dornenhecke auszumachen, aber wieder nichts. Sein Verfolger trieb ein makaberes Spiel mit ihm und war ihm haushoch überlegen.

Plötzlich erblickte er eine Gestalt, die sich blitzschnell in Bewegung setzte. Ein mühsam herausgepresstes „Halt! Stehen bleiben!“ konnte den Anderen nicht aufhalten. Er holzte durch das Gestrüpp, wobei er gelegentlich tierische Schreie ausstieß! Nimmsgern wagte kaum zu atmen. Staunend lauschte er dem Treiben hinterher, bis es abebbte. Die alte Stille umfing ihn wieder wie eine klamme Rüstung. Sollte

das das Ende des Spuks sein, sollte seine Angst ein Ende finden? Eine schlaffe Erleichterung überkam ihn. Er sog tiefer die kalte Luft ein, wie um verlorene Kraft aufzutanken.
Nach einer Weile setzte er seinen Weg fort. Erleichtert steckte er seine Waffe in seine Jackentasche zurück.
Aber es dauerte nicht lange, da tauchte im Schein einer Straßenlaterne ein Mann vor ihm auf. Nimmsgern zuckte zusammen, weil er sich schon in Sicherheit geglaubt hatte. Als er das Lachen des Mannes hörte, erkannte er ihn. Wütend über die Frechheit dieses Kerls, ihn in der Stunde größter Lebensgefahr auch noch auszulachen, schimpfte er: „Was tust du hier? Willst du dich an meinen Angstzuständen weiden?"
Sein Gegenüber lachte einfach weiter.
„Um mir zu helfen, bist du doch bestimmt nicht hier!"
Der Andere lachte leise weiter, kaum hörbar, trat ohne Hast auf ihn zu und tat etwas völlig Unvorhergesehenes. Plötzlich, ohne dass Nimmsgern verstand, wie das überhaupt möglich war, schaute er in den Lauf seiner eigenen Waffe.

*

Wie oft hatte Anke schon die Akte studiert? Der zündende Gedanke wollte einfach nicht kommen, wie es bei Arthur Conan Doyles Hauptfigur Sherlock Holmes immer im entscheidenden Moment funktionierte. Seit neun Monaten wurde schon der Todesfall von Luise Spengler in ihrer Abteilung bearbeitet, und sie waren noch keinen Schritt weitergekommen. Im August des vergangenen Jahres war Luise aus dem Fenster ihres Schlafzimmers in den Tod gestürzt. Selbstmord kam nicht in Frage, weiter waren sie mit ihren Ermittlungen nicht gekommen. Aber wie sollten sie noch

nach so langer Zeit zweifelsfrei feststellen können, dass Mord vorlag und kein tragischer Unfall? Ihr Vorgesetzter, Norbert Kullmann, war von dem Gedanken geradezu besessen, dass Luise Spengler aus dem Fenster gestoßen worden war. Und seine Hartnäckigkeit hatte sie kennen gelernt. Dagegen war kein Kraut gewachsen. Also musste sie darauf hoffen, auf Indizien zu stoßen, da es nach so langer Zeit wohl kaum noch Beweise gab.
Seufzend erhob sie sich, stellte sich ans Fenster, das zur Straße lag, und beobachtete die Menschen, die geschäftig dort vorbeieilten. Der Frühling zeigte sich von seiner schönsten Seite; die Sonne schien, die Temperaturen waren herrlich angenehm. Bei dem Anblick der Menschen, die ausgelassen und gut gelaunt durch die Straße gingen, bekam Anke das trügerische Gefühl, alles sei unbeschwert und heiter. Aber wenn sie sich umdrehte und in die Büroräume schaute, insbesondere auf die Arbeit, die auf ihrem Schreibtisch lag, beschlich sie das Gefühl, dass der Schein trog.
Vor einem halben Jahr, im November des letzten Jahres, war ein Kollege aus der Abteilung, Walter Nimmsgern, auf dem Nachhauseweg erschossen worden. Dieses schreckliche Ereignis hatte sie alle aus dem Gleichgewicht gebracht, weil dadurch allen vor Augen geführt wurde, welchen Gefahren sie wirklich ausgesetzt waren. Das Bild, das Verbrechen geschehe an wildfremden Menschen und die Kollegen seien nur dafür da, es aufzuklären, war damit heftig ins Wanken geraten. Es konnte alle treffen, wie sie hautnah erleben mussten, auch einen Kollegen der Polizei. Besonders belastend wirkte es sich noch dadurch aus, dass es von dem Täter nicht die geringste Spur gab. Im Laufe der Zeit hatte sich die Verunsicherung in der Abteilung zwar etwas gelegt, aber eine schwelende Angst war zurückgeblieben. Bei ungewöhnlichen Geräuschen drehte Anke sich oft erschrocken um und fürch-

tete, dass sie die Nächste sein könnte. Die Tatsache, dass der Fall nicht aufgeklärt war und vor allem, dass die Kollegen noch keinen Schritt weitergekommen waren, schürte diese Angst. Das Entmutigende war, dass ausgerechnet in diesem Fall, der Anlass zu besonders intensiven Ermittlungen sein sollte, keinerlei Hinweise auf das Motiv, geschweige denn auf einen möglichen Verdächtigen gefunden werden konnten. Sie tappten im Fall Nimmsgern völlig im Dunkeln. Das bedeutete, dass es zwei unaufgeklärte Todesfälle in ihrer Abteilung gab, eine Bilanz, die nicht nur nicht vorzeigbar, sondern auch gerade für Kullmann besonders erschütternd war, weil er ausgerechnet in diesem Herbst in Pension gehen wollte. Mit Sicherheit wollte er seine vierzigjährige Dienstzeit nicht mit zwei unaufgeklärten Mordfällen abschließen. Eine derart unbefriedigende Situation hatte es in seiner langen Dienstzeit noch nicht gegeben.

Als sie so ihren Gedanken nachhing, erinnerte sie sich wieder daran, dass Nimmsgern bis zu seinem Tod an dem Fall Luise Spengler gearbeitet hatte und regelrecht davon besessen war, gute Ergebnisse zu bringen. Es tauchten Bilder an seinen letzten Tag auf, bevor er erschossen worden war. Nimmsgern hatte ihr vor seinem Weggang noch von einer unheimlich wichtigen Spur vorgeschwärmt, die endlich zu Luise Spenglers Mörder führen würde. Es war schon immer seine Art gewesen, in Rätseln zu sprechen. Sie erlebte ständig, dass er seine Kollegen auf Distanz hielt. Nimmsgern wirkte immer unnahbar und abweisend, was wohl mit den ständigen Hänseleien der Kollegen über seinen unersättlichen Hunger zu tun hatte. Wer weiß, vermutlich war er selbst unglücklich darüber, und alle hatten kräftig in dieser Wunde gerührt. Deshalb gab es niemanden, dem er sich anvertraut hätte; so hatte er vermutlich sein Geheimnis mit ins Grab genommen.

Es war schon spät und rasch begann sie, ihren überfüllten Schreibtisch aufzuräumen. Die Tage wurden wieder länger, es war endlich wieder Frühling geworden. Das war ein Trost für sie, weil die Sonne sogar noch nach Feierabend lachte. Mit dem Kopf voller Pläne, wie sie ihren freien Abend verbringen wollte, bereitete sie sich auf den Heimweg vor, als Hübner ihr Büro betrat.
„Willst du schon Feierabend machen?" fragte er ganz vorwurfsvoll.
„Ja! Mir ist nicht bekannt, dass ich die Pflicht habe, mich bei dir abzumelden", konterte Anke böse. „Oder hast du dich schon vorsorglich selbst zum Chef ernannt?"
Hübner überhörte einfach Ankes Ironie und begründete seinen Vorwurf: „Inzwischen ist Nimmsgern schon ein halbes Jahr tot, und wir haben immer noch keine Spur. Wie kannst du da nur an den Feierabend denken?"
„Ganz einfach, weil ich nicht mit dir an dem Fall arbeite – hast du das schon vergessen? Dann erinnere ich dich daran: Ich arbeite zusammen mit Kullmann an dem Mordfall Luise Spengler."
„Ja, und die Ironie daran ist, dass der Fall Luise Spengler noch länger zurückliegt und noch nicht einmal klar ist, ob es wirklich Mord war. Du bringst keine Ergebnisse zustande und denkst nur an dich", blieb Hübner hartnäckig.
„Und noch viel ironischer ist, dass dich der Fall Luise Spengler überhaupt nichts angeht. Mach du deine Arbeit und ich meine! Was hältst du davon?" blieb Anke genauso hartnäckig.
„Verdammt, du verstehst überhaupt nichts mehr, seit du nur noch die Pferde im Kopf hast", schimpfte Hübner nun endlich das heraus, was ihn bedrückte. „Dieser Mist ist dir schon bis in den Kopf gestiegen!"
„Daher weht also der Wind! Mein Privatleben geht dich nichts an. Dass wir beide mal zusammen waren, heißt nicht,

dass du dich heute noch in mein Leben einmischen kannst. Wann kapierst du das endlich? Ich lasse mich nicht von dir beleidigen. Da höre ich lieber auf den Rat meines Chefs und genieße mein Privatleben. Ich vernachlässige meine Arbeit nicht, verlass dich drauf!" beendete Anke das Streitgespräch und zog ihre Sporttasche aus dem Schrank.

Vor einigen Monaten hatte sie sich endlich dazu entschlossen, reiten zu lernen; davon war sie durch nichts abzuhalten. Die Arbeit mit den Pferden machte ihr unendlich viel Spaß. Zu Hause konnte sie sich kein Haustier halten. Ein Hund oder eine Katze würde viel zu viele Stunden in ihrer kleinen Wohnung alleine verbringen müssen, was sie keinem Tier antun wollte. Aber durch das Reiten erfüllte sie sich ihren Wunsch, ein Tier in ihrer Nähe zu erleben. Der Umgang mit den Schulpferden machte sehr viel Freude. Diese Tiere waren sehr brav und reagierten auch schon auf sie. Niemals hätte sie geahnt, dass Pferde so menschenbezogen und einfühlsam sein könnten. Sie waren ein wundervoller Ausgleich für ihre angespannte Polizeiarbeit und den ständigen Leistungsdruck. Ihr Herz schlug immer höher, wenn ein Pferd wieherte, sobald es ihre Stimme hörte. Seit sie mit ihrer früheren Freundin gelegentlich am Koppelrand gesessen und die Herde wild tobender Pferde beobachtet hatte, deren ungebändigte Lebensgier und deren Schönheit und Eleganz sie von Kindheit an fasziniert hatten, war ihr diese Idee wieder gekommen. Und sie bereute es nicht, obwohl sie schon einige Male heruntergefallen war und sich jede Menge blaue Flecken zugezogen hatte.

Sie zog sich ihre Reithose und ein T-Shirt an, während Hübner im Nachbarzimmer wartete, bis sie fertig umgezogen war. An diesem Tag würde sie zum ersten Mal, seit sie im Reitverein war, auf dem Außenplatz reiten. Sie spürte, wie aufgeregt sie war. Schnell bürstete sie ihre kurzen, dunklen Haare

kräftig durch. Als sie mit dem Reiten angefangen hatte, hatte sie ihre schulterlangen Haare abschneiden lassen, weil ständig der Pferdeduft darin hing, was auf der Dienststelle nicht immer auf Wohlwollen gestoßen war.
Als Hübner wieder das Zimmer betrat, bewunderte er ihre sportliche Figur, die durch die enge Reithose noch mehr betont wurde. Aber Anke ließ ihm kaum Gelegenheit dazu, weil sie diese Blicke bereits bestens kannte. So sehr er sich auch bemühte, wieder bei ihr zu landen, so deutlich zeigte sie ihm, dass die Trennung endgültig war.
Mit ihrer Tasche über der Schulter marschierte sie los und steuerte das Zimmer ihres Chefs an, um sich zu verabschieden. Kullmann war nicht allein in seinem Büro, doch als Anke sich wieder zurückziehen wollte, wurde sie von den beiden älteren Herren gebeten, einzutreten. Sie kannte den Besucher nicht, er war ein Kollege der uniformierten Polizei. Das sollte sich aber schnell ändern, denn Kullmann stellte ihn ihr sofort vor als langjährigen Arbeitskollegen und Freund. Die beiden Alten bestaunten sie in ihrem sportlichen Dress und der Kollege meinte: „Schade, dass die Reiterstaffel im Saarland schon seit 1987 nicht mehr existiert. Eine so sympathische junge Frau hätte ich gerne in meiner Einheit gehabt!"
„Das heißt, Sie waren bei der berittenen Polizei?" staunte Anke.
„Oh ja! Bis zum Schluss!"
„Ich glaube, dort hätte ich Ihnen nicht viel genützt. Ich falle ja ständig herunter", lachte Anke, doch der Kollege winkte ab und entgegnete: „Das gehört dazu! Ein Reiter ist nur dann gut, wenn er nach einem Sturz wieder auf ein Pferd aufsteigt. Daran erkennt man sein Durchhaltevermögen!"
„Was wurde aus Ihrem Pferd, nachdem die Reiterstaffel eingestellt worden ist?"

„Ich habe den Wallach einfach abgekauft und mit nach Hause genommen", erzählte der ältere Kollege mit schwärmerischem Blick. „Und dort läuft er heute noch auf der Koppel herum und richtet Unheil an!"
„Ach! Wie alt ist er denn jetzt?"
„Er ist schon achtundzwanzig Jahre alt und immer noch kerngesund! Nur manchmal glaube ich, dass er senil geworden ist!"
„Erzählen Sie!" forderte Anke auf, weil sie vor Neugierde brannte.
„Wir haben eine kleine Herde von vier Pferden in Dillingen-Diefflen auf der Koppel stehen. Dort ist auch mein betagter früherer Arbeitskollege dabei. Immer wenn ich abends die Pferde rufe, laufen alle zielstrebig zum Stall, weil sie wissen, dass dort Futter auf sie wartet. Nur mein alter Rentner nicht. Er verläuft sich jedes Mal und dann muss ich den weiten Weg über die Koppel gehen und ihn zum Stall führen."
Anke und Kullmann lachten.
„Hinzu kommt, dass er sich morgens, wenn ich den Pferden die Boxentüren öffne, um sie auf die Koppel laufen zu lassen, ebenfalls verläuft. Ständig muss ich ihn suchen, weil der alte Diener sich mal wieder in den angrenzenden Heuschober verirrt hat. Und weil er so groß und kräftig ist, ist es schon vorgekommen, dass er zwischen den Heuballen feststeckte und ich ihn mühsam befreien musste."
Anke und Kullmann amüsierten sich prächtig.
„Sie sehen, ich habe immer noch meine Freude mit ihm. Solange er keine Schmerzen leidet und sich wohlfühlt, behalte ich ihn! Er hat sich sein Gnadenbrot redlich verdient."
Der Kollege verabschiedete sich und ließ Kullmann und Anke allein zurück.
„Bisher hatte ich gar keine Ahnung von Pferden. Jetzt habe ich wirklich den Eindruck, dass Sie sich ein sehr schönes

Hobby ausgesucht haben", meinte Kullmann gut gelaunt. „Mit den Pferden können Sie endlich einmal etwas für sich selbst tun, was Sie bisher immer sträflich vernachlässigt haben. Das beweist mal wieder, dass Ihnen die erfrischenden Ideen nicht ausgehen."

„Das allein verschafft Ihnen diese gute Laune?" hakte Anke nach, als sie Kullmanns zufriedenes Gesicht sah.

„Oh nein! Auch Ihre wohltuende Anwesenheit. Seit Sie mit dem Reiten angefangen haben, wirken Sie noch fröhlicher und charmanter, obwohl das eigentlich kaum zu überbieten ist."

Anke freute sich immer wieder über Kullmanns schmeichelnde Worte, sie erkannte jedoch, dass da noch etwas war.

„Das ist aber nicht alles", bemerkte sie forschend. „Schließlich bin ich nicht erst seit kurzem hier!"

Verschmitzt grinste Kullmann und meinte: „Sie merken auch alles!"

„Ich bin bei Ihnen durch eine gute Schule gegangen!"

„Ja, und meine Bemühungen waren wirklich nicht umsonst!"

„Weichen Sie mir nicht aus", erinnerte Anke ihren Chef wieder an ihre Frage, so dass Kullmann nun endlich zum Thema kam: „Ich bin im Fall von Luise Spengler einen Schritt weitergekommen. Die Anwaltskanzlei der Familie Spengler hieß früher „Otto Klein und Söhne". Diese Kanzlei gibt es nicht mehr, weil Otto Klein inzwischen verstorben ist. Aber durch meine Recherchen habe ich endlich herausgefunden, dass die sogenannten Söhne alle Schwiegersöhne sind, weil Otto Klein keine Söhne, sondern nur Töchter hatte. Die Kanzlei heißt nun „Klose & Partner". Also bin ich auf Verdacht zu dieser Kanzlei gegangen und habe dort den Anwalt Bertram Klose angetroffen, einen der Schwiegersöhne. Bertram Klose hatte Luise Spengler als seine Mandantin vertreten. Mit ihm

habe ich heute gesprochen!"
Anke stutzte: „Wie kann dieser Anwalt uns weiterhelfen?"
„Ganz einfach: Luise Spengler hatte die Scheidung eingereicht!"
„Und das soll ein Motiv für einen Mord sein?"
Kullmann kratzte sich am Kinn und meinte nachdenklich: „Luise kam aus einer sehr reichen Familie. Geld war schon immer ein Mordmotiv!"
„Im Fall einer Scheidung bekommt der Ehemann aber auch ein gutes Stück vom Kuchen", überlegte Anke weiterhin skeptisch. „Glauben Sie, dass Kurt Spengler so gierig war und sich damit nicht abfinden wollte?"
„Nein, ich habe von Anwalt Klose erfahren, dass Luises Vater bei der Eheschließung auf einen Ehevertrag bestanden hatte, nämlich Gütertrennung!"
„Oh!" stutzte Anke. „Aber Kurt Spengler ist Bankdirektor einer der größten Banken des Saarlandes. Er verdient doch weiß Gott genug!"
„Ja, das ist noch der einzige Haken an meiner Theorie. Aber ich habe das Gefühl, auf eine verdammt gute Spur gestoßen zu sein."
Wieder staunte Anke über Kullmanns Hartnäckigkeit in diesem Fall. Bevor sie in den Feierabend ging, fragte sie, was sie schon lange beschäftigte: „Wer war Luise Spengler wirklich?"
„Wie sagt man unter Reitern: Ein dreifaches HORRIDO!" lenkte Kullmann einfach ab; Anke verstand den Wink sofort.
Als sie die Tür zu Kullmanns Büro hinter sich schloss und durch den Flur ging, der inzwischen sehr verlassen wirkte, begegnete ihr Esche. Er war tadellos gekleidet, trug einen Anzug von Carlo Colucci. Wenn Anke sich nicht täuschte, benutzte er auch das Parfüm dieser hochwertigen Marke.

Aber sie verspürte kein Bedürfnis, ihre Eindrücke zu überprüfen. Bei Esche hatte sie ohnehin schon Mühe genug, ihn auf Distanz zu halten. Seine Annäherungsversuche verlangten Ankes volle Aufmerksamkeit. Esche war vor zwei Jahren in ihre Abteilung gekommen und hatte sich durch seine Fahndungserfolge in der kurzen Zeit einen unheimlich guten Ruf verschafft. Nur ihm war es gelungen, einen Kindermord in Merzig aufzuklären, an dem alle Kollegen wie besessen gearbeitet hatten, weil keiner von dieser schrecklichen Tragödie unberührt geblieben war. Aber Esche war kaum in die Abteilung versetzt worden, schon hatte er den entscheidenden Beweis gefunden, der zur Lösung des Falles beigetragen hatte. Sogar Kullmann hatte sich mit seinen Ermittlungen festgefahren und war heilfroh, dass es dem Neuen gelungen war, diesem Albtraum ein Ende zu setzen. Deshalb schätzte er ihn sehr, was er auch oft zum Ausdruck brachte. Anke konnte das nicht nachempfinden. Seit Esche in der gleichen Abteilung wie sie arbeitete, ließ er keine Gelegenheit aus, sich an sie heranzuschleichen oder ihr frivole Angebote zu machen. Sie fühlte sich in seiner Nähe nicht wohl und schon gar nicht, wenn sie ihm allein begegnete. Aber sie wusste, dass sie mit ihrer Antipathie gegen ihn alleine in dieser Abteilung war, denn Esche war beliebt bei den Kollegen. Außerdem sah er sehr gut aus, was sein ohnehin starkes Selbstbewusstsein nur bestätigte. Diese Vorzüge setzte er geschickt ein. Keine Gelegenheit ließ er aus, Anke seine Selbstzufriedenheit zu zeigen, was sie ärgerte; sie fand sein Gehabe zum Kotzen. Was sie aber ganz besonders ärgerte, war, dass er in ihr keine ebenbürtige Arbeitskollegin sah, sondern nur eine Frau. Frauen hatten in seiner hierarchischen Vorstellung keine Berechtigung auf Gleichstellung. Seine chauvinistische Einstellung war unübersehbar, Anke lehnte seine herablassende Haltung als entwürdigend ab. Aber damit musste sie

sich arrangieren, denn mit ihren persönlichen Eindrücken würde sie bei Kullmann kein Gehör finden, weil er Esche als Polizeibeamten sehr lobte und auf seine Fähigkeiten nicht mehr verzichten wollte.
„Verdammt heiß siehst du aus", meinte er mit zuckersüßer Stimme, die Anke zum Kochen brachte.
„Verschwinde lieber, sonst muss ich kotzen", wehrte Anke ihn sofort ab.
„Das glaube ich nicht! Oder leidest du an Bulimie, wie so viele junge Frauen, die mit Gewalt schlank sein wollen?" höhnte Esche.
Anke ärgerte sich darüber, wie aalglatt er ihre Abfuhr überging.
„Dieser Reitsport hat wirklich seine Vorzüge", machte er einen neuen Anlauf; als sie an ihm vorbeiging, gab er ihr einen Klaps auf den Po.
Im gleichen Augenblick, als Anke ihn anschnauzen wollte, betraten Esther Weis und Jürgen Schnur den Flur. Als sie Anke und Esche sahen, meinten sie vergnügt: „Hey Ihr Beiden, es gibt schönere Orte, den gemeinsamen Feierabend zu verbringen. Gelegenheiten, Überstunden zu machen, bekommt ihr noch genug!"
Mit dem Ausdruck unverschämter Zufriedenheit verschwand Esche in seinem Büro, während Anke mit hochrotem Kopf das Gebäude verließ.
Sie hätte dem Kollegen Jürgen Schnur mehr Feingefühl zugetraut. Seit Anke auf dieser Dienststelle arbeitete, kannte sie ihn als zuverlässigen und aufmerksamen Mitarbeiter, der immer sachlich blieb. Wie war es möglich, dass er sich plötzlich zu oberflächlichen Floskeln hinreißen ließ?
Esther wurde ihm vor zwei Jahren als Teamkollegin zugeteilt, wofür Anke sie beneidete.
Hatte sie ihm schon die Augen zugeschmiert?

Während Esther ihr Leben in vollen Zügen genoss, war Jürgen seit vielen Jahren glücklich verheiratet und hatte kein Interesse an Abenteuern. Esther bemühte sich ständig, Jürgen von seinem Pfad der Tugend abzubringen, bisher erfolglos.
Sie wusste ihr Glück gar nicht zu schätzen. Ihre beruflichen Aussichten waren stabil und sicher. Aber Anke stand vor der Frage, welchem Kollegen sie zugeteilt würde, wenn Kullmann nicht mehr da war.
Jürgen Schnur wäre ihr am liebsten gewesen, weil er es gut verstand, Arbeit und Privatleben zu trennen, ohne andere damit zu verletzen.
Bei diesen Gedanken seufzte sie. Kullmanns Weggang würde viele Veränderungen bringen. Dabei war es ausgerechnet Kullmann, der immer beteuerte, jeder Mensch sei zu ersetzen. In seinem Fall war sich Anke nicht so sicher.

*

Der Stall lag am Rande der Stadt im Stadtteil Gersweiler. Es war eine wunderschöne, große Reitanlage direkt am Stadtwald mit zwei Reithallen und einem großen Außenplatz. Als Anke vorfuhr, sah sie, dass großer Betrieb auf dem Reitplatz herrschte. Viele Reiter gaben zusammen mit ihren Pferden ein sehr lebendiges Bild ab. Einige Pferde bewegten sich sehr gelassen und zufrieden und erhielten ständig Lob von ihren Reitern. Andere Reiter hingegen wirkten so, als müssten sie ständig gegen ihr Pferd ankämpfen, wodurch Reiter und Pferd äußerst verkrampft aussahen. Ständig nörgelten sie an den Pferden herum, die darauf wiederum nur noch widerspenstiger reagierten, was manchmal ausgesprochen lustig wirkte.

Anke tauchte in eine andere Welt, wenn sie Wiehern hörte und den Duft von Ammoniak roch. Manche lästerten von Gestank, andere sogen diesen Geruch ein und empfanden ihn als eine Wohltat für die Nase. So auch Anke! Sie baute sich hier eine heile Welt auf, in der sie eine Sprache lernte, die meilenweit von dem formalen, trockenen Amtsdeutsch entfernt war, zu dem sie ihr Beruf verpflichtete. Wer wusste schon, was beim Striegeln, Trensen oder Satteln zu tun war, was Schenkelweichen, am Zügel gehen oder in einer Abteilung reiten bedeutete. Das sollte auch so bleiben, und Anke würde sich nie verpflichtet fühlen, diese Dinge einem Außenstehenden zu erläutern. Die vielen neuen Wörter waren wie die geheimen Pforten, die sich früher nur in Märchen für sie geöffnet hatten. Jetzt konnte sie ganz für sich mit diesen Wörtern den Zugang zu ihrem Reiten ermöglichen. Sie befanden sich in ihrem Besitz und waren dort wohl verwahrt. Und sie schafften auch die neuen Beziehungen zu den anderen Reitern in dem bunten Karussell von Ablehnung und Freundschaft, von Neid und Vertrauen, das sich mit vielen Überraschungen drehte und immer wieder mit neuem Leben füllte. Genau wie im Dienst, kam es ihr in den Sinn, nur mit anderen Vorzeichen. Hier konnte sie sich jederzeit zurückziehen und sich schützen. Ihren Dienst verrichtete sie mit zuversichtlichem Ehrgeiz; hier konnte sie die vielen Vorschriften und auferlegten Rücksichten vergessen.
Kaum war sie aus ihrem Auto ausgestiegen, wurde sie von einem lustigen kleinen Hund begrüßt, der so begeistert an ihren Beinen hochsprang, als hätte er sie schon lange vermisst. Anke kannte den kleinen schwarz-weiß gescheckten Jack-Russel-Terrier; es war Rambo, einer von Susannes Hunden, der Reitlehrerin.
Nach dieser wilden Begrüßung ging sie zielstrebig auf die Stallungen zu. Die Fenster der Pferdeboxen waren alle ge-

öffnet, und neugierige Köpfe schauten heraus. Erwartungsvoll rief sie Rondos Namen. Rondo war der Fuchswallach, den sie in den Schulstunden ritt. Das große Pferd reagierte tatsächlich mit einem leisen Brummeln auf ihre Stimme. Glücklich ging sie auf ihn zu und begrüßte ihn mit Leckerli und Möhren, die sie immer bei sich trug, wenn sie zum Stall fuhr. Aufgeregt betrat sie die Stallgasse, um das Pferd aus der Box heraus auf die Anbindestelle vor dem Stall zu führen, als sie erschrocken zurückweichen musste. Peter Biehler, Pferdebesitzer von zwei großen Turnierpferden, kam mit seinem Schimmelwallach gerade aus der Stallgasse heraus und führte das Pferd rücksichtslos an ihr vorbei, so dass Anke Mühe hatte, sich nicht von dem riesengroßen Pferd auf die Füße treten zu lassen.
„Kannst du mich nicht vorwarnen?“ rief sie empört, doch Peter tat so, als hörte er nichts. Verärgert schüttelte Anke den Kopf. Sie kannte Peter Biehler zufällig dienstlich, denn er war bei der Verkehrspolizei beschäftigt. Mit dieser Dienststelle kam Anke äußerst selten in Berührung, was sie gerade in diesem Moment als großes Glück empfand. „Benimmst du dich auf deiner Dienststelle genauso unverschämt?“ fragte sie, erhielt aber keine Antwort von Peter Biehler.
„Du kennst doch die Wohlverhaltenspflicht der Polizei, die sich auf unser Verhalten im Privatbereich bezieht? Das betrifft auch dich!“ fügte sie noch erboster an, als plötzlich ein Reiter aus der dunklen Stallgasse auf sie zutrat und meinte: „Stör dich nicht daran, Peter ist unverbesserlich!“
Erstaunt schaute sie zu ihm hinauf und sah in das sympathische Gesicht eines Mannes, den sie noch nicht kannte. Er hatte hellblonde Haare und so strahlend blaue Augen, dass sie es sogar in der dunklen Stallgasse deutlich erkennen konnte. Sein Lächeln wirkte so hypnotisierend auf sie, dass Anke sofort ihre Wut auf Peter Biehler vergaß.

„Ich bin Robert", stellte er sich vor.
Als Rondo begann, mit den Hufen gegen die Boxenwand zu schlagen, ging Anke zu ihm in die Box, zog ihm das Halfter über den Kopf und führte ihn damit aus der Stallgasse zum Anbindeplatz, der in der wärmenden Frühlingssonne lag.
„Ich habe dir schon einige Male beim Reiten zugesehen und erkannt, dass du Talent hast", folgte Robert ihr. Anke fühlte sich sehr geschmeichelt. Außerdem gefiel ihr Robert. Sein Lachen wirkte so ansteckend und seine ruhige Stimme so aufrichtig. Sie hegte keinen Zweifel an seinen Worten.
Als sie Rondo auf den Reitplatz führte, spürte sie großes Unbehagen, das sich auch sofort auf den sonst so ruhigen Wallach übertrug. Immerhin war es das erste Mal, dass sie draußen reiten sollte. Dort fehlte ihr einfach der vermeintliche Schutz der Halle, der ihr das Gefühl gab, dass das Pferd nicht weit laufen konnte. Aber hier auf dem Reitplatz, der von keiner Seite abgesperrt war, sah alles ganz anders aus. Wenn ihr hier das Pferd einfach durchgehen sollte, konnte es mit ihr hinlaufen, wohin es wollte, falls sie nicht schon vorher auf den harten Boden gefallen wäre. Den ganzen Tag hatte sie sich unbändig auf die erste Stunde im Freien gefreut, doch als sie sah, wie rücksichtslos Peter Biehler über den Platz galoppierte, ahnte sie, dass es eine schwere Herausforderung für sie werden würde, unter diesen Bedingungen auf dem Reitplatz zu reiten.
Sie stieg in den Sattel.
Wie ein Wilder jagte Peter Biehler seinen Schimmel über den großen Reitplatz, als gäbe es keine Bahnregeln. Einige Hindernisse standen auf dem Platz, über die er sprang, ohne vorher darauf aufmerksam zu machen. Er zwang die übrigen Reiter selbst zu erahnen, was er als nächstes vorhätte, um einen Zusammenstoß zu vermeiden. Am Rand des Reitplatzes stand Peters Frau Sybille. Ihre strohblonden, dauergewellten

Haare schimmerten grell in der Sonne und ständig feuerte sie ihren Mann mit schrillen Rufen an. Als Anke in ihre Nähe kam, hörte sie: „Toll, mein Schatz. Das hast du wunderbar gemacht."

Das einzige, was Anke von Peter Biehler wahrnahm, war, dass er Helmut Keller, einem Turnierreiter, in die Quere geritten war, so dass dieser sein Pferd hastig herumreißen musste, um nicht mit Peters Schimmel zusammenzustoßen. Helmut Keller fiel Anke gelegentlich auf, wie er gekonnt seine Pferde trainierte. Seine reiterlichen Fähigkeiten waren in ihren Augen bewundernswert. Insgeheim wünschte Anke sich, wie Helmut Keller auf dem Pferd sitzen zu können. Gerne schaute sie ihm beim Reiten zu, weil sie glaubte, allein vom Zugucken eine Menge von ihm lernen zu können.

„Du Idiot!" schrie Helmut Keller wütend, womit er Anke ganz unsanft aus ihren Gedanken riss. „Auf dem Außenplatz gelten dieselben Bahnregeln wie in der Halle. Aber wahrscheinlich kennst du die noch gar nicht!"

Peter Biehler lachte nur gehässig und galoppierte gerade zum Trotz noch einmal besonders dicht an Helmut Kellers Pferd vorbei.

„Du kannst wohl nicht anders: Immer nur Scheiße bauen und anderen in die Quere reiten?"

„Das musst du gerade sagen! Wer hat denn hier die große Scheiße gebaut?" lachte Peter Biehler so zynisch, dass es Anke eiskalt den Rücken herunter lief. Boshaftigkeit schwang in seinem Tonfall mit.

„Glaub nicht, dass du mir drohen kannst", erwiderte Helmut Keller nicht weniger feindselig, doch Peter Biehler lachte nur überheblich, erwiderte aber nichts mehr.

Vorsichtig im Schritt ritt Anke ganz am Rand des Platzes entlang, um sich von diesen beiden Streithähnen fernzuhalten. Aber schon nach kurzer Zeit rief die Reitlehrerin Anke zu

sich und meinte, dass sie sich der Abteilung anschließen sollte, weil sie ihre Reitschüler nicht korrigieren könnte, wenn sie alle durcheinander ritten. Anke nickte und ritt los.
Völlig konzentriert begann Anke mit den Übungen, die die Reitlehrerin ihr auftrug. Die Rittigkeit des Pferdes zu erlangen, war das Grundprinzip des Reitens, was nur durch gymnastizierende Übungen, wie Schenkelweichen oder Tempowechsel zu erreichen war. Anke spürte, dass ihre Arbeit Erfolg hatte, weil Rondos verkrampfter Rücken sich entspannte. Er begann zufrieden an seinem Gebiss zu kauen, das direkt mit den Zügeln verbunden war, die Anke in beiden Händen hielt und mit denen sie ihre Paraden gab, von denen die Reitlehrerin immer wieder sprach.
Doch plötzlich sah sie ganz dicht vor ihrem Pferd den großen Schimmel von Peter Biehler, der gerade im Begriff war, das Hindernis anzureiten, das in der Mitte der Bahn stand. Er war direkt vor ihr abgebogen, so dass er ihrem Pferd den Weg abschnitt. Rondo erschrak so sehr, dass er zuerst einen heftigen Satz zur Seite machte und anschließend wilde Bocksprünge veranstaltete. Lange Zeit gelang es Anke, sich im Sattel zu halten, doch dann ließ die Kraft nach und mit aller Wucht fiel sie zu Boden.
Zuerst sah sie nichts mehr, ihr war schwarz vor den Augen. Dann glaubte sie, ersticken zu müssen.
Sie bekam keine Luft mehr! Nach Atem ringend wälzte sie sich im Sand, bis Robert zu ihr gelaufen kam, sie auf den Rücken legte und sie in dieser Stellung auf den Boden lagerte.
„Ganz ruhig, Anke. Bleib so liegen, die Luft kommt wieder“, sprach er auf sie ein.
Und er hatte Recht. Plötzlich war der Krampf wieder verschwunden, und gierig atmete Anke ein.
„Mein Gott, was war das?“ fragte sie, als sie endlich wieder sprechen konnte.

„Das war einfach nur eine Verkrampfung der Brustmuskulatur. Das passiert schon mal bei einem heftigen Sturz. Da bist du keine Ausnahme. Hoffentlich ist sonst nichts passiert", erklärte Robert mit seiner ruhigen Stimme, die Anke so angenehm empfand.
Er half ihr beim Aufstehen und beobachtete sie aufmerksam, um erkennen zu können, ob sie sich irgendeine Verletzung an den Knochen zugezogen hätte. Dankend lächelte Anke ihn an und versicherte ihm, dass es ihr gut ging. Erst als er diese Gewissheit hatte, entfernte er sich einige Meter von ihr, weil er der Reitlehrerin Platz machen wollte, die auf die beiden zukam. Genau in diesem Augenblick kam Peter von hinten auf Robert zugeritten und rief mit einer überlauten Stimme: „Verschwinde vom Platz, du Erbschleicher. Du störst hier!"
Verwirrt schaute Anke auf Peter, dessen Gesicht hasserfüllt war. Was hatte das nun wieder zu bedeuten? Legte Peter sich hier im Stall mit jedem an, koste es was es wolle?
Über diese Frage konnte sie jedoch nicht lange nachdenken, weil die Reitlehrerin sich zu ihr gesellte. Sie führte Rondo neben sich her, der ganz geduldig aussah, als wäre nichts geschehen.
Erleichtert nahm Anke Rondos Zügel in die Hand und stieg wieder in den Sattel. Deutlich spürte sie, dass ihre Unsicherheit noch größer geworden war, aber die Reitlehrerin hatte ihr immer wieder geraten, nach einem Sturz schnell wieder aufzusteigen, weil man nur so das angsterregende Erlebnis des Sturzes vergessen könnte.
„Rondo hat sich wirklich erschreckt", erklärte die Reitlehrerin. „Ich habe Peter zwar angehalten, sich wenigstens während den Reitstunden an die Bahnregeln zu halten, aber es hat nichts genutzt. Die anderen Reitschüler und ich haben beschlossen, in die Halle auszuweichen."

Diese Idee fand Anke ganz erleichternd. Sie sah gerade, wie Peter wieder einem Reiter gnadenlos in den Weg ritt und diesen anschrie: „Du hast wohl schon wieder so viel gesoffen, dass du nicht mehr klar sehen kannst!“ Der Mann tat aber so, als habe er nichts gehört und ritt unbeirrt weiter. Doch damit gab Peter sich nicht zufrieden. Wütend fügte er an: „Vergiss nicht, ich bin bei der Verkehrspolizei! Das, was du säufst, reicht locker für den Führerschein! Ein Anruf genügt!“
Nun brachte der Mann sein Pferd zum Halten, schaute auf Peter Biehler und fragte ihn: „Willst du mir drohen? Das kann ich auch! Ich habe schon herausbekommen, wer dein Chef ist und glaube mir, noch so eine Bemerkung und ich werde deinem Chef mal einen Bericht erstatten, wie du dich als Bulle hier im Reitstall aufführst. Das hat Folgen für dich!“
Diese Drohung überhörte Biehler. Unverdrossen ritt er das nächste Hindernis an.
„Ist er das Hindernis überhaupt gesprungen, für das ich vom Pferd fallen musste?“ interessierte sich Anke nun, nachdem sie den Eindruck gewonnen hatte, dass Biehler sich ausnahmslos mit jedem im Stall anlegte.
„Nein! Es war das Übliche, das Pferd hat verweigert!“ lachte Robert. „Jetzt meint er, dass du daran schuld bist!“
„Klar, Biehler braucht jemanden, dem er die Schuld geben kann“, murrte Anke.
„Weißt du, bei Leuten, deren Ansprüche von ihren Fähigkeiten sehr weit entfernt sind, fällt mir oft auf, dass sie anderen die Schuld für ihr Versagen zuweisen wollen“, erklärte Robert.
Wieder ritt Peter den hohen Oxer an, gab seinem Pferd ordentlich die Sporen und sprang los. Zu Ankes Belustigung sprang Peter jedoch alleine, ohne sein Pferd. Der Schimmel schien schlauer als sein Reiter zu sein, denn er blieb vor dem Hindernis stehen und schaute seinem Reiter zu, wie er mit

Wucht in die vielen Stangen donnerte und mit einem lauten Krachen auf dem Boden aufschlug.
Anke konnte sich ihr Lachen einfach nicht verkneifen. Das geschah ihm gerade Recht, dachte sie.
Obwohl sie noch nicht sehr viel vom Reiten verstand, erkannte sie ganz deutlich, dass Biehler kein Gefühl für Pferde hatte. Das einzige, was er bereits besaß, war eine plumpe Überheblichkeit, die er nicht nur hier zeigte. Auf seiner Dienststelle verhielt er sich genauso. Von ihrem Kollegen Bernhard Diez erfuhr Anke regelmäßig, wie schwierig es war, mit ihm zusammenzuarbeiten.
Sie ritt durch das Hallentor und fand Anschluss an ihre Abteilung. Durch den Sturz fühlte Anke sich etwas mulmig, aber sie ritt mutig die Stunde zu Ende.
Spät am Abend schlenderte sie gemeinsam mit Robert zum Parkplatz, wo nur noch zwei Autos standen. Neben Roberts silbergrauem Mercedes-Geländewagen wirkte Ankes alter Polo noch kleiner als sonst.
„Am Sonntag reitet Peter Biehler auf dem Turnier in St. Arnual. Was hältst du davon, wenn wir dort zuschauen? Es wird bestimmt ganz lustig", schlug Robert zum Abschied vor.
Als Anke Biehlers Namen hörte, erinnerte sie sich wieder daran, wie er sich auf dem Reitplatz aufgeführt hatte. Nun konnte sie nicht mehr umhin, Robert zu fragen: „Was meinte Peter eigentlich mit der Bemerkung „Erbschleicher"?"
„Das ist eine lange Geschichte, die ich dir am Sonntag erzählen werde", schlug Robert verschmitzt vor, so dass Anke der Verabredung zum Turnier zustimmte. Außerdem wollte sie wirklich wissen, wie Biehler sich auf einem Turnier schlagen wollte, wenn er es noch nicht einmal im Training schaffte, über einen Oxer zu springen.

*

Am nächsten Morgen kam Anke zum ersten Mal zu spät zur Arbeit. Die Schmerzen im Genick und in der Schulter hatten sie fast die ganze Nacht wach gehalten. Außerdem spürte sie einen äußerst ungewohnten und quälenden Schmerz in ihrer Brustmuskulatur. Eine Erinnerung an die kurzzeitige Verkrampfung, als sie um Luft ringen musste. Erst am Morgen war sie eingeschlafen, aber nach zwei Stunden schellte gnadenlos der Wecker. Der Schmerz war so schlimm, dass sie alle Mühe hatte, aus dem Bett aufzustehen. Völlig übernächtigt fühlte sie sich, als sie durch den langen Flur in ihr Büro schlurfte. Sogar Beine und Gesäß schmerzten bei jedem Schritt. Dabei hatte sie doch tatsächlich gedacht, dass diese Phase endlich vorüber sei, dass sie nach jeder Reitstunde sämtliche Muskeln spürte, von deren Existenz sie früher niemals auch nur das Geringste geahnt hatte.

Hübner hatte ihre schlechte Verfassung sofort bemerkt und eilte ihr mit höhnischen Kommentaren hinterher. Anke wunderte sich über sein Verhalten. Inzwischen waren sie seit zwei Jahren getrennt. Ihre Beziehung war nur noch freundschaftlicher und kollegialer Natur, trotz Hübners steter Hoffnung, sie würden wieder ein Paar. Aber mit diesen abfälligen Bemerkungen über ihre Schmerzen nach dem Sturz vom Pferd verbaute er sich jede noch so kleine Chance! Dessen müsste er sich doch bewusst sein!

Aber Anke hinderte ihn daran, in ihren Dienstraum einzutreten, indem sie ihm heftig die Tür vor der Nase zuschlug. Sie hatte keine Lust, mit ihm zu reden, wenn er in dieser Stimmung war.

Als erstes kochte sie Kaffee, worauf Kullmann mit Sicherheit schon sehnsüchtig wartete. Während die schwarze Brühe knatternd durch den Filter lief, überlegte sie, welches

schmerzende Körperteil sie zuerst massieren sollte. Aber sie entschloss sich stattdessen, sich so wenig wie möglich zu bewegen, weil nur dann der Schmerz nachließ.
Mit einer Tasse Kaffee in der zitternden Hand betrat sie nach einer Weile Kullmanns Büro.
Als Kullmann aufsah, versuchte er zu lächeln, aber als er Anke sah, fragte er erschrocken: „Was ist passiert?"
„Ich bin gestern vom Pferd gefallen", erklärte Anke abwinkend, womit sie Kullmann zum Lachen bringen konnte.
„Sie kennen meine Überzeugung: Sport ist Mord!" Kullmann wirkte erleichtert. „Ich bin ja froh, dass Sie sich nicht verletzt haben. Schließlich sind Sie hier der Sonnenschein in diesen grauen Büroräumen. Was wäre ich nur ohne Sie?"
„Sie sind gut", tadelte Anke gespielt und ließ sich umständlich auf den Stuhl gegenüber vom Schreibtisch sinken, „Sie verlassen uns in einem halben Jahr. Und was bin ich dann ohne Sie?"
„Ich gehe in Pension, das heißt aber nicht, dass ich nicht mehr da sein werde." versicherte Kullmann.
„Ja, das weiß ich, trotzdem werden Sie mir sehr fehlen", bekannte Anke.
„Zuerst müssen wir den Fall Luise Spengler zum Abschluss bringen. Vorher werde ich nicht zur Ruhe kommen!"
Nachdenklich verließ Anke das Zimmer und begab sich an ihren Platz. Sie konnte Kullmanns Sorgen gut verstehen, da sie selbst am besten wusste, wie schwer es war, im Fall Spengler weiterzukommen. Diese zähe Arbeit vermischte sich mit ihren Bedenken, warum Kullmann so verbissen an seiner Überzeugung festhielt, dass Luise Spengler ermordet worden war. Diese Beharrlichkeit Kullmanns gab ihr das unbestimmte Gefühl, dass für ihren Chef mehr dahinter steckte als nur ein Fall, der bearbeitet werden musste. Aber mit dieser Vermutung hielt sie sich bedeckt, weil sie befürchten

musste, Kullmann damit zu verärgern.
Zunächst machte sie sich an die Arbeit, die auf ihrem Schreibtisch lag. Der Berg Akten wartete ohnehin schon lange darauf, von ihr bearbeitet zu werden, und wann war die Zeit günstiger als gerade jetzt. Ihre Verfassung fesselte sie regelrecht an den Stuhl, und deshalb wollte sie die Gelegenheit nutzen.
„Na, du flottes Reitermäuschen!" betrat Esche ihr Büro und schenkte sich ohne zu fragen Kaffee ein.
„Spar dir deine blöden Kommentare", konterte Anke böse.
Heute trug Esche einen Anzug, dessen Marke Anke nicht kannte, weil sie sich bei den Edelklamotten nicht so gut auskannte. Tadellos erschien sein Aussehen. Er sparte nicht an protzigen Zutaten, trug auch heute wieder seine Goldkette, die Anke trotz ihres offensichtlichen Wertes nicht gefiel. Er sah aus wie ein Zuhälter. Und wenn sie gleichzeitig Esches Verhalten beobachtete, empfand sie diesen Vergleich gar nicht mal so unmöglich. Dieses modische Gehabe hatte er am Anfang seiner Dienstzeit noch nicht gezeigt, das wusste Anke genau. Erst in der letzten Zeit legte er immer mehr Wert auf seine äußere Erscheinung, wobei es schon verwunderlich war, wie er sich diesen Designerkram leisten konnte. Wenn er jedoch glaubte, damit seine Chancen bei ihr aufzubessern, dann täuschte er sich. Trotz seines guten Aussehens blieb sein Auftreten unverändert vulgär. Sie war seine geschmacklosen Annäherungsversuche leid, ja sie fürchtete sich davor. Wenn er nur im gleichen Raum war wie sie, spürte sie, wie sie sich verkrampfte und sich am liebsten unsichtbar machen würde, weil sie von ihm nicht gesehen werden wollte. Er hatte einen Blick, als könnte er durch ihre Kleider hindurch sehen - in seiner Gegenwart fühlte sie sich ständig nackt.
„Gibt es Neues in Sachen Luise Spengler?" fragte Esche wie so oft, und Anke verneinte wie so oft.

Seit Nimmsgerns Tod arbeitete Esche auf eigenen Wunsch mit Hübner zusammen an dem Fall des ermordeten Kollegen. Sein Interesse an ihren Fortschritten im Fall Spengler erstaunte sie daher, weil er nicht zu seinem Ressort gehörte. Sie hegte den Verdacht, er wollte kontrollieren, dass sie nicht mehr erreichte als er. Schließlich ging es um eine Beförderung, und da lagen alle auf der Lauer. Leider ließen ausgerechnet jetzt die Ergebnisse auf sich warten.
Bevor Esche das Büro verließ, meinte er noch: „Du wirkst angeschlagen. Bist du vom Pferd gefallen?"
Über diese Frage ärgerte Anke sich, weil die Ironie nicht zu überhören war. Warum bereitete es den Kollegen so große Freude, wenn sie Schmerzen hatte?
„Die einen fallen vielleicht vom Pferd, andere fallen nur blöd auf. Verschwinde jetzt! Ich muss meine Arbeit machen."
Darüber konnte Esche nur lachen. Belustigt fügte er an: „Deine Entscheidung für den Reitsport war wirklich eine glänzende Idee. Seitdem musst du Probleme lösen, die du vorher nicht hattest!"
Wutschnaubend warf Anke eine Akte nach ihm, doch er hatte die Tür schnell genug zugeschlagen, so dass der Papierstapel dagegen prallte.

Nach Feierabend beschloss Anke kurzerhand, in den Stall zu fahren. Sie hoffte, Robert wieder zu sehen. Seit sie den gutaussehenden Mann kennen gelernt hatte, wollte er nicht mehr aus ihrem Kopf. Schon lange hatte sie dieses Gefühl nicht mehr gekannt, das Kribbeln im Bauch, als seien dort tausend Schmetterlinge zum Leben erwacht.
Als sie auf den Stall zuging, hörte sie Stimmen. Mit jedem Schritt, den sie näher an das Gebäude herantrat, wurden die Stimmen lauter. Neugierig schlich Anke sich die letzten Meter heran, damit sie etwas verstehen konnte.

„Ich weiß zufällig, wie es in Altenheimen zugeht. Du brauchst nicht zu glauben, du könntest mich für dumm verkaufen. Die Alte hat dir das Erbe versprochen und ein paar Tage später ist sie tot. Das ist kein Zufall, und ich werde dir das beweisen", schrie gerade Peter Biehler. Unüberhörbarer Hass schwang in seiner Stimme mit, der Anke frösteln ließ.
„Ich weiß nicht, was dich das angeht, aber wenn du dir die Finger verbrennen willst, bitte schön." Anke erschrak, denn die andere Stimme gehörte eindeutig zu Robert.
„Wer sich hier die Finger verbrennt, werden wir ja noch sehen!" konterte Biehler.
„Weißt du, was mir an der Sache am meisten Spaß macht: Du kommst um vor Neid! Dir ist dein Geld schon lange hoch zu Kopfe gestiegen. Noch nie in deinem Leben hast du einen Gedanken daran verschwenden müssen, wie wichtig es ist, die eigene Existenz zu sichern, weil dir alles in den Schoß gefallen ist", ließ Robert sich nicht aus dem Konzept bringen.
„Mein Geld steht mir zu, das geht dich nichts an", stellte Biehler klar.
„Du bist vom Geld so verdorben, dass du unfähig bist, anderen etwas zu gönnen", überging Robert einfach Biehlers Kommentar.
„Ich werde dafür sorgen, dass jeder erfährt, wie du zu deinem Geld gekommen bist – nämlich über den Tod deiner Tante", wurde Biehler immer lauter.
„Wie denn? Du bist Verkehrspolizist und hast gar keine Befugnisse, außerhalb deiner verantwortlichen Zuständigkeit zu recherchieren, wo es nichts zu recherchieren gibt!"
Anke sah, wie die beiden mit verzerrten Gesichtern sich dicht gegenüber standen. Bei dieser Szene fiel ihr wieder ein, wie gehässig und öffentlich Peter ihn am Vortag noch „Erbschleicher" genannt hatte. Nun begann sie zu verstehen, was er damit gemeint hatte. Aber warum wollte er das Erbe anfech-

ten? War es nur Neid oder steckte mehr dahinter?
Nachdenklich verließ Anke diese Ecke der Stallgasse wieder, wo sie fast von Peters Frau Sybille, die einen großen Fuchswallach neben sich herführte, überrannt wurde.
„Kannst du dich nicht ankündigen, bevor du die Leute umrennst?“ schimpfte Anke, doch Sybille würdigte sie nicht eines Blickes.
Kopfschüttelnd setzte Anke ihren Weg fort hinaus in den sonnigen Hof.
„Anke, wie schön, dich heute hier zu sehen“, kam Robert auf sie zu. Mit seinen himmelblauen Augen strahlte er sie an, dass Anke sofort ihre Zweifel in weite Ferne schob. Welch eine Ausstrahlung er doch hatte, staunte sie. Er trug Reithosen, die seine sportliche Figur betonten, und ein blaues Hemd, das sein ebenmäßiges Gesicht noch freundlicher wirken ließ. Er wusste sich zu kleiden, dachte Anke und kam sich neben ihm so gewöhnlich vor. Wie immer trug sie eine verwaschene Jeans und ein weites T-Shirt. Vielleicht sollte sie an ihrer Garderobe etwas ändern.
Biehler kam mit seinem Fuchswallach aus dem Stall, von dem Anke vor wenigen Minuten fast umgerannt worden wäre. Er stieg auf das große Pferd auf und ritt auf den Außenplatz, der voller Hindernisse stand.
„Ich gestehe dir, dass ich eben etwas von eurem Gespräch mitbekommen habe“, meinte Anke, während sie nach draußen blickte.
„Das möchte ich dir erklären!“
Verwundert über die Ernsthaftigkeit, mit der Robert plötzlich sprach, schaute Anke ihn an.
„Es ist ganz einfach: ich habe viel Geld von meiner Tante Katharina geerbt. Sie war Patientin in dem Altenheim, in dem ich als Altenpfleger arbeite. Sie hat keine Familie. Was spricht also dagegen, dass ich sie als ihren einzigen Neffen beerbe?“

„Nichts. Nur was stört Peter Biehler daran? Hat er auch einen Anspruch auf das Geld?"
„Nein, er hat von einer früheren Freundin den Floh ins Ohr gesetzt bekommen, dass es kein Zufall ist, dass die Tante wenige Tage, nachdem sie das Testament aufgesetzt hatte, gestorben ist."
„Biehler meint also, du hättest nachgeholfen?" staunte Anke über die grausame Bedeutung dieser Unterstellung.
Robert nickte.
„Wie kann diese frühere Freundin so etwas behaupten? Arbeitet sie auch in dem Altenheim?"
„Nein, ich kenne diese Frau nicht. Angeblich hatte sie einen Verwandten in unserem Altenheim, der dort ebenfalls plötzlich verstorben ist. Das Problem ist, dass alte Menschen sterben, nur wollen die Angehörigen das nicht einsehen. Ich kann mir nicht vorstellen, dass in unserem Haus Sterbehilfe geleistet wird."
„In letzter Zeit sind in Deutschland einige Fälle von Sterbehilfe in Altenheimen aufgedeckt worden. Da wird die Polizei gleich hellhörig, wenn ein älterer Patient unter verdächtigen Umständen stirbt. Kein normal denkender Altenpfleger würde dieses Risiko eingehen", stimmte Anke zu.
Als sie sich dem Reitplatz näherten, hörten sie ein lautes Streitgespräch zwischen Peter Biehler und Nadja Basten. Gemeinsam mit einem anderen Reiter war Nadja damit beschäftigt, die Hindernisse zu einem Parcours umzubauen, der in der Springstunde trainiert werden sollte. Sie warf die Stangen eines Oxers auf den Boden und stellte die Ständer an einen anderen Platz, als Biehler sie laut anschrie: „Stell das Hindernis gefälligst wieder so hin, wie es gestanden hat. Was meinst du, warum ich mir das so aufbaue?"
Ein kleiner braun-weiß gescheckter Hund sprang immer zwischen Nadja und Biehler hin und her und bellte den Reiter unentwegt an.

Nadja schaute Biehler böse an und giftete zurück: „Jeder hier weiß, dass heute Springstunde ist, und jeder weiß, dass man dafür einen Parcours aufbauen muss. Nur du nicht. Wenn du springen willst, dann mach das an einem anderen Tag."
Aber Biehler wollte nicht nachgeben. Unwirsch blaffte er zurück: „Dann bau doch wenigstens etwas auf, das man springen kann, und wirf nicht alles durcheinander."
Immer noch bellte der kleine Hund dazwischen, dass Anke Mühe hatte, alles zu verstehen.
„Du glaubst doch nicht im Ernst, dass ich hier Hindernisse aufbaue, während du ohne Rücksicht darüber springst. „Das darf doch nicht wahr sein!" schrie Biehler außer sich.
Aber für Nadja war das Thema erledigt. Gerade zum Trotz ließ sie alle Stangen kreuz und quer auf dem Boden liegen, damit Biehler gar keine Möglichkeit zum Springen hatte. Ihm blieb nichts anderes übrig, als um den Stangensalat herumzureiten. Nur der kleine Hund hatte eine Riesenfreude an dem Wirrwarr. Munter sprang er von allen Seiten darüber und freute sich über das Lob, das er von Nadja dafür bekam.
Nadja wollte gerade den Reitplatz verlassen, als Biehler ganz dicht an ihr vorbei ritt, sodass sie schon befürchtete, er wollte sie umreiten.
„Du wirst mich noch kennen lernen, Fräuleinchen!" rief er ihr drohend zu.
„Wenn du mich umreitest, dann ist aber was los hier", konterte Nadja nicht minder böse.
„Halt bloß die Schnauze!" schrie Biehler ungehalten. „Wenn hier was los ist, wirst du das schon merken!"
„Ich lass mir von dir nicht sagen, dass ich die Schnauze halten soll!"
Mit diesen Worten verließ Nadja den Platz.
Anke verabschiedete sich von Robert, damit er sich endlich seinem Pferd widmen konnte. Für das Wochenende hatten

sie alles abgesprochen, und Anke freute sich darauf, einen ganzen Sonntag mit Robert zusammen verbringen zu können.

Es wurde ein Tag, wie er schöner nicht sein konnte. Die Vögel zwitscherten zum Tagesanbruch so laut, dass Anke davon geweckt wurde. Frohgelaunt stand sie auf und stellte mit Entzücken fest, dass ihr Muskelkater und die Prellungen im Schulterbereich und im Genick fast überhaupt nicht mehr schmerzten. Beschwingt hüpfte sie von ihrem Schlafzimmer in die Küche und frühstückte am offenen Fenster, das zur Quienstraße zeigte, um diesem herrlichen Frühlingstag ganz nahe zu sein.
Alles war ruhig zu dieser frühen Stunde. Aber Anke wollte nicht länger schlafen, weil sie Angst hatte, zu viel von diesem schönen Tag zu verpassen. Als Robert in seinen Luxusgeländewagen vorfuhr, wartete sie schon ganz ungeduldig, weil sie es kaum noch erwarten konnte, mit ihm zum Turnier zu fahren. Die Reitanlage lag mitten im Stadtteil St. Arnual so versteckt, dass man von der Straße aus gar nicht erkennen konnte, was sich wirklich hinter diesen Mauern verbarg. Leider war der Platz für die Pferde eng bemessen. Drei Außenplätze waren um den Stall herum angelegt, auf denen mit den Pferden gearbeitet werden konnte, aber Koppeln fehlten. Außerdem gab es keine Möglichkeit, von diesem Stall aus in den Wald zu reiten, weil der Weg durch den verkehrsreichen Stadtteil St. Arnual führte. Anke stellte fest, dass der Reitstall in Gersweiler günstiger lag. Von dort konnte man problemlos in den Wald am Schanzenberg reiten, ohne eine Hauptstraße überqueren zu müssen.
Schon in der Frühe herrschte viel Betrieb auf den verschiedenen Reitplätzen. Turnierreiter in ihren vorgeschriebenen Reitkleidern aus schwarzer Turnierjacke, weißer Reithose,

weißem Hemd oder weißer Bluse, schwarzem Helm und schwarzen Stiefeln, bereiteten auf einem kleinen Reitplatz ihre Pferde für das bevorstehende Springen vor. Andere fuhren mit ihren Pferdehängern vor und begannen auszuladen, während die Richter über die Sprechanlagen ihre nächsten Prüfungen ankündigten und die Reiter nach einer bestimmten Reihenfolge aufriefen.

Gemeinsam begaben sich Robert und Anke an eine Kaffeetheke, die direkt neben dem Parcours aufgebaut worden war, und bestellten sich Kaffee und Kuchen. Interessiert schauten sie den Springreitern zu, die sich bemühten, die Hindernisse fehlerfrei zu springen. Direkt neben dem Eingang, der vom Abreitplatz zum Parcours führte, befand sich eine mannshohe Hecke, an der sich die Leute aufhielten, die als Parcoursdienst tätig waren.

„Das ist ein Springen der A-Klasse", erklärte Robert, „das bedeutet, dass die Hindernisse eine Höhe von einem Meter bis einem Meter zehn haben. Die Klassen der jeweiligen Springen sind nach der Höhe der Hindernisse eingestuft und die Reihenfolge ist E, dann kommt schon A, dann L, dann M und zum Schluss S."

„Dann heißt A-Springen, dass der Reiter noch ziemlich am Anfang steht?" überlegte Anke, obwohl sie die Höhe der Hindernisse schon als schwindelerregend empfand.

„Gut, aber die meisten Reiter, die Amateurreiter, die das Reiten als Hobby betreiben, reiten in den A- und L-Klassen. In den M- und S-Klassen findet man schon viele Berufsreiter, die auch entsprechende Pferde dafür haben."

Kaum hatte Robert ausgesprochen, kam ein auffällig großer Truck vorgefahren, auf dem unübersehbar mit Leuchtbuchstaben „Peter Biehler – Turnierpferde" geschrieben stand.

Anke staunte nicht schlecht, als sie das sah. Robert lachte: „Mit seinem Material überbietet er wirklich alle hier, weil er

einfach Geld hat. Aber sogar im Reitsport ist Geld nicht alles, wie Biehler bisher bestens bewiesen hat!"
Sie beobachteten, wie seine Frau Sybille und das Mädchen, das immer bei ihnen war, die beiden Pferde ausluden und sattelten. Peter Biehler ging ohne zu helfen zum Abreitplatz und wartete. Es dauerte nicht lange, da kam das Mädchen mit dem Schimmel, der in der Reihenfolge zuerst starten sollte. Wortlos schwang er sich auf den Rücken des Pferdes, seine Frau ritt den Fuchswallach. Beide Pferde wirkten völlig unbeeindruckt von dem Turniergeschehen, was bedeutete, dass sie es bestens kannten. Das Mädchen wurde damit beauftragt, die Stangen auf dem Abreitplatz in die von Biehler gewünschte Höhe zu bringen, damit er mit dem Aufwärmtraining beginnen konnte.
„Wer ist dieses Mädchen?" fragte Anke, die beobachtet hatte, dass das Mädchen immer in Biehlers Nähe war. „Mir ist nämlich nicht bekannt, dass Peter Biehler eine Tochter hat."
„Das Mädchen arbeitet für ihn, sie macht alle Arbeiten, die im Reitsport anfallen, damit er sich nicht selbst darum kümmern muss. Als er in unseren Stall kam, hat er sie mitgebracht", erklärte Robert.
Es dauerte nicht lange, da wurde Peter Biehler aufgerufen.
Als die Klingel ertönte, das Zeichen dafür, dass der Parcours für den Start frei war, machte Biehler jedoch etwas völlig Unerwartetes. Anstatt auf die Richterbank zuzureiten und zu grüßen, galoppierte er in vollem Tempo los, allerdings in die falsche Richtung. Der Schimmel rannte wie von einer Tarantel gestochen um die grüne Hecke herum, wo auch die Leute des Parcoursdienstes standen. Vor Schreck sprangen die überraschten Helfer in die Hecke hinein, weil der Schimmel immer schneller das Gebüsch umkreiste. Biehler saß völlig hilflos auf dem großen Pferd und versuchte mit allen Mitteln, durchzuparieren, aber vergebens. Der Schimmel rannte unbeirrbar weiter.

„Herr Biehler, hier ist die Richterbank!" ertönte eine leicht amüsierte Stimme durchs Mikrofon.
Der Fuchs blieb unbeeindruckt und setzte seine Runden um die Hecke weiterhin fort. Alle Bemühungen von Biehler, das Pferd unter Kontrolle zu bringen, scheiterten, bis eine zweite Klingel ertönte.
„Herr Biehler, dieser Busch gehört nicht zum Parcours! Oder wollen Sie unter die Buschreiter gehen?" ertönte die vor Ironie triefende Stimme durchs Mikrofon.
Die Zuschauer lachten.
Verwirrt fragte Anke: „Was ist ein Buschreiter?"
„Vielseitigkeitsreiter nennt man auch Buschreiter. Eine Vielseitigkeitsprüfung besteht aus einer Dressurprüfung, einer Geländespringprüfung, wo es nur feststehende Naturhindernisse gibt, und aus einer Springprüfung im Parcours", erklärte Robert.
Wieder verging eine Weile, bis die Stimme durchs Mikrofon sich erneut meldete: „Herr Biehler, Ihre Zeit ist um. Gerne hätte ich Ihnen noch ein Weilchen zugesehen, aber Sie sind ausgeschieden!"
Lautes Gelächter ertönte aus den Zuschauerreihen. Auch Anke konnte sich nicht mehr halten vor Lachen und meinte zu Robert, der ebenfalls sehr belustigt wirkte: „Ich würde mich an Biehlers Stelle in Grund und Boden schämen!"
Aber Robert winkte nur ab und meinte: „Das lässt ihn eiskalt!"
Trotz des Richterspruchs und durch das Gelächter der Zuschauer umrundete Biehler weiterhin die Hecke, bis er in seiner Hilflosigkeit sich einfach vom Pferd fallen ließ und sich an den Zügeln festhielt. Damit brachte er das Pferd tatsächlich zum Stillstand. Um dem Hohn noch die Krone aufzusetzen, erhielt er für seine Zirkusnummer einen jubelnden Applaus der Zuschauer.

Mit schmerzverzerrtem Gesicht führte er den Fuchs zu Sybille und ließ sich von ihr die Schulter reiben. Anke und Robert begaben sich in ihre Nähe, weil sie neugierig waren, was er zu sagen hatte. Während Sybille ihm die Schulter massierte, meinte er zu den anderen Reitern, die ihn fragend musterten: „Ich habe mir beim Einreiten in den Parcours die Schulter ausgerenkt. Deshalb konnte ich das Pferd einfach nicht mehr durchparieren."
Sybille bedauerte ihn tüchtig, während er seine Geschichte erzählte, wodurch er sich noch mehr bestätigt fühlte. Als die anderen Reiter sich wieder entfernten, stieß er seine Frau weg und meinte in einem sehr unfreundlichen Ton: „Es reicht jetzt. Stell das Pferd weg!"
Amüsiert über das abwechslungsreiche Programm, zu dem Biehler erheblich beigetragen hatte, spazierten Anke und Robert über den Turnierplatz, der sich mit Besuchern und Reitern füllte. Anke blickte sich um, aber sie kannte niemanden, während Robert ständig von Bekannten angesprochen wurde. Sie ritt erst seit wenigen Monaten, überlegte sie sich, da war es nur verständlich, dass sie noch fremd war in dieser Gesellschaft. Aber das wollte sie ändern. Sie wollte sich Freunde suchen, mit denen sie ihre Interessen teilen konnte. Sie war es Leid, ihr Leben nur aus Arbeit bestehen zu lassen. Kullmann hatte völlig Recht, als er ihr immer wieder geraten hatte, sie solle auch lernen, ihr Privatleben zu genießen; schließlich sei man nur einmal jung. Nun wollte sie damit beginnen. Mit Robert würde ihr dieser Start gut gelingen.
Sie war in diesen Gedanken versunken, als ein Sanitäter auf Robert zukam: „Guten Tag, Herr Spengler! Was treibt Sie denn auf ein Reitturnier?"
Schlagartig wurde Anke ganz heiß zumute. Spengler, Spengler! Mein Gott, dieser Name. Wie konnte das möglich sein? Gab es wirklich solche Zufälle, dass Robert mit Luise Speng-

ler etwas zu tun hatte? Verzweifelt grübelte sie, ob der Name Robert Spengler in den Akten aufgetaucht war. Tatsächlich! Sie konnte sich erinnern, dass Luise einen Sohn hatte, der Robert Spengler hieß.
Als Robert sich zu ihr umdrehte, erschrak er.
„Mein Gott, Anke! Was ist passiert? Du siehst ja aus, als sei dir der Leibhaftige begegnet!"
Tröstend wollte er sie in den Arm nehmen, aber Anke wich geschickt aus und fragte: „Kann es wirklich sein, dass du Robert Spengler bist? Der Sohn von Kurt und Luise Spengler?"
Verblüfft schaute Robert Anke an und meinte: „Ja. Was ist daran so verwerflich?"
Nun musste Anke sich setzen. Die Welt war klein, gestand sie sich ein. Endlich lernte sie einen Mann kennen, der ihr gut gefiel und ihr Leben wieder in Schwung bringen könnte. Da musste es ausgerechnet jemand sein, der in einen Fall verwickelt war, an dem sie arbeitete. Im Grunde genommen müsste sie entweder den Fall abgeben oder den Kontakt zu Robert abbrechen. Aber sie wollte weder das Eine noch das Andere. Den Fall abzugeben, würde für sie bedeuten, Kullmann in seiner misslichen Lage im Stich zu lassen; und Robert aufzugeben sprach gegen ihre Gefühle.
„Anke, ich habe dich etwas gefragt!" drängte Robert nun.
Anke zögerte lange; sie zog Robert etwas auf die Seite: „Zufällig bin ich Kriminalbeamtin und arbeite an dem Fall Luise Spengler!"
„Oh!" reagierte Robert überrascht. „Was gibt es daran zu arbeiten? Meine Mutter ist tödlich verunglückt!"
„Das ist noch nicht eindeutig bewiesen", widersprach Anke.
„Was macht dich so sicher, dass es kein Unfall war?" fragte er unwirsch.
„Was macht dich so sicher, dass es ein Unfall war?" entgegnete sie genauso ungehalten.

Als wenn bei strahlendem Sonnenschein ein Blitz ein furchtbares Unwetter ankündigte, so düster und eisig war es plötzlich zwischen ihnen geworden.

„Die Umstände, wie es passiert ist. Meine Eltern hatten seit Jahren getrennte Schlafzimmer; niemals ist jemand in das Zimmer des anderen gegangen, weil sie ihre Privatsphären respektierten. Meine Mutter hatte eben Pech, dass sie das Gleichgewicht verloren hat, als sie gerade am Fenster stand!"

Nun konnte Anke nicht mehr zurück. Die Polizistin hatte sich mächtig in ihr Privatleben geschoben. Sie überhörte nicht die Gleichgültigkeit, mit der er über den Tod seiner eigenen Mutter sprach, was sie ihm auch verdeutlichte.

Entschuldigend erklärte Robert: „Meine Mutter und ich standen uns nicht sehr nahe. Das bedeutet allerdings nicht, dass mir ihr Tod egal ist."

„Aber das erklärt mir immer noch nicht, was dich so sicher macht, dass es wirklich nur ein Unfall war!" blieb Anke beharrlich.

„Sie litt schon sehr lange unter Kreislaufstörungen und Schwächeanfällen. Da ist es doch nicht auszuschließen, dass sie einen solchen Schwächeanfall bekommen hat, als sie gerade am Fenster stand."

„Da muss ich dir grundsätzlich Recht geben! Weißt du denn, dass sie genau in dem Augenblick, als sie aus dem Fenster stürzte, einen solchen Schwächeanfall hatte?" hakte Anke nach.

„Genau weiß ich es natürlich nicht, weil ich zu der Zeit am Bodensee, in Meersburg, war. Ich weiß sogar den Namen des Hotels. Das weiß ich deshalb so genau, weil ich schon einmal von der Polizei verhört worden bin. Nun, deine Kollegen haben sich damit zufrieden gegeben. Es wäre schade, wenn du das nicht könntest. Lass doch die Polizistin einfach zu Hause und genieße mit mir den schönen Tag!"

Anke schwankte zwischen Anspannung und Scham. Sie hätte gern mehr erfahren von der frühen Entfremdung zwischen Mutter und Sohn. Was hatte die beiden entzweit? Robert machte einen so netten und freundlichen Eindruck. Es schien Anke unmöglich, sich mit ihm zu verkrachen. Andererseits hatte Robert ihren wunden Punkt getroffen. Es tat ihr leid, dass sie ihre Funktion als Polizistin sogar in Roberts Anwesenheit, die ihr so viel bedeutete, nicht ablegen konnte. Dabei hatte sie sich so sehr vorgenommen, auf Kullmanns Rat zu hören und endlich ihr Privatleben zu genießen. Leicht fiel ihr das nicht, wie sie nun merkte, aber sie wollte es trotzdem versuchen, weil die Verlockung auf einen sonnigen Tag mit Robert auf dem Turnier zu groß war.

Sie beobachteten das nächste Springen, das als ein A-Springen mit Stechen angekündigt wurde. Sollten mehrere Reiter in dieser Springprüfung dieselbe Wertung erreichen, wurde der Sieger durch ein anschließendes Stechen ermittelt. Unter den Startern erkannte Anke ihre Reitlehrerin Susanne, die mit sehr hohem Tempo und fehlerfrei durch den Parcours ritt. Das Mikrofon bestätigte, dass Susanne Werth im anschließenden Stechen starten sollte. Auch die nächste Reiterin kam Anke sehr bekannt vor. Sie kam ebenfalls aus der Reitanlage, in der Anke ritt. Aber begegnet waren die beiden sich noch nicht, weil diese Frau zusammen mit den Turnierreitern trainierte, die Anke nur selten zu sehen bekam.
„Wie heißt die Reiterin?“ fragte Anke Robert, der ihr ganz fasziniert zuschaute.
„Das ist Doris Sattler. Sie reitet inzwischen A- und L-Springen, nur leider nicht sehr erfolgreich. Ihr Pferd ist gesundheitlich nicht auf der Höhe und fällt ständig aus“, erklärte Robert.
Anke wunderte sich darüber, wie mitfühlend Robert dabei klang.

Der Nachmittag wurde sehr schön und unbeschwert. Es folgte eine Springprüfung nach der anderen. In den Pausen vertrieben sie sich die Zeit damit, sich um das leibliche Wohl zu kümmern, wofür bestens gesorgt war, wie es auf Veranstaltungen in dieser Gegend nie anders erwartet wurde.
Erst sehr viel später fiel Anke noch eine Frage ein, die sie auch sofort loswerden musste: „Wie ist es möglich, dass wir uns auf der Dienststelle nie gesehen haben? Schließlich bist du doch zu einer Aussage zu uns gekommen."
„Als ich bei euch war, sprach ich mit Polizeibeamten, die ich nicht kannte", erklärte Robert.
Anke fiel ein, dass Nimmsgern und Esche an dem Fall gearbeitet hatten, während sie damit beschäftigt war, in der Vergangenheit von Kurt und Luise Spengler nach einem möglichen Motiv zu suchen. Kullmann hatte diese fixe Idee, dass der Ehemann schuld an Luises Tod war. Nur hatten ihm die Beweise gefehlt.
„Deshalb sind wir uns nicht begegnet", meinte Anke nur kopfschüttelnd.
„Hat dieser Zusammenhang nun Auswirkungen auf unsere Freundschaft?" fragte Robert unsicher.
Daran, wie er diese Frage stellte, glaubte Anke herauszuhören, dass ihm viel daran lag, ihre Freundschaft nicht zu belasten. Erleichtert schüttelte sie den Kopf, obwohl sie genau wusste, dass sie das wider besseres Wissen tat. Im Grunde ihres Herzens glaubte sie, Zweifel zu spüren, Zweifel darüber, wie sie ihre Gefühle gegenüber Robert mit der Professionalität ihrer Arbeit in Einklang bringen könnte. Aber auf diese innere Stimme wollte sie einfach nicht hören. Lieber lenkte sie sich mit einer Begründung ab, die in ihren Ohren ebenfalls sehr überzeugend klang. Niemand konnte es ihr zum Vorwurf machen, mit Robert, dem Sohn einer vermeintlich Ermordeten, Kontakt zu halten. Schließlich hatten sie sich

erst sehr lange nach diesem schrecklichen Ereignis kennen gelernt. Außerdem hatte Robert ein bombensicheres Alibi.
„Ich glaube, ich besorge uns ein Bier auf diesen Schreck, was meinst du, Agatha Christie? Oder wie soll ich dich nennen?"
„Bleiben wir lieber bei Anke Deister. Wer weiß, vielleicht werde ich mal genauso berühmt wie Agatha Christie, dann brauche ich nicht den Namen einer Anderen anzunehmen, oder?"
Anke beobachtete Robert, wie er zum Bierstand ging und spürte wieder dieses Prickeln im Bauch. Dieser Mann gefiel ihr wirklich gut, so gut, dass sie grundlegende Prinzipien, auf die sie sich nach der Bruchlandung mit Hübner eingeschworen hatte, einfach über Bord warf. Verträumt beobachtete sie, wie er am Bierstand auf seine Bestellung wartete, und genoss das Gefühl des Verliebtseins.
In dem Moment tauchte Doris Sattler auf und lächelte ihn so verführerisch an, dass in Anke sofort Eifersucht aufstieg. Doris hatte lange braune Haare und eine aufregende Figur, was durch die enge Turnierkleidung noch mehr betont wurde. Ihre Reize wusste sie bestens einzusetzen. Eine Weile unterhielten sich die beiden. Robert genoss es offensichtlich, von dieser hübschen Frau umschwärmt zu werden.
Anke stand abseits am Parcoursrand. Nach einer kurzen Weile, die ihr wie eine Ewigkeit vorkam, wandte er sich wieder ab und kam mit zwei Bierhumpen zurück. Mit keinem Wort erwähnte er das Gespräch mit Doris, Anke wollte auch nicht darüber reden. Viel zu peinlich wäre es ihr, ihm ihre Eifersucht zu zeigen.
„Ich habe Nepomuk heute Morgen auf die Koppel gebrach und muss ihn nachher noch in die Box stellen", bemerkte Robert, während sie beide das nächste Springen beobachteten. „Kommst du mit?"
„Gerne!"

Inzwischen startete die S-Klasse und wieder erkannte Anke einen der Reiter. Es war Helmut Keller. Er ritt einen riesengroßen schwarzen Wallach, den Anke noch nie gesehen hatte. Robert staunte auch, als er das Pferd sah und meinte: „Dieses Pferd kenne ich nicht. Sollte er sich vor seinem großen Start in Warendorf einen Neuen gekauft haben?"
Sein Ritt war fehlerfrei und er bekam den bisher größten Applaus aller Reiter. Einige Mädchen jubelten ihm vor Begeisterung laut zu, worüber Anke sich amüsierte. Die jungen Mädchen bewunderten die erfolgreichen Turnierreiter wie Stars.
„Was heißt Start in Warendorf?" wollte Anke wissen.
„In Warendorf befindet sich das Bundesleistungszentrum des Reitsports, die Deutsche Reiterliche Vereinigung. Helmut Keller ist zurzeit der einzige aus dem Saarland, der zum A-Kader nach Warendorf berufen worden ist", erklärte Robert.
„Das hört sich ja nach einer starken Leistung an. Wie hat er das geschafft?"
„Ganz einfach, er hat so viele Erfolge gehabt, dass die Deutsche Reiterliche Vereinigung auf ihn aufmerksam geworden ist. In Warendorf kann er sich für die Deutschen Meisterschaften qualifizieren mit der Chance, in der Deutschen Olympiamannschaft zu reiten. Das ist der Traum eines jeden großen Turnierreiters. Helmut Keller hat es geschafft."
„Er reitet wirklich gut", stellte Anke schlau fest, als hätte sie viel Ahnung davon.
„Sonst wäre er nicht so weit gekommen", lachte Robert.
„Wie viel Pferde hat Helmut Keller denn?"
„Zwei Braune. Ob ihm dieser Rappe auch gehört, weiß ich nicht. Das Pferd habe ich noch nie gesehen! Aber bei den großen Turnierreitern kann man nie wissen", meinte Robert schulterzuckend.
Gemeinsam verließen sie den Turnierplatz und fuhren in Ro-

berts komfortablem Geländewagen zur Reitanlage.
„Bist du mit Nepomuk auch schon Turniere geritten?“ fragte sie, als sie angekommen waren.
Zusammen gingen sie zu den Koppeln, die hinter den Stallungen lagen.
„Ja, ich reite gelegentlich ein A-Springen. Manchmal auch ein L-Springen, je nach dem, wie ich gerade Lust habe. Nepomuk ist sehr zuverlässig und hat mir schon einige Erfolge eingebracht.“
Als sie sich den Koppeln näherten, wieherte der braune Wallach freudig und galoppierte auf den Ausgang der Koppel zu, als sei er froh darüber, wieder in den Stall zu kommen.
„Warum nur ab und zu?“ bohrte Anke weiter.
„Ich arbeite in Schichten und habe nicht die Zeit, so konsequent zu trainieren, wie das dafür eben nötig wäre. Vielleicht gebe ich Nepomuk mal Doris zum Springen, wenn ihr Pferd wieder einmal ausfällt. Sie kann mir richtig leid tun, weil sie unbedingt Turniere reiten will, aber nicht das richtige Pferd dafür hat.“
Anke gefiel dieses Arrangement überhaupt nicht.
„Warum gerade Doris? Sie hat ein eigenes Pferd. Wäre es nicht angebrachter, dein Pferd jemandem anzuvertrauen, der kein Pferd hat?“ murrte sie.
„Denkst du dabei an dich?“ hakte Robert schmunzelnd nach.
„Zum Beispiel!“
„Ich lasse es mir durch den Kopf gehen!“
Robert führte Nepomuk zum Stall.
Der Truck von Peter Biehler war dort inzwischen eingetroffen. Robert stellte den großen Wallach in seine Box, während Anke zu Rondo ging und ihm über die Nüstern streichelte. Nach einer Weile wollte Sie sich auf die Suche nach Robert machen, als sie schon wieder ein lautes Wortgefecht hörte.

„Morgen wirst du filmreif mit Handschellen aus dem Altenheim abgeführt, das verspreche ich dir. Dann haben deine Macho-Auftritte endlich ein Ende, weil dein Spiel entlarvt ist", sprach Peter Biehler so laut, dass Anke alles verstehen konnte.
„Wie willst du das anstellen? Willst du mir ein Verkehrsdelikt anhängen? Mehr darfst du kleiner Wichtigtuer doch gar nicht!" Das war Roberts Stimme.
„Du wirst dich wundern! Ich habe einen guten Freund, der für Tötungsdelikte zuständig ist. Er ist über alles informiert. Glaub mir, der nimmt diesen Hinweis sehr ernst, weil es seine Arbeit ist. Außerdem muss ich hinzufügen, dass meine alte Freundin, von der ich den Tipp bekommen habe, ebenfalls bei der Polizei arbeitet. Also unterschätz mich lieber nicht!" lachte Biehler verächtlich.
„Und du solltest mich nicht unterschätzen! Wenn du wirklich meinst, mir Schwierigkeiten machen zu müssen, dann wirst du mich mal kennen lernen."
„Willst du mir drohen?"
„Nein, dich nur warnen. Lass einfach die Finger davon oder es wird dir noch leid tun!"
Höhnisch lachend verließ Biehler den Stall durch den anderen Ausgang. Schnell stahl Anke sich davon, damit Robert nicht bemerkte, dass sie gelauscht hatte. Dieses Gespräch erschreckte sie, aber darauf wollte sie Robert auf gar keinen Fall ansprechen. Für diesen Tag hatte sie seine Geduld schon zur Genüge auf die Folter gespannt, als sie über den Tod seiner Mutter gesprochen hatten. Noch ein Gespräch, das sich wie ein Verhör anhörte, wollte sie nicht riskieren, dafür war ihr die Freundschaft zu ihm zu wichtig. Gelassen schlenderte sie durch den Hof und beobachtete das Mädchen, das wieder fleißig damit beschäftigt war, alle Utensilien Biehlers, die zum Turnier gebraucht worden waren, zu reinigen und weg-

zuräumen. Zum Abschied winkte sie Anke zu und fuhr mit ihrem Fahrrad davon.
Gleichzeitig heulte ein Automotor auf, mit einem Kavaliersstart fuhr Biehler los; Sand, Steine und Staub wirbelten durch die Luft. Erschrocken schaute Anke zu ihm herüber, aber er fuhr so schnell davon, dass sie ihn bald aus den Augen verlor.
Plötzlich nahm Robert sie von hinten in die Arme und flüsterte ihr ins Ohr: „Was hältst du davon, mit mir essen zu gehen? Ich kenne ein wunderschönes Restaurant mit Terrasse, wo wir im Sonnenuntergang sitzen und den Tag ausklingen lassen können."
Diesem Vorschlag konnte Anke nicht widerstehen. Gemeinsam verließen sie den Hof, als ihnen Sybille begegnete. Kopfschüttelnd ging sie auf dem Platz hin und her; sie wirkte völlig orientierungslos. „Das gibt es doch nicht, das kann doch nicht sein!" stammelte sie fassungslos vor sich hin.
Robert beobachtete sie nur belustigt, während Anke fragte: „Was gibt's?"
Verwirrt schaute sie Anke an und meinte: „Peter ist einfach weggefahren, er ist einfach ohne mich weggefahren!"
„Na ja, vielleicht merkt er ja noch, dass er dich vergessen hat", spottete Robert und schob Anke energisch zu seinem Auto. Er wollte den Rest des Abends ungestört mit ihr verbringen.
Das Restaurant, von dem Robert gesprochen hatte, befand sich auf dem Saarbrücker Schlossplatz. Die Terrasse bot ihnen eine wunderschöne Aussicht über die ganze Stadt und über die Saar, in der sich das rot werdende Licht der untergehenden Sonne spiegelte. Lange saßen sie unter freiem Himmel bei einem Glas Wein und plauderten, bis die Kellner sie höflich daran erinnern mussten, dass das Restaurant schließen wollte.

Anke lachte vergnügt, als sie von Robert wieder nach Hause gebracht wurde. Inzwischen war Mitternacht vorbei, aber sie hatte gar nicht bemerkt, wie schnell die Zeit vergangen war. Von den Ereignissen des Tages war sie noch viel zu aufgeregt, dass sie lange nicht einschlafen konnte. Deshalb wollte sie in Erinnerungen schwelgen und ihr Glück genießen, aber das gelang ihr nicht. Ständig tauchte das Gesicht von Doris Sattler auf! Immer wieder, wenn sie sich selig vor Glück glaubte und langsam in ihren wohlverdienten Schlaf sank, wurde sie durch die Bilder, die Robert und Doris bei ihr hinterlassen hatten, wieder geweckt. Dadurch dauerte es lange, bis sie endlich einschlafen konnte. Nur leider sollte es kein erholsamer Schlaf werden.

Am Montagmorgen wurde Anke wieder von der Sonne geweckt. Die unruhige Nacht zeigte ihre Spuren, denn sie fühlte sich übernächtigt. Aber die Erinnerungen an den letzten Tag hoben ihre Laune mächtig an. Sie fuhr zur Dienststelle. Zuerst kochte sie Kaffee, der obligatorische Beginn ihres Arbeitstages. Kullmann war schon da und las wie üblich zu dieser frühen Stunde in der Lokalzeitung. Als Anke sein Büro betrat, wirkte er nachdenklich.
Sie sprach ihn auf seine bekümmerte Miene an, worauf er antwortete: „Die Zeitungsberichte bringen Details, die nicht für die Öffentlichkeit bestimmt sind. Das erschwert unsere Arbeit!“
„Sie sind doch durch solche Kleinigkeiten nicht zu erschüttern. Ich vertraue auf Sie, egal, was die Zeitungen berichten“, stellte Anke klar.
Kullmann freute sich über dieses Lob.
Sein Gesicht hellte sich auf, als er Anke ansah. Seine Lesebrille, die kunstvoll auf seiner Nasenspitze balanciere, nahm er ab, setzte ein schelmisches Grinsen auf und fragte: „Was ist

Ihnen denn Gutes widerfahren?“
Anke errötete sofort, was Kullmann mit einem noch breiteren Grinsen bedachte.
„Sie brauchen nicht zu antworten“, winkte Kullmann sogleich ab, als er merkte, wie verlegen Anke geworden war. „In jungen Jahren muss man sich verlieben, das macht das Leben erst richtig lebenswert.“
„Sie sprechen wohl aus Erfahrung?“ entgegnete Anke ebenfalls schelmisch.
„Wissen Sie, wenn man so alt ist wie ich, hat man unweigerlich seine Erfahrungen gemacht. Auch wenn ich nicht viel darüber rede, so gab es auch in meinem Leben schon sehr glückliche Zeiten“, schwelgte er in seinen Erinnerungen. „Es hat nichts zu sagen, dass ich nicht verheiratet bin!“
„Sind Sie der notorische Junggeselle?“ wollte Anke wissen, die sehr froh darüber war, dass Kullmann von seinem Leben erzählte, was leider zu selten vorkam.
„Das nicht! Es kam eben immer anders. Vor Jahren schon habe ich damit aufgehört, alles genau zu hinterfragen.“ Nach einer kurzen nachdenklichen Pause murmelte er: „Man bekommt nie eine Antwort!“
Verwundert über die Niedergeschlagenheit, die Kullmann plötzlich zu befallen schien, schaute Anke ihren Chef an. Deutlich spürte sie, dass es etwas gab, was Kullmann mehr beschäftigte, als er zuzugeben bereit war. Aber sie durfte nicht vergessen, dass sie nur seine Mitarbeiterin war, warum also sollte er gerade ihr seine privaten Geheimnisse verraten?
„Ich möchte Sie nicht mit meinen Belanglosigkeiten belästigen…“
„Damit können Sie mich gar nicht belästigen“, widersprach Anke heftig. „Im Gegenteil, alles, was Sie über sich erzählen, interessiert mich. Von Belanglosigkeiten kann gar keine Rede sein. Es ist für mich eine ganz besondere Ehre, wenn Sie mir vertrauen.“

Kullmann lächelte und winkte ab: „Sie schmeicheln mir mal wieder so charmant, dass ich mich gleich viel besser fühle. Aber unsere Ermittlungen befinden sich an einem Punkt, der es mir wirklich sehr schwer macht, an mich selbst zu glauben. Endlich ist der Zeitpunkt für mich gekommen, in Rente zu gehen. Und nun das. Ich leite Ermittlungen, die so ergebnislos verlaufen wie noch nie während meiner gesamten Dienstzeit. Wahrscheinlich habe ich den Zeitpunkt meines Wegganges einfach nur falsch gewählt – oder verpasst. Ich hatte hier weiß Gott schon bessere Zeiten."

„Gibt es denn etwas Bestimmtes, was Sie so quält?"

Kullmann räusperte sich und zögerte eine Weile, bis er sprach: „Nimmsgern hatte zum Zeitpunkt seiner Ermordung an dem Fall Spengler gearbeitet. Ich hege den Verdacht, dass Nimmsgern ein Beweisstück bei sich hatte, als er erschossen wurde, und dass dieser Beweis nun in den Händen seines Mörders ist. Nur: Wer profitiert davon, wenn der Fenstersturz von Luise Spengler nicht aufgeklärt wird?"

„Wie kommen Sie darauf, dass Nimmsgern einen Beweis bei sich hatte?" stutzte Anke. Wieder fiel ihr das geheimnisvolle Gehabe von Nimmsgern ein, als er am Tag seiner Ermordung das Büro verlassen hatte.

„Weil Theo, der Leiter der Abteilung Kriminaltechnik, mich angerufen und mir mitgeteilt hat, dass ein Kollege der Spurensicherung Fingerabdrücke in Luise Spenglers Zimmer sichergestellt habe, diese Karte allerdings niemals im Labor angekommen sei, wo sie mit den Daten des Automatisierten Fingerabdruck-Identifizierungs-Systems verglichen werden sollten. Nach dem Bericht der Spurensicherung war Nimmsgern bei allen Untersuchungen, die dort angestellt worden sind, persönlich anwesend. Er hatte sich bei den Kollegen bereit erklärt, die Proben selbst ins Labor zu bringen."

„Das überrascht mich aber!" wand Anke ein.

Kullmann bestätigte Ankes Einwand und setzte seinen Bericht fort. „Außer der Fingerabdruckkarte ist auch alles im Labor angekommen. Ich habe gerade mit dem Aktenführer gesprochen, der alle Ergebnisse der Spurensicherung akribisch genau abheftet und beschriftet. Diese Fingerabdruckkarte ist niemals in seinen Händen gelandet, sonst wäre sie auffindbar. Da Luises Zimmer nach der Spurensuche wieder freigegeben wurde, war es nicht mehr möglich, diese Fingerabdrücke ein zweites Mal sicherzustellen, weil die Putzfrau dort gründlich gereinigt hatte. Diese Karte könnte der Schlüssel unserer Ermittlungen sein. Deshalb vermute ich, dass der Mörder von Nimmsgern diese Unterlagen an sich genommen hat."

„Das hört sich wirklich abenteuerlich an. Was veranlasst Sie , zu glauben, Nimmsgerns Mörder hätte ein Motiv, die Ermittlungen an Luises Tod zu boykottieren? Es gibt doch immer Verrückte, die Polizisten hassen. Im Grunde kann es doch auch ein Anschlag auf die Polizei im Allgemeinen gewesen sein", zweifelte Anke.

„Das stimmt und solange sich kein Zeuge meldet oder sonst etwas geschieht, werden wir nie herausfinden, wer Nimmsgern erschossen hat."

„Mit „sonst etwas geschieht" meinen Sie doch nicht etwa, dass noch ein Kollege ermordet werden könnte?" hakte Anke nach.

„Ach was, ich will Sie doch nicht verunsichern. Ich bin nur verzweifelt darüber, wie wenig erfolgreich unsere Ermittlungen in diesen beiden Fällen bisher waren. So schlecht haben wir noch nie dagestanden." Kullmann machte eine kurze Pause, bevor er anfügte: „Ich werde nicht in meinen Ruhestand gehen können, solange nicht alles aufgeklärt ist; schließlich soll es nicht so aussehen, als wollte ich mich aus der Affäre ziehen."

„Seien Sie doch nicht so ungeduldig. Immerhin haben Sie schon herausgefunden, dass Luise Spengler sich scheiden lassen wollte. Das ist ein äußerst wichtiges Indiz", erinnerte Anke ihren Chef.
„Das ist es ja gerade! Inzwischen weiß ich nämlich, dass Nimmsgern auch schon bei dem Anwalt war. Aber wo ist in den Akten etwas vermerkt? Nirgends! Hier geschehen Dinge, die sich meiner Kenntnis entziehen."
„Vielleicht war er erst kurz vor seiner Ermordung beim Anwalt und nicht mehr dazu gekommen, den Eintrag vorzunehmen", spekulierte Anke.
„Wie kommen Sie darauf?"
„Ganz einfach, weil Nimmsgern an seinem letzten Tag stolze Andeutungen losließ, dass er in diesem Fall einen gewaltigen Schritt weitergekommen sei. Aber Sie kannten ihn ja, er hat aus allem ein Geheimnis gemacht. Er wollte mir erst am nächsten Tag sagen, was er herausgefunden hatte, aber dazu kam es nicht mehr."
„Und das erfahre ich erst jetzt", schimpfte Kullmann sogleich los.
„Tut mir leid, aber ich hielt es nicht für wichtig. Nimmsgern hat oft so dahergeredet", entschuldigte Anke sich ganz entsetzt über die Heftigkeit ihres Chefs, worauf Kullmann wieder etwas besänftigt meinte: „Oh Entschuldigung! Ich wollte Sie nicht so anfahren, schließlich weiß ich genau, dass Sie immer einen untrüglichen Spürsinn besitzen. Vermutlich war Nimmsgerns Getue wirklich nicht so wichtig. Warum sollte ich mich also noch darüber aufregen?"
Erleichtert atmete Anke wieder durch: „Sie haben bisher alles aufgeklärt und werden bis zu ihrer Pensionierung alles zum Abschluss bringen!"
„Wie schaffen Sie das nur, in diesem Schlamassel so positiv zu denken?" fragte er zweifelnd.

„So schlecht, wie Sie meinen, stehen wir gar nicht da. Wir sind doch schon gut vorangekommen. Wir lösen den Fall mit Sicherheit", erklärte Anke zuversichtlich.
„Was heißt hier gut vorangekommen? Luise Spenglers Tod liegt inzwischen neun Monate zurück, und wir haben nicht mehr als ein dutzend unbewiesener Vermutungen und den ständigen Antrag der Amtsleitung, Luise Spenglers Fenstersturz als Unfall abzuschließen. Dabei weiß ich genau, dass es Mord war. Und was Nimmsgern betrifft, sieht es auch nicht besser aus, nur dass seine Ermordung sechs Monate zurückliegt und alle Vermutungen sich als haltlos erwiesen haben. Wie sehen Ihrer Meinung nach denn wirklich schlechte Ermittlungen aus?"
Darauf gab Anke keine Antwort und ging in ihr Büro zurück. Aber Zeit zum Nachdenken blieb ihr nicht. Kaum saß sie an ihrem Schreibtisch, als das Telefon klingelte. Am Klingelzeichen war zu erkennen, dass es ein interner Anruf war. Als sie abhob, erschrak sie. Ein obszönes Angebot tönte durch den Hörer, mit detaillierten Ausführungen, die Anke sich nicht bis zum Ende anhörte. Die Stimme konnte sie nicht erkennen, trotzdem ahnte Sie, wer hinter diesem schmutzigen Scherz stand.
Seit sie sich von Hübner getrennt hatte, respektierten sie sich gegenseitig. Hübner hatte ihre Entscheidung zwar nur schweren Herzens akzeptiert, aber er hatte eingesehen, dass er keine Chance mehr hatte. Auch wenn er immer noch versuchte, Sympathien bei ihr zu wecken, traute sie ihm solche Spielchen einfach nicht zu. Also blieb nur Esche. Gerade war sie zu dieser Erkenntnis gekommen, als er ohne anzuklopfen eintrat und die Tür hinter sich zuwarf.
„Was willst du mit diesen Obszönitäten erreichen?" schimpfte Anke ihn sofort an.
„Tu nicht so unschuldig. Ich habe dich gestern zufällig mit

Robert Spengler zusammen gesehen. Ihr beide habt nicht so ausgesehen, als würde es beim Händchenhalten bleiben."
Anke schwieg.
„Sollen das jetzt die neuesten Ermittlungsmethoden sein? Du gehst mit einem Zeugen ins Bett, damit er mehr ausplaudert oder was? Dass Robert der Sohn von Luise Spengler ist, wird dir doch wohl nicht entgangen sein, also was soll das Schmierentheater? Ist dir der Erfolg so wichtig? Wenn du meinst, mit solchen Ermittlungsmethoden den schnellen Erfolg für deine Karriere zu sichern, muss ich dich enttäuschen. Ich werde nämlich melden, dass du mit unlauteren Methoden arbeitest, Schätzchen. Dein Körpereinsatz wird dir nichts nützen."
Anke war für einen Augenblick sprachlos über so viel Dreistigkeit. Hatte Esche sie tatsächlich am Wochenende überwacht, um sie bloßstellen zu können? Aber warum nur? Er war mit dem Fall Spengler doch gar nicht betraut.
„Und nun erzähl mir nicht, dass der Sohn der Mutter von dem Tod der eigenen Mutter nichts weiß!" fügte er gehässig an.
Anke wollte sachlich bleiben, obwohl es in ihr brodelte. Sie zwang sich zu einem kühlen Ton: „Robert hat mit dem Tod seiner Mutter nichts zu tun. Das müsstest du doch noch wissen nach deinen eigenen Ermittlungen, die du mit Nimmsgern durchgeführt hast. Ihr habt Robert verhört, und es kam dabei heraus, dass er zum Zeitpunkt des Mordes an Luise Spengler gar nicht hier war."
„Robert Spengler hat dich schon voll im Griff", bemerkte Esche sarkastisch. „Im Blenden ist er ein Meister, stelle ich fest. Wie ist es ihm so schnell gelungen, dich zu erobern, während ich mir die Hacken dafür ablaufen muss?"
Anke kochte innerlich: „Hast du nichts Besseres zu tun, als mir nachzuspionieren?"
„Nein, ich habe nichts Besseres zu tun. Schließlich bin ich

bestens darüber informiert worden, dass du ganz schön gerissen sein kannst, wenn es um deine eigenen Bedürfnisse geht." Esche kam Anke bedrohlich nah. „Aber ich habe auch Bedürfnisse. Vergiss diesen Robert! Wenn deine Libido verrückt spielt, so schweife nicht in die Ferne, denn das Gute liegt so nah. Schau mich an, ich habe einen tadellosen Körper", präsentierte er sich mit ausgebreiteten Armen. „Wir können es jetzt und hier tun. Auf dem Schreibtisch soll es verdammt aufregend sein."

Ankes Kopf fühlte sich an, als müsste er platzen. Das Rauschen in ihren Ohren wurde immer lauter und das Herz schlug rasend schnell. Was bezweckte Esche mit diesem widerlichen Erpressungsversuch? Hatte er tatsächlich vor, ihr Steine in den Weg zu legen, weil sie sich mit Robert traf? Und an sein Gefasel, dass sie in einem früheren Fall aus persönlichen Interessen eine falsche Fährte ausgelegt hätte, wollte sie keinen Gedanken verschwenden. In ihrer bisherigen Laufbahn gab es nichts, woraus man ihr einen Strick drehen könnte.

„Raus!" Wütend zeigte sie ihm die Tür.

„Zier dich doch nicht so. Wie ich aus guter Quelle weiß, bist du ein ganz liebestolles Mäuschen. Jede Stellung ist dir ein Hochgenuss!"

Ankes Kopf glühte, als sie diese Anspielungen hörte.

„Du bist ein kluges Köpfchen und deshalb weiß ich genau, dass du bald nachgeben wirst. Denn ich habe dich in meiner Hand, Süße, und wenn du meinst, dich zieren zu können, werde ich mit meinen Informationen zu Kriminalrat Wollny gehen!"

„Du kannst mir noch so viel drohen, darauf falle ich nicht rein!"

Esche lächelte herablassend: „Weißt du überhaupt, von welchem Fall wir hier reden?"

Sie wollte an die Tür stürmen und sie aufreißen, doch Esche

stellte sich ihr in den Weg. Als er seine Hand nach ihr ausstreckte, fuhr Anke mit einem schrillen Schrei zurück. Esche schaute sie eindringlich an und meinte beschwichtigend: „Ich tu dir nichts."
Mit einem Grinsen ging er hinaus und flüsterte ihr zu: „Du wirst von ganz alleine zu mir kommen!"
An Arbeiten war nicht mehr zu denken. Schmerzlich wurde Anke bewusst, dass sie Esche allein gegenüberstand. Seine Angriffe auf ihr Privatleben, ihre berufliche Arbeit und auf ihre Integrität als Frau lasteten als dickes Paket auf ihren Schultern. Sie befürchtete, dass Kullmann ihr nicht glauben würde, wenn sie ihm diesen Vorfall meldete, weil dessen Meinung über Esche viel zu hoch war.
Den Rest des Vormittags konzentrierte sie sich verbissen auf die Akten, die auf ihrem Schreibtisch lagen, um den Vorfall zu vergessen, was ihr auch ganz gut gelang. Als die Mittagspause näher rückte, spürte sie, dass es ihr wieder besser ging. Esche verschwand in immer weitere Ferne, so dass ihr die morgendliche Situation schon fast wie ein böser Traum vorkam.
Umso mehr freute sie sich, als Kullmann ausgerechnet in dieser Mittagspause unerwartet in ihr Büro trat und sie zu einem deftigen Mittagessen in Marthas Kneipe einlud. Lange war sie nicht mehr in diesem gemütlichen Lokal gewesen, dessen Atmosphäre sie vermisst hatte. In letzter Zeit hatte Kullmann sie nicht mehr gefragt, ob sie mitkommen wollte, was sie nachdenklich gestimmt hatte. Oft hatte sie sich gefragt, ob sie ihm einen Grund dafür gegeben hätte. Weil sie diese Frage nicht beantworten konnte, hatte sie sich dabei unglücklich gefühlt. Aber heute zeigte ihr seine Geste, dass ihre Bedenken einfach nur voreilig gewesen waren; begeistert stimmte sie seiner Einladung zu.
Kaum hatten sie das Lokal betreten, da rief ihnen Martha zu,

dass sie im Hof einen Tisch bereitgestellt hatte. Bei dem schönen Wetter war das eine ganz besonders gute Idee. Anke ging vor und setzte sich. Als sie auf ihren Chef wartete, fiel ihr auf, wie lange er brauchte, bis er zum Tisch zurückkehrte.
„Heute gibt es Kartoffel-Lyoner-Pfanne. Eines meiner Lieblingsessen hier“, berichtete er frohgelaunt.
Martha brachte ihnen ihre Bestellungen und plauderte noch ein wenig mit Kullmann. Der Umgangston wirkte so verändert, aber Anke wusste nicht, was sich geändert hatte. Sie fühlte sich wie immer sehr wohl bei Martha und vergaß bei dem guten Essen einfach, darüber nachzudenken, was sich zwischen den beiden geändert haben könnte. Das einzige, was ihr sofort auffiel war, dass Kullmann kein Bier trank. Er hatte sich Sprudel bestellt, was Anke dann ebenfalls tat. Gut gesättigt verließen sie das Lokal und schlenderten durch die Sonne zurück zum Landeskriminalamt.
Plötzlich sahen sie Kurt Spengler in Begleitung einer Rothaarigen, deren Make up im Sonnenlicht viel zu grell wirkte. Die beiden kamen direkt auf Kullmann und Anke zu.
Erst als Kurt Spengler ganz dicht vor Kullmann stehen blieb, forderte er seine Begleiterin auf weiterzugehen, was diese auch widerstandslos tat.
Er postierte sich so breit auf dem Weg, dass Kullmann und Anke nicht vorbeigehen konnten. Anke sah, dass Kullmann kreideweiß im Gesicht geworden war. Die Luft zwischen den beiden Männern wurde so spannungsgeladen, dass sie knisterte. Anke entfernte sich ebenfalls einige Schritte, blieb aber so nah, dass sie jedes Wort verstehen konnte.
„Du gibst es nie auf, was?“ sprach Spengler in einem ironischen Tonfall.
„Niemals! Du hast Luise auf dem Gewissen und ich werde dir das beweisen“, entgegnete Kullmann böse.
Spengler lachte bissig: „Dass du damals gegen mich verloren

hast, hast du niemals verkraftet, nicht wahr? Nun siehst du deine einmalige Chance, es mir heimzuzahlen. Aber vergiss nicht, mit wem du es zu tun hast. Was bist du schon im Gegensatz zu mir? Ein kleiner Schnüffler, der im Schmutz anderer Leute wühlt. Ich habe es dagegen zu etwas gebracht; ich habe Karriere gemacht. Außerdem schwelge ich in Reichtum und Luxus. Wenn du dich wirklich mit mir messen willst, musst du gut aufpassen, dass du dich nicht übernimmst, lieber Norbert!"

„Dir wird das Lachen noch vergehen. Dein Spiel ist aus! Mit dem Mord an deiner Frau bist du einen Schritt zu weit gegangen!" Mit diesen Worten ließ Kullmann sein Gegenüber stehen und setzte seinen Weg fort, wobei er Anke völlig außer Acht ließ. Still stand sie am Rand des Bürgersteigs und schaute ihrem Chef nach.

„Luise ist tot, was nützen dir also noch deine Bemühungen. Vielleicht hättest du mal früher aus deiner Lethargie erwachen sollen! Hahaha!" lachte Kurt Spengler so künstlich und so laut, dass es über die ganze Straße schallte. Aber Kullmann war schon verschwunden.

Nach Feierabend fuhr Anke zum Reitstall. Als sie nach Rondo schauen wollte, war die Box leer.

Enttäuscht ging sie weiter.

Peter Biehler und Sybille hatten ihre beiden Pferde in der engen Stallgasse angebunden und waren damit beschäftigt, sie zu satteln und zu trensen. Es schien alles wieder völlig normal zwischen den beiden zu sein, stellte Anke erstaunt fest. Ob Sybille es gewohnt war, von Biehler vergessen zu werden?

Aus sicherer Entfernung sah sie, wie Doris Sattler ihr Pferd durch die Stallgasse führte. Wie sie an Biehlers Pferden vorbeikommen wollte, war Anke ein Rätsel. Die Stallgasse war zu eng.

„Kannst du mich bitte mit meinem Pferd vorbeilassen“, bat Doris höflich, doch Biehler reagierte nur ganz lässig: „Wenn ich soweit bin!“
Damit brachte er Doris natürlich gleich auf die Palme: „Ich warte doch nicht, bis du fertig bist. Lass mich gefälligst durch!“
Biehler drehte sich betont langsam um und sagte gleichgültig: „Sieh doch zu, wie du vorbeikommst. Ich werde mein Pferd jedenfalls jetzt nicht hier wegstellen!“
Wütend versuchte Doris ihr Pferd an dem Schimmel von Biehler vorbeizudrängen. Da knallte es auch schon. Der Schimmel legte die Ohren an, drehte sich hastig in der engen Stallgasse und schlug gezielt nach Doris aus. Mit einem dumpfen Geräusch fiel Doris rückwärts in die Stallgasse und blieb genau vor Ankes Füßen liegen.
Anke überlegte gerade, ob sie nach ihr sehen sollte, als sie sofort aufstand und schrie: „Die Pferde sind genauso blöd wie ihre Besitzer. Die Böcke gehören beide zum Metzger.“
„Pass auf, was du sagst! Wenn du zu dämlich bist, dein Pferd aus der Box zu führen, lasse ich mich von dir nicht beleidigen, und meine Pferde haben das auch nicht nötig. Wir werden ja noch sehen“, erwiderte Sybille genauso lautstark.
„Oh ja, das werden wir. Unterschätzt mich nicht! Ihr werdet noch euer blaues Wunder erleben!“
Wutentbrannt hinkte Doris hinter ihrem Pferd her, das erschrocken an ihr vorbeigelaufen war und dem Ausgang der Stallgasse zusteuerte. Glücklicherweise lief er nicht vom Stall weg, sondern trottete durch den sonnigen Hof und begrüßte alle Pferde, die aus ihren Boxenfenstern herausschauten. Erleichtert nahm Doris den Strick, der vom Halfter herunterhing und band das Pferd an die Anbindestelle.
Nadja stand immer noch vor der Box ihres Pferdes und wartete ab, bis die Luft wieder rein war, bevor sie ihr Pferd

herausführte. Ihre kleine Hündin war jedoch so aufgebracht über diese Streitereien, dass sie laut kläffend in der Stallgasse herumsprang, bis Biehler schnurstracks auf sie zuging und nach ihr treten wollte. Nadja sprang mit einem Satz auf ihre Hündin zu und rettete sie vor dem Tritt, indem sie sie auf den Arm nahm.

„Ich warne dich", schrie Nadja aufgebracht.

Endlich trat der Stallbesitzer hinzu. Er forderte Biehler und Sybille auf, zusammen mit ihren Pferden aus der Stallgasse zu verschwinden, bevor ein weiteres Unglück geschähe.

Anschließend führte Nadja ihr Pferd aus der Box heraus. Anke gesellte sich zu ihr und streichelte den süßen kleinen Hund.

„Was ist das für ein süßer Kerl", schwärmte sie, während die kleine Hündin fröhlich an ihren Beinen hochsprang und mit ihrem Stummelschwänzchen rekordverdächtig wedelte.

„Sie heißt Arabella", erklärte Nadja. „Sie liebt nur die Menschen, die es gut mit ihr meinen, und das merkt sie sofort. Du bist also ein guter Mensch!"

Anke musste darüber lachen und spielte weiter mit dieser munteren Hündin.

„Hat sie sich noch nie geirrt?" fragte sie, doch darüber musste Nadja lachen: „Niemals: Sie riecht den Erzfeind auf hundert Meter gegen den Wind. Arabella schnüffelt auf Olympianiveau!"

Beide lachten herzlich, die drückende Spannung, die noch vor kurzem in der Stallgasse geherrscht hatte, verflog.

Erst nachdem Nadja ihr Pferd vor seiner Box angebunden hatte, meinte sie: „Gott sei Dank hat der Stallbesitzer mal ein Machtwort gesprochen!"

„Sind hier eigentlich alle Reiter so zerstritten?" fragte Anke, die für diesen Tag eigentlich schon genug Enttäuschungen hatte hinnehmen müssen. Der ersehnte Trost bei Rondo war ihr leider nicht vergönnt gewesen. Stattdessen wäre sie fast

in einem brodelnden Vulkan gelandet.
„Nein, eigentlich nicht. Peter und Sybille sind die einzigen, die hier überall anecken."
„Das hört sich so an, als suchten sie die Konfrontation", staunte Anke.
„Ja, so kann man das sehen. Keiner versteht die beiden. Peter reitet so schlecht, dass wir uns alle darüber wundern, dass er es nicht schon lange aufgegeben hat. Vielleicht ist er so ungenießbar, weil er sportlich eine Niete ist! Wer weiß?" zuckte Nadja die Schultern.
„Aber warum tut hier niemand etwas dagegen?" bohrte Anke weiter.
„Ganz einfach: der Stallbesitzer ist mit ihnen befreundet. Wer sich mit Peter und Sybille anlegt, riskiert, mit seinem Pferd rausgeschmissen zu werden", erklärte Nadja die Situation.
„Meine Güte! Das heißt also, ihr müsst euch mit Biehler arrangieren oder gehen?" staunte Anke.
„Genau so ist es!"
„Das hört sich nicht gut an", stellte Anke beunruhigt fest. „Was meinte Doris eigentlich mit ihrer Drohung, dass man sie nicht unterschätzen soll?"
„Keine Ahnung", zuckte Nadja mit den Schultern. „Das einzige, was ich weiß, ist, dass ihr Bruder mal wegen Körperverletzung im Knast gesessen hat. Aber das ist schon eine Weile her."
Anke ging hinaus in den Hof. Dort standen die beiden Pferde von Peter Biehler in der Sonne. Sibylle war allein, von Biehler keine Spur. Neugierig geworden, ging Anke zum Reitplatz, aber auch dort war er nicht. Was hatte das wieder zu bedeuten, fragte sie sich gerade, als sie ein lautes Krachen hörte, das aus der Richtung hinter dem Stall herüber lärmte. Einige der Reiter eilten erschrocken in diese Richtung. Dort befanden sich mehrere Schubkarren und zwei große Misthaufen. Anke folgte den Neugierigen. Was sie dort zu sehen bekam,

jagte ihr einen gehörigen Schrecken ein. Biehler war rasend vor Wut, schrie unkontrolliert herum und trat gegen die Schubkarren, die ordentlich in einer Reihe aufgestellt waren. Er tat das mit solcher Wucht, dass sie umfielen. Nur der letzte Schubkarren in der Reihe war voll beladen mit Mist. Als er an diesen kam, warteten alle gespannt, was er tun würde. Aber auch vor diesem Schubkarren machte Biehler nicht Halt, als habe er nicht gesehen, dass er beladen war. Mit aller Kraft trat er dagegen. Der Schubkarren bewegte sich keinen Millimeter, nur Biehler stieß einen lauten Schmerzensschrei aus, hielt sich den schmerzenden Fuß fest und sprang wie ein Verrückter auf einem Bein hin und her. Zu allem Überfluss mussten die Zuschauer herzhaft lachen, was ihn nur noch rasender machte. Um nicht seinen Zorn auf sich zu ziehen, verzogen sie sich schnell wieder und widmeten sich ihren Pferden. Nur Anke blieb vor Biehler stehen, der immer noch seinen schmerzenden Fuß hielt. Ihre Schadenfreude darüber verbergend sagte sie: „Ich werde morgen deinen Dienststellenleiter informieren. Das zieht ein Disziplinarverfahren nach sich, darauf kannst du dich verlassen!" Sie drehte ihm sofort den Rücken zu, um deutlich zu zeigen, dass sie keine Antwort erwartete.
Obwohl sie äußerlich ganz lässig wirkte, brodelte sie innerlich. Gegen ihren Willen beschäftigte sie sich mehr mit Biehler als gut für sie war. Je mehr sie darüber nachdachte, umso deutlicher spürte sie eine große Ähnlichkeit mit Esche. Biehlers protziges Auftreten mit seinen beiden Pferden und dem auffallend großen, luxuriösen Transporter erinnerte Anke an Esches Angeberei mit seinen Designerklamotten, seinem teuren Schmuck und seiner Rolex am Arm. Beide zeigten offen ihre Abneigung gegenüber Robert. Beide waren rücksichtslos und unverschämt. In Esches Nähe konnte sie sich nicht auf ihre Arbeit konzentrieren. In Biehlers Nähe konnte sie sich

nicht am Reiten erfreuen. Da hatte sie sich so sehr einen Ausgleich für ihre Arbeit gewünscht, eine Oase zum Ausspannen. Und ausgerechnet am Stall hatte sie dieses Ekelpaket Biehler getroffen, der ein geistiger Bruder von Esche sein könnte.

Müde fuhr Anke am nächsten Morgen zur Arbeit. Sie traf viel zu früh im Büro ein. In der Nacht hatte sie wieder nicht gut schlafen können. Mit rotgeränderten Augen setzte sie sich an ihren Schreibtisch und wartete darauf, dass der Kaffee durchlief.

Nach und nach trafen die Kollegen ein. Eine Zeitlang blieb sie allein in ihrem Zimmer. Diese Gelegenheit nutzte sie, um in Ruhe ihre Gedanken schweifen zu lassen. Kullmann gab sich ebenfalls nicht sehr gesprächig, als sie ihm den Kaffee brachte.

Zwei Stunden später traf eine Meldung ein, dass ein Verkehrspolizist verschwunden sei. Anke wunderte sich, warum diese Meldung durch ihre Abteilung ging, weil sie nicht dafür zuständig war.

Diese Nachricht geriet bald in völlige Vergessenheit, weil ihre Gedanken ständig um die Begegnung zwischen Kullmann und Kurt Spengler kreisten. Dieses Streitgespräch hatte ihr endlich die Bestätigung für ihr vages Gefühl gegeben, dass Kullmann ein ganz persönliches Interesse an dem Fall Luise Spengler hätte. Sie arbeitete sich wieder durch die Akte von Luise Spengler, in der Hoffnung, einen Hinweis darauf zu finden, in welchem Verhältnis die beiden Männer zueinander standen. Aber erfolglos.

Als Kullmann in der Mittagszeit zu ihr ins Büro kam, hoffte sie, dass er endlich mit ihr darüber reden wollte, weil sie sich immer sicherer wurde, dass sie über dieses Detail informiert sein müsste. Für eine erfolgreiche Zusammenarbeit war Offenheit wichtig.

Aber es kam anders.
Kullmann blieb in der Tür stehen. Sein Blick ging wie ins Leere, es schien, als habe er Mühe zu reden: „Ich glaube, das Schlimmste ist eingetreten! Es ist ein weiterer Polizist erschossen aufgefunden worden.“
Anke erschrak.
„Wo?“
„Im Wildpark St. Johann, ganz in der Nähe des Schwarzenbergs“, antwortete Kullmann.
Zusammen verließen sie das Büro, stiegen in den Dienstwagen und fuhren zum Tatort.
Auf der Fahrt sprachen beide kein Wort. Die Stimmung war gedämpft, weil genau das geschehen war, was alle befürchtet hatten: Der Polizistenmörder war wieder unterwegs.
Im Wildpark angekommen, sahen sie, dass die Kollegen der Spurensicherung schon bei der Arbeit waren. In ihren Schutzanzügen wirkten sie wie Astronauten bei der Mondlandung – mit dem kleinen Unterschied, dass sie ganz dicht am Hasengehege gelandet waren. Aus sicherer Entfernung schauten die Langlöffler diesem fremdartigen Treiben zu.
Auf dem Weg vom Parkplatz zu diesem Gehege trat ein Kollege der Schutzpolizei auf Kullmann zu und erzählte mit Leichenmiene: „Es handelt sich um Peter Biehler.“
Erschrocken schnappte Anke nach Luft. Ausgerechnet Peter Biehler, überlegte sie. Sie konnte es gar nicht glauben, dass der Mann, den sie noch am Vortag gesehen hatte, heute schon tot sein sollte – erschossen vom Polizistenmörder. Schwindel befiel sie, bei dem Gedanken, wie unvermittelt es jeden von ihnen treffen konnte. Erst gestern hatte sie ihm gedroht, ihn für sein ungebührliches Verhalten bei seinem Dienststellenleiter anzuzeigen. Niemals wäre ihr der Gedanke gekommen, Biehler in großer Gefahr zu wähnen.
Wen sollte es das nächste Mal treffen?

Der Polizist setzte aber seinen Bericht unbeeindruckt fort: „Er war zusammen mit seinem Kollegen auf dem Rückweg von der Universität."
„Wie ist es passiert?" unterbrach ihn Kullmann.
„Nach Aussage des Kollegen wollte Peter Biehler nur pinkeln."
„Hat Peter Biehler zufällig diesen Ort gewählt?" funkte Kullmann dazwischen.
„Nach Aussage des Kollegen nicht. Biehler machte immer hier seine Pinkelpause. Er bemerkte jedes Mal, bevor er ausstieg: *Ich zeige Rudi Rammler, was ein echter Hammer ist!* Weil Biehler immer etwas länger dafür brauchte, machte sich der Kollege auch keine Sorgen um ihn. Doch plötzlich hörte er einen Schuss. Als er den Toten fand, war der Täter jedoch längst verschwunden. Und gesehen hat er auch nichts, was uns weiterhelfen könnte."
„Also haben wir auch in diesem Fall keinen Zeugen", stellte Kullmann resigniert fest.
Der Kollege verabschiedete sich und wurde gleich von Theo Barthels, dem Leiter der Spurensicherung, abgelöst: „Bisher haben wir nichts Verwertbares finden können. Hier ist ein für unsere Arbeit sehr ungünstiger Tatort ausgesucht worden, weil hier sehr viele Menschen spazieren und ihre Kinder mitnehmen. Es gibt Schuhabdrücke in allen Größen und Formen. Die können wir gar nicht alle überprüfen."
„Das hört sich ja genau so an wie damals bei Nimmsgern!"
„Leider ja! Die schönsten Tatorte sind und bleiben eben die in geschlossenen Räumen. Da kann man alle Spuren zuordnen und den Täter herausfiltern", murrte Theo und machte sich wieder an die Arbeit.
Kullmann und Anke folgten dem schmalen Trampelpfad an dem Gehege der Wildkaninchen vorbei auf einen breiten Spazierweg. Vor ihnen befand sich das Gehege der Alpen-

steinböcke, die sich durch das Aufgebot an Menschen nicht aus der Ruhe bringen ließen.
Erschrocken fuhr Anke zusammen, als sie Esche erblickte. Er wirkte so, als säße er gelangweilt auf der hölzernen Umzäunung eines kleinen Tümpels, in dem sich nur wenig Wasser befand.
„Was tust du denn hier?“ fragte Kullmann erstaunt.
Gelangweilt ließ Esche seine Beine baumeln, während er antwortete: „Ich habe von dem Mord erfahren und bin gleich hierher gefahren. Inzwischen sind es ja schon zwei Kollegen, die erschossen worden sind, da wollte ich mir einfach mal die Stelle ansehen, an der der Täter dieses Mal zugeschlagen hat.“
„Du weißt, dass das Team der Spurensicherung keinen Wert auf zu viele Menschen am Tatort legt, die vielleicht Spuren verändern oder verwischen können“, tadelte Kullmann.
„Hier laufen so viele Leute herum, dass meine Spuren die Aufklärung nicht verhindern. Außerdem kann ich Ihnen versichern, dass ich mich nicht in die Nähe des Tatortes begeben habe“, ließ Esche sich nicht aus der Fassung bringen.
Kopfschüttelnd ging Kullmann weiter. Anke folgte ihm mit einer großen inneren Genugtuung. Es gefiel ihr, dass Kullmann diesen Feldzug von Esche nicht gutheißen konnte. Sie steuerten den Wagen an. Dort trafen gerade einige Journalisten mit Kameras und Aufnahmegeräten ein. Schnell stiegen sie ein, um sich nicht vor ihnen rechtfertigen zu müssen, und fuhren davon.
„Woher - zum Teufel - wissen die schon wieder Bescheid?“ schimpfte Kullmann.
„Ich glaube, wir haben den falschen Beruf: Wir sollten bei der Zeitung arbeiten, dann sind wir schneller über alles informiert“, bemerkte Anke sarkastisch.
Auf der Rückfahrt zur Dienststelle merkten sie zu spät, dass

es einen Autounfall gegeben hatte, der Verkehr staute sich zurück. „So ein Mist. Wenn ich nur den Verkehrsfunk gehört hätte", murrte Kullmann.
Im Schritttempo ging die Fahrt voran. Kullmann nutzte die zäh sich dahinschleppende Zeit, seine Situation zu überdenken. Inzwischen war er vierzig Jahre im Polizeidienst und konnte gar nicht mehr genau zurückrechnen, wie lange er sich schon auf seinen Ruhestand freute. Nun endlich stand er kurz davor, und dann geschah so etwas: zwei Polizistenmorde und keine Verdächtigen, ja noch nicht einmal die geringste Spur. Die Situation war so erdrückend wie noch nie. Von allen Seiten spürte er die Erwartungen, alle wollten eine baldige Lösung von ihm, weil alle Angst hatten, der Nächste zu sein. Er war einfach nicht imstande, ihnen den oder die Täter zu liefern.
Als sie endlich auf der Dienststelle eintrafen, herrschte große Aufregung. Kriminalrat Wollny erschien höchstpersönlich, um sich mit Kullmann über die Ermittlungsarbeiten zu beraten. Esche war erstaunlicherweise schon vor ihnen zurück und schimpfte von allen am lautesten herum: „Jetzt ist genau das eingetroffen, was ich prophezeit habe!"
„Hör doch endlich auf, alle hier verrückt zu machen!" schaltete Kullmann sich ein. „Es ist durchaus verständlich, wenn du es nicht verkraftest, unter solchen Bedingungen zu arbeiten. Schließlich hast du bereits einen Teamkollegen auf diese tragische Weise verloren. Wir haben noch weitere Delikte zu bearbeiten, dort kann ich dich auch einsetzen."
„Nein, ich bitte darum, weiter an diesem Fall arbeiten zu dürfen", lenkte Esche sogleich geschickt ein. „Es liegt mir sehr viel daran, den Mörder zu finden, der unsere Kollegen auf dem Gewissen hat."
„Ich hoffe, du hast dir das gut überlegt?" zweifelte Kullmann, doch Esche blieb unbeugsam bei seinem Entschluss:

„Je mehr Leute daran arbeiten, desto schneller bekommen wir den Kerl zu fassen. Schließlich sitzen wir hier auf einem Pulverfass, jederzeit kann es einen von uns treffen!"
„Was ist denn in Sie gefahren? Müssen Sie unbedingt Panik in der Abteilung auslösen?" schimpfte Kriminalrat Wollny.
„Ich habe Angst, das ist doch ganz klar", antwortete Esche. „Es kann hier jeden erwischen, auch mich!"
„Daran glaube ich leider nicht", bemerkte Anke bissig.
Überrascht schauten alle auf sie, weil sie solche Reaktionen von Anke nicht kannten. Aber Anke blieb unbekümmert. Sie hatte nur gesagt, was sie dachte, und es hatte ihr gut getan.
„Es nützt uns gar nichts, wenn wir nervös werden, weil wir dann Fehler machen. Wir werden uns nun überlegen, wie wir weiter vorgehen werden, damit wir schnelle Ergebnisse bekommen", rief Kullmann in die unruhig gewordene Runde.
„Am effektivsten arbeiten wir, wenn wir nach jemandem suchen, der einen großen Hass auf Polizisten hat", funkte schon wieder Esche dazwischen. „Warum wollen Sie einfach nicht glauben, dass wir es mit einem Polizistenmörder zu tun haben?"
„Ganz einfach", ließ Kullmann sich nicht aus der Ruhe bringen. „Der Mord an Walter Nimmsgern wurde bis ins Detail in der Zeitung beschrieben. Deshalb dürfen wir Trittbrettfahrer nicht ausschließen."
Das ließ Esche verstummen.
„Wir werden in Kürze die Aufgaben verteilen. Solange bitte ich Sie, vorschnelle Vermutungen zu vermeiden", bestimmte Wollny, um die Spannung im Raum zu dämpfen.
Kullmann verließ zusammen mit Wollny den Raum, um sich mit ihm zu beraten.
Hübner folgte Anke in ihr Zimmer und fragte sie vorwurfsvoll: „Was ist denn in dich gefahren, Esche so anzugehen?"

Anke berichtete ihm in allen Einzelheiten, was Esche sich bei ihr erlaubt hatte. Als sie in Hübners überraschtes Gesicht sah, hoffte sie sofort auf Verständnis. Dann wäre sie nicht mehr so allein in dieser beklemmenden Situation. Aber seine Reaktion fiel anders aus.

„Das kann ich mir nicht vorstellen", schüttelte er nur den Kopf. „Wann soll er denn solche Angriffe auf dich gemacht haben? Es sind doch immer Kollegen da, die so etwas mitbekommen würden!"

Genau da lag der Hund begraben! Obwohl alle Kollegen um sie herumgestanden hatten, war es Esche immer gelungen, sich so geschickt zu verhalten, dass niemand etwas bemerkte. Der Hoffnungsschimmer, in Hübner einen Verbündeten zu haben, war erloschen.

Zum Weiterreden blieb keine Zeit mehr, weil Kullmann alle Mitarbeiter seiner Abteilung zu der Besprechung in den großen Saal bestellte. Aufgeregt und neugierig trudelten alle ein, während Esche sich in dem Gedränge in Ankes Nähe drängte. Erschrocken rückte sie von ihm weg, aber er folgte ihr so unauffällig, dass niemand es bemerkte. Plötzlich war der Raum zu Ende und Anke stand an der Wand.

„Endstation, süße Maus. Je mehr du dich sträubst, umso mehr machst du mich an", flüsterte er in ihr Ohr, dass sie zusammenzuckte. Hastig bahnte sie sich einen Weg aus der Menge heraus nach vorne, damit sie direkt vor Kullmann stehen konnte. Nur dort fühlte sie sich sicher, weil er direkt vor dessen Augen bestimmt nichts unternehmen würde.

Eisige Stille herrschte im Raum. Alle Augen waren auf Kullmann gerichtet.

„Laut Gerichtsmediziner wurde heute in den frühen Morgenstunden im Wildpark St. Johann der Polizist Peter Biehler erschossen", begann Kullmann ernst. „Es besteht die Möglichkeit, dass wir es hier mit einem Polizistenmörder zu tun haben. Das heißt aber nicht, dass wir uns ausschließlich darauf konzentrieren. Wir dürfen andere Motive nicht ausschließen, solange wir nichts Genaues wissen. Deshalb werden wir die Aufgaben verteilen."

Lautes Gerede ging durch den Saal, am lautesten verschaffte sich wieder Esche Gehör: „Wie kommen Sie darauf, nicht von einem Polizistenmörder auszugehen? Beide wurden auf die gleiche Weise getötet, bei beiden fehlte hinterher die Dienstwaffe. Wir müssen den Bericht der Rechtsmedizin abwarten. Sicherlich wird von dort bestätigt, dass Biehler mit seiner Waffe erschossen wurde. Und beide wurden im gleichen Waldgebiet getötet!"

„Horst Esche, muss ich dir wirklich vor allen Kollegen einen Verweis erteilen? Wir hatten dieses Thema bereits abgeschlossen, " konterte Kullmann.

Damit brachte er ihn zum Schweigen. Alle andern schwiegen auch. Diese Stille nutzte Kullmann aus, die Aufgaben auf die Kollegen zu verteilen, wobei er Anke Deister anwies, mit ihm zusammenzuarbeiten. Ihre Aufgabe bestand darin, das persönliche Umfeld des zweiten Opfers zu durchleuchten, um ausschließen zu können, dass der Mord an Peter Biehler mit dem Mord an Walter Nimmsgern im Zusammenhang stand.

Jürgen Schnur und Esther Weis bekamen den Auftrag, alle im Computer erfassten Personen zu überprüfen, die sich Polizisten gegenüber auffallend aggressiv und feindlich benommen hatten. Horst Esche und Andreas Hübner mussten alle ehemaligen Häftlinge, bei deren Verurteilung Nimmsgern und Biehler irgendeine Rolle gespielt hatten, ausfindig machen und deren mögliche Motive und Alibis überprüfen.

Es gab genügend Arbeit für alle.

Anke sah gerade, wie Hübner allein in seinem Büro verschwand, und folgte ihm. Etwas überrascht schaute Hübner sie an, bis sie ihm erzählte, was sich gerade zwischen Esche

und ihr im großen Saal ereignet hatte. Darauf meinte er nur: „Ich glaube, jetzt übertreibst du aber. Da waren so viele Kollegen, das hätte doch einer bemerkt. Wenn dich einer mal aus Versehen anrempelt, bedeutet das noch lange nicht, dass er dir an die Wäsche will!“
„Ich habe mich in dir wohl getäuscht“, mit diesen Worten verließ Anke sein Zimmer, stürmte in ihr Büro und knallte frustriert die Tür hinter sich zu.
Kurze Zeit später wurde sie zu Kullmann ins Büro gerufen.
„Als der Name des Ermordeten genannt wurde, sah ich an Ihrer Reaktion, dass Sie Peter Biehler kennen!“ meinte Kullmann und schaute Anke prüfend an.
„Ja! Er war im gleichen Stall wie ich“, erklärte Anke.
„Erleichtert uns das die Arbeit oder erschwert es sie?“
Sie erzählte ihm von Biehlers Unbeliebtheit im Stall bis zu ihrem gestrigen Zusammentreffen an den Schubkarren, was Kullmann stirnrunzelnd zur Kenntnis nahm. Nachdem sie ihre Schilderungen beendet hatte, meinte er: „Ich hätte es gern verhindert, dass sich Ihr Freizeitbereich mit Ihrer Arbeit vermischt. Aber leider sehe ich keinen anderen Weg. Wir werden zu allererst die Pferdebesitzer befragen und uns dann Doris Sattlers Bruder widmen.“

Am Stall angekommen steuerte Anke Rondos Box an. Voller Stolz zeigte sie ihrem Chef ihr Lieblingspferd. Kullmann schaute ihn sich genau an und gelangte zu der Überzeugung, dass Rondo ein prächtiges Tier war. Erst danach begannen sie ihren dienstlichen Teil und gingen zu Susanne Werth, der Reitlehrerin. Als Susanne Ankes Dienstausweis sah, lachte sie und meinte: „Jetzt weiß ich, warum du reiten lernen willst. Du willst zur berittenen Polizei!“
„Leider gibt es diese Dienststelle nicht mehr“, bedauerte Anke. Sie erzählte Susanne von dem Mord an Peter Biehler.

Die Frau erschrak.
„Jetzt suchst du den Täter hier unter uns?“ fragte sie entsetzt.
Anke erwiderte: „Es ist meine Pflicht, jeden zu befragen, der mit Biehler Kontakt hatte.“
„Peter war rücksichtslos und egoistisch. Allerdings kann ich mir nicht vorstellen, dass jemand von uns ihn deshalb gleich erschießt“, zuckte Susanne mit den Schultern.
Kullmann glaubte keine Sekunde, dass diese intelligente Frau für den Mord an Peter Biehler in Frage kam. Dennoch überprüfte er vorschriftsmäßig ihr Alibi. Susanne konnte zweifelsfrei nachweisen, wo sie die frühen Morgenstunden verbracht hatte.
Kullmann und Anke machten sich auf den Weg, um die nächste Einstellerin, Nadja Basten, zu befragen, die gerade im Stall eingetroffen war. Aber bevor es ihnen gelang, mit ihr zu sprechen, verlangte zuerst Arabella, die muntere kleine Hündin, die stürmisch auf die beiden zugelaufen kam, ihre Aufmerksamkeit. Als Nadja den Dienstausweis der Reitfreundin sah, staunte sie nicht schlecht: „Du bist bei der Polizei? Deshalb die gezielten Fragen gestern Abend. Ich hatte mich schon gewundert!“ meinte sie lächelnd. „Aber warum zeigst du mir jetzt deinen Dienstausweis? Was ist passiert?“
„Peter Biehler ist ermordet worden“, erklärte Anke.
Etwas verwundert schaute Nadja drein, bevor sie meinte: „Das glaube ich nicht!“
„Es stimmt, er ist tot. Jetzt müssen wir ein Motiv für die Tat finden. Und da sind wir leider gehalten, jeden im Stall zu fragen!“
„Ich weiß nicht, ob Treten nach Hunden, oder auf dem Reitplatz anderen in den Weg zu reiten ein Mordmotiv ist“, schüttelte Nadja den Kopf. „Hier hat sich sicherlich jeder gewünscht, dass er seine Pferde verlädt und verschwindet!

Aber erschießen? Ich weiß nicht".
Auf die Frage nach ihrem Alibi gab Nadja ihre Familie an, die sie in den Morgenstunden mit Frühstück versorgt hatte, bevor alle zur Arbeit und zur Schule aufgebrochen waren.
Nach diesem Gespräch bemerkte Kullmann stirnrunzelnd: „Beliebt war Peter Biehler in diesem Stall wirklich nicht!"
„Nein!" bestätigte Anke. „Ich bin mal gespannt, was seine Arbeitskollegen über ihn sagen! Wenn die ihn auch zum Teufel wünschen, dann haben wir einen neuen Rekord, nämlich die größte Anzahl von Verdächtigen, seit es Verbrechensbekämpfung gibt!"
„Ihre Voraussicht jagt mir Angst ein", besänftige Kullmann sofort. „Bisher kann ich keine der Beiden ernsthaft verdächtigen."
In diesem Augenblick kam Robert um die Ecke.
Als die beiden Männer sich gegenüberstanden, gab es ein Wiedersehen, das nicht gerade Freude auslöste.
„Was machen Sie denn hier?" fragte Robert unfreundlich.
„Das Gleiche könnte ich Sie fragen", entgegnete Kullmann genauso hart.
„Stellen Sie sich mal vor: Ich besitze ein Pferd, das hier eine Box hat und das ich in dieser Anlage reite", spottete Robert.
Anke erschrak, als sie die Frostigkeit der beiden spürte.
„Was halten Sie davon, wenn Sie unsere Familie einfach in Ruhe lassen. Soweit ich zurückdenken kann, haben Sie wie ein Stachel in unserer Familie gesteckt und niemals Ruhe gegeben. Reicht es nicht, dass meine Mutter tot ist?" Robert glühte vor Zorn.
„Ich bin aus einem anderen Grund hier", erklärte Kullmann ruhig.
Nun erst schaute Robert auf Anke und meinte etwas besänftigt: „Entschuldige Anke, ich habe dich nicht übersehen, nur war ich gerade etwas erregt!"

Anke nickte, sagte aber nichts.
„Du willst mir doch nicht sagen, dass Herr Kullmann dein Chef ist?"
„Doch!"
„Die Welt ist klein!"
Kullmann mischte sich ein: „Wie ich sehe, kennen Sie sich schon." Daraufhin nannte er den Grund seines Besuches im Stall. Als Antwort erntete er ein lautes Gelächter von Robert. Erst als er sich wieder beruhigt hatte, meinte er: „Ist es nicht schön? Endlich hat es mal den Richtigen erwischt!"
Diese Reaktion versetzte Anke einen solchen Schlag, dass ihr schlecht wurde. Was wollte er damit sagen? War Robert der Mann, den sie in ihm sehen wollte?
Auch Kullmann war sofort hellwach und fragte: „Wo waren Sie heute in den frühen Morgenstunden?"
„Leider habe ich kein Alibi", hob Robert die Hände, als habe Kullmann eine Waffe auf ihn gerichtet. „Ich habe allein – leider allein – in meinem Bett gelegen." Dabei schaute er unentwegt auf Anke. „Was ich geträumt habe, weiß ich noch, wollen Sie das auch noch wissen?"
Über sein anzügliches Benehmen schüttelte Kullmann den Kopf. Streng sagte er: „Ein Mord taugt nicht zum Spaßen. Ihnen dürfte bewusst sein, dass Sie sich verdächtig verhalten."
Robert streifte seine arrogante Miene ab. Er nahm seine Hände herunter und sprach im normalen Ton: „Ich habe wirklich geschlafen um diese Zeit, weil ich Mittagschicht im Altenheim hatte und deshalb ausschlafen konnte. Heute habe ich einen freien Tag."
Kullmann notierte sich sogleich das Altenheim, in dem Robert arbeitete. Es befand sich am Rand des Stadtwaldes, am Fuß des Schwarzenbergs an einer ruhigen Stelle. Obwohl es nur hundert Meter von der Straße entfernt war, entzog es sich neugierigen Blicken. Er kannte das Haus und wusste,

dass dort nur Menschen ihren Lebensabend verbrachten, die es sich leisten konnten. Ganz in der Nähe lag der Wildpark St. Johann, den die Bewohner bis vor kurzer Zeit gern aufgesucht hatten.

„Sie müssen sich zur Verfügung halten, Herr Spengler", bemerkte Kullmann und folgte dann Anke, die im Begriff war, zu einem weiteren Reiter zu gehen, der ebenfalls gerade eingetroffen war.

Es war Helmut Keller, der mit seinem Auto und Pferdeanhänger in den Hof gefahren kam.

„Geht die Reise nach Warendorf endlich los?" ging Anke auf ihn zu.

„Nein. Ich fahre nicht", entgegnete der große Mann unfreundlich. Er wirkte sehr ungehalten, dass Anke ihn darauf ansprach.

„Oh! Ich dachte, du seiest seit langem wieder der Erste aus dem Saarland, den man in den A-Kader berufen hätte!"

„Ich habe es mir anders überlegt!" kam als Antwort.

Das konnte Anke nicht glauben. Ein Turnierreiter von seinem Format lehnte ein solches Angebot nicht einfach ab.

„Sind deine Pferde krank?" blieb Anke hartnäckig.

„Genau das!" Helmut Keller schien sehr kurz angebunden.

„Beide?"

„Beide!"

Anke wollte mit diesem Pferdegespräch eine Tür öffnen, aber nun erkannte sie, dass diese Taktik genau das Gegenteil erreichte. Deshalb nannte sie ohne weitere Umschweife den Grund, weshalb sie zusammen mit ihrem Chef am Stall war, worauf hin sich Helmut Kellers Augen vor Erstaunen weiteten: „Du bist bei der Polizei?"

„Ja. Warum so erstaunt?"

Verlegen brachte Helmut Keller heraus: „Eigentlich hatte ich mir gar keine Gedanken darüber gemacht, was du arbeitest.

Ich sehe dich ja nur ab und zu im Schulbetrieb reiten!"
„Ich bearbeite den Mord an Peter Biehler und befrage jeden, der ihn gekannt hat."
„Hier im Stall hatte wohl jeder ein Motiv, dieses verräterische Schwein um die Ecke zu bringen", schnauzte Helmut Keller Anke so unfreundlich an, dass sie einen Schritt zurückging.
„Warum nennst du Biehler ein „verräterisches Schwein"? Dass ihn hier keiner leiden konnte, wissen wir, aber verräterisch ist neu für mich!"
Plötzlich stutzte Helmut Keller, als ihm die Bedeutung seiner Worte bewusst wurde. Eine Weile überlegte er, bis er antwortete: „Ich war wütend darüber, was er Robert vorgeworfen hatte. Vermutlich habe ich mich deshalb nur in meiner Wortwahl vertan!"
Anke nickte und schaute zu Kullmann, der mit den Schultern zuckte.
„Trotzdem muss ich dich jetzt nach deinem Alibi fragen", blieb Anke standhaft, was ihr bei dem unfreundlichen Reiterkollegen nicht gerade leicht fiel.
Helmut Keller überlegte nicht lange: „Um diese Zeit schlafe ich." Er schilderte seinen Tagesablauf, was alles plausibel klang, aber kein richtiges Alibi ergab. Für den Todeszeitpunkt konnte er nur aussagen, er habe geschlafen, wofür er keine Zeugen hatte.
„Wie gut kanntest du Peter Biehler?"
„Er war reiterlich eine absolute Niete, war rücksichtslos und streitsüchtig – zumindest hier im Stall. Wie er sonst war, weiß ich nicht, weil ich ihn nur hier erlebt habe", erklärte Helmut Keller in einem abfälligen Tonfall. Sofort erinnerte sich Anke an das Streitgespräch, das Peter Biehler mit Helmut Keller auf dem Reitplatz geführt hatte.
„Ich habe zufällig einem sehr lauten Gespräch zugehört, das du vor einigen Tagen mit Biehler geführt hast. Was hatte er

damit gemeint, als er dich auf dem Reitplatz anschrie: Wer hat denn hier die große Scheiße gebaut"?"

„Daran kann ich mich nicht mehr erinnern", meinte Helmut und zuckte betont lässig mit den Schultern.

„Deine Antwort lautete: Glaub nicht, dass du damit durchkommst! Das hörte sich für mich nicht gerade harmlos an", fügte Anke noch an.

Helmut Keller schaute Anke nachdenklich an. Sein Blick verriet Unbehagen, was seinen gleichmütigen Tonfall Lügen strafte, als er meinte: „Ich kann mich beim besten Willen nicht an ein solches Gespräch erinnern."

„Aber ich. Peter Biehler war dir gnadenlos in die Quere geritten, und daraufhin gab es dieses Wortgefecht zwischen euch beiden", versuchte Anke Helmut Kellers Gedächtnis aufzufrischen. Aber Helmut Keller schüttelte beharrlich den Kopf: „Peter Biehler ist jedem in die Quere geritten und hat versucht, die Schuld auf andere zu schieben. Aber deshalb bringt man doch keinen um!"

Kullmann gab Anke zu verstehen, die Unterhaltung zu beenden. Also entfernten sie sich von ihm. Erst als der Abstand groß genug war, fragte Kullmann: „Was hatte Peter Biehler Robert immer vorgeworfen?"

Anke berichtete Kullmann von Roberts überraschender Erbschaft und von Biehlers verbalen Attacken, er habe sich diese Erbschaft erschlichen. Abschließend fügte sie an: „Er wollte mit allen Mitteln Roberts Ruf schädigen, was ihm aber nicht gelungen ist. Niemand hat ihm diese Geschichte geglaubt, ich auch nicht, weil Robert dazu gar nicht fähig wäre!"

Kritisch musterte Kullmann die Frau. Sein Blick verriet jedoch, dass er mit dieser Erklärung nicht zufrieden war.

Schweigend schlenderten sie über den Hof und schauten zu den Pferden, die neugierig ihre Köpfe aus den Boxenfenstern streckten. Hinter sich hörten sie das laute Gepolter eines

Pferdes, das gerade von Helmut Keller in den Hänger verladen wurde. Kurze Zeit später kam er mit dem zweiten Pferd heraus und verlud es. Anke interessierte es zwar, was er mit den Pferden vorhatte, hatte aber nicht die geringste Lust, danach zu fragen. Zu unfreundlich war ihre Befragung mit ihm verlaufen, als dass sie noch das Bedürfnis verspürte, mit diesem Menschen zu plaudern.
Kullmann schaute sich eine Weile um, bis sein Blick auf die Reiterklause fiel.
„Wenn ich diese Klause sehe, fällt mir mein Hunger ein", überlegte Kullmann laut. „Kann man dort etwas essen?"
„Ja sicher! Die gute Küche von Martha gibt es nicht, aber hier werden auch leckere Gerichte angeboten."
„Da wir ja noch auf die übrigen Reiter warten müssen, schlage ich vor, wir vertreiben uns die Zeit bei einem Essen. Mit leerem Magen kann ich so schlecht denken", schlug Kullmann kurzentschlossen vor. Gemeinsam stiegen sie durch den dunklen Gang die Treppe hinauf in den ersten Stock, wo sich die Reiterklause befand. Die Wirtin wirbelte schon fleißig in der Küche, weil der Reiternachwuchs oft am frühen Nachmittag Lust auf Spaghetti hatte.
„Hallo Anke", grüßte sie. „Setzt euch doch raus auf die Terrasse. Von dort könnt ihr den Reitern zugucken, ist doch viel interessanter."
„Ich möchte aber nicht in der prallen Sonne sitzen", wehrte Kullmann ab, aber die Wirtin hatte schnell eine annehmbare Lösung. Sie ging mit den beiden hinaus und spannte einen großen Sonnenschirm auf, so dass Kullmann dem Vorschlag gar nichts mehr entgegensetzen konnte. „Ich habe den Schwenker angeschmissen", meinte sie noch ganz nebenbei. „Nachher kommen noch einige Gäste, die unbedingt Schwenkbraten essen wollen. Wenn ihr wollt, kann ich euch auch einen machen." Bei dem Wort „Schwenkbraten" dach-

te Kullmann unwillkürlich an seinen großen Garten. Dort würde er, sobald er in Pension war, einen Grill aufstellen und den saarländischen Genüssen frönen. Schon jetzt konnte er sich darauf freuen.
Nach ihrer Bestellung stellte er Anke die Frage, die ihm auf der Seele brannte: „Wie gut kennen Sie Robert Spengler?"
„Ich habe ihn hier kennen gelernt", wich Anke seiner Frage aus, aber Kullmann blieb beharrlich: „Ist er der Grund für das Leuchten in Ihren Augen?"
Auf Ankes Schweigen senkte Kullmann seinen Blick. An den Stirnfalten sah Anke, dass er weiter grübelte, bis er klar und ein wenig besorgt fragte:
„Obwohl Sie wussten, wer er war?"
„Ich habe es erst erfahren, als es mich schon erwischt hatte", gestand Anke.
Kullmann schaute sie lange an, bis er meinte: „Sie tun nichts Unrechtes. Sie brauchen sich nicht zu rechtfertigen. Robert ist nicht schuld am Tod seiner Mutter, sein Alibi ist wasserdicht."
Erleichtert atmete Anke auf.
Kullmann überlegte eine Weile und meinte dann: „Robert müsste jetzt genau vierzig Jahre alt sein. Wenn ich mich recht erinnere, ist er im Dezember geboren."
Wieder spürte Anke bei den Überlegungen, die Kullmann gerade anstellte, dass der Fall Luise Spengler sehr eng mit Kullmanns eigener Vergangenheit verbunden war. Schweigend warteten sie auf ihre Bestellungen.
Als die Wirtin mit den Getränken zurückkam, fragte Anke: „Wie gut kanntest du Peter Biehler und seine Frau Sybille?"
„Nur vom Hörensagen! Wieso kanntest? Haben die beiden Störenfriede uns endlich verlassen?"
Diese Frage musste Anke verneinen. Sie erzählte ihr, was passiert war und wer ihr Begleiter war. Die Frau, die sonst kaum

aus der Ruhe zu bringen war, wirkte sichtlich überrascht.
„Na ja. Hier oben waren die beiden nie, und das war auch gut so. Die konnte keiner leiden, mit wem hätten sie schon reden können. Aber ich glaube nicht, dass einer von uns Peter deshalb gleich erschießen würde. Das ist nicht gerade der Stil der Reitersleute!"
„Und was ist der Stil der Reitersleute?" hakte Kullmann nach.
„Ich habe schon erlebt, dass unbeliebte Einsteller mal ordentlich verprügelt wurden. Aber erschossen wurde bisher noch keiner!"
Damit ließ sie die beiden wieder allein.
„Das klingt auch für mich einleuchtend. Streitigkeiten wegen rücksichtslosen Verhaltens haben bisher äußerst selten bis zum Mord geführt. Darin kann ich also kein stichhaltiges Motiv erkennen", bemerkte Kullmann und beobachtete, wie Nadja Basten auf ihren braunen Wallach aufstieg und mit ihm im Schritt über den Platz ritt.
Kullmann schaute sich um, atmete tief den Duft von Ställen und Pferden ein und bemerkte: „Das ist also Ihr neues Hobby!"
Anke nickte, lachend fügte Kullmann an: „Ich weiß, dass ich Ihnen immer geraten habe, etwas für sich zu tun. Wenn ich mir dieses Treiben hier so ansehe, dann freue ich mich, dass Sie meinen Rat befolgt haben!"
„Oh ja! Hier erlebe ich einen wunderbaren Ausgleich, wenn die Arbeit sehr stressig und nervig war. Ein besseres Hobby konnte ich wirklich nicht finden!"
„Wir sind Sie auf die Idee gekommen, ausgerechnet mit dem Reiten anzufangen?"
„Das ist nicht schwer zu erklären: Als wir unseren schwierigen Fall vor fast drei Jahren erfolgreich abgeschlossen hatten, bin ich oft zu einer Pferdekoppel gefahren und habe dort den

Pferden zugeschaut, wie sie voller Lebensfreude und Energie über die Wiesen galoppiert sind. Allein schon der Anblick von Schönheit, Kraft und vitaler Freude hat mich dazu motiviert, es einfach mal zu versuchen!"

„Und es hat sich bewährt", fügte Kullmann lachend an.

Während sie ihren deftigen Schwenkbraten aßen, trafen nach und nach alle Reiter ein und der gewohnte Lärm von scharrenden und wiehernden Pferden, lachenden Kindern und schimpfenden Erwachsenen stellte sich ein. Immer mehr Reiter kamen auf den Reitplatz und übten mit ihren Pferden. Anke vermisste Robert. Wie gerne hätte sie ihn mal reiten sehen.

Dann kam Doris Sattler. Schon ihre Art, wie sie aus dem Auto stieg, erregte Aufmerksamkeit. Sie trug eine maisgelbe Reithose, die schon fast an Turnierkleidung erinnerte, dazu eine Bluse, die so eng anlag, dass ihre weiblichen Reize bestens betont wurden. Mit elegantem Hüftschwung stolzierte sie durch den Hof zum Stall.

„Wer ist das?" fragte Kullmann.

„Doris Sattler! Sie hat hier ebenfalls ein Pferd stehen!"

Kullmann bezahlte die Rechnung, da er Anke eingeladen hatte, und folgte ihr hinunter in den Stall.

Als Anke sah, wo Doris stehen blieb, spürte sie sofort große Wut. Doris stand ganz dicht vor Robert, als wollte sie sich an ihn schmiegen.

Nepomuk war bereits gesattelt und wartete auf seinen Einsatz, aber die beiden waren so sehr in ihr Gespräch vertieft, dass sie das Pferd vergaßen. Es sah so aus, als bliebe Robert bei seinem Vorhaben, ausgerechnet Doris sein Pferd anzuvertrauen. Anke brodelte innerlich.

Sie stellte sich hinter die beiden und machte mit einem deutlichen Räuspern auf sich aufmerksam. Doris drehte sich um und schaute Anke so trotzig ins Gesicht, dass Anke sich über

die Arroganz ärgern musste. Was geschah zwischen den beiden? schoss es ihr sofort durch den Kopf. Die selbstsichere Miene spiegelte gelassene Zuversicht wider, die Anke ins Hintertreffen geraten ließ. Das durfte sie nicht zulassen.
„Den Tritt ans Bein hast du ganz gut überstanden", leitete Anke das Gespräch widerstrebend ein.
Gelangweilt schaute Doris an ihrem makellosen Körper herunter und meinte: „Es ist ein schöner, dicker, blauer Fleck. Willst du ihn mal sehen?"
„Nein danke! Deshalb bin ich nicht hier…"
„Ich weiß, warum du hier bist", fiel Doris ihr ins Wort. „Robert hat mich darüber informiert, wer oder besser gesagt was du bist!"
„Schön, dann hat Robert mir ja viel Arbeit abgenommen", konterte Anke geschickt. „Und warum bin ich hier?"
„Du willst mein Alibi wissen: Da kann ich dir versichern, dass ich zu Hause war und geschlafen habe. Leider allein!" Dabei richtete Doris ihren Blick auf Robert.
„Danke für die Details", grinste Anke. „Aber die benötigen wir nicht für unsere Ermittlungen. Vielleicht rufst du mal bei der Telefonseelsorge an, das ist für dein Problem die richtige Adresse!"
Doris wollte gerade etwas entgegnen, als Kullmann sich dem giftigen Treiben näherte und das Gespräch übernahm: „Frau Sattler, wir möchten Sie gerne allein sprechen."
Unwillig folgte sie den beiden nach draußen in den Hof, während Robert sein Pferd auf den Reitplatz führte.
Als die drei ungestört waren, sagte Kullmann: „Wir möchten gerne von Ihnen den Namen und die Anschrift ihres Bruders wissen!"
„Ich habe keinen Bruder!"
„Frau Sattler, lügen Sie uns nicht an. Sie handeln sich nur Schwierigkeiten ein", erklärte Kullmann ruhig und gelassen.

„Wenn ich es Ihnen doch sage! Ich habe Adoptiveltern. Wo soll da ein Bruder sein?"
„Hatten Ihre Adoptiveltern keine eigenen Kinder?"
„Meine Adoptiveltern sind schon sehr alt. Was in dieser Familie früher los war, weiß ich nicht und es interessiert mich auch nicht", ließ Doris sich nicht beirren.
„Ich rate Ihnen, sich genauer zu erinnern", wurde Kullmanns Ton nun schärfer. „Wenn Sie Falschaussagen machen, belange ich Sie wegen Behinderung der Polizeiermittlungen. Also: Name und Anschrift Ihres Bruders. Wir wissen, dass es einen Bruder gibt, der wegen Körperverletzung bereits verhaftet wurde. Allerdings finden wir niemanden mit dem Namen Sattler!"
„Dann wissen Sie ja mehr über meine Familie als ich. Wenn ich also noch etwas über meine Vorfahren wissen will, frage ich am besten Sie", Doris Sattlers schnippischer Ton war nicht zu überhören.
Kullmann war sprachlos über so viel Unverschämtheit gegenüber der Polizei. Eine Weile blieb er reglos vor Doris stehen. Anke beobachtete die beiden. Da herrschte eine Hochspannung, zwischen die sie nicht geraten wollte.
Kullmann brach endlich das Schweigen mit eisiger Stimme: „Wenn Sie es nicht anders wollen, werde ich Sie jetzt mitnehmen zum Landeskriminalamt und dort formell verhören. Alles was Sie ab jetzt sagen, kann gegen Sie verwendet werden…"
„Moment, Moment!" gab Doris endlich klein bei. Der professionelle Tonfall Kullmanns hatte ihr endlich den nötigen Respekt eingeflößt.
„Ja, ich habe einen Stiefbruder. Ein ziemliches Arschloch, aber kein Mörder!"
„Name und Anschrift!"
Zögernd rückte Doris die Angaben heraus. Es handelte sich

um einen polizeibekannten Kleinganoven, der immer wieder durch geringfügige Delikte auffällig wurde. Aber als gefährlich war er niemals eingestuft worden.
„Also, warum nicht gleich so!“
Mit diesen Worten ließ Kullmann sie einfach stehen und ging davon. Anke folgte ihm.
Als sie im Auto saßen, erklärte Kullmann: „Ihre Prophezeiung, einen neuen Rekord aufzustellen, nämlich die größte Anzahl von Verdächtigen, seit es Verbrechensbekämpfung gibt, wird sich nicht bewahrheiten. Den Stiefbruder von Doris Sattler werde ich überprüfen, aber ich glaube nicht, dass er dahinter steckt. Seine Vorstrafen bestehen aus kleineren Delikten - bis zu einem Mord hat er sich noch nicht vorgewagt.“
Anke nickte.
„Am Stall konnte niemand Peter Biehler leiden - das war nicht zu übersehen“, sprach Kullmann weiter. „Aber diese Leute leben in ihrer eigenen Welt, die aus Pferden und Reiten besteht. Ich traue ihnen nicht zu, dass sie sich ihr Leben durch einen Mord ruinieren! So schwerwiegend ist das nicht, wenn jemand gegen die Mülltonnen tritt und sich dabei selbst verletzt!“
Anke erinnerte sich an das Bild, das Peter am Abend vor seiner Ermordung abgegeben hatte. Sie konnte Kullmann darin zustimmen, weil in diesem Moment bestimmt niemand daran gedacht hatte, Peter zu erschießen.
Sie erreichten die Autobahn, die wie immer stark befahren war. Die Auffahrt an der Gersweilerbrücke war sehr kurz, so dass das Einfädeln in den Verkehr Kullmanns ganze Aufmerksamkeit erforderte.
Nach einer Weile fragte Kullmann: „Wie viel bedeutet Ihnen Robert Spengler?“
Anke schreckte verärgert auf: „Darüber haben wir doch schon

gesprochen. Außerdem ist das meine Privatangelegenheit."
Kullmann merkte, dass er etwas zu weit gegangen war.
„Ich weiß, dass ich mir fest vorgenommen habe, mich nicht mehr in Ihre Angelegenheiten einzumischen. Aber ich mache mir eben Sorgen und kann dieses Gefühl nicht abstellen wie ein Radio", erklärte er entschuldigend.
„So aufbrausend wollte ich nicht sein", gewann Anke ihre Beherrschung wieder zurück. „Schließlich meinen Sie es gut mit mir. Über Robert kann ich nur sagen, dass ich ihn erst vor einigen Tagen hier im Stall kennen gelernt habe und über ihn weiß, dass er sich das kostspielige Hobby nur leisten kann, weil er geerbt hat."
„Das ermöglicht ihm auch diesen Lebenswandel", bemerkte Kullmann. „Ich kenne Robert schon sehr lang und weiß, dass er ein Frauentyp ist. Noch nie hat er eine Gelegenheit ausgelassen. Mit dem Geld wird er für die Damenwelt noch attraktiver. Er gehört zu den Menschen, die ich Lebenskünstler nenne. Beruflich hat er nichts erreicht, aber er ist immer wieder auf den Füßen gelandet."
„Wie lange kennen Sie Robert wirklich?" staunte Anke nun.
„Lange – seit seiner Geburt. Nur leider waren die Voraussetzungen für unsere Bekanntschaft äußerst ungünstig!"
Wie versteinert wirkte sein Gesicht, als er diese Worte aussprach. Das war die Bestätigung für Anke, dass es etwas gab, das Kullmanns Leben in der Vergangenheit sehr beeinflusst hatte. Sein Gesichtsausdruck, als er diesen letzten Satz herausgepresst hatte, sagte ihr unmissverständlich, dass er nicht über seine Verbindung zu Familie Spengler sprechen wollte. Allerdings hatte Kullmann etwas ausgesprochen, was sie in diesem Augenblick weit mehr beschäftigte, als Kullmanns Vergangenheit. Völlig unvorbereitet hatte sie die Bemerkung getroffen, Robert sei ein Frauentyp. Diese Worte aus Kullmanns Mund machten sie nachdenklich. Kullmann hatte

sich noch nie geirrt, wie sie aus eigenen Erfahrungen nur zu gut wusste. Wie war es damals zwischen ihr und Hübner? Von Anfang an hatte Kullmann gewusst, auf welche harte Probe diese Beziehung gestellt war, er hatte Recht behalten. Wie sollte sie ausgerechnet jetzt an seinen Worten zweifeln, da er doch Robert viel länger kannte als sie? Umso deutlicher tauchte wieder das Bild auf, wie Doris und Robert allein in der dunklen Stallgasse standen, ganz nah Körper an Körper. Plötzlich wurde ihr klar, wie wenig sie Robert wirklich kannte und wie sehr sie sich allen guten Vorsätzen zum Trotz in ihn verliebt hatte.

Zum Glück waren die folgenden Tage so mit Arbeit ausgelastet, dass Anke nicht viel Zeit zum Grübeln blieb. Kullmanns Bemerkungen hatten ihre Spuren hinterlassen – so sehr sie sich auch dagegen wehrte. Sie arbeitete wie ein Uhrwerk, um ihre still nagenden Zweifel zu vergessen.
Am nächsten Morgen stand ein ausführlicher Bericht über den Mord an Peter Biehler in der Zeitung. Gleichzeitig wurde dieser Mord mit dem an Walter Nimmsgern verglichen, womit der Leser an das lange zurückliegende Ereignis erinnert wurde.
Als Anke ihrem Chef den Kaffee ins Büro brachte, wirkte er sehr vertieft in diesen Zeitungsartikel. Er las den Bericht zu Ende, schaute dann über seine Lesebrille hinweg zu Anke und fragte: „Was halten Sie davon?"
„Ich denke, dass die Zeitung die gleichen Zusammenhänge sieht wie wir", bemerkte Anke.
„Was sehen Sie noch?" wollte Kullmann wissen.
Anke las den Artikel etwas aufmerksamer durch. Es dauerte eine Weile, bis sie erkannte, worauf Kullmann hinaus wollte: „Dieser Artikel ist - wie alle anderen auch - von Ingo Weber geschrieben worden!"

„Stimmt! Muss der Reporter mit diesem Vergleich unbedingt den Leser verunsichern?" brachte Kullmann seine Bedenken auf den Punkt.

„Das hat er mit dem Bericht bestimmt nicht beabsichtigt. Reporter müssten Fakten bringen, damit die Zeitung ihre Artikel auch druckt!"

Kullmann nickte: „Stimmt! Ich reagiere überempfindlich, weil wir so schleppend vorankommen."

Sie verschwand wieder aus Kullmanns Büro. Gerade hatte sie die Tür zu ihrem Zimmer hinter sich geschlossen, wurde sie wieder aufgerissen. Erschreckt drehte sie sich um, atmete aber erleichtert durch, als Hübner vor ihr stand.

„Liebe Anke, unser Leben soll doch nicht nur aus Arbeit bestehen", begann er, was Anke schon ahnen ließ, was er wollte. „Deshalb würde ich dich gerne heute Abend zum Essen einladen. Das Wetter ist schön, wir könnten doch irgendwo draußen sitzen und den Sonnenuntergang genießen!"

Sofort fiel Anke wieder der unvergesslich schöne Abend mit Robert ein, als sie auf dem Saarbrücker Schlossplatz gesessen hatten. Nein, mit Hübner würde es kein schöner Abend werden, weil sie zu sehr an diese herrlichen Stunden mit Robert denken müsste. Im Gegenteil, es würde sie nur belasten, weil sie schon seit zwei Tagen auf ein Zeichen von Robert wartete. Mit einem aufgesetzten Lächeln lehnte sie das Angebot ab. Hübner war sichtlich enttäuscht. Unentschlossen stand er im Türrahmen und fragte: „Was muss ich tun, um bei dir wieder eine Chance zu haben?"

„Gar nichts, weil wir nicht mehr zusammenkommen werden. Ich bin froh, dass wir uns als Freunde und Kollegen gut verstehen; irgendwann musst du das akzeptieren. Mit deinen schönen Bemühungen erreichst du nichts!"

Wie mit einem Maulkorb verließ Hübner das Zimmer.

Mit dem Autopsiebericht in der Hand betrat Kullmann Ankes

Büro und legte ihn auf ihren Schreibtisch. Er setzte sich ihr gegenüber und wartete, bis Anke alles gelesen hatte.
„Was halten Sie davon?“ fragte er, als sie endlich aufblickte.
„In dem Bericht steht, dass Peter Biehler aus nächster Nähe erschossen wurde. Da keine Spuren von Gegenwehr festgestellt wurden, bedeutet das, dass er seinen Mörder gekannt hat“, folgerte sie daraus.
Kullmann nickte bedächtig, ohne sie aus den Augen zu lassen.
„Peter ist unter haargenau den gleichen Bedingungen getötet worden wie Walter Nimmsgern“, fügte sie noch an, weil sie glaubte, dass Kullmann auf mehr wartete.
„Und was soll uns das sagen?“ fragte Kullmann.
„Dass wir es mit einem Mörder zu tun haben, der die beiden gut gekannt hat?“ vermutete Anke.
„Richtig! Nur wen haben die beiden gekannt, der zu derart grausamen Taten fähig ist?“ überlegte Kullmann. „Es gibt da etwas, was wir übersehen. Nimmsgern hatte an dem Fall Luise Spengler gearbeitet. Peter Biehler war bei der Verkehrspolizei. Wir sollten nach einem Zusammenhang suchen!“
Schlagartig fiel Anke wieder das Streitgespräch zwischen Robert und Peter ein. Peter wollte Robert mit dem Vorwurf der Sterbehilfe vernichten. Andererseits war Robert der Sohn der unter fragwürdigen Umständen verstorbenen Luise Spengler. Da könnte es einen Zusammenhang geben! Diese Vermutung konnte sie unmöglich laut sagen. Was würde mit Robert geschehen, wenn sie etwas aussprach, was ihm schaden könnte? Gut kannte sie Robert ja noch nicht, aber sie spürte in ihrem tiefsten Innern, dass sie ihm einen Mord nicht zutraute. Bislang hatte sie ihn als sehr feinfühlig erlebt. Wenn sie sich daran erinnerte, wie liebevoll er mit seinem Pferd umging, wie besorgt er sich um sie gekümmert hatte, als sie vom Pferd gefallen war und wie viel Liebe in seinem Blick war, wenn er

sie ansah. Nein, dieser Mann konnte kein kaltblütiger Mörder sein. Also schwieg sie. Außerdem befürchtete sie, durch einen voreiligen Verdacht die zarten Bande zu zerstören, die sich schon zwischen ihnen entwickelt hatten. Andererseits spürte sie jetzt umso stärker ihre Zweifel, wenn sie ihn in der Nähe von Doris sah. Nur mit einiger Mühe konnte sie ihre nagende Eifersucht unterdrücken. So leicht wollte sie ihre große Hoffnung nicht aufgeben.

„Sie sind so still, Anke! Was denken Sie?" beobachtete Kullmann die junge Kollegin, die in sich zusammengesunken an dem Schreibtisch saß. „Wenn ich Sie so ansehe, sehe ich etwas, was mir nicht gefällt!"

Anke schaute ihren Chef an. Plötzlich war sie hellwach.

„Ich glaube nämlich zu wissen, wo es einen Zusammenhang gibt. Und Sie haben ihn auch erkannt", sprach Kullmann weiter, seine Augen ganz unverwandt und mit höchster Aufmerksamkeit auf Anke gerichtet.

„Ich denke, dass Peter Biehler sich sein Grab selbst geschaufelt hat", sprach Anke mit voller Überzeugung. „Dazu braucht es keinen Serienmörder aus Amerika und keinen Zusammenhang zu dem Mord an Walter Nimmsgern. Der hatte so viele Feinde, dass das halbe Saarland in Frage kommt!"

„Und Walter Nimmsgern?" bohrte Kullmann prüfend weiter.

„Dazu hatten Sie doch schon eine Vermutung geäußert, dass möglicherweise der verschwundene Bericht der Spurensicherung den Schlüssel liefert! Wir haben Nimmsgerns Haus durchsuchen lassen, außerdem hat das Labor alles wieder auf den Kopf gestellt, nichts. Der Bericht befindet sich mit Sicherheit bei seinem Mörder!"

„Sie haben viel gelernt, liebe Anke", lachte Kullmann. „Ich hoffe nur, dass Sie auch die richtigen Schlüsse daraus ziehen."

Schon wieder ahnte Anke, dass Kullmann ihr mehr erlaubte,

als zulässig war. Sollte er sie wirklich so schnell durchschaut haben? Der Gedanke verängstigte sie, weil sie ihren Chef niemals enttäuschen wollte. Sie befand sich in einer äußerst ambivalenten Situation.

„Dieser Fall ist der bisher unangenehmste in meiner gesamten Laufbahn", resümierte Kullmann betrübt. „Es fällt mir sehr schwer, im Privatleben von Kollegen herumzuwühlen. Damit wird immer die Intimsphäre verletzt, ethische Grenzen werden überschritten. Aber was bleibt uns übrig? Wir müssen es tun, um den Mörder oder die Mörder zu fassen."

„Walter Nimmsgerns Leben haben wir akribisch durchleuchtet und nichts gefunden, was uns hätte weiterhelfen können. Nur, dass Nimmsgern in seiner Freizeit ein leidenschaftlicher Computer-Freak war, kam ganz überraschend dabei heraus. Hoffentlich haben wir bei Peter Biehler mehr Erfolg", sinnierte Anke.

Schwerfällig erhob Kullmann sich wieder und meinte abschließend: „Wir wissen einfach nicht, ob wir womöglich vergeblich im Privatleben des verstorbenen Kollegen Biehler herumwühlen. Es könnte ein Trittbrettfahrer am Werk gewesen sein. Oder Esche hat Recht mit seiner Behauptung, ein Polizistenmörder treibe sein Unwesen. So schlecht haben wir noch nie dagestanden: Wir haben drei Tötungsdelikte und nicht einen einzigen Anhaltspunkt."

„Aber im Grunde genommen glauben Sie nicht an Trittbrettfahrer, stimmt's?"

„Ich bemühe mich nur, nichts außer Acht zu lassen, was wir hinterher bereuen könnten", beharrte Kullmann.

„Und Sie glauben nicht an den Polizistenmörder?" fragte Anke beharrlich weiter.

„Was ich glaube, ist nicht relevant. Die Staatsanwaltschaft übt großen Druck auf uns aus. Wir müssen einen kühlen Kopf behalten und Ergebnisse bringen. Zuerst werden wir uns alle Verkehrssünder vornehmen, die mit Peter Biehler konfrontiert wurden. Das hat Vorrang, nach Ansicht des Kriminalrats."

„Ich werde außerdem nachhören, was Andreas Hübner und Jürgen Schnur bei ihren Datenabfragen herausgefunden haben", ergänzte Anke und folgte Kullmann zur Tür.

„Gute Idee! Und anschließend sollten Sie wieder reiten gehen. Sie haben seit gestern durchgearbeitet und sich einen freien Abend redlich verdient", lächelte Kullmann.

Beflügelt brachte sie ihre Arbeit zu Ende und machte sich anschließend auf den Weg zum Reitstall. Hoffentlich war Robert da, denn sie wollte unbedingt mit ihm reden, um ihre Zweifel endgültig zu zerstreuen.

In froher Erwartung eilte Anke in den Stall, um Rondo zu begrüßen, aber in seiner Box befand sich kein Pferd, sondern der dicke schwarze Kater namens Paulchen, der zum Inventar des Stalls gehörte. Enttäuscht starrte sie in die leere Box.

Da spürte Anke eine Hand an ihrer Schulter. Als sie sich umdrehte, schaute sie in die blauen Augen von Robert.

Ihre erste Reaktion war, dass sie sich in der Stallgasse umschaute, bevor sie sich ihm zuwandte.

„Was ist mit dir?" fragte Robert überrascht.

„Ich habe mich nur vergewissert, dass Doris Sattler nicht in deiner Nähe ist", antwortete Anke schnippisch. „Das ist sie doch nur zu gern!"

„Nein, sie ist nicht in meiner Nähe", murrte Robert. „Es ist nichts mehr zwischen Doris und mir. Das kannst du mir glauben"

„Ich habe das Gefühl, dass Doris das anders sieht!"

Robert entgegnete: „Das glaube ich nicht!"

„Damit kann ich mich aber nicht zufrieden geben. Ich will, dass die Schleimerei aufhört!"

Robert seufzte und meinte zu Boden blickend: „Ich werde mit ihr sprechen!"

„Versprochen?"
„Großes Ehrenwort!" bestätigte Robert. „Ich habe dich so vermisst und will auf keinen Fall, dass Doris zwischen uns steht."
Diese Antwort besänftigte Anke.
„Wo warst du so lange?" fragte Robert.
„Wir haben viel Arbeit", erklärte Anke. Robert führte Anke zu den beiden Boxen, in denen Peter Biehlers Pferde gestanden hatten. Sie waren leer.
„Wo sind die Pferde jetzt?" fragte Anke erstaunt.
„Verkauft!"
„Woher hatte Peter Biehler so viel Geld, dass er sich zwei Pferde und alles, was dazu gehört, leisten konnte. Als Verkehrspolizist verdient man nicht soviel" fragte Anke.
„Er hat geerbt. Seine Eltern waren Fachärzte für Gynäkologie. Sie hatten eine Gemeinschaftspraxis in Saarbrücken. Bei einem Autounfall sind sie ums Leben gekommen", erklärte Robert.
„Wann war der Unfall?"
„Im Dezember 1999. Der Sturm Lothar wütete. Die Eltern waren auf der Heimreise und wurden von einem Baum erschlagen!"
Anke hatte diesen Sturm in guter Erinnerung. Seine Auswirkungen waren verheerend.
„Woher weißt du soviel über Peter Biehler" fragte Anke weiter, während die den Stall verließen.
„Seine Frau Sybille hat mir ahnungslos alles erzählt", grinste Robert.
„Ahnungslos?" bohrte Anke weiter.
„Sie wusste nicht, wie ich zu Peter stand!"
„Das möchte ich aber gerne wissen", stellte Anke fest.
Robert schaute Anke ungeduldig an: „Warum diese Fragen? Geht wieder die Polizistin mit dir durch?"

„Tut mir leid", bemerkte Anke jetzt erst, dass ihr Gespräch zu einem Verhör geworden war. Das war das Letzte, was sie wollte. Viel lieber wollte sie die Gunst des schönen Wetters nutzen und zusammen mit Robert in der Saarbrücker Altstadt auf ein Bier einkehren.
Der Marktplatz war überfüllt mit Menschen, die die gleiche Idee hatten. Aber das sollte ihre gute Laune nicht mindern. Lachend drängten sie sich durch die Menschenmenge und erkämpften sich ein Bier, das sie an einem der Stehtische tranken. Obwohl sie wenig miteinander sprachen, sich fast nur mit Blicken verständigten, spürte Anke immer mehr, dass ihr Gefühl sie nicht getrogen hatte, als sie vor Kullmann ihre Gedanken verschwiegen hatte. Mit der Äußerung ihrer Vermutung hätte sie Robert nur in Schwierigkeiten gebracht, die er nicht verdient hatte.
Während sie ihre harmonische Zweisamkeit inmitten dieser vielen gut gelaunten Menschen auskosteten, schaute Anke sich ein wenig um. Sie befanden sich auf dem St. Johanner Markt, dem historischen Zentrum des Saarbrücker Stadtteils St. Johann. Dieser Platz lag mitten in einer Fußgängerzone, bestand aus Kopfsteinpflaster und wurde auf allen Seiten eingerahmt von Häusern im Baustil der Spätgotik, die sich zur Mainzer Straße hin ablösten durch jüngere Bauten, die bereits den Übergang zum Barock repräsentierten. Inmitten dieser romantischen Pracht prangte ein Brunnen, aus dessen Mitte ein Obelisk ragte, umrahmt von einem vielfach geschwungenen Brunnenbecken mit vier ovalen weißen Außenbecken. Die Atmosphäre auf diesem Markt und das herrliche Wetter luden dazu ein, den Abend unter freiem Himmel zu verbringen.
Plötzlich erkannte Anke Andreas Hübner in der Menge. Er wirkte gehetzt und drängte sich an den Menschen so heftig vorbei, dass es böse Beschimpfungen hagelte. Sein Weg führ-

te aus der Altstadt heraus. Das war ihr auch lieber. Sie hatte keine Lust, sich den Abend verderben zu lassen.
Später konnten Anke und Robert einen Tisch erobern und freuten sich, endlich einen Sitzplatz zu haben. Obwohl Anke schon müde wurde, wollte sie das Zusammensein mit Robert so lange wie möglich genießen.
Einige Jongleure sprangen auf dem Platz herum und führten ihre Künste vor, während andere mit Blechdosen umherzogen und Geld von den Zuschauern einsammelten. Da die Stimmung ausgelassen war, flossen die Spenden großzügig.
Langsam neigte sich der Tag dem Ende zu. Die Laternen wurden eingeschaltet und der vom Abendrot leuchtende Himmel hüllte die beiden in ein geheimnisvolles, violettes Licht ein. Ein Musiker spielte Gitarre und Mundharmonika, während gleichzeitig ein Mädchen mit einer Blechdose durch die Menschenmenge ging und Geld sammelte. Robert nahm Anke zärtlich in den Arm. Lange verharrten sie in ihrer liebevollen Umarmung und lauschten den verträumten Klängen des Straßenmusikers, der den beiden eine besondere Aufmerksamkeit mit seiner Musik schenkte. Nach einer kleinen Ewigkeit beendete ein Kellner ihre Glückseligkeit, als er geschäftig begann, die Tische abzuräumen.
Robert begleitete Anke zu ihrem Auto, das verlassen auf dem großen Parkplatz stand. Er nahm sie in den Arm und küsste sie zärtlich auf die Lippen. Anke ließ es geschehen. Roberts zärtliche und zaghafte Küsse wurden nach und nach immer leidenschaftlicher und verlangender. Heftig erwiderte sie sie. Doch als Robert sich von ihr wünschte, mit ihm nach Hause zu fahren, fühlte sie sich wie von einer eisigen Hand gepackt. Das ging ihr zu schnell, Angst befiel sie. Vorsichtig entzog sie sich seiner Umarmung und meinte: „Ich bin noch nicht so weit!“
„Schade!“ flüsterte er leise in ihr Ohr, dass es wie ein Schauer durch ihren Körper ging.

Das Gefühlschaos, das sich in ihr ausbreitete, verwirrte sie so sehr, dass sie nicht mehr wusste, was sie wirklich wollte. Sanft schob sie seine Hände weg und schaute ihm ernst in die Augen. Es dauerte eine Weile, bis sie spürte, sich richtig verhalten zu haben.

„Ich will mir einfach nur sicher sein!"

In Roberts Frage mischten sich Enttäuschung und Unbehagen: „Was meinst du mit „sicher sein"? Kann es sein, dass du schon wieder von Doris redest?"

„Ja! Ich kann meine Zweifel nicht wie alten Ballast abwerfen! Ist es für dich so schwer zu verstehen, dass ich mit dieser Situation nicht glücklich bin?"

„Allerdings! Ich habe dir mein Ehrenwort gegeben, dass ich keine Erwartungen mehr an Doris habe", sagte Robert in einem vorwurfsvollen Ton, woraufhin Anke sofort reagierte: „So nicht! Du hast mir dein Ehrenwort darauf geben, dass du mit ihr darüber sprechen willst, dass sie endlich auch einsieht, dass du dich von ihr getrennt hast. Verdrehe bitte die Wahrheit nicht!"

Robert überlegte: „Du hast Recht. Aber ich habe die Beziehung beendet, du kannst mir vertrauen."

Doris war für sie eine falsche Schlange, die nicht lockerlassen würde. Dieser Gedanke ließ Anke nicht so einfach los: „Ist es wirklich vorbei?"

„Ja! Das ist alles Vergangenheit. Jeder hat eine, die kann man nicht ändern. Warum willst du darin herumwühlen?"

An seiner philosophisch anmutenden Frage erkannte Anke, dass Robert ihr auszuweichen versuchte. Aber damit war für sie das Thema keinesfalls erledigt. Sie beschloss, sich Zeit zum Nachdenken zu lassen. Mit einem flüchtigen Kuss verabschiedete sie sich von ihm, stieg in ihr Auto ein und fuhr los. Im Rückspiegel ihres Autos sah sie, wie er ihr nachschaute und winkte.

Am nächsten Morgen herrschte reges Treiben in den Fluren des Landeskriminalamtes. Überall saßen Leute, die von Jürgen Schnur und Esther Weis noch verhört werden mussten. Die beiden hatten sämtliche Daten überprüft und verdächtige Personen vorgeladen. Jürgen führte die Verhöre durch, während Esther die Protokolle schrieb.

Obwohl Anke ihren Schlafmangel spürte, bot sie Esther an, ihr bei der Arbeit zu helfen. Darüber war die Kollegin erleichtert; sie lud Anke einen solchen Riesenstapel Akten auf, den sie nur mit beiden Armen tragen konnte. Schwer beladen verließ Anke Esthers Büro, als Esche ihr den Weg versperrte.

„Na, du fleißiges Lieschen!" meinte er grinsend, umarmte sie völlig ungeniert, wobei er seine Hand auf ihre linke Brust legte und sanft zudrückte. Vor Schreck ließ Anke die Akten fallen und stieß einen Schrei aus. Neugierig schaute Kullmann aus seinem Büro, Esther stürzte über den Flur zu ihr. Aber sie sahen lediglich, wie Esche sich zu Boden bückte und Anke dabei half, die Akten wieder aufzuheben. Während er sämtliche Akten alleine aufsammelte, stand Anke nur da und schaute ganz verwirrt von Kullmann zu Esther. Sprachlos wünschte sie sich, dass Kullmann hinter die Fassade dieses Schauspiels blicken würde. Aber niemand der beiden hatte etwas bemerkt.

„Ich bringe dir die Akten in dein Zimmer", bot Esche freundlich an. „Es ist nicht gut, wenn du so schwer tragen musst."

Empört blieb Anke im Flur stehen und schaute zu Kullmann herüber.

Leider bemerkte er nicht, was in ihr vorging. Er machte sich auch nicht die Mühe, sie danach zu fragen. Wortlos verschwand er in seinem Zimmer. So sah also das Verständnis aus, auf das sie so sehr hoffte – gerade von Kullmann. Esche hatte einfach das Talent, immer dann zuzuschlagen, wenn es

niemand bemerkte und sich die Situation zu seinen Gunsten zurechtzubiegen. Wie sollte sie sich nur dagegen wehren? Ihr Blick fiel auf Esther, die gerade wieder zu ihrem Platz zurückkehrte. Als Esche mit den Akten verschwunden war, berichtete Anke ihrer Kollegin Esther: „Das Schwein hat mich begrapscht!"
Esther, die fast einen Kopf kleiner war, schaute Anke von unten herauf skeptisch an und zischte: „Hättest du wohl gern. Horst ist ein geiler Typ, auf den bist du nicht allein scharf!"
Esthers Gesinnung übertraf Kullmanns Ahnungslosigkeit bei weitem. Entsetzt erwiderte Anke: „Ich denke, wir Frauen müssen zusammenhalten! Warum stellst du dich gegen mich?"
„Ich glaube dir einfach nicht", bemerkte Esther. „Warum sollte Horst so etwas tun. Es gibt so viele Frauen, die sich ihm freiwillig anbieten, da hat er so etwas gar nicht nötig!"
„Warum sollte ich so etwas erfinden?" konterte Anke.
„Keine Ahnung!" zuckte Esther mit den Schultern und verschwand.
Anke erkannte, dass die Situation von allen missverstanden wurde. Esche hatte wieder gewonnen. Verärgert wartete sie, bis Esche ihr Zimmer verlassen hatte, bevor sie es betrat und die Tür hinter sich schloss.
Indem sie sich in die Arbeit stürzte, konnte sie sich von diesem Zwischenfall ablenken.
Zur Mittagszeit sah sie Kullmann davoneilen. In der Hand hielt er einen wunderschönen Blumenstrauß. Verwundert schaute Anke ihm durchs Fenster nach. Erst jetzt bemerkte sie, dass Kullmann einen zweiteiligen Anzug in Anthrazit trug, der seine leicht untersetzte Statur schlanker wirken ließ. Neugierig geworden beobachtete sie ihn. Er ging in Richtung Marthas Kneipe. Vermutlich hatte Martha Geburtstag, überlegte Anke, ließ sich jedoch keine Zeit, darüber nachzuden-

ken, weil die Arbeit auf ihrem Schreibtisch drängte.
Es war schon spät, als Hübner in ihr Büro gestürmt kam. Heftig knallte er die Tür hinter sich zu und schrie los: „Solltest du tatsächlich blind vor Liebe sein, dann wäre es vielleicht verzeihlich, was du machst. Du weißt vermutlich gar nicht, mit wem du dich abgibst!"
Daher wehte also der Wind, dachte Anke. Er hatte sie gestern Abend gesehen und war deshalb so hastig aus der Altstadt verschwunden.
„Was ich außerhalb des Dienstes mache, geht dich überhaupt nichts an", blaffte Anke zurück.
Darauf ging Hübner gar nicht ein und fuhr erregt fort: „Ich liebe dich und meine es ehrlich mit dir. Bei Robert kannst du dir da nicht so sicher sein. Er ist ein Schmarotzer und Opportunist. Der Tod seiner steinreichen Tante kam genau zur richtigen Zeit; Robert lebt nämlich deutlich über seine Verhältnisse und braucht das Geld dringend. Außerdem ist immer noch unklar, was wirklich mit seiner Mutter passiert ist. Dieser Kerl ist noch lange nicht aus dem Schneider und - so einen ziehst du mir vor?"
Anke stand auf, stützte sich mit beiden Händen auf ihren Schreibtisch und schaute ihn mit funkelnden Augen an: „Deine Ehrlichkeit habe ich vor einigen Jahren kennen gelernt, und ich muss dir sagen, dass ich von dir geheilt bin, für den Rest meines Lebens", erwiderte Anke. „Und was Robert angeht, kann ich bei dir wohl kaum von einer objektiven Beurteilungsfähigkeit ausgehen, weil du vor Eifersucht platzt. Mit dem Tod seiner Mutter hat er nichts zu tun, weil er ein festes Alibi hat, wie du weißt. Den Opportunisten dichtest du ihm gerne an, weil du selbst mit mir zusammen sein willst. Der Schmarotzer passt dir gerade in den Kram, weil du keine reiche Tante hast, die du beerben kannst."
„Kapierst du es denn nicht: er schleimt sich bei einer Polizis-

tin ein, um sich aus der Schusslinie zu bringen. Wie du ihn in Schutz nimmst, beweist doch, dass sein Plan aufgegangen ist."

„Hast du den ganzen Tag gebraucht, um mir diese Rede zu halten, oder warum kommst du erst jetzt damit zu mir?" schimpfte Anke ungehalten. „Die Mühe hättest du dir sparen können. Es ist bald Feierabend. Ich habe keine Lust, meine freie Zeit mit einem eifersüchtigen Pinsel wie dir zu vergeuden. Besser du verschwindest jetzt, bevor ich dich rausschmeißen muss!"

„Von wegen „eifersüchtiger Pinsel"! Ich sehe alles viel objektiver als du und werde dir jetzt einmal zeigen, was Polizeiarbeit ist. Nämlich immer den Verstand einschalten, der dir abhanden gekommen ist. Du hast dir dein Hirn zunebeln lassen."

Wütend verließ Hübner das Büro und knallte die Tür hinter sich zu.

Anke sprang vom Tisch auf, öffnete die Tür wieder und stürmte in Hübners Büro. Gerade sah sie noch, wie Hübner seine Waffe einsteckte und sich auf den Weg machen wollte, aber sie versperrte ihm den Weg: „Überschätz dich nicht! Du wirst doch nicht allen Ernstes schon vergessen haben, welche Scheiße du damals gebaut hast, nur weil dein Hirn wirklich zugenebelt war. Du hast unschuldige Menschen in Lebensgefahr gebracht und willst mir heute etwas von „Verstand einschalten" erzählen. Wenn hier einer den Verstand verloren hat, dann du!"

„Du wirst noch sehen, was in mir steckt. Ich werde dir nämlich heute noch beweisen, dass nur ich in der Lage bin, den schwierigsten Fall aller Zeiten zu lösen! Ich werde das fertig bringen, was der gesamte Polizeiapparat nicht geschafft hat, nämlich den Mann festzunehmen, der zwei unserer Kollegen auf dem Gewissen hat. Und wenn ich dann dein Chef

bin, werden hier andere Zeiten beginnen. Dann werde ich dir nämlich nicht mehr so viel Leine lassen. Der Alte hat ja völlig den Überblick verloren. Allmählich büßt er seine Führungsqualitäten ein. Es wird endlich Zeit, dass ein Neuer kommt!" Mit diesen Worten rannte Hübner aus dem Zimmer ins Treppenhaus.
Kopfschüttelnd ging Anke durch den Flur zurück, als sie hörte, wie Esche von seinem Schreibtisch aufsprang und hinter Hübner her rannte. Durch das Treppenhaus hörte sie die beiden heftig miteinander diskutieren.
Von ihrem Fenster schaute sie auf den Parkplatz hinunter. Obwohl es erst Nachmittag war, wurde es plötzlich dunkel. Anke schaute zum Himmel und sah, dass sich schwarze Wolken zusammenzogen. Wind kam auf und wirbelte die Blütenblätter, die sich im Hof gesammelt hatten, auf. Der Wind wurde so heftig, dass die Fensterscheibe zu vibrieren begann. Ein Gewitter braute sich zusammen.
Sie sah Hübner und Esche auf dem Parkplatz. Der Wind blies so heftig, dass er an ihren Kleidern zerrte. Aber das hielt die beiden nicht davon ab, sich weiter zu streiten. Im Gegenteil, je heftiger der Wind wurde, desto wilder wurden die Gesten der beiden, die, wie es schien, zu keinem Ergebnis kamen. Hübners Gesicht leuchtete unter seinen zerzausten blonden Haaren dunkelrot vor Zorn, während Esches Miene teuflische Züge annahmen. „Was ist Esche nur für ein Mann", fragte Anke sich, als sie ihn so sah. Einerseits sah er so verdammt gut aus, dass er faszinierte, andererseits strahlte er eine diabolische Boshaftigkeit aus. Er war geheimnisvoll und doch wieder gewöhnlich, er war ein Blender und vulgär. Die Gegensätze, die in ihm steckten, waren es, die ihn so undurchschaubar machten, die ihm seine Sicherheit gaben, sich jede Grenzüberschreitung leisten zu können. Er war raffiniert, nichts schien seinen guten Ruf in der Abteilung erschüttern

zu können. Sie musste aufpassen, nicht von ihm an die Wand gedrückt zu werden. Der starke böige Wind flaute ab, nachdem Hübner mit seinem Wagen losgebraust und Esche ins Gebäude zurückgekehrt war. Die Wolken hingen tief und krochen düster und gespenstisch über den Himmel.
Nachdenklich kehrte Anke an ihren Schreibtisch zurück. Die Luft war inzwischen so schwül geworden, dass ihr bei der kleinsten Bewegung der Schweiß ausbrach. Aber ihre Gedanken wollten nicht zur Ruhe kommen. Was ging nur in Hübner vor, dass er sich so impulsiv aufspielte? Ihre Beziehung zu Hübner war Schnee von gestern, auch wenn sie sich gelegentlich an diese Zeit erinnerte. Jetzt wartete ein Berg unangenehmer Schreibarbeit auf sie, die ihre ganze Konzentration verlangte. Seufzend setzte sie die monotone Beschäftigung fort, als sie das erste leise Donnern hörte, das ein Gewitter ankündigte. Bei solchem Wetter fiel es ihr nicht schwer, weiter zu arbeiten.

*

Hübner wartete inzwischen schon lange vor dem Haus, in dem sich bei zunehmender Dunkelheit immer mehr Lichter einschalteten. Es wurde früh dunkel, dachte er und schaute nervös zum Himmel hoch. Die Wolken hatten sich zusammengezogen und die Luft wurde erdrückend schwül, was sein Vorhaben ins Schwanken bringen konnte. Aber er musste beharrlich bleiben. Schließlich stand er kurz davor, den Polizistenmörder festzunehmen, der schon zwei seiner Kollegen kaltblütig erschossen hatte. Da musste er auf der Hut sein. Er wollte den Überraschungsmoment zu seinem Vorteil nutzen.

Zufrieden mit seiner Strategie vertrat er sich ein wenig die Füße. Hinter ihm war nur Wald und vor ihm lag das Haus, in dem der mutmaßliche Mörder sich aufhielt. Abwarten war das einzige, was ihm nun zu tun blieb, bis der Mörder heraustrat. Dann kam Hübners großer Moment. Ganz einfach war sein Plan, und hinterher war er der Held, der dem Schrecken ein Ende gemacht hatte. Diese Gedanken erfüllten ihn mit großer Zufriedenheit. Anke würde staunen, wenn sie erst einmal sah, wie gut er als Polizeibeamter wirklich war. Sicherlich verliebte sie sich auch wieder in ihn. Schließlich waren sie schon einmal zusammen glücklich, und die Zeit war wunderschön. Sie musste sich einfach wieder erinnern, wie gut sie beide doch zusammenpassten und wie viele Pläne sie damals geschmiedet hatten. Jetzt war immer noch genügend Zeit, alle ihre Pläne zu verwirklichen. Er spürte, dass sie es schon oft bedauert hatte, ihn damals verlassen zu haben, es ihm nur noch nicht gesagt hatte. Aber nun, sobald er ihr bewiesen hätte, dass nur er in der Lage war, den Fall zu lösen, würde sie wieder zu ihm zurückkommen. Sie musste eben überzeugt werden; dazu wollte er heute den Grundstein legen.

Wieder warf er einen prüfenden Blick auf das hell erleuchtete Haus, als er ein Geräusch hinter sich hörte. Erschreckt drehte er sich um, aber es war plötzlich so dunkel geworden, dass er nichts erkennen konnte. Wind kam auf und raschelte laut an den Büschen. Obwohl er völlig verunsichert auf dieses Geräusch reagiert hatte, versuchte er tunlichst dieses Gefühl wegzudrängen, indem er einfach über sich selbst lachte und die Angst in Gedanken herunterspielte. Leider war das

Wetter nicht sein Verbündeter, fluchte er vor sich hin. Diese Lichtverhältnisse und das unregelmäßige Donnern konnten ihm die Suppe versalzen. Deshalb war er nicht sicher, ob dieser Laut nun zu den Geräuschen des Gewitters gehörte oder nicht. Sein Hals fühlte sich trocken und kratzig an, was nicht zu der hohen Luftfeuchtigkeit passte. Der Wind wurde stärker, und leises Donnergrollen ertönte.
Er hatte das Haus gründlich untersucht, von allen Seiten. Jeder, der das Haus verließ, musste über den kleinen, erleuchteten Parkplatz gehen und konnte seiner Aufmerksamkeit einfach nicht entgehen. Seine Unsicherheit wuchs. War sein Zielobjekt noch im Haus? Oder sollte er einen Hinterausgang übersehen haben? Hatte er etwas von seiner Aktion geahnt und war unbemerkt herausgeschlüpft? Seine Rolle hatte sich schlagartig umgekehrt, überlegte Hübner gerade, als er etwas hörte, was nicht zum Gewittersturm gehörte. Nun wurde es eng für Hübner, Augen und Ohren musste er offen halten, nichts durfte ihm mehr entgehen. Aber sehen konnte er nicht viel, weil die dunklen Gewitterwolken nicht vorberziehen wollten. Immer wieder ertönte das leise Donnern vom Himmel, aber keine Blitze und kein Regen.
Angst kroch in ihm hoch, ein Gefühl, das er noch niemals in diesem Ausmaß erlebt hatte. Er bebte am ganzen Körper. Die Luft war so dick und zäh, dass er eine Gefahr zu schmecken glaubte. Er kam sich ausgeliefert vor, dabei dachte er, alles im Griff zu haben. Zur Sicherheit nahm er seine Waffe aus dem Holster und ging in geduckter Haltung ins Gebüsch, damit der Gegner ihn nicht sehen konnte. Wieder hörte er ein lautes Knacken, das ihn zusammenzucken ließ. Sein Verdächtiger war also doch ungesehen aus dem Haus gekommen, und er befand sich in großer Gefahr. Genau das hatte er vermeiden wollen. Nun war es doch passiert. So lautlos, wie er nur konnte, bewegte er sich auf das Geräusch zu, als es wieder

von einer ganz anderen Seite kam. Trieben zwei Verbündete ein böses Spiel mit ihm? Die Geschichte vom Hasen und dem Igel kam ihm in den Sinn. So dumm wollte er nicht sein, um hin und her zu rennen. Er durfte seine Vorsicht nicht aufgeben. Ihm dämmerte es, dass sich jemand in seiner Nähe aufhielt, der sich wie ein Wildtier im Wald auskannte. Jetzt erst erkannte er, wie steif und unbeweglich er geworden war, weil er die meiste Zeit des Tages am Schreibtisch verbrachte. Aber diese einmalige Chance durfte er sich nicht entgehen lassen. Viel zu sicher war er sich, auf der richtigen Spur zu sein. Hochkonzentriert lauschte er den Geräuschen, die durch den heftigen Wind immer unbestimmter wurden. Bald konnte er das Krachen der Äste durch den Wind nicht mehr von den Geräuschen seines Gegners unterscheiden. Schweiß brach ihm aus und lief über den Rücken, so dass sein Hemd sofort kalt an ihm klebte. Immer wieder ertönte das Donnergrollen; die dunklen Wolken zogen immer schneller am Himmel entlang.
Hübner blickte wirr um sich. An einem Eichenstamm hatte sich schattenhaft etwas bewegt. Eine Zeitlang starrte er die Umrisse des Baumstamms an. Da war es wieder, als wollte jemand aus seinem Versteck herauskommen; aber das Bild verflüchtigte sich. Hübner wurde ärgerlich, er glaubte plötzlich, seine Zeit sei jetzt gekommen. Mit vorgestreckter Waffe näherte er sich der Stelle, geduckt und langsam. Er wollte nichts überhasten und damit alles zerstören. Dass die Hand, die die Waffe hielt, zitterte, nahm er nicht wahr. Als er nur noch wenige Meter von dem Baum entfernt war, sprang er blitzschnell auf. Aber hinter dem Baum war nichts. Sollte er sich das eingebildet haben? Es war ihm, als habe sein Magen ein Loch; er musste alle seine Kraft aufwenden, um davon nicht verschlungen zu werden. Seine schreckhaft aufgerissenen Augen rasten in alle Richtungen, konnten aber nieman-

den sehen.
Er glaubte plötzlich, ein leises, höhnisches Lachen zu hören. Oder war es nur der Wind, der ihm einen üblen Streich spielte? Schnell duckte er sich wieder und durchstreifte das Dickicht. Die Dornenranken zerrten an seinem Hemd und ritzten seine Haut, aber er störte sich nicht daran. Viel zu sehr konzentrierte er sich darauf, den Mörder in diesem Gestrüpp zu entdecken, denn nur dorthin konnte er von der Eiche aus geflohen sein.
Wieder hörte er das höhnische Lachen. Es war nicht der Wind, es war eindeutig ein Mensch, der sich ganz in seiner Nähe befand.
„Dir wird das Lachen noch vergehen!" rief Hübner nervös und kroch weiter durch das dichte Gestrüpp.
Da sah er ihn wieder!
Weit vor ihm, so dass er keine Chance hatte, an ihn heranzukommen, verschwand eine Gestalt hinter einer Dornenhecke. Nun hatte Hübner ein schweres Hindernis zu überwinden. Mühsam musste er sich erst wieder aus dem Gebüsch herauskämpfen, um das Phantom weiterverfolgen zu können. Allerdings musste er seinen Schutz aufgeben, wenn er bis zur Dornenhecke vordringen wollte; das Risiko war verdammt groß. Verzweifelt kämpfte er sich den Weg frei. Sein Hemd war inzwischen fast völlig zerrissen und seine Haut verkratzt. Ganz unvermittelt setzte nun auch noch der Regen ein und zwar so heftig, dass er schmerzhaft auf seinen Rücken trommelte. Mit schützender Hand vor seinen Augen schaute er zum Himmel und im gleichen Augenblick blendete ihn ein greller Blitz, der von einem lauten Donnern begleitet wurde. In Sekundenschnelle war Hübner nass bis auf die Haut. Der Regen platschte so laut, dass er nichts anderes mehr hören konnte als das einheitliche Rauschen, das an einen tosenden Wasserfall erinnerte. Gebückt rannte er hinter einen Baum-

stamm und näherte sich der Dornenhecke, obwohl er ahnte, dass sein Gegner längst nicht mehr dort war.
Ein Ast knallte an seinen Kopf. Erschrocken drehte Hübner sich um und sah eine Gestalt davon rennen. Nun hatte er ihn. Schnell sprintete er los und rief gegen Sturm und Regen: „Stehen bleiben, oder ich schieße!"
Tatsächlich blieb die Gestalt mit dem Rücken zu ihm stehen. Hübner schätzte den Abstand auf Meter. Ein so guter Schütze war er nicht, zumal er ausgepumpt war. Außerdem wusste er nicht endgültig, wen er vor sich hatte. Er hätte sich nicht auf Notwehr berufen können, wenn er den Fremden von hinten getötet hätte. Er hielt jetzt die Waffe vorschriftsmäßig in beiden Händen. Langsam setzte er sich in Bewegung. Er hatte keine Eile mehr. Beim Gehen versuchte er tief zu atmen, um zu Luft zu kommen und seine volle Einsatzfähigkeit zu erlangen. Da hörte er es wieder, dieses Lachen, diese hämische Verachtung. Es fraß sich in Hübner hinein und drohte ihn auszuhöhlen. In leichten Wellen überflutete ihn der Hohn. Hübner bangte um seine Reaktionsfähigkeit, wenn ihn mörderische Affekte überschwemmen sollten. Ausgerechnet in diesem entscheidenden Augenblick, kurz vor dem Ziel der Aufklärung der Polizistenmorde durch ihn.
Als Hübner ganz nah hinter den Fremden gekommen war, drehte sich dieser langsam um und schaute Hübner ins Gesicht.
„Du?" staunte Hübner völlig fassungslos.
Er lockerte den Griff an seiner Waffe, ließ sie achtlos sinken. Den Blick hielt er unverwandt auf sein Gegenüber gerichtet. Als dieser nichts darauf erwiderte, fügte er an: „Es ist besser, du gehst jetzt, weil ich im Begriff bin, den Polizistenmörder zu verhaften!"
Er ging nicht; beharrlich blieb er vor Hübner stehen.
Fassungslos schaute Hübner ihn an, fing endlich an zu be-

greifen: „Du hast mich hier die ganze Zeit beobachtet?“
„Ja!“
„Und du beobachtest mich nicht erst jetzt! Warum?“
„Ich kann tun und lassen, was ich will!“
„Ich verstehe nicht!“ stammelte Hübner außer sich vor Angst.
Es ging ganz schnell, im Bruchteil einer Sekunde schaute Hübner in den Lauf seiner eigenen Waffe.
Hübner wollte es nicht glauben. Nervös fragte er: „Was willst du?“
„Sag du es mir“, lachte er listig.
Aber schlagartig wurde er ernst: „Du wolltest doch schon immer im Mittelpunkt des Interesses stehen! Genau das wird dir heute gelingen! Auf Interesse wirst du jetzt wahrhaftig stoßen. Auf großes Interesse! Ich frage mich nur, ob du es dir so vorgestellt hast!“
Ein Blitz erhellte den Wald und Hübner sah in kleine, hasserfüllte Augen. Dann krachte ein ohrenbetäubender Donner vom Himmel.

*

Das Donnern entfernte sich langsam und wurde leiser. Anke ging ans Fenster und schaute zum Himmel. Schwache Blitze erleuchteten noch den Himmel und gaben den Blick auf die dichten Wolken frei, die langsam ihre Bahnen zogen. Der Zeitraum zwischen Blitz und Donner wurden immer größer, der Wind schwächer. Schwaches Wetterleuchten und starker Regen zeugten von dem heftigen Gewitter, das sie an ein Inferno erinnert hatte. Zurück blieb eine stille, schwarze Nacht. Anke öffnete das Fenster und ließ die frische Luft herein. Die Luft war wie gereinigt von dem heftigen Gewitter. Endlich konnte sie die Aktenarbeit abschließen. Sie hatte nur noch einen Gedanken: nach Hause gehen und schlafen. Sie war todmüde, ihr Kopf schmerzte. Kurzentschlossen wollte sie sich auf den Weg zu machen.

Als sie den Flur betrat, begegnete ihr Jürgen, der ebenfalls das Büro verlassen wollte. Esther befand sich einige Schritte hinter ihm, als Esche mit einem Mann hereinkam und zielstrebig sein Büro ansteuerte. Mit erstaunten Blicken verfolgten Esther, Anke und Jürgen die beiden. Leise murrte Jürgen: „Wir brüten stundenlang in Verhören und Befragungen herum, und Esche zaubert einen Verdächtigen aus dem Hut. Wie damals vor Weihnachten, als er uns alle hatte dumm dastehen lassen!“

„Meinst du den Kindermord in Merzig?“ hakte Esther nach und Jürgen murrte: „Den auch!“

Anke erinnerte sich wieder daran, dass es Esche einmal im Alleingang gelungen war, einen Raubmörder zu stellen, der im Raum Saarlouis in Grenznähe zu Frankreich Banken überfallen und bei seinem letzten Coup einen Bankangestellten erschossen hatte. Während sie alle verzweifelt nach dem gewalttätigen Verbrecher gesucht hatten, kam Esche eines Abends mit dem Täter im Schlepptau ins Büro marschiert, als sei es eine leichte Übung, den gesuchtesten Mann im Saarland auf der Straße aufzugabeln. Er hatte in der Tat alle Kollegen äußerst dumm aussehen lassen.

Kurze Zeit später kam Esche wieder aus seinem Büro heraus. Er war völlig durchnässt und wirkte griesgrämig.

„Dieser Blödmann wollte sich doch tatsächlich dem Zugriff entziehen. Er rannte einfach los, als es zu regnen anfing. Hat

ihm aber nichts genützt. Schaut euch nur an, wie ich aussehe", schimpfte er.
„Was liegt denn gegen ihn vor?" fragte Jürgen.
„Man kann nie wissen. Eigentlich hatte ich ihn nur observiert. Aber dann muss er mich bemerkt haben. Sein Fluchtversuch ist eindeutig und Verdacht genug. Ich werde mich erst einmal abtrocknen und dann mit der Befragung beginnen. Kann jemand von euch dabeibleiben?" Fragend schaute Esche in die Runde, wobei sein Blick bei Anke hängen blieb. Sie wandte sich jedoch ohne ein Wort zu sagen ab, weil sie nicht das geringste Interesse daran hatte, spät in der Nacht allein mit Esche im Büro zu sein.
Ironisch schlug Esther vor: „Anke, du könntest Horst doch helfen! Ich habe den ganzen Tag mit Jürgen diese verdammten Computerdaten durchgesehen und bin wie erschlagen. Ich wäre keine gute Hilfe!"
Esche erläuterte grinsend: „Es ist gar nicht viel tun. Es geht mir nur darum, dass jemand bei mir ist, während ich die Befragung durchführe!"
„Dann habe ich eine Lösung für dein Problem", konterte Anke prompt.
„Lass hören?"
„Esther hat mir bestätigt, wie gern sie in deiner Nähe ist - und das noch ohne Arbeit - das würde ihre kühnsten Erwartungen übertreffen!"
Damit hatte Anke zurück geschossen, was ihr eine große Genugtuung war.
„Was ist eigentlich mit Hübner los?" lenkte Jürgen ab. „Solltest du nicht mit ihm im Team arbeiten?"
„Eigentlich schon! Aber Hübner hat heute Abend ziemlich überhastet das Büro verlassen, seitdem habe ich ihn nicht wieder gesehen", erklärte Esche schulterzuckend.
Anke spürte einen Stich. Seit Hübners letztem Auftritt hat-

te sie ihn als Angeber zu vergessen versucht. Doch jetzt erst merkte sie, wie lange er schon weg war. Wenn er wirklich einen Verdächtigen verhaften wollte, müsste er doch längst wieder zurück sein.

Vielleicht hatte sie einen Fehler gemacht, als sie Hübner in dieser Verfassung einfach gehen ließ. Darüber wollte sie mit niemandem reden. Vielleicht waren ihre Sorgen auch nur etwas voreilig und Hübner kam ahnungslos wieder durch die Tür ins Büro. Also schwieg sie. Schnell verabschiedete sie sich und überließ es Jürgen und Esther zu entscheiden, wer Esche beim Verhör helfen sollte.

Anke konnte nicht abschalten, nach allem, was sich an diesem Abend zusammengeballt hatte. Ihre verspätete Erkenntnis, nichts gegen Hübners übereilten Aufbruch getan zu haben, belastete sie sehr, weil er nicht mehr zum Dienst zurückgekommen war. Es passte nicht zu Hübners Art, dem Dienst einfach fernzubleiben. Viel zu ehrgeizig war er und zu sehr auf die Beförderung erpicht, als dass er damit alles aufs Spiel setzen würde. Sollte ihm etwas zugestoßen sein? Als sie zu Hause ankam, rief sie sofort bei ihm an, aber sie hörte nur den Anrufbeantworter. Von nun an versuchte sie es stündlich bei Hübner, aber er war nicht zu erreichen.

Am nächsten Morgen kam sie unausgeschlafen im Büro an. Es gab nichts Neues von Hübner. Sie befürchtete das Schlimmste. Mit einer bedrückenden Vorahnung ging sie in Kullmanns Büro und erzählte ihm alles, was vorgefallen war. Sogar Hübners abfällige Bemerkung über seinen Vorgesetzten und seine Gewissheit, der neue Chef zu werden, ließ sie in ihrer Erzählung nicht aus.

Völlig überrumpelt von diesen Neuigkeiten fragte Kullmann: „Und er hat nicht mit einem Wort gesagt, wen er verhaften wollte?“

„Nein, er wollte diesen entscheidenden Schritt im Alleingang

machen!" Anke wiederholte Kullmann das letzte Gespräch, das sie mit Hübner geführt hatte.
Kullmann grübelte nachdenklich. „Das gefällt mir gar nicht. Wir beide kennen Hübner ja schon länger und wissen, dass er im Übereifer wichtige Dinge übersieht!"
„Sie befürchten also auch, dass ihm bei der vermeintlichen Festnahme etwas zugestoßen ist?"
„Das tue ich in der Tat. Wenn er dem richtigen Polizistenmörder auf die Spur gekommen ist..." Den Gedanken wollte Kullmann nicht zu Ende denken.
Jürgen Schnur und Esche betraten in diesem Moment das Büro und berichteten von der Befragung der vergangenen Nacht: „Leider hat sich herausgestellt, dass der Verdächtige von letzter Nacht nicht als unser gesuchter Mann in Frage kommt."
Als sie mit ihrem Bericht fertig waren, bemerkten sie erst die betretenen Mienen von Anke und Kullmann.
„Was ist denn los?" richtete Esche seine Frage an Anke und bewegte sich zielstrebig in ihre Nähe.
Sofort wich Anke nach hinten aus, aber Kullmanns Schreibtisch versperrte ihr den Weg.
„Von Hübner gibt es immer noch kein Lebenszeichen", sagte Kullmann. „Oder habt ihr beide etwas von ihm gehört?"
Auf der Ecke des Schreibtischs ließ Anke sich nieder, ganz in der Nähe ihres Chefs. Sie erhoffte sich von der Nähe zu Kullmann, dass Esche sich bremsen würde - aber leider vergebens.
Er antwortete auf Kullmanns Frage, ohne dabei Anke aus den Augen zu lassen: „Nein, nichts!" Er kam Anke immer näher, die nun auf der Schreibtischkante saß und keine Fluchtmöglichkeit mehr hatte.
„Horst, du warst sein Teampartner! In Hübners Unterlagen muss es einen Hinweis darauf geben, wohin er gestern Abend

so überstürzt aufgebrochen ist. Du musst dort nachsehen", bestimmte Kullmann ohne ihn dabei anzusehen.
„Geht klar! Mach ich" reagierte Esche, ließ sich aber nicht von seinem Vorhaben abbringen. Er stellte sich so dicht vor Anke, die immer noch auf der Ecke von Kullmanns Schreibtisch saß, dass er ihren Oberschenkel mit der Ausbuchtung in seiner Hose berührte. Ganz sachte, dass niemand der umstehenden etwas bemerkte, begann er, sich an ihr zu reiben. Anke erschrak so sehr, dass sie um ein Haar gestürzt wäre, als sie von der Schreibtischkante hochschnellte. Esche fing sie geschickt auf und hinderte sie am Hinfallen, so dass niemand dieser Szene eine besondere Beachtung schenkte. Nur Anke zitterte am ganzen Körper vor ohnmächtiger Empörung.
„Nicht so erregt, meine Liebe", flüsterte Esche, doch Anke stieß ihn heftig von sich.
Kullmann schaltete sich ein und meinte unfreundlich: „Hübner ist verschwunden, das sollte nun unsere Aufmerksamkeit wecken. Also hört jetzt bitte auf damit, euch zu zanken, wer an welchem Platz stehen will!"
„Es gibt noch andere Ungereimtheiten, die Ihre Aufmerksamkeit wecken sollten", schimpfte Anke.
„Was soll das?" fragte Kullmann.
„Ich habe mich bestimmt nicht darum gezankt, wer an welchem Platz stehen soll!"
„Seien Sie doch bitte nicht kindisch. Gerade jetzt, wo wir uns ganz besonders konzentrieren müssen", besänftigte Kullmann, dass er sie ohne es zu wollen noch wütender machte. Anke fühlte sich schon wieder missverstanden - nicht nur das, wie ein kleines Kind hatte er sie behandelt.
Esche grinste sie unverhohlen an, wobei er so geschickt stand, dass weder Jürgen noch Kullmann das sehen konnten.
Esther wurde von Jürgen hinzugerufen, um die Mannschaft zu vervollständigen. Nachdem alle über die Situation aufge-

klärt worden waren, wandte Kullmann sich an Esche: „Du arbeitest doch mit Hübner im Team. Hat er jemals Namen genannt, die im Zusammenhang mit dem Fall stehen könnten?“
„Nicht dass ich wüsste. Gestern ist er völlig überraschend aus dem Büro gestürmt und hat mir einfach nicht sagen wollen, was er vorhatte. Ich wollte ihn mit allen Mitteln zum Reden bringen, aber er war stur wie ein Esel. Irgendwann habe ich es aufgegeben, weil es einfach keinen Sinn hatte.“
Jürgen fragte: „Was ist, wenn er wirklich den Polizistenmörder gefunden hat und ihn ganz allein festnehmen wollte?“
„Ausgerechnet Hübner soll den meistgesuchten Verdächtigen gefunden haben, dass ich nicht lache!“ bemerkte Esche verächtlich.
„Hübner ist ein guter Polizist, vergiss das nicht“, ermahnte Kullmann und fügte an: "Wenn er wieder zurückkommt, wird er uns schon sagen, wo er war!“
Aber Esche behielt das letzte Wort: „Ja – Wenn er wirklich so gut ist und als einziger im Alleingang den Polizistenmörder gefunden hat, warum kommt er dann nicht zurück und zeigt uns, was er geleistet hat?“
Keiner reagierte auf diesen Kommentar.
Schweigen erfüllte den Raum.
In diese Stille hinein schrillte Kullmanns Telefon.
Gespannt hob Kullmann den Hörer ab. Während er nur zuhörte, verschwand das bisschen Farbe, das er im Gesicht hatte, völlig. Kreidebleich legte er den Hörer wieder auf.
„Unsere schlimmsten Befürchtungen sind wahr geworden! Hübners Leiche wurde im Stadtwald am Schwarzenberg gefunden!“
Diese Schreckensnachricht verbreitete sich wie ein Lauffeuer in der Abteilung und im ganzen Haus. Entsetzen breitete sich unter den Mitarbeitern aus. Manche wollten

es nicht glauben, indem sie behaupteten, es könne nur ein Irrtum sein, während andere sich zurückzogen und das ganze Ausmaß dieses Unglücks zu begreifen versuchten. Anke konnte nur schwer ihre Tränen zurückhalten. Ganz und gar in sich gekehrt verarbeitete sie die grausame Botschaft. Neben der Angst vor einem Polizistenmörder bedrängten sie starke Schuldgefühle, ihn nicht daran gehindert zu haben, auf eigene Faust loszustürmen. Wahnsinnig war dieser Alleingang gewesen, aber warum erkannte sie das erst jetzt? Warum hatte sie nicht gleich reagiert, als er seine Dienstwaffe an sich genommen hatte? Warum hatte sie ihn gehen lassen? Diese Fragen zermürbten sie. Den Rest des Tages schwankte sie zwischen verzweifelten Tränenausbrüchen und selbstquälerischen Vorwürfen, ihn nicht aufgehalten zu haben. Sie hätte einfach wissen müssen, dass er im Begriff war, kopflos in sein Unglück zu rennen, sie kannte ihn von allen hier am besten.
Wie sehr hatte sie unter seinen ständigen Eskapaden gelitten, als sie mit ihm zusammen war. Sie hatte ihm das Schlimmste gewünscht, als ihre Beziehung gescheitert war. Und nun, da er tot war, bereute sie jeden Fluch. Dabei hingen ihre rachsüchtigen Gedankenspiele nur mit seinem rücksichtslosen Verhalten zusammen. Er hatte mit ihren Gefühlen nur gespielt, war sich des Ausmaßes ihrer Liebe zu ihm gar nicht bewusst gewesen. Sie hatte ihn damals wirklich geliebt. Das konnte Anke nicht vergessen. Immer wieder blitzten schmerzliche Erinnerungen auf. Ihre Abweisungen ihm gegenüber waren nur Selbstschutz gewesen, um nicht wieder seinem Charme zu verfallen. Die Angst, wieder von ihm enttäuscht zu werden, war zu groß gewesen. Mit ihrem Verstand hatte sie sich ihre Mauer aufgebaut, um ihre Gefühle ihm gegenüber wegzuschieben. Unwillkürlich beschlich sie die Frage, ob Hübner sein Vorhaben geändert hätte, wenn sie ihm

ihre Sorge gezeigt hätte. Aber Anke hatte gemerkt, dass er ihr unbedingt etwas beweisen, ihr gefallen wollte. Das allein konnte wirklich nicht der Auslöser dafür sein, dass er einem Mörder in die Hände gefallen war.

Spät am Nachmittag betrat Kullmann Ankes Zimmer und setzte sich ihr gegenüber. Eine Weile schaute er sie an, bis er sagte: „Hübners Tod geht uns allen sehr nahe!"

Anke schwieg. Seit der Hiobsbotschaft hatte sie nur tatenlos dagesessen. Zwar wusste sie, dass die Arbeit getan werden musste, auch wenn die Situation unerträglich war. Aber es gelang ihr nicht, sich dazu aufzuraffen.

Nach einer Weile sprach Kullmann weiter: „Morgen früh kommt ein Kriminalbeamter aus Köln hierher. Er übernimmt die Nachfolge von Nimmsgern und wird bei uns bleiben. Aus familiären Gründen hat er um die Versetzung gebeten. Trotz unserer Trauer um Hübner müssen wir handlungsfähig bleiben. Esche wird mit ihm zusammenarbeiten."

Esche, Esche, immer wieder Esche, schoss es Anke durch den Kopf. Sie sah schon rot, wenn sie nur seinen Namen hörte. War Hübner nicht Esches Teamkollege, der gerade erschossen worden war? War Nimmsgern nicht zufällig auch Esches Teamkollege, der vor einem halben Jahr erschossen worden war?

„Das schmälert die Lebenserwartung des neuen Kollegen erheblich", bemerkte Anke bissig.

Kullmann stutzte: „Was soll das? Ich verstehe, dass Sie durch diese schrecklichen Todesfälle in unserer Abteilung sehr betroffen sind, das berechtigt Sie aber nicht zu solch gehässigen Bemerkungen!"

Anke schluckte diese Rüge. So schnell wollte sie aber nicht klein beigeben.

„Haben wir nicht die ganze Zeit krampfhaft nach Zusammenhängen zwischen den Opfern gesucht?" erinnerte Anke

ihren Chef in einem scharfen Tonfall. „Leider haben wir dabei vergessen, uns in unserem nächsten Umfeld einfach mal umzusehen. Seit heute glaube ich einen Zusammenhang zu kennen. Er heißt Horst Esche!“
„Ich rate Ihnen, mit solchen Verdächtigungen sehr vorsichtig zu sein“, mahnte Kullmann. „Esche gehört zu unseren Topleuten. In den zwei Jahren, die er in unserer Abteilung ist, hat er sehr gute Arbeit geleistet!“
„Ich habe das Vertrauen in Esche verloren“, kämpfte Anke verbissen weiter. „Und das mit gutem Grund!“
„Nennen Sie mir einen!“
Nun war es an ihr, endlich von Esches Übergriffen zu erzählen. Aber da saß sie nun zu einem Zeitpunkt ihrem Chef gegenüber, der wohl der denkbar ungünstigste war, um von persönlichen Kränkungen und widerlichen Übergriffen zu sprechen. Hinzu kam, dass Kullmann sich selbst in Zugzwang befand. Inzwischen hatte er zwei Mitarbeiter verloren und der Druck der Hausspitze, Ergebnisse vorzulegen, wuchs.
Sie zögerte kurz, bis sie ausweichend antwortete: „Bisher sind beide Mitarbeiter, die mit ihm im Team gearbeitet haben, tot. Das kann kein Zufall sein. Nimmsgern hat nicht sehr lange mit ihm zusammengearbeitet. Und Hübner hat es gerade mal ein halbes Jahr geschafft. Ich kenne den neuen Kollegen nicht, aber sein Einstieg hier beginnt unter recht seltsamen Vorzeichen!“
„Das sind sehr harte Anschuldigungen, die Sie da vorbringen. Aber Sie können froh sein, dass Sie diese Bemerkung nur in meiner Anwesenheit gemacht haben. Ich werde einfach vergessen, was Sie gerade gesagt haben, weil ich sehe, dass Sie im Augenblick sehr angespannt sind.“
Anke biss trotzig die Lippen aufeinander.
Nach einer Weile fügte Kullmann an: „Ich werde meine Meinung über Esche nicht ändern! Er ist unbestreitbar ein guter Polizist!“

Anke stöhnte still auf, als sie wieder die Lobeshymnen über Esche aus Kullmanns Mund hörte.
Auf ihr langes Schweigen hin hakte er nach: „Anke, was ist geschehen? Ich kenne Sie zwar erst, seit Sie hier in meiner Abteilung arbeiten, aber dafür gut genug, um zu wissen, dass dieses Verhalten ganz untypisch für Sie ist. Was ist denn zwischen Esche und Ihnen vorgefallen, dass Sie kein gutes Haar an Esche lassen?"
Diese Gelegenheit musste sie einfach nutzen, dachte Anke. Obwohl sie vor Angst stark angespannt war, ihr Chef könnte sie missverstehen und zurechtweisen, setzte sie langsam an zu sprechen: „Esche will mehr von mir, als ich zulassen kann."
Kullmann schaute Anke zweifelnd an, sagte aber nichts.
„Er ist aufdringlich und jagt mir Angst ein!"
Nun lächelte Kullmann und meinte: „Aber Anke! Sie können sich doch wehren. Wie sollte Esche Ihnen denn Angst einjagen können?"
„Indem er sich mir unsittlich nähert!"
Anke zitterte vor Wut, Empörung und Enttäuschung. Sie spürte, dass sie nichts erreichen konnte mit diesem Gespräch.
„Das hat er doch gar nicht nötig. Ich habe ihn schon oft mit Frauen zusammen gesehen. Warum sollte er das also tun? Damit würde er sich nur Schwierigkeiten einhandeln. Dafür ist er viel zu ehrgeizig. Ich glaube, diese Polizistenmorde setzen Ihnen mehr zu, als ich gedacht habe. Wenn Sie Urlaub haben wollen, müssen Sie mir das nur sagen!"
Das war genau der Schlag ins Gesicht, den Anke befürchtet hatte. Sie sah ihre Chance dahinschwinden, sah, dass es nichts mehr für sie zu tun gab, um ihn von der Wahrheit ihrer Worte zu überzeugen. Esche war ein viel zu raffinierter Gegner. Er hatte seine Annäherungsversuche immer so

geschickt durchgeführt, dass niemand im Büro auch nur das Geringste davon mitbekommen hatte. Wie konnte sie da annehmen, dass ihr jetzt jemand glauben würde?
Kullmann stand auf und verließ langsam das Zimmer. Doch bevor er die Tür hinter sich schloss, meinte er: „Der Tod unseres Kollegen Hübner geht Ihnen besonders nahe. Am besten ist es, Sie fahren jetzt nach Hause. Wenn Sie wieder etwas zur Ruhe gekommen sind, werden Sie selbst erkennen, dass sie einfach zu sehr unter Stress gestanden haben!"
Über dieser Beilegung des Problems war Anke keineswegs zufrieden. Sie fühlte sich schutzlos und allein.
Niemand glaubte ihr. Jetzt hatte sie keine andere Wahl mehr, sie musste sich ganz allein gegen Esches Übergriffe wehren. Auf schnellstem Weg verließ sie das Landeskriminalamt.

Nach Hause fahren wollte sie nicht, weil dort niemand auf sie wartete. Also beschloss sie, in den Stall zu fahren, in der Hoffnung, Rondo reiten zu können. Sie hatte Glück. Rondo stand in seiner Box. Hocherfreut ging sie in seine Box und verwöhnte ihn mit Leckereien und Streicheleinheiten.
Plötzlich trat Robert an die Box und meinte: „Bei dir möchte ich Pferd sein. Am besten Rondo! Der Junge wird ja so von dir liebkost, dass ich eifersüchtig werden könnte!"
„Ich hatte heute einen sehr unangenehmen Tag. Es würde mir bestimmt sehr gut tun, wenn ich heute Rondo reiten könnte", sprach Anke aus, was sie beschäftigte, ohne auf Roberts Anzüglichkeit einzugehen.
„Das ist kein Problem. Ich schlage vor, wir reiten aus. Nepomuk ist im Gelände sehr brav und Rondo auch."
Sofort spürte Anke, wie sich eine weitere Enttäuschung in ihr ausbreitete. Sie hatte mit ihrem Hinweis darauf gehofft, dass er auf ihre Gemütslage eingehen und ihr zuhören würde. Stattdessen erzählte er ihr etwas von seinem braven

Pferd. Aber sie sprach ihn nicht darauf an. Sie dachte über seinen Vorschlag, mit ihm auszureiten, nach. Das lenkte sie ab, weil sie noch niemals ausgeritten war. Konnte sie das überhaupt?

„Ausreiten? Das kann ich doch gar nicht!"

„Das wirst du schaffen, so gut, wie du schon reitest. Du bestimmst, in welchem Tempo wir reiten. Wenn du traben willst, traben wir und wenn du galoppieren willst, dann galoppieren wir."

„Und wenn ich mir das nicht zutraue?"

„Dann reiten wir gemütlich im Schritt!"

Ihre Bedenken lösten sich, und sie stimmte zu. Nachdem Rondo seine Begrüßungsration gefressen hatte, führte sie ihn in den Hof zur Anbindestelle und begann ihn zu putzen. Robert ging zur Reitlehrerin, um mit ihr über den Ausritt zu verhandeln. Anke beobachtete ihn, wie er sich bewegte, wie er auf Susanne einredete und wie er sich ständig mit der Hand durch seine blonden Haare fuhr. Er gefiel ihr immer besser.

„Alles klar, uns steht nichts mehr im Wege!" stand er plötzlich vor Anke und riss sie aus ihren Gedanken.

„Ich hatte ohnehin keine Bedenken, dass du Susanne überreden würdest!"

Gemeinsam machten sie ihre Pferde fertig und ritten los. Obwohl sie sehr vorsichtig ritten, hatte Anke Herzklopfen. Rondo war sehr brav und schritt gelassen über die Waldwege. Sie ritten unter Laubbäumen hindurch, deren erstes Grün sich gerade entfaltete. Vogelgezwitscher begleitete sie. Ab und zu sahen sie ein Reh, das sie hellwach und fluchtbereit beobachtete. Eichhörnchen hasteten an den Baumstämmen hoch, bis sie nicht mehr zu sehen waren. Der Frühling hatte begonnen, seine Spuren zu zeigen.

Lange ritten sie im Schritt durch den Wald; Anke wurde im-

mer sicherer auf dem braven Schulpferd, bis sie sich endlich wagte, auf einer längeren Geraden anzutraben. Sie parierte danach Rondo zum Schritt und war stolz wie ein König. Lobend klopfte sie dem braven Tier auf den Hals.
„Siehst du, du machst das wie ein Profi", lobte Robert, dass Anke sogar lachen musste.
„Alleine hätte ich mir das nicht zugetraut", gestand Anke, worauf Robert meinte: „Dazu braucht man immer Gleichgesinnte, die einen mitziehen. Ich habe es auch so gelernt."
Als sie wieder am Stall ankamen, war Ruhe eingekehrt. Die Kinder waren nach Hause gegangen, nur noch wenige Pferdebesitzer ritten ihre Runden auf dem Außenplatz, der im verträumten Abendrot lag. Doris Sattler war ebenfalls noch aktiv, was Anke stutzig machte. Noch nie hatte sie Doris so spät am Stall gesehen. Sofort fuhr Anke ihre Antennen aus. Was bedeutete das?
Sie wollte gerade die Anbindestelle ansteuern, als sie sah, wie Robert zum Reitplatz ritt. Zufällig folgte sie ihm mit Rondo. Als Robert sich fragend nach ihr umdrehte, meinte Anke schulterzuckend: „Tut mir leid, aber Rondo klebt an Nepomuk wie eine Klette. Ich bekomme ihn einfach nicht in eine andere Richtung!"
Doris kam auf die beiden zu. Anstatt einer Begrüßung schaute sie nur zu Robert hinauf, stemmte die Hände in die Seiten und wartete.
„Es tut mir leid, dass ich unsere Abmachung vergessen habe", erklärte Robert leise. Anke konnte trotzdem jedes Wort verstehen.
„Kann es sein, dass deine Begleiterin verhindert hat, dass ich Nepomuk reite?" reagierte Doris schnippisch.
„Kann es sein, dass Robert keine Lust hat, sich weiterhin deine Belästigungen gefallen zu lassen?" konterte Anke nicht minder bissig.

„Belästigungen?“ wurde Doris schrill. „Wer hier wen belästigt, ist doch wohl klar!“
„Stimmt! Deshalb rate ich dir, dich nach anderen Männern umzusehen. So, wie du herumläufst, dürfte das doch kein Problem für dich sein“, stellte Anke fest.
„Was du von dir ja nicht behaupten kannst. Beziehst du deine Garderobe von der Altkleidersammlung?“
„Nein, ich habe es nicht nötig, meine Reize überall herumzuzeigen. Außerdem gehe ich noch einer sinnvollen Arbeit nach, wofür Reizwäsche nicht geeignet wäre.“
Robert unterbrach das Streitgespräch, indem er sein Pferd wendete und zur Anbindestelle ritt. Anke folgte ihm.
Als die Pferde versorgt waren und der Tag sich dem Ende näherte, kam Anke wieder die schmerzhafte Erinnerung an die schrecklichen Ereignisse zurück. Das Abendrot senkte sich immer tiefer herab, als wollte es sich mit seinem ganzen Gewicht auf ihr Gemüt niederdrücken. Sie musste sich der Realität stellen, dass dieses grausame Verbrechen an Hübner begangen worden war. Es war nicht mehr umkehrbar. Er war tot. Entsetzen kroch in ihr hoch bei dem Gedanken, nach Hause zu gehen und sich ihren schwermütigen Gedanken hinzugeben, die unwillkürlich auf sie einstürmen würden. Wie schon lange nicht mehr fürchtete sie sich davor, allein zu sein - allein, ohne Ablenkung, gnadenlos ihren Erinnerungen ausgesetzt, die alles noch schlimmer machten.
Es kam ihr vor wie eine Fügung, als Robert ihr den Vorschlag machte, mit zu ihm zu fahren.
Roberts Wohnung befand sich in einer prachtvollen Villa am Staden. Zuerst betraten sie eine helle Diele, deren Decke mehr als drei Meter hoch war, was der Bauweise der Häuser nach der Jahrhundertwende entsprach. Dann ging er mir ihr durch einen Rundbogen in ein geräumiges Wohnzimmer. Neugierig schaute Anke sich um. Robert hatte sich in einem äußerst

raffinierten Stil eingerichtet. Zwischen hochmodernen Vitrinen und Schränken aus furniertem Kiefernholz standen antike, mit Intarsien verzierte Kommoden, ein deckenhohes Bücherregal, das eine gesamte Seite des Wohnzimmers einnahm, und mit Schnitzereien versehene Schränke aus massiver Eiche. Durch diese abwechslungsreiche Kombination verschiedener Stilrichtungen entstand eine sehr behagliche Atmosphäre. Robert hatte es an nichts fehlen lassen. Jeder freie Platz in den Regalen wurde durch ein Accessoire dekoriert. Von Porzellanpuppen bis hin zu handgeschnitzten Holzfiguren reichte die Vielfalt, die von allen Seiten her den Raum schmückte. Hier fühlte Anke sich wohl.
Dieses Zimmer öffnete sich auf einen Balkon, den ein barockes schmiedeeisernes Geländer abschloss. Von dort aus reichte der Ausblick bis auf die Saarwiesen, wo um diese Zeit noch viele Menschen das frühlingshafte Wetter genossen. Genau das wollten Anke und Robert nun ebenfalls tun und ließen sich auf den Gartenstühlen nieder, die dort bereit standen. Sie bestellten sich eine Pizza, weil sie beide zum Kochen keine Lust hatten. Robert öffnete eine Rotweinflasche und schenkte ein. Anke wusste, dass es unvernünftig war, während ihrer inneren Anspannung Alkohol zu trinken. Aber sie kannte ihre Grenzen und das gab ihr genügend Sicherheit, sich einfach treiben zu lassen. Aus dem Wohnungsinneren ertönten leise, ruhige Songs wie „Sparkling meadows" und „Rossa mela della sera" von Zucchero, leise rauschte der Wind in den Bäumen; die Geräusche von der Stadtautobahn störten nicht. Der Wein legte sich wie ein sanftes Tuch über Anke, sie konnte ihre beruflichen Sorgen vergessen. Sie fühlte sich wie auf einem warmen Sandstrand, in dem ihr Körper seine Formen zeichnete. Robert plauderte mit ihr, ihre anfänglichen Zweifel, bei ihm zu bleiben, rückten in weite Ferne. Mit seinen Späßen konnte er sie zum Lachen bringen,

gleichzeitig fühlte sie sich ernst genommen. Er gab ihr das Gefühl, etwas Besonders zu sein. Anke spürte einen sicheren Boden, der sie halten konnte. Alle Vorbehalte, die sie bis jetzt gespürt hatte, fielen von ihr ab. Anke genoss die Zweisamkeit mit ihm, weil es ihr vorkam, als sei sie schon lange Zeit mit Robert zusammen. Jede Reaktion von ihm glaubte sie zu kennen, jedes Wort, das er sprach, sah sie voraus, jede Berührung hatte sie sich schon lange ersehnt, bevor sie endlich eintraf.

Je später es wurde, umso deutlicher spürte Anke jedoch, dass der innere Widerstreit ihrer Gefühle zu Robert noch nicht ganz besiegt war. Einerseits konnte sie sich nicht sicher sein, ob er es wirklich ernst mit ihr meinte, auch wenn er es versprach. Andererseits fühlte sie sich so sehr zu ihm hingezogen, dass sie diese unbequemen Zweifel lieber beiseite schob. Alles wirkte stimmig und betörend schön, dass sie mit ihm verschmelzen wollte. Ihre anfänglichen Bedenken, sich ihm zu öffnen, lösten sich in Nichts auf. Mit jedem Schritt, den sie auf ihn zumachte, gab sie mehr über sich selbst preis. Aber Roberts einfühlsame Hände und Worte ließen sie nun endgültig in die Welt der Sinne abgleiten, es wurde eine wunderschöne Nacht voller Zärtlichkeit und Leidenschaft.

Völlig verzaubert von den Eindrücken der letzten Stunden wachte Anke auf und empfand den Schritt zurück in die Wirklichkeit als grausam. Ihr erster Gedanke beschäftigte sich mit Hübner. Sie wollte es nicht wahrhaben, dass er ermordet worden war.

In dieser frühen Stunde fiel es ihr besonders schwer, an diese Gewalttat wirklich zu glauben. Aber je mehr sie überlegte, umso mehr wurde sie sich der Tatsache bewusst, dass Hübner wirklich nicht mehr lebte. Diese schrecklichen Bilder brach-

ten sie dazu, schneller aufzustehen, als sie es eigentlich wollte. Aber als sie die Küche betrat und sah, mit welcher Sorgfalt Robert sich dem Frühstück widmete, konnte sie etwas aufatmen. Begeistert von dem Anblick, wie er Marmelade und Rührei mit Speck, frisch gepresste Orangen und getoastetes Brot auf den Tisch stellte, blieb sie im Türrahmen stehen und freute sich still, verwöhnt zu werden. Es dauerte eine Weile, bis Robert bemerkte, dass Anke ihn beobachtete. Als Antwort lächelte er und meinte: „Ich hoffe, es ist etwas für dich dabei!" Dankbar umarmte Anke ihn und versicherte ihm, welche große Freude er ihr damit machte. Robert hatte so reichlich aufgetischt, dass Anke bald passen musste.
Gesättigt machte sie sich anschließend auf den Weg zur Arbeit. Kaum hatte sie Roberts Wohnung verlassen, begannen ihre Gedanken wieder von Neuem aufzuleben. Wurde Hübner nicht ausgerechnet am Abend zuvor ermordet? Und war es nicht ausgerechnet Hübner, der ihr Vertrauen auf so derbe Weise missbraucht hatte, dass sie sehr lange gebraucht hatte, bis sie sich endlich wieder zu einem Mann hingezogen fühlen konnte? Diese Fragen tauchten auf wie eine Anklage, nachdem sie alle Bedenken einfach über Bord geworfen und Roberts Einladung angenommen hatte. Hoffentlich hatte sie mit ihrer Entscheidung keinen Fehler gemacht, zweifelte sie plötzlich.
Den Weg von Roberts Wohnung zum Landeskriminalamt legte sie zu Fuß zurück, um frische Luft schnappen zu können. Diese Gedanken und der Schlafmangel belasteten sie. Inzwischen hatten sie soviel Arbeit, dass sie einfach einen klaren Kopf behalten musste. Da war die Flasche Rotwein vom Vorabend nicht gerade die klügste Entscheidung gewesen.

Der Anblick ihrer Dienststelle lähmte ihre Vorsätze. Selbst die

schönsten Erinnerungen an die letzten Stunden halfen nicht, sie von dem schrecklichen Ereignis des vorangegangenen Tages abzulenken. Mit jedem Schritt, den sie auf ihr Dienstzimmer zuging, näherte sie sich der Verantwortung, die mit der Ermordung ihres Kollegen und Ex-Freundes einherging. Sie konnte sich dieser schweren Verpflichtung nicht entziehen und wollte es auch nicht. Das war sie Hübner einfach schuldig. Bevor sie an ihren Arbeitsplatz eilte, hielt sie vor der Tür zu Hübners Zimmer an. Unschlüssig, ob es richtig war, einen Blick hineinzuwerfen, verharrte sie dort eine Weile, bis sie endlich die Türklinke, wie von einer fremden Hand geführt, hinunterdrückte. Lautlos öffnete sich die Tür. Vor ihr lag sein Büro, wie sie es kannte. Nichts war verändert worden. Auf seinem Schreibtisch standen immer noch seine persönlichen Sachen, seine Bilder hingen an den Wänden, sogar seine Jacke für „Notfälle" hing am Garderobenhaken. In der Sommerhitze hatte er sie nicht benötigt. Dieser Anblick versetzte ihr einen schmerzhaften Stich. Wer sich nun um seine persönlichen Sachen kümmerte, fragte sie sich.
Rasch schloss sie die Tür wieder und setzte ihren Weg fort. Wie üblich bestand ihre erste Dienstleistung des Tages darin, Kaffee aufzubrühen. Mit der Kanne in der Hand ging sie auf Kullmanns Büro zu. Er war nicht allein! Das konnte sie sich zuerst nicht erklären. Doch als sie eintrat, fiel es ihr wieder ein: an diesem Tag sollte der neue Kollege seinen Dienst antreten. Vor ihr stand ein Hüne von einem Mann. Wortlos schenkte Anke ihrem Chef Kaffee ein und wollte wieder gehen, als Kullmann sie zurückhielt.
„Das ist unser neuer Kollege, der die Nachfolge von Walter Nimmsgern antreten wird. Er heißt Erik Tenes."
Anke stellte sich ebenfalls vor und staunte, wie groß dieser Mensch war. Durch seine breiten Schultern und seinen athletischen Körperbau wirkte er noch größer. Seine blonden

Haare waren glatt aus seinem Gesicht herausgekämmt, was seinen Gesichtszügen eine markante Strenge verlieh. Seine Stimme klang dunkel und sehr beherrscht, als bemühte er sich, keinen Funken von Gefühl preiszugeben.
Diese Distanziertheit erschreckte sie.
„Herr Tenes kommt vom Polizeipräsidium in Köln hierher. Er hat eine Spezialausbildung als verdeckter Ermittler absolviert. Ich bin mir sicher, dass wir von seinen Erfahrungen viel profitieren können!" Kullmann versuchte offensichtlich, ihm ein Sprungbrett zu bauen.
„Was hat Sie dazu bewogen, nach Saarbrücken zu kommen?" wagte Anke sich zu fragen und erhielt eine Antwort, die ihren ersten Eindruck bestätigte: „Ich hatte persönliche Gründe!"
Wie vor den Kopf gestoßen verließ Anke das Zimmer. Mit einem plötzlichen Schrecken wurde ihr bewusst, dass Hübner doch der beste Kollege war, mit dem sie bisher zusammengearbeitet hatte. Esche hatte sie inzwischen auf eine Weise kennen lernen müssen, die sie anekelte. Jürgen kam als zukünftiger Teampartner nicht in Frage. Blieb nur noch der Neue, ein Riese, der die Ausstrahlung eines Eisbergs hatte. Bei dem Gedanken, mit ihm zusammenarbeiten zu müssen, begann sie zu frösteln.
Sie begab sich in ihr Büro und las den Autopsiebericht von Hübner, der inzwischen auf ihrem Schreibtisch gelandet war. Wie in den anderen Berichten gab es keine Überraschungen. Hübner war mit seiner eigenen Waffe aus nächster Nähe erschossen worden. Es sprach alles dafür, dass er mit seinem Verdacht tatsächlich richtig gelegen hatte; leider hat ihn das sein Leben gekostet. Er schien tatsächlich dem Richtigen begegnet zu sein, aber nicht so, wie er es sich vorgestellt hatte. Immer war er impulsiv und übereifrig, womit er jedem Kollegen den letzten Nerv rauben konnte. Aber dass ihn diese

Eigenschaft letzten Endes das Leben kosten sollte, das hatte er nicht verdient, grübelte Anke. Sie musste weinen. Es war nicht nur die Trauer, die sie so sehr mitnahm, es waren auch die Zweifel, ob sie es wirklich hätte verhindern können. Aber wie hätte sie ahnen können, dass er einem Mörder auf die Schliche gekommen war, nach dem die ganze Abteilung immer noch verzweifelt suchte? Niemals hätte sie geglaubt, dass Hübner diese mordsgefährliche Aktion gewagt hätte. Dieser Gedanke erschütterte sie mehr, als sie geahnt hatte. Durch sein übereiltes Verhalten, seine Neigung zu spektakulären Alleingängen, hatte er sich ständig in Schwierigkeiten gebracht. Deshalb war er immer wieder damit beschäftigt, Fehler, die er durch seine kopflosen Handlungen gemacht hatte, auszubügeln. Schon immer hatte Hübner es geschafft, durch seine Erregbarkeit Fehler zu machen, die ihn in Schwierigkeiten brachten. Hätte sie da ahnen können, dass er diesmal den Richtigen im Verdacht hatte? Durch sein provozierendes Verhalten hatte er es geschafft, dass sie auf stur geschaltet und über die Bedeutung seiner Worte nicht weiter nachgedacht hatte. Anke erinnerte sich: *„Du wirst noch sehen, was in mir steckt. Ich werde dir nämlich heute noch beweisen, dass nur ich in der Lage bin, den Polizistenmörder zu stellen! Ich werde das fertig bringen, was der gesamte Polizeiapparat nicht geschafft hat, nämlich den Mann zu stellen, der zwei unserer Kollegen auf dem Gewissen hat."* So sehr sie auch darüber nachdachte, sie fand keinen Ansatz, der ihr Gewissen erleichterte. Sie hatte in diesem letzten Gespräch einen entscheidenden Fehler gemacht: Sie hatte nicht genug hinterfragt. Sie fühlte sich zerrissen. Diese Suppe hatte sie selbst auszulöffeln.

Als sie hörte, dass der Neue gerade den anderen Kollegen vorgestellt wurde, schloss sie sich ihrem Chef und Erik Tenes an. Sie musste sich schnellstmöglich von den beklemmenden Gedanken ablenken. Sie spürte, wie sich die wunderbaren

Eindrücke der vergangen Nacht aufzulösen begannen.
Zuerst betraten sie das Zimmer von Jürgen Schnur und Esther Weis. Die Vorstellung verlief sehr sachlich, kurz und bündig. Als der Gang zu Esche an Hübners Büro vorbeiführte, blieb Kullmann einige Sekunde vor der geschlossenen Tür stehen. Jürgen und Esther, die sich dem Vorstellungsritual angeschlossen hatten, und Anke beobachteten ihn dabei. Sie alle spürten die Leere, die Hübners Ermordung hinterließ, aber niemand sprach etwas. Rasch besann Kullmann sich wieder und setzte seinen Weg in das Zimmer von Esche, dem zukünftigen Kollegen von Tenes, fort. Er saß angespannt hinter seinem Schreibtisch. Was sich nun ereignete, überraschte alle Anwesenden. Das Gesicht von Erik Tenes wurde schlagartig kalkweiß, und Esches Kopf lief so rot an, als drohte er zu platzen.
Der erste, der sprach, war Erik Tenes: „Was machst du denn hier?"
„Arbeiten!" erwiderte Esche.
„Dass ich nicht lache. Du hast Arbeit schon immer mit fiesen Spielchen verwechselt."
„Gib es zu, du kommst doch um vor Neid", konterte Esche genauso scharfzüngig. „Du hast dich höchstselbst in die Scheiße geritten und wirst damit nicht mehr fertig. Dass ich meine Laufbahn spielend schaffe, das macht dir so zu schaffen."
„Willst du dein krankes Spiel jetzt in Saarbrücken weitertreiben?"
„Wenn ich mich recht erinnere, treibe ich kein krankes Spiel, im Gegensatz zu dir", lachte Esche höhnisch. „Die Frauen, mit denen ich zu tun hatte, leben alle noch, was du nicht behaupten kannst!"
„Es gibt Menschen, die lernen aus ihren Fehlern. Du gehörst offensichtlich nicht dazu", konterte Erik böse.
„Aber du! Dass ich nicht lache!"

Eine Mauer des Hasses schien die beiden zu trennen.
„Ich habe den Eindruck, ich brauche die beiden Herren nicht mehr miteinander bekannt zu machen", mischte Kullmann sich ein. „Eigentlich war es vorgesehen, dass Sie beide zusammenarbeiten sollen. Aber nachdem, was ich gerade miterlebt habe, werde ich meine Pläne ändern."
Daraufhin verschwand Kullmann mit Erik Tenes. Die übrigen Kollegen kehrten an ihre Arbeitsplätze zurück.
Anke hatte sich gerade an ihrem Schreibtisch niedergelassen, als ihre Zimmertür aufgerissen wurde und Esther zu ihr hereingestürmt kam.
Verärgert zeigte Anke der Kollegin die Tür, weil sie nicht die geringste Lust verspürte, sich mit ihr abzugeben. Aber Esther überging diese unfreundliche Geste einfach. Nun wurde Anke erst richtig sauer. Sie stellte sich auf, stützte beide Hände auf den Schreibtisch und blaffte: „Was willst du hier?"
Doch, was Esther nun sagte, brachte Anke aus dem Konzept: „Ist er nicht süß?" Sie schwärmte wie ein liebestoller Backfisch.
„Wer?" fragte Anke, ihren Rausschmiss vergessend.
„Der Neue! Er sieht so heroisch aus, er könnte glatt als Adonis durchgehen, so athletisch, wie er gebaut ist, und dann seine markanten Gesichtszüge. An ihm stimmt einfach alles!"
Anke traute ihren Ohren nicht, als sie die naive Schwärmerei hörte. Mit ihren goldblonden Locken und total verklärtem Blick stand sie da.
„Warum kommst du damit zu mir?" wurde Anke ungehalten.
„Ganz einfach: Esche und der Neue werden auf keinen Fall zusammenarbeiten. Nun will ich dich bitten, bei Kullmann ein Wort für mich einzulegen, dass ich mit ihm im Team arbeiten darf. Das wäre wunderbar", erklärte Esther mit ihren strahlend grünen Augen.

Anke ärgerte sich, dass Esther sich gerade dann an sie erinnerte, wenn sie ihr nützlich sein konnte. Ihr lag nichts an Ankes Meinung sondern nur an ihrem Einfluss.
Aber Ankes Ärger verflog so schnell wieder, wie er gekommen war. Mit diesem Arrangement, wie Esther es sich vorstellte, bekam sie endlich die Chance, mit Jürgen Schnur im Team zusammenzuarbeiten. Damit löste sie genau das Problem, vor dem sie stand, seit sie wusste, dass Kullmann in den Ruhestand ging.
Zufrieden mit dieser Perspektive stimmte sie zu, ohne zu ahnen, welche Freude sie Esther damit machte.
„Danke, du bist wirklich eine gute Kollegin", jubelte Esther und verließ rasch das Büro.
Kaum hatte Anke mit ihrer Arbeit begonnen, da stand Kullmann, beladen mit einigen Akten und der Lokalzeitung, in ihrem Zimmer. Dieses Mal balancierte seine Lesebrille so bedrohlich auf seinem Kopf, dass Anke sich eine Bemerkung nicht ersparen konnte: „Ihrer Brille gebe ich keine lange Lebensdauer, so wie Sie mit ihr umgehen."
„Ach!" schimpfte Kullmann los, nahm sie vom Kopf und schob sie in seine Jackentasche. „Diese Dinger sind der unumstößliche Beweis dafür, dass man alt wird und nichts mehr funktioniert!"
Obwohl Kullmann sich ernsthaft über seine kleinen Schwächen ärgerte, musste Anke herzhaft über seinen Gefühlsausbruch lachen.
„Sogar mein Kopf funktioniert nicht mehr", fügte er griesgrämig an. „Ich stehe vor einem Rätsel"
„Und ich habe die Lösung", entgegnete Anke, was Kullmann staunen ließ.
„Wie können Sie eine Lösung haben, wenn Sie das Rätsel gar nicht kennen?"
„Doch, Sie wissen nicht, mit wem sie den Neuen zusammen-

arbeiten lassen sollen", erklärte Anke dem verdutzten Chef.
„Sie werden mir unheimlich", gestand Kullmann.
„Oh ja, ich wandle auf Kullmanns Spuren. Früher hatte ich mal Sherlock Holmes als Vorbild, heute heißt mein Vorbild Norbert Kullmann!"
„Zur Zeit macht es aber eher den Eindruck, dass Sie mir etwas voraus sind. Also, erzählen Sie mir von Ihrer Lösung!"
„Ganz einfach: Esther Weis will gerne mit dem Neuen zusammenarbeiten, und übrig bleiben Esche und Jürgen Schnur", erklärte Anke und musste lachen, als sie Kullmanns Miene beobachtete, wie sie immer heller wurde.
„Sie sind wirklich ein Allround-Talent! Man könnte Sie bedenkenlos überall einsetzen, sogar in der Personalabteilung", lobte er seine Mitarbeiterin. Aber bevor er ihr Zimmer wieder verließ, legte er ihr einige Akten auf den Tisch. „Das sind alles Delikte, an denen Nimmsgern, Biehler und Hübner gearbeitet haben. Jetzt ist es Ihre Aufgabe herauszufinden, wer von diesen mutmaßlichen Tätern mit den ermordeten Kollegen in Berührung gekommen ist. Wir werden diese Leute dann vorladen und überprüfen. Nach unseren Ermittlungen gibt es in den Vorgeschichten unserer Kollegen nichts, was einen Mord rechtfertigen könnte. Keiner von ihnen hatte sich in außergewöhnliche Schwierigkeiten gebracht; deshalb müssen wir weiterhin im dienstlichen Bereich nach den Zusammenhängen suchen!"
Er verließ das Zimmer und überließ Anke ihrer neuen Aufgabe. Aber bevor sie sich daran machte, las sie in der Zeitung einen Bericht, der sie stutzig machte:

„Schon der fünfte Wohnungseinbruch in der Wohngegend am Staden. In den letzten beiden Monaten wurde in fünf Wohnungen eingebrochen, das gesamte Mobiliar mutwillig zerstört und Wertsachen gestohlen. Die Einbrüche fanden immer zu Zeiten statt, in denen die Wohnungen leer standen, was darauf schließen lässt, dass der oder die Täter die Bewohner beobachtet hatten."

Robert hatte gar nichts von den Einbrüchen erwähnt, überlegte sie. Vermutlich wollte er sie nicht beunruhigen. Immerhin hatten die Einbrüche stattgefunden, wenn niemand zu Hause war. Also wäre die Gefahr gering gewesen, dass sie überrascht wurden.

Sie legte die Zeitung beiseite und machte sich an die Arbeit, die Kullmann ihr aufgetragen hatte. Es gab in der Tat einige Kriminelle, die mit Nimmsgern und mit Hübner in Konflikt geraten waren. Aber keiner dieser Straftäter war ebenfalls mit Peter Biehler in Berührung gekommen, was nicht unbedingt auszuschließen gewesen wäre, denn Verkehrsdelikte waren heutzutage keine Seltenheit. Anke zweifelte, ob Biehler überhaupt in diese Mordserie hineinpasste. Aber genau das sollte sie herausfinden, wenn sie Kullmanns Anweisungen richtig verstanden hatte. Es wurde eine ermüdende und entmutigende Arbeit, die Anke den ganzen Nachmittag ohne Ergebnis beschäftigte.

Esther hatte an diesem Tag das Glück, dass Kullmann Ankes Vorschlag zustimmte, Esther und den Neuen im Team arbeiten zu lassen. Allerdings konnte Anke aus Esthers Redefluss, der unaufhörlich über Erik Tenes niederging, nicht erkennen, ob das Glück nur auf ihrer Seite war oder ob der Neue sich genauso über diese Einteilung freute. Vor Stunden waren die beiden schon weggegangen, was durch Esthers Geplapper nicht zu überhören war. Jürgen fuhr zu einer Befragung los, allerdings ohne Esche mitzunehmen. Er hatte sich bei Anke abgemeldet, weil Kullmann nicht wieder ins Büro zurückgekehrt war. Mit Entsetzen wurde Anke nun bewusst, dass sie völlig allein mit Esche im Haus war. Hastig verschloss sie ihre

Akten im Schreibtisch und wollte gerade das Büro verlassen, als er in ihr Zimmer trat und sich breitbeinig in den Türrahmen stellte, so dass sie keinen Fluchtweg hatte.
„Na, wie wär's mit uns beiden? So günstig wie jetzt war die Gelegenheit noch nie!"
Augenblicklich spürte Anke, wie Panik sie erfasste. Innerlich fluchte sie über ihre langsame Reaktion, als Jürgen sich abgemeldet hatte. Sie hatte es nicht schnell genug erkannt, dass sie in der Falle saß.
„Du willst dich doch nicht zieren. Ich weiß genau, dass du Streicheleinheiten genauso gerne magst wie ich."
Anke schaute in seine Augen und sah darin etwas Diabolisches. Er löste nicht nur Angst in ihr aus, sondern die erschreckende Erkenntnis, dass er zu allem bereit war. Um sein Ziel zu erreichen, setzte er jedes Mittel ein. Seine Eigenschaften bestanden nicht nur aus seiner Überzeugungskraft, sondern auch aus seiner Fähigkeit, Angst auszulösen. Genau das tat er jetzt. Es bereitete ihm Freude, sie vor Angst zittern zu sehen. Nichts war mehr an ihm, wie sie ihn kannte, wenn er unter Kollegen war.
„Ich brauche dich doch nicht daran zu erinnern, dass du ganz schön in der Scheiße sitzt. Deine Karriere steht und fällt nur durch mich. Wenn ich den Mund halte, geht es dir gut, wenn ich ihn aufmache, bist du arbeitslos", schallte Esches drohende Stimme durch das Zimmer. Kein Geräusch aus den Nebenzimmern war zu hören, kein Telefonklingeln, keine Stimmen, nichts. Sie waren ganz allein, Anke konnte keine Hilfe erwarten.
„Worüber den Mund halten?" fragte sie, um ihn hinzuhalten. Ihr Gehirn arbeitete fieberhaft, um aus dieser Situation zu entkommen.
„Über deine ganz persönlichen Motive! Du hast schon einmal aus persönlichen Motiven die Kollegen von der richti-

gen Spur abgelenkt und nun tust du wieder genau dasselbe. Menschen fallen eben immer wieder in ihr altes Verhaltensmuster zurück. Es sind doch persönliche Motive gewesen, die Ermittlungen von Robert abzulenken. Du hattest auch ganz persönliche Motive, Hübner in seinen sicheren Tod rennen zu lassen. Du wusstest ganz genau, dass nur du ihn hättest aufhalten können, weil er nur deinetwegen so besessen von der Idee war, den Fall allein aufzuklären. Ich hatte alles Mögliche unternommen, ihn davon abzuhalten. Aber er war wie von Sinnen, weil er dir beweisen wollte, wie großartig er ist."
Sein sadistischer Unterton war nicht zu überhören.
Anke war der Verzweiflung nahe. Ausgerechnet diesen Vorwurf musste er ihr machen, den sie sich selbst schon zur Genüge gemacht hatte. Esche hatte auf ihren wunden Punkt gezielt und er hatte ins Schwarze getroffen. Vor ihm musste sie sich gründlich in Acht nehmen. Aber wie sollte sie nun reagieren, um ihn nicht merken zu lassen, was wirklich in ihr vorging.
„Das sind doch nur Spekulationen", sagte sie trocken, bemüht, sich keine Blöße zu geben.
„Oh nein. Ich habe ein Bandgerät und habe euer Gespräch mitgeschnitten. Du weißt doch, dass wir immer mit Aufnahmegeräten arbeiten müssen, damit uns wichtige Details nicht verloren gehen."
Wieder lachte er siegessicher.
Diese boshafte Hinterhältigkeit machte Anke für einen kurzen Augenblick mundtot. Esche trat einen Schritt auf sie zu. Jetzt nur nicht den Kopf verlieren. Ihr Herz raste wie wild und ihre Schläfen pochten so heftig, dass sie glaubte, ihr Kopf müsse platzen. Hastig griff sie in ihre Schublade und zog den Schlagstock heraus, den sie schützend vor sich hielt.
„Na na! Vielleicht genierst du dich einfach nur, zuzugeben, wie gern du es hast!" schmeichelte er anzüglich. „Aber das

werde ich ändern. Glaub mir, ich kenne deine Vorlieben, die du vor mir nicht verstecken kannst! Deshalb werden wir grenzenlosen Spaß miteinander haben und du wirst hinterher nicht mehr genug von mir bekommen."
„Verschwinde, oder ich rufe unten an der Pforte an", rief Anke voller Ekel und Verzweiflung. Das Telefon hatte sie schon im Auge, es stand direkt vor ihr auf dem Schreibtisch. Doch Esche ließ sich nicht im Geringsten einschüchtern, ging um den Schreibtisch herum und wollte nach Ankes Arm greifen, als sie reflexartig mit ihrem Schlagstock einfach zuschlug und ihn sofort seitlich am Kopf traf. Völlig überrascht schaute Esche sie an, wurde aschfahl im Gesicht und sackte langsam zusammen. Regungslos lag er vor ihr auf dem Boden.
Erschrocken beugte Anke sich zu ihm nieder, um seinen Puls zu fühlen, als er die Augen wieder öffnete und mit einem hämischen Grinsen nach ihrem Arm griff. „Deine Sorge um mich rührt mich wirklich", meinte er und riss sie an sich. Anke stieß einen Entsetzensschrei aus und wollte sich losreißen, aber Esche war stärker. Der Schlag auf den Kopf war nicht so fest, wie Anke befürchtet hatte. Blitzschnell war Esche auf den Knien und zwang Anke auf den Rücken. Als er sie an beiden Armen festhaltend niederdrückte, zischte er zynisch: „Du wolltest es nicht anders, jetzt machen wir es eben unter meinen Bedingungen!"
Für den Bruchteil einer Sekunde ließ er ihren rechten Arm los, um ihre Bluse aufreißen zu können. Diese Sekunde nutzte Anke, griff blitzschnell den Schlagstock und schlug getrieben von einer atavistischen Wut auf ihn ein. Mehrmals zielte sie auf seine Oberarme, um ihn abwehrunfähig zu machen, doch als er sich aufrichten und sie erneut angreifen wollte, traf sie seinen Kopf. Seine Farbe wich aus seinem Gesicht und langsam kippte er zur Seite. Als er sich nicht mehr regte, beschlich sie die Angst, dass sic zu weit gegangen sein

könnte. Entsetzt schaute sie auf den daliegenden Mann. Sie zitterte am ganzen Leib. Es kam ihr wie eine Ewigkeit vor, bis sie sich endlich in den Stuhl setzen und überlegen konnte, wie es nun weitergehen sollte. Esche stöhnte vor Schmerzen und hielt sich eine Hand an den Kopf. Erleichtert atmete Anke auf.

Er war nicht tot! Wie sehr sie dieser Gedanke beruhigte, hätte sie nicht für möglich gehalten.

Sie brauchte eine Weile, bis sie endlich wieder klar denken konnte. Aber das einzige, was ihr einfiel, war, so schnell wie möglich aus diesen Räumen zu verschwinden. Esche wieder auf die Beine zu helfen, war das Letzte, was sie wollte. Wer wusste schon, wie hart sein Schädel war. Vielleicht fiel er erneut über sie her.

Hastig verließ sie das Büro. Niemand befand sich auf ihrer Büroetage, der sie hätte sehen können. Sie war ihm ganz allein ausgesetzt gewesen! Diese grausame Szene wich nicht von ihren Augen. Fieberhaft überlegte sie, welche Vorwürfe man ihr machen könnte, weil sie ihn äußerst brutal niedergeschlagen hatte. Notwehr würde ihr niemand glauben, aber sie wusste auch, dass Esche niemals im Büro zugeben würde, was wirklich geschehen war. Im Zweifelsfall stand Aussage gegen Aussage. Wem würde Kullmann in diesem Fall glauben? Sie wusste es nicht. Als sie wieder zur Ruhe kam, fielen ihr wieder die Worte ein, die Erik Tenes und Esche miteinander gewechselt hatten bei ihrer Begrüßung.

„Willst du dein krankes Spiel jetzt in Saarbrücken weitertreiben?“ hatte Erik Tenes Esche gefragt, worauf Esche erwidert hatte: *„Die Frauen, mit denen ich zu tun hatte, leben alle noch ...!“*

Mit innerlichem Frösteln erinnerte sie sich auch daran, wie die Unterhaltung von Erik fortgesetzt worden war. *„Es gibt Menschen, die lernen aus ihren Fehlern. Du gehörst offensichtlich nicht dazu!“*

Diese Bemerkung verstand Anke jetzt besser nach dem, was sie gerade erlebt hatte.
Als sie in den herrlichen Sonnenschein trat, kam ihr die Erinnerung wie ein düsterer Horrorfilm vor, eine Episode aus Edgar Allen Poes Geschichte „Die Grube und das Pendel". Sie kam aus der dunklen Grube, die das Sinnbild der Hölle war, hatte das Pendel vor Augen gesehen, das Pendel, das über ihr schwang und sich bedrohlich immer tiefer senkte, und trat nun vor in das Licht der Barmherzigkeit, das auf sie wirkte wie weiße Engel, die sie retten würden. Erleichtert atmete sie ganz tief diese befreiende Luft ein und zog die Kraft in sich hinein, die sie nun brauchte. Sie ging zu ihrem Auto und beschloss, zum Stall zu fahren. Wie sehr sehnte sie sich danach, sich beim Reiten mit Rondo zu entspannen, um dieses schreckliche Ereignis für kurze Zeit einfach vergessen zu können. Wenn sie Glück hatte, war Robert da und begleitete sie.

*

Kullmann kam erst sehr spät ins Büro zurück und rechnete nicht mehr damit, noch jemanden anzutreffen. Als er Esche an seinem Platz sitzen sah, dazu noch mit einer dicken Beule am Kopf, staunte er nicht schlecht.
„Was ist denn mit dir passiert?" fragte Kullmann.
Esche schnaubte verächtlich und antwortete: „Ich bin gerade mal mit dem Leben davongekommen! Nun weiß ich, wer der Polizistenmörder ist! Es war eigentlich ganz einfach."

Das konnte Kullmann nicht glauben. Sie waren seit Monaten damit beschäftigt, die Morde aufzuklären, ohne die geringste Spur zu haben. Es war die verzweifelteste Suche, die er in seiner langjährigen Dienstzeit erlebt hatte. Und da saß Esche vor ihm, der die Antwort durch eine Beule am Kopf gefunden zu haben schien.

„Hattest du durch die Beule eine Erleuchtung?" fragte er und setzte sich dem angeschlagenen Esche gegenüber, der gleich zu erzählen begann: „Klar! Ich sehe endlich die Zusammenhänge, dass nur einer mit allen Opfern in Verbindung steht!"

„Und zwar?" hakte Kullmann immer noch ungläubig nach.

„Robert Spengler."

Diese Antwort gefiel Kullmann ganz und gar nicht: „Sei mal nicht zu voreilig!"

„Ich weiß genau, was ich sage! Als Walter Nimmsgern am Fall Luise Spengler arbeitete, ist er auf eine ganz heiße Spur gestoßen. Leider hatte er mir nicht verraten, welche Spur das war. Er machte schon immer aus allem ein Geheimnis; deshalb habe ich ihn nicht ernst genommen. Aber am nächsten Morgen war er tot. Das hat mich hellwach gemacht; ich bin meiner Vermutung selbst nachgegangen. Dabei fand ich heraus, dass Robert Spengler die heiße Spur war. Nimmsgern war für Robert zur Gefahr geworden."

„Von welcher heißen Spur redest du da?" unterbrach Kullmann den Redefluss.

„Ganz einfach: Robert und seine Mutter hatten ein äußerst gespanntes Verhältnis! Als Katharina Gersten, die Schwester von Luise, starb, vermachte sie ihr gesamtes Vermögen Robert und nicht ihr", erklärte Esche unbeirrt weiter.

„Ich dachte, du redest hier von einem Zusammenhang", wurde Kullmann immer ungeduldiger. „Was ich hier zu hören bekomme, hat mit den getöteten Kollegen nicht das Ge-

ringste zu tun!“
„Wenn Sie mich ausreden lassen, komme ich noch zu dem Zusammenhang!“
„Versuche nicht, das Pferd von hinten aufzuzäumen, sonst werde ich ungeduldig!“
Schnell setzte Esche seinen Vortrag fort: „Luise Spengler wollte in das Haus ihrer Schwester ziehen, allerdings hatte sie bis dahin nicht gewusst, dass Robert das Haus neben dem ganzen Vermögen geerbt hatte.“
Kullmann funkte wieder dazwischen: „Bis jetzt habe ich nichts Neues erfahren!“ Sein Ton war herablassend, um sein Gegenüber nicht merken zu lassen, welches Unbehagen ihm diese Details bereiteten. „Komm endlich auf den Punkt“, reizte er ihn weiter.
„Das wollte ich ja. Vielleicht hören Sie mir jetzt zu, ohne mich zu unterbrechen!“
Kullmann nickte und Esche fuhr fort: „Robert Spengler kannte Peter Biehler durch das gemeinsame Hobby, das Reiten. Biehler hatte von der Erbschaft durch eine gute Freundin erfahren, die einen Verwandten im gleichen Altenheim hatte. Die Freundin hatte Biehler darauf gebracht, dass es in dem Altenheim nicht mit rechten Dingen zuging.“
„Wer ist diese Freundin und warum taucht sie nirgends in den Akten auf?“ fragte Kullmann sofort.
„Darauf komme ich später zu sprechen“, sagte Esche unwirsch; sein Ton wurde kälter, als er zum entscheidenden Schlag ausholte:„ Deshalb war Biehler sich sicher, dass Robert Spengler Sterbehilfe geleistet hatte, weil er dringend Geld brauchte. Reiten ist ein teurer Sport, den sich ein einfacher Altenpfleger nicht so ohne weiteres leisten kann. Die Alte starb ziemlich schnell, nachdem sie ihrem Neffen das Erbe versprochen hatte. Also war Peter Biehler eine große Gefahr für Robert Spengler geworden.

Ich habe außerdem herausgefunden, dass Peter Biehler in dieser Sache seinen Freund, nämlich Andreas Hübner, eingeschaltet hatte, weil er selbst keine Befugnisse zu handeln hatte. So wurde auch Andreas Hübner zur Gefahr für Robert Spengler. Hübner kam ihm nämlich auf die Schliche, warum Robert Spengler sich an Anke herangemacht hat. Er benutzt sie nur, damit er immer auf dem Laufenden ist. Wenn er merkt, dass Gefahr im Verzug ist, wird es für Anke lebensgefährlich. Sie ist total verliebt in diesen Kerl und blind für die Realität."

Kullmann hörte sich alles genau an, ohne dabei Esche aus den Augen zu lassen. Nach einer Weile fragte er: „Wer sagt dir, dass Anke total verliebt ist in Robert? Anke selbst?"

Esche stutzte, doch schnell besann er sich wieder und antwortete: „Ich weiß das von Hübner."

„Von Hübner?" staunte Kullmann.

„Er hat die beiden beobachtet!" Aber Esche wollte sich nicht beirren lassen und sprach schnell weiter: „Als ich Robert zu diesen Fakten befragen wollte, schlug er mir einen Knüppel über den Kopf!"

„Warum hast du keine Fahndung nach dem Angreifer eingeleitet? Immerhin hat ein tätlicher Angriff auf einen Polizisten stattgefunden, da setzt man sich nicht ins Büro und reibt seine Wunden", wollte Kullmann noch den letzten Zweifel ausgeräumt haben, den er immer noch an Esches Worten hegte.

„Ich wurde für kurze Zeit bewusstlos. Als ich wieder aufwachte, war ich zunächst so verwirrt, dass ich nicht mehr an eine Fahndung gedacht habe. Dass das ein Fehler war, erkenne ich erst jetzt", rieb Esche sich demonstrativ wieder über seine Beule.

„Warum bist du erst jetzt auf die Idee gekommen, diese Befragung durchzuführen, ohne bei mir vorzusprechen, wie

das vorgeschrieben ist?“
Darauf konnte Esche keine Antwort geben.
„Ist dir klar, dass das ein Verstoß gegen die Dienstvorschrift war?“ bohrte Kullmann weiter.
„Ja“, gab Esche kleinlaut zu.
Plötzlich kam Kullmann ein anderer Gedanke. Sollte Esches Schilderung tatsächlich zutreffen, gab es noch ein anderes Problem: „Ist Anke über deine Begegnung mit Robert informiert?“
„Nein, Anke weiß nicht, dass ich mit Robert eine Auseinandersetzung hatte!“
Sofort nahm Kullmann den Telefonhörer ab und wählte Ankes Privatnummer. Aber es meldete sich niemand. Kullmann wurde unruhig und zerrte an seiner Krawatte. Er hatte sie nur angezogen, weil an diesem Tag ein neuer Kollege in seiner Abteilung eingestellt worden war.
Erik Tenes betrat zufällig das Büro und ließ sich von Kullmann berichten, was geschehen war. Der neue Kollege schenkte allerdings Esches Kopfverletzung keine besondere Aufmerksamkeit, was Kullmann in seiner Sorge um Anke gar nicht bemerkte.
„Wo könnte Anke stecken?“ fragte der Alte mehr sich selbst als seinen Kollegen Esche.
„Bestimmt bei Robert. Die beiden sind seit dem Turnier am Sonntag ein Liebespaar.“
„Du bist aber erstaunlich gut über Ankes Privatleben aufgeklärt“, stellte Kullmann fest. „Was macht dich da so sicher?“
„Wie ich schon sagte, Hübner hat die beiden beobachtet und mir alles berichtet!“
Kopfschüttelnd vor Entrüstung wählte Kullmann die Telefonnummer des Reitstalles. Zum Glück bekam er eine Verbindung: „Ich möchte Anke Deister sprechen!“
„Sie ist ausgeritten!“ bekam er als Antwort.

„Alleine?“ blaffte Kullmann erschrocken in den Hörer.
„Nein, machen Sie sich mal keine Sorgen! Robert ist bei ihr, er kennt sich gut aus und kann auch sehr gut reiten. Da passiert schon nichts!“ schallte die Stimme völlig zuversichtlich durch den Hörer.
Plötzlich hatte er nur noch einen einzigen Gedanken: Anke ist in Lebensgefahr.
Getrieben von seiner Sorge machte er sich mit Esche und Erik Tenes schleunigst auf den Weg. Über das Handy informierte er zusätzlich das Sondereinsatzkommando und veranlasste die Beamten, sich mit ihnen am Stall zu treffen. Mit einer topografischen Karte des Waldgebietes vom Schanzenberg ausgerüstet eilten sie zum Parkplatz für Polizeifahrzeuge, mussten aber ernüchtert feststellen, dass kein Fahrzeug zur Verfügung stand, das für Geländefahrten geeignet war. In die Verwirrung tönte Esche: „Nehmen wir meinen Wagen, der kommt überall durch!“
Obwohl es nicht üblich war, mit Privatfahrzeugen zum Einsatz zu fahren, war Kullmann über diese Alternative sehr erleichtert, weil er spürte, dass Gefahr im Verzug war. Postwendend eilten sie auf Esches Wagen zu, einen nagelneuen Mercedes-Geländewagen, silber-metallic. Trotz der brisanten Situation hatte Kullmann Zeit, das luxuriöse Auto zu bestaunen.

*

Anke atmete die herrliche Frühlingsluft ganz tief ein und genoss das gemächliche Treiben am Reitstall bei strahlendem Sonnenschein. Sie versuchte damit Abstand zu dem schrecklichen Erlebnis zu gewinnen, was ihr allerdings nicht so leicht gelang. Ständig sah sie sich in dem einsamen

Büro unter Esche liegen, spürte die Panik, die sich in ihr ausgebreitet hatte, von neuem, als sei sie in einer Zeitschleife hängen geblieben und dazu verdammt, immer wieder das gleiche Grauen durchzumachen. Zum Glück fand sie Rondo in seiner Box vor; er war nicht im Schulbetrieb eingesetzt. Während sie ihn herausführte und zur Anbindestelle führte, trat Robert zu ihr und meinte lächelnd: „Heute reiten wir einen neuen Weg. Du wirst staunen, wie wunderschön unser Wald ist."

Als Anke in sein strahlendes Gesicht sah, spürte sie in aller Heftigkeit den ganzen Schmerz, den Esche ihr angetan hatte. Was hatte Esche für ein teuflisches Spiel getrieben? Nichts hatte er dem Zufall überlassen. Mit allen Mitteln hatte er erreichen wollten, ihre Gefühle zu Robert als berechnend abzustempeln. Er hatte Anke vorgeworfen, Robert als persönliches Motiv zu benutzen, um von der richtigen Spur abzulenken; dabei liebte sie Robert ohne Hintergedanken. Schlagartig spürte sie, wie ihr Tränen in die Augen schossen. Unbemerkt versuchte sie, die Tränen zu verbergen, indem sie ihr Gesicht in Rondos Mähne drückte. Trotz größter Mühe gelang es ihr nicht, Esches heimtückischen Überfall und ihre verzweifelte Notwehr aus ihrem Kopf zu verbannen. Es belastete sie, weil alles so beschämend war. Robert spürte, wie entmutigt sie war. Kraftlos wollte sie die Tränen aus den Augen wischen, aber Robert sah es und fragte: „Anke, was bedrückt dich? Wenn es etwas gibt, was du dir von der Seele reden willst, dann tu es doch bitte. Ich will dir gern helfen."

Überrascht drehte sie sich um und schaute in sein Gesicht. Aus seinen Augen sprach eine ehrliche Sorge, die sie zutiefst rührte. Aber sollte sie sich ihm wirklich anvertrauen? Sollte sie ihm wirklich erzählen, was sie im Büro durchgemacht hatte? Das verlangte von ihr einen Grad an Vertrauen, zu dem sie sich einfach noch nicht bereit fühlte. Deshalb wich sie

Roberts Frage aus: „Die Arbeit fällt mir im Moment schwer. Es tut mir so gut, hier zu sein. Das gibt mir das Gefühl, dass es noch eine andere Seite im Leben gibt – eine schönere!"
Robert reagierte mit einem zufriedenen Lächeln. Sie selbst war heilfroh über ihre Antwort, weil sie nichts Unwahres gesagt hatte. Anlügen wollte sie Robert auf keinen Fall. Außerdem wurde ihr wieder ganz warm ums Herz, als sie Rondo hinter ihr mit den Hufen auf den Boden scharren hörte, was bedeutete, dass sie ihn nicht vergessen sollte. Lachend drehte sie sich zu ihm um und streichelte sein weiches Fell
Eine erholsame Stille herrschte am Stall, richtig wohltuend im Vergleich zu der spannungsgeladenen Stimmung auf der Polizeidienststelle, überlegte Anke. Sie genoss diese Ruhe, sog sie begierig in sich auf, in der Hoffnung, selbst auch wieder zu ihrer gewohnten Gelassenheit zu kommen.
Als sie in den Sattel stieg, spürte sie wie jegliche Anspannung von ihr abfiel. Auf Rondos Rücken war die Welt für sie wieder in Ordnung, dort konnte sie ihre Sorgen vergessen. Der Spruch *Das Glück der Erde liegt auf dem Rücken der Pferde* enthält viel Wahrheit.
Im Schritt ritten sie auf den Weg, der direkt an der Scheune vorbei in den Wald führte. An der ersten Gabelung schlugen sie den neuen Weg ein, Robert ritt voraus.

*

Der Reitstall lag auf einer Anhöhe von Gersweiler, umgeben von grünen Koppeln mit grasenden Pferden, vom angrenzenden Wald, aus dem ein schmaler Reitweg bis an den Rand der Scheune führte, und von einem großen Reitplatz, auf dem die Reiter mit ihren Pferden arbeiteten. Der strahlende Sonnenschein tauchte das ganze Anwesen in ein ungetrübtes Licht. Einige Pferde warteten an der Anbindestelle, wo sie von ihren Reitern geputzt und gesattelt wurden. Gäste saßen auf der sonnigen Terrasse der Reiterklause und tranken ein kühles Bier.

Die Polizeieskorte erregte sofort Erstaunen und Gaffsucht. Neugierig eilten sie dem Aufgebot an Polizisten entgegen und fragten, was geschehen war. Kullmann erklärte ihnen nur, dass sie Robert und Anke suchten. Auf die Antwort der Reiter, die beiden seien in den Wald geritten, fragte er nach den Wegen, die bei Ausritten benutzt würden.

Doris Sattler, die Kullmann noch gut kannte seit dem Verhör vor einigen Tagen, antwortete schnippisch: „Hier gibt es viele Wege. Meinen Sie, Robert nimmt immer denselben?"

„Wenn Sie uns keine kompetente Auskunft geben, können Sie sich ihre patzigen Bemerkungen sparen oder ich belange Sie wegen Behinderung der polizeilichen Arbeit!" konterte Kullmann so ungehalten, dass Doris erschrak.

„Warum „Behinderung der polizeilichen Arbeit"?" „Was ist denn passiert?" redeten nun die umstehenden Reiter auf einmal los, weil sie nicht wussten, dass Gefahr im Verzug war. Da erkannte Kullmann, dass er voreilig gewesen war mit dieser Bemerkung, was er seiner großen Sorge zuschrieb. Sofort bemühte er sich, die verwirrten Reiter wieder zu beruhigen, aber er konnte ihre Zweifel nicht ausräumen.

Obwohl Doris am heftigsten protestierte, warf sie einen Blick auf die topografische Karte und gab zu verschiedenen Reitwegen ihre Erklärungen ab. Auf Kullmanns Frage hin, an welchen Stellen es besonders gefährlich sei zu reiten, fragte sie scheinbar erstaunt: „Haben Sie Angst, dass Anke vom Pferd fallen kann?"

„Ich weiß, dass Anke noch nicht lange genug reitet", erklärte

Kullmann dankbar für diese Lösung, die Doris ihm in den Mund gelegt hatte.
Die anderen Reiter blieben misstrauisch. Einer traf den Kern: „Und warum dieses Großaufgebot an Polizei? So schlecht reitet Anke nun auch wieder nicht, dass man sie mit einem Sondereinsatzkommando der Polizei retten müsste."
Das Lachen der Reiter bekam einen spöttischen Unterton. Nur Kullmann ließ sich davon nicht ablenken und schaute auf Doris, die ihm seine Frage noch nicht beantwortet hatte.
„Es kommt darauf an, in welchem Waldstück sie reiten", überlegte Doris. „Die beiden sind schon sehr lange weg, das könnte bedeuten, dass sie in den Stiftswald nach Klarenthal geritten sind. Dort gibt es viele gefährliche Stellen!"
Sie zählte einige auf.
„Und hier auf dem Schanzenberg?"
Auch in diesem Waldstück nannte sie verschiedene gefährliche Passagen, darunter auch den bewaldeten Hügel, unter dem die Eisenbahnschienen des Messebahnhofs hindurchführten.
Kullmann eilte zu den Kollegen zurück und rief: „Wir haben nicht mehr viel Zeit!"
Er zeigte den Sondereinsatzbeamten die verschiedenen Stellen in den beiden Wäldern, die sie so schnell wie möglich absuchen sollten. Er selbst machte sich zusammen mit Esche, Erik Tenes und einigen Beamten des Spezialkommandos auf den Reitweg, der an der Scheune vorbei in den Wald führte. Reiter, die ihnen begegneten, fragte Kullmann durch das geöffnete Seitenfenster: „Haben Sie Robert Spengler und Anke Deister gesehen?"
Eine der beiden Reiterinnen meinte: „Ich habe Robert gesehen, wie er im schnellen Galopp an uns vorbei ist. Aber Anke habe ich nicht gesehen!"
Kullmann brach der Schweiß aus. Sollte er zu spät gekommen sein?

„Wo war das?“
Die Frau zeigte auf einen Weg, dessen Verlauf sehr unübersichtlich war. Wie in einem Labyrinth gab es dort Weggabelungen, die Kullmann im Unklaren darüber ließen, für welchen Weg Robert und Anke sich entschieden hatten. Nichts gab ihnen einen Hinweis darauf, wo die beiden waren. Die Hufspuren verwischten sich in dem trockenen Waldboden, so dass sie den Polizeibeamten nicht weiterhalfen.
„Haben Sie gesehen, welche dieser Abzweigungen Robert genommen hat?“
Eine Weile überlegte sie und schüttelte bedauernd den Kopf.
„Und Anke? Kann es denn sein, dass sie weiter hinter ihm geritten ist?“ machte er sich neue Hoffnung.
„Normalerweise bleiben die Pferde immer dicht zusammen!“ schüttelte die Reiterin den Kopf.
„Was wollen Sie damit sagen?“ hakte Kullmann verzweifelt nach. Nun erst erkannte er, dass seine geringen reiterlichen Kenntnisse seinen Einsatz erschwerten.
„Dass ich mir nicht vorstellen kann, dass Anke mit Robert ausgeritten ist“, erklärte die Reiterin.

*

Der neue Weg, den Robert ihr so schmackhaft gemacht hatte, ging sehr steil bergab, dass Anke Mühe hatte, sich im Sattel zu halten. Die Bewegungen ihres Pferdes waren unrhythmisch und schwankend. Durch die Eindrücke ihres Sturzes fühlte sie sich unwohl im Sattel. Ständig befürchtete sie, dass Rondo eine falsche Bewegung machte und sie kopfüber in die Tiefe stürzte. Aber nichts dergleichen geschah.

Als sie im Tal angekommen waren, schaute Robert zu ihr zurück und lachte über ihre entsetzte Miene.
„Wie kannst du da lachen?“ schimpfte Anke.
„Du siehst so süß aus, wenn du verängstigt bist. Eigentlich steht dir das gar nicht!“
Verblüfft schaute sie Robert an, aber der lachte nur und ritt weiter. Dieses Verhalten empfand sie als rücksichtslos. Aber zu Ankes Glück waren die Wege nun eben und einfach für sie zu reiten. Trotzdem brauchte sie lange, bis sie sich wieder wohl fühlte. Der Wallach ging sehr brav hinter Nepomuk her, so dass Ankes Bedenken sich verflüchtigten. Bald fühlte Anke sich wieder so sicher, dass sie selbst dazu drängte, zu galoppieren. Robert gefiel der Vorschlag. Er gab seinem Pferd das Kommando anzugaloppieren, was der große Braune auch gemütlich tat. Anke folgte seinem Beispiel, gab Rondo ebenfalls das Kommando zum Angaloppieren, doch Rondo reagierte ganz anders, als sie erwartet hatte. Obwohl der Reitweg sehr schmal war, schaffte sie es nicht, mit ihrem Pferd hinter Nepomuk zu bleiben. Rondo drängte sich zwischen den dichten Hecken und Nepomuk vorbei nach vorne, ohne sich von Ankes Bemühungen, ihn zurückzuhalten, beeinflussen zu lassen. Als Anke mit Robert auf gleicher Höhe war, rief er ihr zu: „Lass ihn einfach ein bisschen rennen. Das tut ihm gut. Ich bin hinter dir, es kann dir gar nichts passieren!“
Aber auch ohne diesen Kommentar hätte Anke Rondo rennen lassen, weil sie einfach keine Einwirkung mehr auf ihn hatte. Im schnellen Tempo ging es nun über die schmalen Wege. Tiefhängende Äste peitschten Ankes Gesicht, weil sie sich nicht schnell genug ducken konnte. Die Wege führten steil bergauf und bergab, was Rondo nicht beeindruckte. Immer noch zog Anke ganz verzweifelt an den Zügeln, aber sie erreichte nur das Gegenteil. Rondo wurde immer schneller unter ihr. Vor Angst schrie sie auf, womit sie ungewollt das

Pferd noch mehr anheizte. Von Nepomuk hörte sie nichts mehr hinter sich, sie hatte ihn längst abgehängt.
Dieser Wahnsinnsgalopp kam ihr endlos vor, bis Rondo endlich müde wurde. Diese Gelegenheit nutzte Anke gleich, um ihn durchzuparieren. Als sie im Schritt ging, konnte sie ihren Atem wieder beruhigen; sie drehte sich um und stellte entsetzt fest, dass sie alleine war. Lange dauerte es, bis Robert mit Nepomuk wieder in Sichtweite kam.
„Wenn du das Risiko so sehr liebst, dann brauche ich auf dich ja keine Rücksicht mehr zu nehmen“, schimpfte Robert, als er wieder neben Anke war.
„Was soll das?“ wehrte Anke sich. „Du hast selbst gesagt, ich soll Rondo rennen lassen!“
„Aber doch nicht in diesem Tempo! Du warst so schnell, dass Nepomuk nicht mehr hinterhergekommen ist.“
„Das war Rondo, nicht ich!“ gestand Anke.
Zufrieden schnaubte Rondo. Dieser ausgiebige Galopp hatte ihm sichtlich gut getan.
„Weißt du überhaupt, wo wir hier sind?“ murrte Robert immer noch unfreundlich.
„Nein!“
„Wir sind hier an der gefährlichsten Stelle des Schanzenbergs – die ideale Stelle für ein Abenteuer“, meinte Robert erbost und übernahm wieder die Führung.

*

Über Funk gab Kullmann den Ort bekannt, an dem Robert Spengler zuletzt gesehen worden war. Mit dem Geländewagen konnten sie problemlos tiefer in den Wald hineinfahren. Mit jedem Meter, den sie zurücklegten, wurde der Alte nervöser, während Esche, der das Auto fuhr, einen sehr gelassenen Eindruck machte. Erik Tenes wirkte so neutral wie immer. Ihn konnte Kullmann einfach nicht einschätzen, sein Gesichtsausdruck änderte sich nie. Nur seine Augen waren unentwegt in Bewegung, damit ihnen auch nichts entging.

Ein einzelner Reiter auf einem sehr großen Rappen kam ihnen entgegen. Es war Helmut Keller, der Turnierreiter, den Anke zu Peter Biehlers Ermordung befragt hatte. Schnell öffnete Kullmann wieder das Seitenfenster und rief ihm zu: „Wir sind auf der Suche nach Anke Deister und Robert Spengler. Haben Sie die beiden gesehen?“

„Ich habe nur Robert gesehen, wie er im schnellen Galopp an mir vorbeigeritten ist. Total bescheuert der Kerl, in so einem Tempo über die engen Reitwege zu reiten, auf denen auch noch andere Reiter unterwegs sind.“

„Und Anke?“

„Von ihr habe ich nichts gesehen, aber es gibt hier viele Wege, das muss also nichts heißen!“

Diese Antwort konnte Kullmann keineswegs beruhigen. Beunruhigt stieg er aus dem Wagen aus und faltete die topografische Karte auseinander. Als Helmut Keller erkannte, dass ihr Gespräch noch nicht zu Ende war, stieg er von dem großen Rappen ab und warf einen Blick auf die Karte.

„Wo könnte Robert hin geritten sein und wo könnte er hergekommen sein?“ fragte Kullmann.

Eine Weile schaute Helmut Keller auf die Karte.

„Er hatte eindeutig die Richtung zum Messebahnhof eingeschlagen", meinte er.
„Ist dort der bewaldete Übergang?"
Helmut Keller nickte.
„Wie gefährlich ist es dort?"
„Wenn man ausgerechnet dort vom Pferd fällt, ist es der letzte Sturz, den man macht. Deshalb reiten wir dort auch immer nur im Schritt vorbei!"
Diese Antwort genügte Kullmann völlig. In Windeseile wurden alle Einsatzwagen an diese Brücke bestellt. So schnell, wie sie mit dem Geländewagen über die holprigen Wege fahren konnten, steuerten sie den bewaldeten Hügel an, der über die Schienen des Messebahnhofs führte.

*

Als Anke und Robert eine asphaltierte Straße überquerten, die oben am Schanzenberg entlangführte, sahen sie unten im Tal mehrere Polizeiwagen mit Blaulicht und Sirenen über die Stadtautobahn jagen.
„Es ist schön, die Kollegen im Einsatz aus einer sicheren Entfernung beobachten zu können", lachte Anke.
Der Weg, den sie nun einschlugen, führte steil bergauf. Sie befanden sich auf dem bewaldeten Bergtunnel, unter dem die Schienen des Messebahnhofs hindurchführten. Etwas mulmig wurde Anke schon, als sie mit ihrem Wallach die Stelle, die genau über die Geleise führte, erreichte. Es war ein

Ort, der sehr beängstigend wirkte, weil man dort auf keinen Fall vom Pferd fallen durfte. Ein Sturz an dieser Stelle könnte der Letzte sein. Auf der einen Seite standen Laubbäume, die im jungen Grün blühten und Lebendigkeit versprühten, auf der gegenüberliegenden Seite war der steile Abhang, der unvermittelt in die Tiefe ging, was den sicheren Tod bedeuten könnte. Direkt unter ihnen lagen die Schienen, die genau in diesen Berg hineinführten. Sie versuchte, nicht nach unten zu schauen, aber ihre Neugierde war zu groß. Gegen alle Vernunft schaute sie hinunter und glaubte fast, von dem todbringenden Abgrund magisch angezogen zu werden. Schnell richtete sie die Augen wieder auf den schmalen Trampelpfad. Sie redete auf ihr Pferd ein, ruhig im Schritt weiterzugehen. Plötzlich hörte sie Roberts Pferd scheuen. Sie sah, dass Nepomuk nur auf zwei Beinen stand und laut wiehernd mit den Vorhufen in die Luft schlug. Panik erfasste sie. Nepomuk kam dem Abhang immer näher; Robert hatte alle Mühe im Sattel zu bleiben. Nervös begann Rondo, sich im Kreis zu drehen, ohne auf ihre beruhigenden Worte zu achten. Vor ihren Augen sah sie abwechselnd die Bilder des lebensbedrohlichen Berghangs und der saftig grünen Laubbäume, bis plötzlich blinkende Blaulichter dazwischen auftauchten. Erst als es ihr gelang, Rondo ein wenig zu beruhigen, erkannte sie Streifenwagen mit Blaulicht. Aber Rondos Angst wuchs mit jedem Meter, den die blinkenden Polizeifahrzeuge näher kamen, sodass Anke Schwierigkeiten hatte, im Sattel zu bleiben. Mit aller Macht versuchte sie beruhigend auf ihn einzureden, aber das Spektakel um sie herum war viel zu groß, um das aufgeregte Pferd wieder zur Ruhe zu bringen.
„Steigen Sie ab!“ hörte sie Kullmanns Stimme.
Wie kam Kullmann hierher? überlegte Anke. Aber anstatt auf Kullmanns Rat zu hören, klammerte sie sich immer verkrampfter an Rondos Rücken fest, obwohl das nervöse Pferd

dem Abhang immer näher kam. Ihre Hände krampften sich in seine dicke Mähne und ihre Beine klammerten sich so fest an seine Flanken, dass Rondo einen heftigen Satz nach vorne sprang. Anke schloss nur noch die Augen, weil sie glaubte, dass das ihr Ende sei. Aber stattdessen kam Erik Tenes auf sie zu gerannt, griff nach den Zügeln des völlig aufgeregten Pferdes und sprach mit Engelszungen auf ihn ein. Rondo beruhigte sich tatsächlich. Anke öffnete wieder die Augen. Sie lebte noch, Gott sei Dank, aber der gefährliche Abhang war immer noch direkt vor ihr. Das Holzgeländer, das den Weg einsäumte, war umgestoßen worden und in die Tiefe gestürzt. Entsetzt schaute sie in eine andere Richtung. Was sie dort zu sehen bekam, gefiel ihr allerdings auch nicht besser. Sie sah gerade noch, wie Robert in Handschellen abgeführt wurde.
Anke wollte von Rondo absteigen und hinter Robert herlaufen, als Erik Tenes sie aufhielt.
„Bleiben Sie im Sattel sitzen", befahl er ihr in einem Tonfall, als redete er mit einem ungehorsamen Kind. Anke sah nicht im Geringsten ein, sich von dem Kollegen, den sie kaum kannte, etwas befehlen zu lassen. Aber sie konnte sich gegen ihn nicht wehren, das war sinnlos. Erik Tenes verzog keine Miene, als er sie am Absteigen hinderte. Verzweifelt blieb sie im Sattel sitzen.
„Was soll das alles? Warum nehmt ihr Robert mit? Was hat er getan?" fragte Anke völlig außer sich.
„Das erklären wir Ihnen später", meinte Erik.
Er ließ Rondo los und ging auf Nepomuk zu. Beruhigend sprach er auf das Pferd ein, führte den Wallach einige Schritte von dem gefährlichen Abhang weg und stieg in den Sattel.
„Was soll das werden?" fragte sie fassungslos.
„Wir bringen die Pferde zurück zum Stall", antwortete Erik ohne weiteren Kommentar und trieb Nepomuk an, loszuge-

hen, als sei es das Normalste auf der Welt, dass ausgerechnet der Kollege jetzt den Rückweg mit dem braunen Wallach antrat.
Der Rückweg dauerte sehr lange. Diese Zeit nutzte Anke, um wieder zur Ruhe zu kommen. Der innere Aufruhr machte es ihr unmöglich zu denken. Sie wollte unbedingt verstehen, was dort auf dem Hügel über sie hereingebrochen war. Sie kam zu der Überzeugung, dass sie diese Aktion erst verstehen konnte, wenn sie mit Kullmann darüber gesprochen hatte.
Sie beobachtete ihren neuen Begleiter und stellte fest, dass der Hüne gut reiten konnte. Je länger sie ritten, umso sicherer wurde sie, dass Erik Tenes nicht zum ersten Mal im Sattel saß.
Am Stall angekommen, half Erik die Pferde zu versorgen. Anschließend gingen sie zum Dienstwagen, der direkt am Reitplatz abgestellt war. Auf dem Platz war gerade Helmut Keller dabei, den großen Rappen zu trainieren. Erik Tenes wurde plötzlich sehr aufmerksam. Seinen Blick auf den Reiter gerichtet, fragte er Anke: „Ist das Helmut Keller?"
„Ja! Kennen Sie ihn?"
„Allerdings! Er ist in Köln straffällig geworden und hat später die Stadt verlassen. Damals war er ein erfolgreicher Turnierreiter, nur leider hatte er seinen Jähzorn nicht richtig im Griff", antwortete Erik.
„Was hat er denn verbrochen?"
„Er hat einen Mann krankenhausreif geschlagen. Helmut Keller hat behauptet, es sei im Affekt geschehen und kam mit einer Bewährungsstrafe für Körperverletzung davon. Ich hatte aber den Eindruck, dass der Fall anders lag, konnte ihm aber nichts beweisen."
„Und warum hat er den Mann so verprügelt?"
„Es hatte etwas mit seiner Beschäftigung als Bereiter zu tun. Das Opfer war nämlich bis zu dem Zeitpunkt sein Sponsor

gewesen und hat ihm seine Pferde für die Turniere zur Verfügung gestellt. Es ging um einen Verstoß gegen die Bestimmungen der Leistungsprüfungsordnung der Deutschen Reiterlichen Vereinigung. Aber wie es zu der Prügelei kam, weiß ich nicht mehr", zuckte Erik mit den Schultern.
Anke staunte darüber, wie klein die Welt doch war.
Mit großem Unbehagen stieg sie mit Erik in den Wagen ein, weil die Fahrt unweigerlich zurück zum Landeskriminalamt führte. Bei dem Gedanken, wieder in dieses Gebäude zu müssen, das Anke erst vor wenigen Stunden in Angst und Schrecken verlassen hatte, kam ihr erst die dumpfe Vermutung, dass Esche vermutlich doch gestorben war und Robert wegen Mittäterschaft festgenommen worden war. Sie sah sich ihrer unvermeidlichen Verhaftung entgegengehen, weil sie die Täterin war. Natürlich! Nur das konnte es sein! Schlagartig begann Anke zu zittern, Schweiß brach ihr aus. Je mehr sie sich dem Gebäude näherten, in dem sie erst vor einigen Stunden die Hölle erlebt hatte, desto nervöser wurde sie. Vor ihren Augen begann alles zu schwimmen, ihr wurde schwindelig vor Angst. Sie befürchtete schon, den Boden unter den Füßen zu verlieren, als sie die Treppen hinauf zum Büro gingen. Sie glaubte, alles verloren zu haben, verurteilt zu sein, von allen geächtet und ausgestoßen, weil sie ihr vorwerfen würden, sich auf die andere Seite des Gesetzes gestellt zu haben. Sie war als Täterin überführt, hing in den Maschen der Polizei, und alle zeigten mit dem Finger auf sie. Sie hatte keine Wahl mehr, sie musste die ganze Wahrheit sagen. Verzweifelt folgte sie dem wortkargen Erik Tenes, der ihr in dieser düsteren Stunde kein Trost war.
Aber kaum betrat sie das Büro, sah sie Esche munter und fröhlich durch den Flur laufen. Was hatte das schon wieder zu bedeuten? Der lebte noch! Deswegen konnte man sie also nicht vorführen.

Ratlos setzte sie sich in ihr Zimmer und wartete. Man ließ sie zappeln. Lange dauerte es, bis Kullmann endlich zu ihr kam.
„Ist Ihnen auch nichts passiert?“ fragte er in besorgtem Ton. Also hatte er inzwischen von Esches Handgreiflichkeiten erfahren, überlegte sie.
„Ich konnte mich wehren“, antwortete Anke, doch an Kullmanns staunendem Gesichtsausdruck sah sie, dass er etwas ganz anderes meinte.
Er sprach von dem Zwischenfall beim Ausritt.
„Wehren? Was ist dort oben auf dem Hügel geschehen?“ wurde Kullmann hellhörig.
„Das ist genau die Frage, die ich Ihnen stellen muss“, erklärte Anke. „Warum dieses Großaufgebot gegen Robert Spengler?“
Kurze Zeit wirkte Kullmann überrascht, doch dann lenkte er ein: „Leider ist jetzt nicht der richtige Augenblick, mit Ihnen darüber zu reden. Sie sind sehr aufgebracht und unbeherrscht. Am besten holen sie sich erst einmal eine Mütze Schlaf! Morgen können wir in aller Ruhe darüber reden.“
Anke war fassungslos über die simple Abspeisung von Kullmann. Sie erkannte ihren Chef überhaupt nicht wieder. In ihrer gesamten Dienstzeit mit Kullmann hatte sie so etwas noch nicht erlebt. Immer hatte er ihr mit seinem feinen Gespür das Gefühl von Sicherheit, sogar von Geborgenheit gegeben. Aber nun beschlich sie das Gefühl, dass sie sich entfremdeten, was einen tiefen Schmerz in ihr hinterließ.
„So können Sie mich nicht abfertigen!“ machte sie noch einen verzweifelten Versuch.
Überrascht über den heftigen Ton schaute Kullmann sie an und meinte nur: „Ich speise Sie nicht ab. Sie sind viel zu aufgebracht, jetzt noch sachlich zu bleiben. Also bitte ich Sie nochmals, eine Nacht über diese Ereignisse zu schlafen; mor-

gen werden wir in Ruhe darüber reden!"
Zwischen Wut und Verzweiflung hin und her gerissen verließ Anke das Büro. Es hatte keinen Sinn, auf einer Antwort zu bestehen. Kullmann war stur wie ein Esel.
Sie brachte eine chaotische Nacht hinter sich. An Schlafen war nicht zu denken. Ständig kreisten ihre Gedanken um die Ereignisse von gestern. Anke war an einem Tag von einem Alptraum in den nächsten geraten. Dabei war sie sich nicht mehr sicher, was ihr am meisten zusetzte: der Übergriff von Esche oder die Entfremdung von Kullmann. Nur dadurch hatte es soweit kommen können, dass Robert in Handschellen abgeführt wurde - vor ihren Augen.
Ohne das Verständnis ihres Chefs fühlte sie sich hilflos und ausgeliefert.
Übernächtigt betrat Anke das Büro und verschwand in ihrem Zimmer, wo sie den Kaffee bereitete.
Kurze Zeit später hörte sie Kullmann kommen. Wie immer brachte sie ihm den Kaffee. Kullmann bedachte ihr blasses Gesicht mit einem prüfenden Blick und bat sie, Platz zu nehmen. Neugierig setzte Anke sich und hielt dabei immer noch die Kanne in der Hand. Kullmann nahm sie ihr aus der Hand und bemerkte unzufrieden: „Unsere Zusammenarbeit steht zur Zeit auf einem schweren Prüfstand! Ich habe den Eindruck, dass Sie mir wichtige Informationen vorenthalten!"
Anke wurde ganz mulmig zumute.
„Kann es sein, dass Sie Robert Spengler um jeden Preis schützen wollen?"
Mit dieser Frage riss Kullmann seine junge Kollegin völlig aus dem Gleichgewicht. Fassungslos fragte sie zurück: „Wieso Robert schützen? Dazu gibt es doch gar keinen Grund."
„Leider sehen die Dinge anders aus. Verzweifelt haben wir nach einem Zusammenhang zwischen den drei ermordeten Kollegen gesucht. Nun haben wir ihn: Es ist Robert Speng-

ler. Nimmsgern war bei seinen Ermittlungen am Tod seiner Mutter vermutlich auf Indizien gestoßen, die auf einen Mord hinweisen. Das könnte ein Motiv für Robert Spengler gewesen sein. Mit Peter Biehler hatte Robert heftige verbale Auseinandersetzungen. Biehler hat in aller Öffentlichkeit damit gedroht, ihm Sterbehilfe an seiner Erbtante nachzuweisen. Von Hübner wissen wir, dass er mit Biehler befreundet war und ihm helfen wollte, Robert Spenglers mörderische Erbschleichereien aufzudecken. Diese drei Polizisten sind nun tot."

Nach dieser Erklärung schaute er Anke eindringlich an, aber sie schwieg.

„Diese Zusammenhänge lassen den Schluss zu, dass Robert unser Hauptverdächtiger ist, ob uns das nun gefällt oder nicht! Wollen Sie immer noch behaupten, Robert Spengler sei harmlos und Sie hätten nichts zu befürchten? Sie haben sich gestern Abend in Lebensgefahr gebracht. Die Stelle, an der wir glücklicherweise noch rechtzeitig eingreifen konnten, ist für einen perfekten Mord bestens geeignet."

Kullmann machte eine kurze Pause.

„Sehen Sie nicht, welche Gelegenheit er sich mit diesem Abgrund geschaffen hatte. Ein Fenstersturz wurde bereits praktiziert. Ein Sturz vom Abhang wäre die Wiederholung eines Verbrechens, das sich als sehr effektiv erwiesen hat. Es ist tödlich und hinterlässt keine Spuren. Wenn sich unser Verdacht bestätigt, ist dieser Mann sehr gefährlich."

Anke schwieg weiter, aber ihr Kopf arbeitete wie wild. Blitzartig fiel ihr auf, dass diese Vermutungen von Kullmann die Handschrift von Esche trugen. Sein Plan funktionierte: Esche versuchte einen Keil zwischen sie und Robert zu treiben. Erstaunt fragte sie sich nur, wie er es in der kurzen Zeit schaffen konnte, Kullmann von diesen so genannten Zusammenhängen so imponierend zu überzeugen.

Ganz allein stand sie da. Esche hatte seine hinterhältigen Spielchen mit ihr getrieben, wenn sie unbeobachtet waren. Diese Geschicklichkeit kam ihm zugute und brachte sie in eine äußerst ungünstige Lage. Bisher hatten die Kollegen ihr nicht geglaubt, als es um harmlose Annäherungsversuche ging. Warum sollten sie ihr jetzt glauben, wo es um etwas wirklich Schwerwiegendes ging? Aber auf keinen Fall wollte sie Robert verlieren. Also konterte sie, ohne Kullmann anzuschauen: „Ich finde das alles einfach lächerlich. Robert war an dem Wochenende, als seine Mutter starb, am Bodensee. Er kann sie nicht getötet haben!"
Wütend erwiderte Kullmann: „Sie haben sich schon von seinen blauen Augen blenden lassen. Robert ist der klassische Frauenheld, der den Frauen schon immer etwas vormachen konnte. Als ich Ihnen sagte, dass er ein Frauentyp sei, wollte ich Ihnen sagen, dass Sie auf sich aufpassen sollen. Und was tun Sie? Sie bringen sich in große Gefahr!"
„Robert und ich wollten gestern Abend einen Ausritt machen und das schöne Wetter genießen, da kommen Sie mit der gesamten Spezialeinheit und mischen sich brutal in eine private Angelegenheit ein", empörte Anke sich. „Niemals wollte er mich umbringen!"
Wütend geworden ging der Alte auf und ab, bis er vor Anke stehen blieb und fragte: „Sind Sie wirklich so blind? *„Private Angelegenheit"*! Wie lange geht das schon mit Ihnen und Robert?"
Da musste Anke nicht lange überlegen: „Bestimmt schon zwei Tage!"
„Zwei Tage?" staunte Kullmann. „Da habe ich etwas anderes gehört!"
Nun hatte Anke die Bestätigung für das, was sie sich eben noch gefragt hatte. Esche hatte seine Drohung wahr gemacht. Zwar war es ihr immer noch ein Rätsel, wie er das alles in

dieser kurzen Zeit und noch dazu mit einem angeschlagenen Kopf fertig bringen konnte, aber das spielte nun keine Rolle mehr. Esche hatte auf seine Art zurückgeschlagen. Er hatte Kullmann ganz auf seine Seite gezogen.

Ihr Kopf raste, diese bittere Enttäuschung traf sie unerwartet.

Kullmann erschrak über ihre heftige Reaktion und fragte sofort: „Kann es sein, dass ich etwas Bestimmtes wissen sollte?“

Mit dieser Frage brachte er Anke wieder aus dem Konzept. Hörte sie da wieder die alte vertraute Fürsorge, die sie in den letzten Tagen so sehr an ihm vermisst hatte? Vielleicht könnte ihre Abschottung von ihm zu voreilig sein. Schließlich war Kullmann durch eine böse Intrige auf eine Spur aufmerksam gemacht worden, der er sich schon aus beruflichen Gründen nicht entziehen konnte. Er musste den Hinweisen folgen, persönliche Motive standen dabei im Hintergrund. Wie versteinert saß sie nur da und starrte die Wand an.

„Wenn Sie etwas auf dem Herzen haben, sprechen sie mit mir! Nur so können Missverständnisse vermieden werden“, bat er sie immer noch in seinem vertrauten, väterlichen Ton. Dieser Stimmungswechsel verwirrte Anke, auch wenn sie sich darüber freute, wieder einen Funken Hoffnung zu spüren, was ihre erwünschte, aber arg erschütterte Zusammenarbeit mit Kullmann betraf. Auch wenn es ihr noch nicht gelang, sich ihm zu öffnen, nach allem, was sie in den letzten Tagen erlebt hatte, so wollte sie ihn auf keinen Fall verärgern. Also nickte sie nur, brachte aber kein Wort über die Lippen. Mit einem resignierten Tonfall reagierte Kullmann darauf: „Vielleicht ist es besser, Sie machen ein paar Tage Urlaub, um wieder zur Ruhe zu kommen. Dann reden wir wieder miteinander. Ich möchte Sie auf keinen Fall vorübergehend beurlauben müssen, weil ich Ihnen Unannehmlichkeiten ersparen will. Im

Fall Robert Spengler können Sie wegen Befangenheit nicht weiterhelfen."
Anke nickte und verließ sein Zimmer. Aus ihrem Büro nahm sie ihre Handtasche vom Schreibtisch und wollte gerade gehen, als Esther in der Tür stand: „Wo gehst du hin?"
„Ich bin beurlaubt und gehe nach Hause", antwortete Anke kraftlos.
„Daran bist du selbst schuld", begann Esther, womit sie Anke in Erstaunen versetzte. „Du hättest Esche nicht so behandeln dürfen. Er ist nicht schlecht und das, was du ihm angetan hast, hat er wirklich nicht verdient. Er hätte sterben können!"
Anke erschrak: „Woher willst du das wissen?"
„Horst hat mir alles erzählt! Er hat mir genau erklärt, warum er sich so sicher war, bei dir landen zu können. Du hast ihn regelrecht angemacht", gab sie zur Antwort und wollte Anke verlassen. Doch Anke hinderte Esther daran und konterte: „Anscheinend hat er dir doch nicht alles erzählt! Niemals habe ich Esche angemacht!"
„Gib es doch zu! Jede Frau fühlt sich geschmeichelt, wenn Esche sich für sie interessiert!"

*

Kullmann stand am Fenster, als Anke schweren Schrittes das Büro verließ. Schon bereute er es, sie so hart angefasst zu haben. Aber in ihrer Verliebtheit hatte sie Fehler gemacht, die er nicht an ihr kannte und die ihre berufliche Laufbahn gefährden könnten. Kopfschüttelnd begab Kullmann sich in das Verhörzimmer, wo Robert Spengler mit seinem Anwalt auf ihn wartete.

Wie Kullmann erwartet hatte, verlief das Verhör äußerst schwierig, weil der Anwalt, Bertram Klose, es fast unmöglich machte, eine klare Aussage zu bekommen. Aber Kullmann blieb hartnäckig und nach mehreren Zurechtweisungen des Anwalts stellte er eine Frage, die sogar den Anwalt eine Weile verstummen ließ: „Es gibt da noch etwas, was ich einfach nicht verstehe. Sie wirken sehr besonnen auf mich, wie jemand, der zuerst überlegt, bevor er handelt. Wie ist es nur möglich, dass Sie Horst Esche tätlich angegriffen haben, als er Sie befragen wollte? So etwas kommt bei uns wirklich sehr selten vor!"
Ganz überrascht reagierte Robert mit einer Gegenfrage: „Was heißt hier tätlich angegriffen? Ich habe Horst Esche nicht mehr gesehen, seit die Befragungen über den Tod meiner Mutter aufgehört haben."
Diese Antwort verwirrte Kullmann. Da stimmte etwas nicht. Einerseits war es verständlich, dass Robert seine Haut retten wollte, aber andererseits hatte Kullmann genügend Erfahrungen mit Verhören, um zu wissen, wann der Befragte log. In diesem Fall konnte er nicht das geringste Anzeichen erkennen, dass Robert log. Aber konnte er sich bei Robert Spengler wirklich auf seinen langjährigen beruflichen Erfahrungsschatz berufen? Da saß er einem Mann gegenüber, der gut und gerne sein Sohn sein könnte.
Unwillkürlich sah er sich Hand in Hand mit Luise über den Schulhof gehen und verliebte Blicke tauschen. Jahrelang saßen sie in der Parallelklasse des Gymnasiums, die heimlichen Schwüre, für immer zusammenzubleiben, tauchten vor seinem inneren Auge auf. Aber Kurt Spengler war damals auch da. Er war eine Klasse höher und hatte schon lange ein Auge auf Luise geworfen. Während Kullmann dieses junge, zarte Mädchen von ganzem Herzen geliebt hatte, war es für Kurt nur ein Spiel gewesen, Kullmann zu beweisen, dass er

Luise für sich gewinnen konnte. Luise studierte nach dem Abitur an der Saarbrücker Universität, während Kullmann seinen Dienst bei der Polizei antrat. Kurt Spengler war schon Student an der gleichen Universität und hatte sofort seine Chance gewittert. Sein Ehrgeiz war entfacht. Leider hatte Luise seine wirklichen Motive zu spät erkannt. Sie war wohl behütet aufgewachsen und hatte immer nur das Gute in den Menschen gesehen. So kam es, dass sie gar nicht in der Lage war, das perfide Spiel von Kurt zu durchschauen. Auf einmal ging alles sehr schnell. Luise wurde schwanger – mit Robert - und musste Kurt heiraten. Kurz vor dieser unvermeidlichen Hochzeit war sie noch einmal zu ihm gekommen und hatte ihn gebeten, ihr zu verzeihen. Er hatte gar keine andere Wahl als ihr zu verzeihen, weil er sie trotz allem weiter liebte. Das war nun vierzig Jahre her. Dieser gutaussehende Mann brachte ihm seine unerfüllte Liebe schmerzlich zu Bewusstsein.

War Kullmann in diesem Fall wirklich fähig, sachlich zu handeln oder wollte er in Robert einen Unschuldigen sehen, weil er Luises Sohn war? Wenn er seine Situation richtig überdachte, musste er erkennen, dass er diesen Fall wegen Befangenheit abgeben sollte. Aber gerade das lag ihm fern, weil er auf jeden Fall verhindern wollte, dass Robert fälschlicherweise verhaftet wurde. Deshalb blieb er beharrlich und wiederholte seine Frage. Aber Robert änderte seine Antwort auch beim zweiten Mal nicht.

„Wissen Sie denn überhaupt, warum wir Sie hier befragen?"

„Ich nehme an, es geht immer noch um den Tod meiner Mutter", schimpfte Robert gegen den Rat seines Anwalts zu schweigen. „Sie wollen gerne aus dieser Tragödie einen Mord machen und mich als ihren Mörder abstempeln. Das kommt Ihnen doch sehr gelegen, weil ich der Grund war, warum Sie und meine Mutter nicht zusammenbleiben konnten!"

Mit dieser Offenheit verblüffte Robert seinen Anwalt und Kullmann gleichzeitig. Aber Kullmann bemühte sich, seine Gefühle nicht zu zeigen, weil er dadurch in die Enge getrieben werden könnte, was für diese Befragung sicherlich nicht sehr nützlich wäre.
„Ich bin erstaunt, welche Zusammenhänge vermutet werden", glättete Kullmann Roberts überraschenden Angriff und setzte zum Gegenschlag, wobei er dabei den Mann nicht aus dem Augen ließ: „War Ihr Verhältnis zu Ihrer Mutter sehr gespannt?"
Diese Frage löste in Robert sehr gemischte Gefühle aus. In sich gekehrt saß er da und ließ seine Erinnerungen an seine Mutter Revue passieren. Es gab sehr wenige Momente, in denen sie ihm das Gefühl von Wärme oder Herzlichkeit gegeben hatte; insgeheim hatte er sich nach mehr Mutterliebe gesehnt. Aber niemals hätte er es fertig gebracht, seiner Mutter deshalb einen Vorwurf zu machen, weil er die Gründe für ihr Verhalten im Laufe der Jahre immer besser verstanden hatte. Sein Vater hatte ihr das Leben zur Hölle gemacht. Nicht ein gutes Wort hatte er an sie gerichtet, er hatte sie nicht geliebt, sondern nur benutzt. Seine Liebe hatte nicht ihr gegolten, wie Robert selbst sehr bald erkennen musste, sondern ihrem Vermögen. Seine Mutter kam aus einer reichen Familie, was seinem Vater nicht entgangen war. Aber was hatte ihr all dieser Reichtum gebracht? Heute, nachdem er schon lange Abstand zu seinem Elternhaus hatte, konnte er diese Verhältnisse besser erkennen und verstehen. Leider war es jetzt zu spät.
Als Kullmann erkannte, dass er darauf keine Antwort bekam, versuchte er es anders: „Aber wie kann man seine eigene Mutter so hassen, dass man bereit ist, ihren Tod in Kauf zu nehmen?"
Auf diese Frage reagierte Robert sehr bestürzt und trotz aller

Ratschläge seines Anwalts platzte er los: „Meine Mutter und ich hatten ein gespanntes Verhältnis, das stimmt! Sie gab mir unbewusst die Schuld daran, nicht das Leben zu haben, wie sie es verdient hatte."
Ärgerlich stieß der Anwalt ihn an, damit er aufhörte, zu sprechen, aber Robert war so sehr in seine Erinnerungen vertieft, dass ihm diese Geste gar nicht auffiel.
„Ich war schon längst kein Kind mehr, als sie mir endlich die Wahrheit sagte. Aber ich habe es immer im Unterbewusstsein gespürt, dass ich ungeliebt war, egal wie sehr ich mich dagegen wehrte. Dieses unbestimmte Gefühl ist einfach immer da. Gerade deshalb war ich immerzu bestrebt, ja sogar süchtig danach, geliebt zu werden, und habe auch alles getan, um das zu erreichen. Aber je mehr ich mich angestrengt habe, umso unbeliebter wurde ich dadurch. Nichts war richtig, was ich tat. Im Gegenteil, als aufdringlich wurde ich angesehen oder sogar als ungehorsam. Niemals hatte ich von meiner Mutter ein tröstendes Wort gehört, niemals hatte sie mich in den Arm genommen, niemals gab sie mir die Wärme, die man von einer Mutter erwartet. Als ich älter wurde, gab ich die Hoffnung auf, dass meine Mutter ihre Haltung mir gegenüber noch ändern würde. So kam es, dass ich mich von der Familie trennte und mein eigenes Leben lebte."
Kullmann und Klose verharrten in Schweigen. Diese Rede hatte beide nachdenklich gestimmt.
„Leider habe ich erst durch den Abstand zu meiner Familie erkannt, was dort wirklich los war. Meine Mutter war ebenfalls ein Opfer und hatte genauso wie ich unter meinem Vater zu leiden. Ich mache mir heute Vorwürfe, mit meinem Rückzug meiner Mutter vielleicht mehr wehgetan zu haben, als sie jemals vor mir zugab. Im Laufe der Jahre hatte sie gelernt, im Stillen zu leiden, weil sie niemanden hatte, zu dem sie gehen konnte!"

Diese Worte trafen Kullmann. Am schmerzhaftesten war die Erkenntnis, wie wenig er wirklich von Luise Spengler gewusst hatte, seit sie in die Ehe mit Kurt Spengler eingewilligt hatte. Unwillkürlich kam in ihm die Frage auf, ob er etwas für Luise hätte tun können. Wäre dieser Tod vermeidbar gewesen? Er wusste es nicht und musste aufpassen, sich nicht noch tiefer in sein Gefühlschaos hineinziehen zu lassen, weil er sonst tatsächlich den Überblick verlor.
Zusammen mit dem Anwalt ging Kullmann in sein Büro, um mit ihm alleine sprechen zu können. Außerdem musste er zuerst seine Eindrücke ordnen. Robert Spenglers Mord an seiner eigenen Mutter war der Kopf der Zusammenhänge, die Esche zu entdecken geglaubt hatte. Wenn dieses Motiv entfällt, bricht seine Theorie zusammen, überlegte Kullmann mit dem zaghaft aufkommenden Gefühl der Erleichterung.
Kaum hatte er die Tür hinter sich geschlossen, fragte er: „Hatte Luise Angaben darüber gemacht, warum sie sich scheiden lassen wollte?“
„Nein! Sie hatte mir nur von ihrer Absicht berichtet, ihr Elternhaus zu verkaufen und in das Haus ihrer Schwester Katharina Gersten zu ziehen, die ja kurz zuvor verstorben war“, antwortete Klose und zündete sich ohne zu fragen eine Zigarette an.
Kullmann räusperte sich unvermittelt und zeigte auf die Zigarette, eine Geste, die der Anwalt sofort verstand. Schnell drückte er sie wieder aus.
„Warum wollte sie ihr Elternhaus verkaufen?“ staunte Kullmann.
„Sie erklärte mir, dass es für sie allein viel zu groß sei; sie hatte schon einen Immobilienmakler bestellt. Aber zu Verkaufsgesprächen ist es nicht mehr gekommen.“
„Soweit ich informiert bin, hatte sie das Haus ihrer Schwester überhaupt nicht geerbt“, bemerkte Kullmann.

„Das ist ja das Bemerkenswerte! Sie hatte nicht gewusst, dass Katharina alles ihrem einzigen Neffen, Luises Sohn, vermacht hatte. Als sie mir von ihrer Absicht erzählte, in dieses Haus zu ziehen, musste ich ihr das sagen, und das hat sie sehr hart getroffen“, antwortete der Anwalt.
„Wie hat sie darauf reagiert?“
„Sie hatte beschlossen, das Testament anzufechten.“
„Hatte sie denn eine Chance, etwas zu erreichen?“ staunte Kullmann.
„Oh ja! Luise hätte sich einen Pflichtanteil rechtlich erkämpfen können, was durchaus dem Wert dieses Hauses entsprochen hätte.“
„Das hätte für Robert bedeutet, dass er das Erbe nicht allein hätte antreten können?“ hakte Kullmann nach, was der Anwalt bejahte.
„Wie reagierte Robert darauf?“
„Darüber habe ich nicht mehr mit ihm sprechen müssen, weil Luise zum Zeitpunkt ihres Termins bei mir, an dem sie alle diese Angelegenheiten mit mir besprechen wollte, bereits verstorben war.“
Das änderte schon wieder alles, stellte Kullmann ernüchtert fest. Mit dieser Aussage brachte der Anwalt Kullmanns neue Theorie völlig durcheinander.
„Dazu werde ich Herrn Spengler befragen müssen“, stellte Kullmann fest und schaute den Anwalt eindringlich an.
Dieser reagierte auch sofort und entschied: „Ich werde aber zuerst mit ihm sprechen.“
„Einverstanden!“
Der Anwalt ging voraus und Kullmann wartete einige Minuten, bis er in das Verhörzimmer zurückging. Er brauchte seine Frage gar nicht zu stellen, da bemerkte Robert schon: „Von der Absicht meiner Mutter, das Testament anzufechten, wusste ich nichts!“

Nachdenklich schaute Kullmann Robert an, bevor er sagte: „Unwissenheit schützt vor Strafe nicht!"
Verwirrt schaute Robert ihn an, als Kullmann endlich weiter sprach: „Ich weiß ja nicht warum, aber ich glaube Ihnen."
„Ich kann meine Mutter gar nicht getötet haben, weil ich zu dieser Zeit in Meersburg am Bodensee war. Das habe ich auch schon ihren beiden Kollegen gesagt. Die beiden sahen aus wie Dick und Doof, falls Sie nicht mehr wissen, wer das Verhör durchgeführt hatte!" murrte Robert ungeduldig.
„Waren Sie allein am Bodensee?" überging Kullmann Robert Spenglers Anspielung auf Esche und Nimmsgern.
„Nein, aber das haben Dick und Doof gefragt. Ich war zusammen mit einer Freundin dort. Es gibt sogar noch die Hotelrechnung, die ich zufällig aufgehoben habe!"
„Ich will solche Schimpfworte über Polizeibeamte nicht hören", ermahnte Kullmann ungehalten. „Wir brauchen den Namen und die Anschrift Ihrer Begleiterin, damit wir die Frau um die Bestätigung Ihrer Angaben bitten können."
„Doris Sattler!"
Als Kullmann den Namen hörte, stieg in ihm sofort das Bild auf, wie er dieser schnippischen Reiterin in der Stallgasse begegnet war. Ankes Gesichtsausdruck konnte ihre Eifersucht nicht verbergen, was ihm nicht entgangen war. Wie er nun feststellte, hatte sie auch allen Grund dazu.
„Wir brauchen noch einige Angaben über ihren Aufenthalt in Meersburg. Dafür schicke ich Ihnen einen Kollegen, weil ich mich noch mit Ihrem Anwalt besprechen muss. Danach können Sie gehen!"
Mit diesen Worten verließ Kullmann das Verhörzimmer und ging ins Büro von Jürgen Schnur, der gerade erst gekommen war und sich umständlich an der Kaffeemaschine abmühte. „Seit Esther mit Erik Tenes zusammenarbeitet, muss ich mich selbst um diese Maschine kümmern. Hätte nicht ge-

dacht, dass die Bedienung so schwierig ist", beschwerte er sich. Kullmann amüsierte sich über Jürgens Ungeschicklichkeit. Es konnte auch Nachteile haben, wenn man von einer Frau zu sehr verwöhnt wurde.
„Robert Spengler wartet im Verhörzimmer", bemerkte Kullmann nur kurz. „Wenn du den Kampf gegen die Kaffeemaschine gewonnen hast, kümmere dich bitte darum!"
Jürgen nickte nur, weil er zu sehr mit dem Apparat beschäftigt war, um mehr dazu zu sagen.
Anschließend eilte Kullmann in sein Büro und wartete auf den Anwalt Klose.
„Sie haben noch etwas auf dem Herzen, so wie ich Sie mittlerweile kenne?" stellte der Anwalt fragend fest, während er Kullmanns nachdenkliches Gesicht beobachtete.
Kullmann nickte und sagte: „Diese Befragung hat meine gesamte Theorie über den Haufen geworfen. Nun muss ich in eine andere Richtung weiter ermitteln."
Kurzes Schweigen trat ein, bis Kullmann endlich die Frage stellte, die ihn schon lange beschäftigte: „Aus welchem Grund wollte Luise sich scheiden lassen?"
Der Anwalt schwieg eine Weile. Kullmann beobachtete ihn. Er war sich ziemlich sicher, dass sein Gegenüber noch etwas wusste, was ihm weiterhelfen konnte. Endlich sagte Bertram Klose: „Wir haben alle unsere Schweigepflicht, deshalb kann ich unmöglich Dinge ausplaudern, die mich meinen Job kosten würden."
„Ich glaube, ich verstehe."
Eine Weile grinste Kullmann Bertram Klose an, bis er fragte: „Wusste Kurt Spengler von der Scheidungsabsicht seiner Frau?"
„Oh ja. Er war es, der mich darum bat, ihr das wieder auszureden!"
„Auszureden?" staunte Kullmann.

„Bei Scheidungen kommen die größten Überraschungen zu Tage. Es gibt nichts Undankbareres als Scheidungen, weil man es keinem Recht machen kann. Die Ehepartner entwickeln in solchen Fällen eine Sprunghaftigkeit in ihren Entscheidungen, dass man als Anwalt nur noch staunen kann. So war es auch bei Kurt und Luise Spengler. Kurt wollte die Scheidung nicht!"
„Vermutlich, weil er seine Felle davonschwimmen sah", vermutete Kullmann.
„Sie meinen die Gütertrennung?" vergewisserte der Anwalt sich und Kullmann nickte.
„War Luise in ihren Entscheidungen, sich scheiden zu lassen, ebenfalls so sprunghaft wie Kurt Spengler?"
„Luises Einstellung dazu konnte ich leider nicht mehr erfahren, weil sie, wie vorhin schon einmal erwähnt, zum Zeitpunkt ihres Termins bei mir nicht mehr lebte", bedauerte Bertram Klose nur.
Kullmann bedankte sich: „Sie haben mir sehr geholfen!"
Der Anwalt kehrte zu seinem Mandanten zurück, damit das Verhör weitergeführt werden konnte.
Es dauerte nicht sehr lange, da stürmte Esche in Kullmanns Büro. Total überrascht, ihn dort zu sehen, schaute Kullmann den völlig aufgeregt wirkenden Mann an und fragte: „Wo kommst du denn so plötzlich her?"
„Ich habe endlich, was wir brauchen, um eine Hausdurchsuchung bei Robert Spengler durchzuführen", jubelte er so überschwänglich, dass Kullmann sich sofort darüber ärgerte.
„Was hast du, was wir brauchen, und woher?" fragte er erbost, aber er konnte Esches Laune nicht mehr verderben.
„Ich habe alle Angaben von Robert Spenglers Alibi!"
„Warum du? Ich habe Jürgen Schnur angetroffen und ihn damit beauftragt, Robert Spengler zu befragen!" wurde Kullmann immer aufgebrachter.

„Jürgen hat sich mit der Kaffeemaschine angelegt. In unserem Büro sieht es aus wie in einem Schlachtfeld. Die ganze Brühe ist daneben gelaufen. Jetzt muss er den Schaden erst wieder beheben. Deshalb hat er mich gebeten, die Befragung für ihn zu übernehmen", erklärte Esche grinsend.
Das passte Kullmann gar nicht, aber er konnte es nicht mehr ändern. Er konnte Jürgen keinen Vorwurf machen, weil er bei keinem seiner Kollegen einen Zweifel daran gelassen hatte, dass er in Esche einen guten Polizisten sah. Aber ausgerechnet in diesem Fall wäre es ihm lieber gewesen, Jürgen hätte diese Befragung übernommen, weil Esche Robert Spengler gegenüber nicht sachlich war. Doch nun war es zu spät.
„Es ging lediglich um den Mord an Luise Spengler. Welche Fragen hast du Robert Spengler gestellt?"
„Ich habe mich um seine Alibis zu den Todeszeitpunkten unserer Kollegen gekümmert. Nachdem ich ihm die Fakten auf den Tisch gelegt hatte, konnte er mir nicht widersprechen, Das wollten Sie doch, oder?"
Kullmann war überrascht über die Tollkühnheit, mit der Esche die Ermittlungen vorantrieb. Das gefiel ihm nicht. Also überging er einfach Esches Frage, indem er insistierte: „Was ich will, ist zunächst einmal zu klären, wann dieser tätliche Angriff von Robert Spengler auf dich genau passiert ist!"
Verwirrt über den Themenwechsel überlegte Esche eine Weile, bis er antwortete: „Gestern nach seiner Frühschicht. Ich hatte zufällig in der Gegend, in der das Altenheim steht, zu tun und hatte vor der Tür auf ihn gewartet."
„In dieser verlassenen Gegend hattest du zufällig zu tun? Darf ich wissen, was?" konterte Kullmann, weil ihm Esches eigenmächtige Handlungen immer weniger gefielen.
„Das tut doch jetzt nichts zur Sache", versuchte Esche unbeirrt Kullmann von der Wichtigkeit seiner Erkenntnis zu überzeugen. „Bei dem was ich nun herausgefunden habe! Lassen Sie

mich erst einmal berichten, was ich herausgefunden habe!"
„Gibt es Zeugen für Roberts Spenglers Angriff auf dich?" ließ Kullmann sich nicht ablenken.
„Nein! In dieser Abgeschiedenheit hat uns niemand gesehen!"
„Klar! Diese Gegend ist sehr verlassen. Eignet sich sehr gut, eine Handlung ohne Zeugen durchzuführen!" schimpfte Kullmann laut, weil er immer noch nicht so überzeugt war von Esches Aussage. „Warum behauptet Robert dann, dich schon lange nicht mehr gesehen zu haben?"
„Das ist doch ganz klar: er will seine Haut retten. Wer lügt nicht, wenn es um lebenslänglichen Knast geht? Gestern waren wir allein, da konnte er zuschlagen. Aber heute musste er antworten. So einfach ist das."
„Und diese Antworten hast du jetzt?" blieb Kullmann immer noch ungehalten.
Esche bemerkte seine Stimmung gar nicht, weil es ihm viel zu wichtig war, seinem Chef seine Erkenntnisse zu unterbreiten: „Genau! Und zwar ganz eindeutig: Laut Bericht des Gerichtsmediziners wurde Biehler in den frühen Morgenstunden im Wald hinter dem Altenheim ermordet – zwischen sechs und sieben Uhr. Die Nachtschicht von Robert Spengler war um sechs Uhr zu Ende.
Hübner wurde zwischen achtzehn und neunzehn Uhr ermordet. Das habe ich dem gerichtsmedizinischen Befund entnommen. Robert hatte an diesem Tag Mittagschicht und die war um achtzehn Uhr zu Ende.
Und Nimmsgern wurde gegen achtzehn Uhr erschossen, als Robert Spengler Frühschicht hatte. Diese Schicht geht bis siebzehn Uhr.
Das kann kein Zufall sein. Nur im Fall Luise Spengler hat er ein wasserdichtes Alibi. Da war er tatsächlich am Bodensee. Kollegen haben in der Zwischenzeit das Hotel und sämtliche

Tankstellen überprüft. Dort ist er gesehen worden und die Leute konnten sich gut an ihn erinnern, weil er und seine Freundin sich so verliebt aufgeführt hatten, dass es allen im Kopf geblieben war. Die Freundin muss sich ziemlich freizügig aufgeführt haben."

Sofort spürte Kullmann großes Unbehagen, als er diese Einzelheiten über Roberts Liebesaffäre mit Doris Sattler erfuhr. Sofort musste er an Anke denken. Aber Esche ließ ihm keine Zeit dazu, indem er einfach weiterredete: „Es ist wohl doch so, wie wir von Anfang an vermutet hatten. Luise Spengler hatte eben einen tragischen Unfall. Deshalb können wir Robert in diesem Fall nichts nachweisen!"

„Ich sagte dir schon einmal, du sollst deine vorschnellen Vermutungen zurückhalten. Es ist noch gar nichts bewiesen, weder bei den Polizistenmorden noch im Fall Luise Spengler, deshalb ist es noch nicht an der Zeit, eilige Schlüsse zu ziehen. Was den Fall Luise Spengler betrifft, so erinnere ich dich daran, dass Kollegin Anke und ich diesen Fall bearbeiten und nicht du. Also konzentriere dich auf deine Arbeit", tadelte Kullmann, woraufhin er tatsächlich schwieg.

Er schickte Esche aus seinem Zimmer, weil er über die Fakten nachdenken wollte, die der Kollege vorgelegt hatte. Dieser hatte zwar seine Kompetenzen überschritten, war dabei aber auf wichtige Indizien gestoßen. Er rief das Altenheim an und verlangte die entsprechenden Auskünfte über die Mordtage, aber die Reaktion von dort erschreckte ihn. Die Frau fragte nämlich zurück: „Wie kommt es, dass heute schon der zweite Polizeibeamte die gleichen Fragen über den gleichen Mitarbeiter stellt. Weiß bei Ihnen der Eine nicht, was der Andere tut?"

Kullmann schluckte: „Oh! Können Sie mir sagen, wer die gleichen Informationen von Ihnen haben wollte?"

„Ja! Ein Kriminalkommissar Horst Esche! Wir haben uns

nämlich zuerst rückversichert, dass wir wirklich mit der Polizei sprechen", erklärte die Stimme am Telefon und las anschließend Kullmann die gewünschten Daten vor.
Nachdem er den Hörer wieder aufgelegt hatte, spürte er, dass Esches Initiative mit Robert Spenglers Dienstplan durchaus begründet war. Es passte tatsächlich alles zusammen und er hatte keine andere Wahl, als diesem Verdacht auf den Grund zu gehen. So sehr diese Hausdurchsuchung einen Keil zwischen Anke und Robert treiben würde, so sah er keine andere Möglichkeit, es zu verhindern.
Also stellte er bei Staatsanwalt Foster den Antrag auf Hausdurchsuchung bei Robert Spengler, ein Schritt, der ihm sehr schwer fiel, weil seine Zweifel ihn nicht loslassen wollten.

Der zuständige Staatsanwalt Emil Foster arbeitete schon seit Jahren mit Kullmann zusammen, was Kullmann diesen Schritt sehr erleichterte. Foster hatte immer die Erfahrung gemacht, dass Kullmann wusste, was er tat. So konnte er auch dieses Mal damit rechnen, seine Genehmigung zu bekommen.
Foster war sofort am Apparat und versprach, in der nächsten halben Stunde mit der richterlichen Anordnung zu kommen. Kullmann zog die Kollegen der Spurensicherung zu dieser Durchsuchung hinzu, damit ihnen auch wirklich kein wichtiges Detail entgehen konnte. Als er das Büro verlassen wollte, eilte ihm Esche hinterher und frage ihn vorwurfsvoll: „Wollen Sie mich nicht mitnehmen?"
Kullmann schaute ihn nur an, sagte aber nichts, weil es einfach nichts zu sagen gab. Er wusste genau, dass der Beamte, der die Gründe für die Hausdurchsuchung geliefert hatte, grundsätzlich mit vor Ort sein durfte, wenn er wollte. Dass Esche dabei sein wollte, verwunderte ihn nicht.
In Begleitung seines Anwalts fuhr Robert in Kullmanns

Dienstwagen mit und wirkte dabei erstaunlich gelassen, wie ein Mann, der nichts zu verbergen hat. Die einzige Frage, die er an Kullmann richtete, lautete: „Wo ist die Kollegin Anke Deister? Wollte sie nicht mitkommen, damit ihr nichts entgeht?"

Entsetzt über den Tonfall, in dem Robert die Frage stellte, antwortete Kullmann: „Anke weiß überhaupt nichts von dieser Aktion!"

Schlagartig wurde Roberts Gesicht rot. Er erwiderte nichts mehr.

Als Kullmann in den Rückspiegel schaute, sah er, dass die Kollegen der Spurensicherung und Esche in getrennten Autos fuhren. Zwar wunderte ihn diese Tatsache, aber er wollte nicht weiter darüber nachdenken. Viel zu sehr beschäftigte ihn dieser unvermeidliche Schritt, den sie nun tun mussten. Auch als sie Roberts Wohnung betraten, folgte Esche ihnen erst ganz zum Schluss, sodass Kullmann schon glaubte, er habe es sich doch anders überlegt. Seltsamerweise hielt Esche sich ständig unbeobachtet im Abseits auf. Dieses Verhalten gefiel Kullmann ganz und gar nicht.

In der Wohnung herrschte eine tadellose Ordnung, die Kullmann in Erstaunen versetzte. Dadurch wurde auch die Arbeit für die Polizeibeamten erleichtert. Während seine Kollegen sich durch jedes Zimmer arbeiteten, schaute Kullmann sich nachdenklich in den Räumen um. Robert hatte einen sehr guten Geschmack. Nach den neuen Eindrücken, die er inzwischen von Robert gewonnen hatte, konnte er Anke gut verstehen. Robert war in der Tat geschickt darin, mit seinem überraschend erworbenen Reichtum umzugehen.

Plötzlich entstand in einem Nebenraum eine lauter werdende Aufregung. Neugierig schaute Kullmann in die Richtung, aus der der Lärm kann. Ein Kollege der Spurensicherung kam von draußen hereingeeilt. Kullmann konnte zuerst nicht ge-

nau sehen, was er in der Hand schwenkte.
„Schauen Sie mal, was ich gefunden habe!" rief er voller Aufregung.
In seiner Hand hielt er eine durchsichtige Plastiktüte, in der Kullmann drei Pistolen erblickte: zwei SigSauer und eine Heckler und Koch, Kaliber 9mm.
„Die gehören mir nicht!" rief Robert sofort. „Das ist doch glatter Betrug!"
Alle Beamten waren von dem belastenden Fund so überwältigt, dass niemand mehr auf seinen Protest achtete. Kullmann spürte zu seinem Erstaunen jedoch keine große Freude, sondern Zweifel und Entsetzen. Regelrecht überrannt fühlte er sich von diesem überraschenden Fund, der seine gerade erst gewonnenen Eindrücke von Robert Spengler wieder gänzlich in Frage stellte. Den Verdächtigen nun auch noch festzunehmen, fiel ihm schwer. Auf keinen Fall wollte er Esche den Triumph gönnen, Robert Spengler, der durch die Früchte seiner Arbeit zum Hauptverdächtigen geworden war, persönlich zum Landeskriminalamt zurückzufahren. Deshalb beauftragte er einen anderen Kollegen, diese Aufgabe zu übernehmen.
„Wo haben Sie die Waffen gefunden?" übertönte Kullmann das große Durcheinander, das sich durch dieses Ereignis eingestellt hatte.
„In der Mülltonne!"
„In welcher Mülltonne?" hakte Kullmann nach.
„Im Hof stehen drei Mülltonnen. Für jede Mietpartei dieses Hauses eine, die Namen stehen dran. In der Mülltonne von Robert Spengler lagen sie ganz oben!"
„Ist der Hof abgesperrt?" wollte Kullmann genau wissen.
Der Polizeibeamte schüttelte den Kopf.
„Diese Waffen kommen zuerst in die Spurensicherung, damit sie auf Fingerabdrücke untersucht werden", ordnete

Kullmann an, bevor er zusammen mit dem Staatsanwalt die Wohnung verließ. Erst als sie alleine waren, fragte Kullmann, was ihm auf der Seele brannte: „Kann dieser Fund fingiert worden sein?"
„Ich weiß es nicht, weil ich nicht alle im Auge behalten konnte. Wie du mir aufgetragen hast, habe ich versucht, Esche genau zu beobachten. Dabei bemerkte ich, dass er sehr bemüht war, ungestört zu sein, weshalb ich meine Not mit ihm hatte. Es ist ihm gelungen, sich für kurze Zeit meinen Blicken zu entziehen", erklärte Emil Foster.
„Du hast also nicht gesehen, ob sich jemand schon vor dem Fund den Mülltonnen genähert hat", überlegte Kullmann laut, wobei seine Zweifel nicht zu überhören waren.
„Was geht in deinem Kopf vor?" fragte Emil Foster, der Kullmanns Tonfall bestens kannte.
„Ich kenne Robert schon sehr lange und habe ein Problem damit, zu glauben, dass er wirklich so dumm sein sollte, um die Tatwaffen, über die in allen Zeitungen detailliert berichtet wurde, einfach in seine Mülltonne zu werfen – und dann noch ganz oben auf! Er musste doch damit rechnen, dass sie dort gefunden werden."
„Vielleicht rechnete er damit, dass die Müllabfuhr noch rechtzeitig kommt!"
„Wann ist der Termin für die Entleerung?" wies Kullmann einen Kollegen an, herauszufinden. Die Antwort kam sehr schnell, weil die Mitbewohner des Hauses im Flur herumstanden und gafften: „Morgen früh!"
„Knapp!" nickte Foster nachdenklich. „Wie hatte er sich verhalten, als er von der Hausdurchsuchung erfuhr?"
„Das kommt noch hinzu: er verhielt sich völlig ruhig. Wenn er wirklich so dumm war, die Waffen aufzuheben, hätte er doch spätestens in dem Moment, als die Hausdurchsuchung angekündigt wurde, nervös werden müssen!"

Nachdenklich standen die beiden Männer da und schauten den Kollegen zu, die gerade Robert aus der Wohnung herausführten und in das Polizeiauto einsteigen ließen, mit dem er zum Polizeigebäude zurückgebracht werden sollte.
Zweifelnd schüttelte Kullmann den Kopf und sagte zu Foster: „Ich warte zunächst den Befund der Spurensicherung ab, bevor ich einer weiteren Spur folge, die mich beschäftigt seit ich mit Anwalt Klose gesprochen habe!"
„Du meinst den Anwalt der Familie Spengler?"
Als Kullmann nickte, schüttelte Foster den Kopf und lachte: „Ich ahne schon etwas. Du bist wirklich ein gerissener Hund! Schade, dass du bald in Rente gehst."
„Deine Lobesworte in Ehren", schüttelte Kullmann verdrießlich den Kopf. „Seit wir an diesem Fall arbeiten, habe ich das Gefühl, dass mir die Dinge entgleiten. Meine Zeit ist wohl gekommen!"
„Ach was!" wehrte Foster ab. „Die Arbeit mit dir war abwechslungsreich und immer erfolgreich. Du gehörst zu den wenigen, die wirklich noch etwas bewegen. Wenn du dich genau erinnerst, gab es bei deiner Arbeit schon immer Höhen und Tiefen. Das ändert nichts an deinen Fähigkeiten!"
„Wenn du so weiterredest, bleibe ich. Das würde die Kollegen in meiner Abteilung aber ganz schön in Verlegenheit bringen. Schließlich wird schon fleißig spekuliert, wer meine Position bekommt", lachte Kullmann.
„Werden es deshalb immer weniger bei euch?"
Kullmann stockte der Atem. Bisher hatte er gar nicht darüber nachgedacht, das Motiv der Polizistenmorde in den eigenen Reihen zu suchen. Wenn er es sich richtig überlegte, hatte die Teamarbeit in seiner Abteilung sehr gelitten – nicht nur dadurch, dass die Morde an den Kollegen die Stimmung sehr belastete. Hinzu kam das Verhalten von Esche, das Kullmanns gute Meinung über ihn ins Wanken brachte. Das Ergebnis

dieser Hausdurchsuchung löste in ihm das Gefühl aus, dass er auf der Hut sein musste. So einfach durfte er sich nicht überzeugen lassen. Esches Bemühungen wirkten auf ihn, als stünde der Kollege unter einem unbeschreiblichen Druck. Aber niemand setzte ihn unter Druck. Kullmann fiel auch wieder das Streitgespräch zwischen Erik Tenes und Horst Esche ein. Anfangs war er der Meinung, dass es sich um eine persönliche Angelegenheit zwischen den beiden gehandelt haben könnte. Doch nun beschlich ihn ein ganz anderes Gefühl. Er beschloss, im Polizeipräsidium in Köln anzufragen, ob es dort wirklich einen Vorfall gab, der Anlass für Esches Versetzung war.
„Foster, du bringst mich wieder auf ganz neue Ideen. Aber zuerst werde ich den Bericht der Spurensicherung abwarten. Je nachdem, was dabei herauskommt, wirst du wieder von mir hören!"
Die beiden Männer trennten sich und Kullmann machte sich auf den Weg zum Kriminallabor.

Theo hatte Kullmann bereits erwartet, als er endlich das Labor betrat. Auf dem Tisch vor ihm lagen die drei Pistolen, die in Roberts Wohnung sichergestellt worden waren. Sie waren inzwischen in Plastiktüten verpackt und als Beweisstücke nummeriert worden.
Auf Kullmanns Frage hin, meinte Theo schulterzuckend: „Die Waffen sind zwar verschmutzt durch ihre Lagerung im Müll. Trotzdem kann ich nach genauen Untersuchungen feststellen, dass es keine Fingerabdrücke auf den Waffen gibt. Überhaupt keine!"
„Was bedeutet das?" hakte Kullmann stutzig nach.
„Das bedeutet, dass weder die Fingerabdrücke des Polizistenmörders noch die Fingerabdrücke der Vorbesitzer der Waffen darauf zu finden sind. Und es ist wohl kaum anzunehmen,

dass Hübner, Biehler und Nimmsgern ihre Waffen immer nur mit Handschuhen angefasst haben. Diese Abdrücke hätte ich auf jeden Fall finden müssen, aber es ist nichts da. Diese Waffen wurden sorgfältig abgewischt."

„Warum also machte Robert Spengler sich die Mühe, die Waffen abzuwischen, um sie hinterher auf so dumme Art und Weise zu entsorgen?" überlegte Kullmann laut.

„Diese Frage kann ich dir nicht beantworten."

„Konntest du feststellen, wie lange die Waffen dort im Müll lagen?"

Theo schüttelte den Kopf, als er meinte: „Ob es sich nun um einen Tag oder mehrere handelt, kann ich nicht herausfiltern. Tut mir leid. Aber, wie ich dich kenne, hast du schon deine eigene Theorie in dieser Angelegenheit", schmunzelte Theo seinem langjährigen Kollegen zu.

Mit grüblerischer Miene winkte Kullmann ab und verließ das Labor. Er bekam das Gefühl nicht los, bei diesen Ermittlungen in einer Sackgasse gelandet zu sein. Von Anfang an hatte er seine Zweifel gehabt, als die Waffen gefunden worden waren, und diese Zweifel wurden nun bestätigt. Einerseits beruhigte es ihn ein wenig, weil er immer deutlicher spürte, dass er in Robert keinen Mörder sehen wollte. Aber andererseits erkannte er, dass die Ermittlungen keinen einzigen Schritt weitergekommen waren. Das Gegenteil war der Fall. Durch das plötzliche Auftauchen der Waffen waren sie vielleicht sogar in die Irre geführt worden, was die weitere Arbeit nur noch mehr erschwerte. Viele Fragen tauchten nun auf, über die früher niemand hatte nachdenken müssen: Wer hatte Interesse daran, die Waffen in Roberts Mülltonne zu werfen? War der Zeitpunkt, die Waffen dort zu entsorgen zufällig gewählt? Wer profitierte davon, dass Robert schuldig gesprochen wurde? Oder war Robert doch schuldig und hatte diesen dummen Fehler, die Waffen bei sich aufzubewahren, tatsächlich gemacht? Das konnte Kullmann nicht glauben. Deutlich spürte er, wie sehr ihn die Ungewissheit belastete. Es gelang ihm nicht, in Robert nur den Sohn einer Ermordeten zu sehen, oder einen Verdächtigen. Immerzu spürte er diese alte Verbundenheit, weil er Luises Sohn war. Warum konnte er nicht seine Gefühle abstellen und seine Arbeit machen, fragte er sich verärgert. Seine alten Verstrickungen verfolgten ihn wie ein böser Traum, den man mit aller Gewalt abschütteln will und trotzdem immer wieder träumt, sobald man auch nur eine Sekunde nachgibt.

Um sich von den aufreibenden Gedanken ablenken zu können, machte Kullmann sich auf den Weg zur Staatsanwaltschaft. Zum Glück gab es noch andere Aufgaben, die er erledigen musste. Genau damit wollte er sich nun beschäftigen, weil er spürte, dass er im Fall der Polizistenmorde in dieser Verfassung keinen Schritt weiterkam.

Foster bedachte Kullmann mit einem sehr skeptischen Blick, als der Alte seine Bitte vortrug. Aber wie so oft gab er nach und meinte: „Ich hoffe, du weißt, was du tust. Das ist ein Fall, da kann man sich leicht die Finger verbrennen!"

Kullmann lachte und antwortete: „Das habe ich schon sehr oft von dir gehört, aber wie du siehst, habe ich alle Finger noch!"

Am späten Nachmittag betrat Jürgen Schnur Kullmanns Büro. Seine Miene wirkte betreten und seine Bewegungen waren träge. Verwundert schaute Kullmann seinem Mitarbeiter entgegen, wartete jedoch, bis Jürgen von alleine sprach.

„Ich habe von eurem großen Erfolg bei der Hausdurchsuchung gehört. Deshalb fällt es mir schwer zu berichten, was ich herausgefunden habe", begann Jürgen zögernd.

Als großen Erfolg, wie Jürgen das Ergebnis der Hausdurchsuchung bezeichnete, konnte Kullmann diese Aktion immer noch nicht akzeptieren. Seine Zweifel waren geblieben. Auch wenn einerseits das Ergebnis endlich zum Ende der langwierigen Ermittlungsarbeiten führen könnte, so sagte ihm andererseits eine innere Stimme, dass an dem Fund etwas faul war. Was half es, einen Mann zu verhaften, um der Öffentlichkeit Genüge zu tun, ein Mörder sei gefasst und die Gerechtigkeit wieder hergestellt, wenn er selbst daran zweifelte, ob auch der Richtige verhaftet worden war? Wie sollte er mit dieser Lösung einverstanden sein, wenn es für ihn einfach nicht auszuschließen war, dass der wahre Täter immer noch frei herumlief und eine potentielle Gefahr für alle Kollegen darstellte?

Jürgen saß schon eine Weile vor ihm und wartete darauf, dass Kullmann ihn aufforderte, weiter zu sprechen.

„Oh, Jürgen! Entschuldige, was hast du denn herausgefunden?“ fragte Kullmann endlich. Hoffnung keimte in ihm auf, endlich von der Spur abzukommen, die so große Verzweiflung in ihm ausgelöst hatte.

Zögernd begann Jürgen zu berichten: „Wir haben alle Akten durchgestöbert, die auf Zusammenhänge mit den drei ermordeten Kollegen hinweisen. Dort ist mir etwas aufgefallen, was ich mir genauer ansehen wollte und hatte einen Volltreffer!“

Kullmann horchte auf.

„Hübner war mit Biehler sehr gut befreundet. Vor zwei Jahren standen die beiden im Verdacht, nach einer feuchtfröhlichen Nacht eine alte Frau umgefahren zu haben. Die Alte, Maria Dienhardt, ist an den Verletzungen gestorben!“

„Da fehlt aber noch ein Kollege“, stellte Kullmann enttäuscht fest.

„Ich bin noch nicht fertig! Ich habe eine Anzeige gefunden, die der Enkel, Steven Dienhardt, gemacht hatte. Allerdings habe ich nur die Anzeige gefunden. Es gibt nichts darüber, ob und wie in dieser Angelegenheit weiter verfahren wurde. Daraufhin bin ich zu ihm gefahren und habe mir alles schildern lassen."

Kullmann wirkte nicht überzeugt, aber Jürgen berichtete weiter: „Steven behauptet, mit angesehen zu haben, wie Hübner und Biehler seine Großmutter angefahren hatten. Die beiden hätten sich noch nicht einmal die Mühe gemacht, auszusteigen und nachzusehen. Angeblich sind sie einfach weitergefahren."

„Wie kann der Junge behaupten, dass Hübner und Biehler im Auto saßen?"

„Er hat die beiden Gesichter gesehen und würde schwören, sie wiedererkannt zu haben", antwortete Jürgen.

„Und wo ist da der Zusammenhang mit Nimmsgern?"

„Nimmsgern war mit Steven Dienhardt um ein paar Ecken verwandt. Maria Dienhardt, Stevens Oma, war Nimmsgerns Tante."

„Schön, aber dann steht Nimmsgern ja auf der anderen Seite", zweifelte Kullmann weiter.

„Nimmsgern hatte Steven versprochen, dieser Sache nachzugehen, hat aber sein Versprechen nicht gehalten", erklärte Jürgen.

Nun wurde Kullmann hellhörig. Was Jürgen ihm gerade mitteilte, brachte ganz neue Aspekte ins Spiel.

„Wer sagt, dass Nimmsgern sein Versprechen nicht gehalten hatte?"

„Der Junge. Er wurde von Nimmsgern enttäuscht. Im Gespräch mit mir beschuldigte er Nimmsgern, dass er nicht besser sei als die beiden Autofahrer."

„Das sind doch Hetzkampagnen eines Pubertierenden. Wieso glaubst du dem Jungen?" kamen Kullmann wieder Zweifel auf.

„Ganz einfach! Nimmsgern hat sein Versprechen nicht gehal-

ten. Steven meinte, Nimmsgern habe seine Meinung geändert, als er erfahren hat, dass es Kollegen waren!"
Verzweifelt rieb Kullmann sich die Augen und meinte: „Das klingt nun doch sehr interessant. Aber wissen wir auch, ob das alles stimmt?"
„Nach Stevens Auskünften habe ich in der Asservatenkammer in den persönlichen Sachen von Nimmsgern erneut nachgesehen und tatsächlich etwas gefunden, was darauf hindeutet. Als wir sein Haus durchsuchten, war uns die Bedeutung dieses Fundes nicht aufgefallen!"
„Was hast du gefunden?" drängte Kullmann.
„Den Unfallbericht über Maria Dienhardt, der auf der Polizeistation gefehlt hatte!"
„Sind in diesem Bericht die Namen unserer beiden Kollegen festgehalten?" fragte Kullmann.
„Nein! Dieser Bericht enthält nur die Anzeige des Jungen, der behauptet, alles gesehen zu haben. Mehr nicht!"
„Was wollte Nimmsgern mit diesem Bericht?"
„Was Nimmsgern wirklich wollte, werden wir nie erfahren!"
Eine Weile überlegte Kullmann, bis er feststellte: „Sollte Steven Dienhardt wirklich die beiden Kollegen Biehler und Hübner für die Autofahrer halten, und Nimmsgern durch seine Zurückhaltung als Verbündeten sehen, hat er für alle drei ein Motiv!"
Jürgen nickte nur.
„Hast du ihn über die Polizistenmorde befragt?"
„Nein! Er weiß, dass Hübner und Biehler tot sind, hat aber meine Fragen nicht mit den beiden Kollegen in Verbindung gebracht. Er glaubte, mir ginge es um den Unfall mit Fahrerflucht!"
„Wo ist er jetzt?"
„Zu Hause. Ich wollte zuerst mit dir darüber sprechen, wie diese Angelegenheit weiter behandelt wird", erklärte Jürgen.

„Also besteht keine Fluchtgefahr?"
„Nein", bestätigte Jürgen.

*

Als Anke am Reitstall eintraf, empfing sie eine beruhigende Stille. Außer Susanne Werth, der Reitlehrerin, war niemand da. Neugierig trat sie auf Anke zu und fragte: „Stimmt es, dass Robert im Verdacht steht, Peter Biehler erschossen zu haben?"
Anke staunte darüber, wie schnell sich alles am Stall herumsprach. Zögernd meinte sie: „Ich darf darüber keine Auskunft geben!"
„Aber einen kleinen Wink kannst du mir doch geben!" drängte Susanne weiter.
„Nein, ich verliere sonst meinen Job!" wand sich Anke und hoffte, die Reitlehrerin würde ihre Fragerei aufgeben. Aber das tat sie nicht.
„Aber du glaubst doch nicht, dass er es war? Oder doch?"
„Meine persönliche Meinung ist da leider nicht gefragt", wehrte Anke verzweifelt ab, aber Susanne blieb hartnäckig: „Du kannst doch wenigstens sagen, was du persönlich denkst!"
„Ich darf nicht über Angelegenheiten spekulieren, die meine Arbeit betreffen. Tut mir leid!"
Mürrisch verzog Susanne sich wieder, aber Anke spürte einen deutlichen Vorwurf in der Haltung der Reitlehrerin. Sie wusste selbst, dass sie sich mit dieser ausweichenden Antwort nur um eine ehrliche Meinung gedrückt hatte. Warum hatte sie nicht offen antworten können? Warum hatte sie nicht einfach gerade heraus sagen können: Niemals glaube

ich, dass Robert es war. Warum nur? Diese Antwort war ihr einfach im Hals stecken geblieben. Dabei musste sie doch wissen, dass Robert zu einer solchen grausamen Tat niemals fähig wäre. Viel zu menschenfreundlich war er, als dass man überhaupt nur auf den Gedanken kommen konnte, er habe drei Menschen getötet!

Während sie sich mit diesen Gedanken beschäftigte, wurde sie durch Rondos lautes Wiehern abgelenkt. Zufrieden ging sie zu dem Fuchswallach und streichelte über seine samtweichen Nüstern. Als Anke ihn aus der Box führen wollte, um ihn zu putzen, kam Susanne zurück und meinte schroff: „Tut mir wirklich leid, aber heute kannst du Rondo nicht reiten, weil er den ganzen Nachmittag im Schulbetrieb eingesetzt ist. Warum bist du gestern nicht gekommen, da war Rondo den ganzen Tag frei?“

Aber auch auf diese Frage von Susanne ging Anke nicht ein. Den vergangenen Tag hatte sie zwischen quälenden Selbstvorwürfen und Enttäuschungen verbracht. Heute war sie einfach nur froh, dass das Tief von gestern vorüber war. Enttäuscht verließ Anke die Box. Verständnislos schaute der Wallach sie mit seinen großen dunklen Augen an, dass es Anke fast das Herz brach. Aber sie hatte keine andere Wahl. Völlig unvorbereitet durch Susannes Zurechtweisung schlenderte sie durch die Stallgasse.

Robert kam vorgefahren.

Darüber war sie sehr erstaunt, weil er erst vor zwei Tagen unter sehr unwürdigen Bedingungen festgenommen worden war.

Sie freute sich, ihn zu sehen. Sofort begann ihr Herz wie wild zu klopfen.

Freudig ging sie auf ihn zu. Roberts Gesichtsausdruck wirkte bedrückt. Trotzdem begrüßte er Anke mit einer Umarmung.

„Wie ist es dir in den letzten Tagen ergangen?“ fragte Anke besorgt.

Müde lächelte Robert und meinte leise: „Ich war verdammt einsam! In einer Zelle, so ganz allein, da hat man Gelegenheit, nachzudenken. Und ich musste feststellen, dass mein Leben bisher sehr lebenswert gewesen ist, bis diese unangenehmen Dinge geschehen sind. Hoffentlich irrt sich die Justiz nicht in meinem Fall!"
„Solange Kullmann daran arbeitet, bestimmt nicht", meinte Anke zuversichtlich.
„Deine Stimme zu hören, tut mir wirklich gut. Meine Güte, wie sehr habe ich dich vermisst."
Zusammen schlenderten sie durch die Stallgasse, als sie an Helmut Kellers leeren Boxen vorbeikamen. Kopfschüttelnd blieb Robert davor stehen und meinte: „Ich verstehe das nicht. So ein Angebot lehnt kein normaler Mensch einfach so ab und verkauft dazu noch die Pferde, die seine berufliche Garantie waren. Was da wohl passiert ist?"
„Helmut Keller behauptete, seine Pferde seien krank", überlegte Anke.
„Das kann nicht sein, weil er sie noch am Tag zuvor geritten hat. Außerdem habe ich in letzter Zeit keinen Tierarzt am Stall gesehen, den man ja zuerst ruft, wenn ein Pferd krank ist. Verkauft hat er sie, was ich nicht verstehen kann. Damit hat er sich seine Sicherheit, nach Warendorf zu kommen, verspielt!"
„Na ja, vielleicht wollte er doch nicht mit Ludger Beerbaum und Markus Ehning in einer Mannschaft reiten", überlegte Anke schulterzuckend, „wer weiß, was in Helmut Keller vorgegangen ist!"
Gemeinsam fuhren sie in Roberts Wohnung Am Staden. Auf dem Balkon mit Blick zu den Saarwiesen klappten sie die Liegestühle auf. Beide konnten nicht sprechen, weil die Ereignisse der letzten Tage schwer auf ihnen lasteten. Erst gegen Abend, als die Sonne sich über die Saar senkte und ein

sanftes Licht verbreitete, erzählte Robert, was ihn am meisten belastete: „Man hat angeblich die Tatwaffen in meiner Mülltonne hinter der Wohnung gefunden!“
Anke erschrak. Von der jüngsten Entwicklung der Ermittlungsarbeiten wusste sie nichts mehr, seit sie auf Kullmanns Anraten hin Urlaub genommen hatte. Deshalb war sie fassungslos, als sie das hörte. Aber mit dem nächsten Satz beantwortete Robert sogleich eine Frage, die sofort in Ankes Kopf herumspukte: „Ich verstehe nicht, wie sie dahin gekommen sind. Aber wird mir die Polizei überhaupt noch glauben, nachdem die Beweise so schwerwiegend gegen mich sind?“
Seine blauen Augen schauten Anke verzweifelt an. Das sprühende Leben, der Optimismus und die Heiterkeit waren daraus verschwunden.
Zunächst konnte Anke ihm darauf keine Antwort geben. Lange musste sie überlegen, bis ihr endlich ein Gedanke kam, der sie traf wie ein Blitz!
„Wer war denn bei der Hausdurchsuchung anwesend?“ fragte sie.
„Dein Chef Kullmann, die Spurensicherung und Horst Esche!“
Anke erkannte, dass ihre schlimmsten Befürchtungen sich bewahrheitet hatten. Esche hatte wirklich nichts dem Zufall überlassen. Die Beweislage schien so erdrückend, dass es fast keine Zweifel mehr geben konnte. Aber konnte Esche tatsächlich ein solches Lügengebäude aufbauen, ohne den geringsten Fehler dabei zu machen? Oder war doch ein Funken Wahrheit daran?
„Wer hat die Waffen gefunden?“
„Den Polizisten kannte ich nicht“, zuckte Robert mit den Schultern.
Wie sollte es Esche gelungen sein, drei Waffen unbemerkt mit zur Hausdurchsuchung zu nehmen, wo es von Ermitt-

lungsbeamten nur so wimmelte, um damit einen sensationellen Fund zu fingieren, der Robert das Genick brechen sollte? In diesen Überlegungen tauchte plötzlich die Frage auf, ob Robert überhaupt Umgang mit Waffen hatte. Er war Altenpfleger von Beruf. Konnte das nicht bedeuten, dass er anstelle des Wehrdienstes Zivildienst geleistet hatte? Genau diese Frage musste sie ihm stellen, aber Roberts Antwort passte ihr überhaupt nicht in den Kram: „Ich war in Lebach bei den Fallschirmjägern!"
Also konnte sie diesen Hoffnungsschimmer wieder begraben. Enttäuscht saß sie neben ihm und fühlte sich meilenweit von ihm entfernt. Unbehagen kroch in ihr hoch, Zweifel an seiner Version der Geschichte. Aber das durfte sie nicht zulassen, ermahnte sie sich. Trotzdem schaffte sie es nicht, ihm in die Augen zu schauen, als er mit ihr sprach. Die Verbundenheit, die sie beide empfunden hatten, wollte sich nicht mehr einstellen. Dabei hatte sie sich nichts sehnlicher gewünscht, als wieder mit Robert zusammen zu sein und ihr junges Glück zu genießen. Anke konnte einfach nicht abschalten, ständig spürte sie den Widerstreit ihrer Gefühle. Obwohl Robert unverändert charmant und liebevoll war, kam das vertraute Gefühl nicht mehr auf. Sie konnte ihre Zweifel einfach nicht unterdrücken und ärgerte sich gleichzeitig darüber. Als Robert sich ihr am Abend nähern wollte, sprang Anke vom Stuhl auf und rannte ins Wohnzimmer. Die Reaktion war so heftig, dass sie sich selbst gar nicht verstehen konnte. Nach einer Weile folgte ihr Robert. Dabei sah sie in seinem Gesicht, wie weh sie ihm getan hatte und augenblicklich tat es ihr leid. Sofort nahm sie ihn in ihre Arme und entschuldigte sich bei ihm. Plötzlich sprudelte es nur noch aus Anke heraus: „Es tut mir leid, ich bin sehr verwirrt. In dieser Wohnung gab es eine Hausdurchsuchung und auf wunderbare Weise kamen drei Waffen zum Vorschein. Ich vermute zwar irgendeine

windige Manipulation, aber das sind auch Fakten, verstehst du? Für jeden Kriminalbeamten ein gefundenes Fressen. Ich halte das kaum aus!"
Robert unterbrach sie: „Die Waffen kamen nicht in meiner Wohnung zum Vorschein. Sie lagen in der Mülltonne."
„Das ändert nichts an deiner schwierigen Situation!"
„Aber vergiss bitte nicht, dass ich von Anfang an gesagt habe, dass ich mit den Waffen nichts zu tun habe. Vielleicht hat dich meine Information, dass ich bei der Bundeswehr war, so sehr aus dem Konzept gebracht. Aber das muss doch nicht bedeuten, dass ich heute - nach zwanzig Jahren - meine Schusswaffenkenntnisse eingesetzt habe. Beim Bund lernt man mit Waffen umzugehen und nicht Menschen zu jagen. Außerdem liegt das alles so lange zurück, dass ich gar nicht mehr weiß, wie so ein Ding funktioniert. Das hat mich ohnehin nie besonders interessiert."
Anke sah ihn mit großen Augen an. Das klang plausibel. Aber sie war auch Polizistin, die Fakten nicht einfach übersehen durfte.
Fast im gleichen Augenblick fiel ihr wieder ein, wer der Hausdurchsuchung beigewohnt hatte: Esche. Dieser Gedanke löste sofort die Erinnerung an Esches Überfall aus und an seine bösartige Behauptung, sie würde Fakten mit privaten Interessen vermischen.
Nachdenklich ging sie in der Wohnung auf und ab und schaute sich um. Langsam und sehr leise begann sie nach einer Weile zu sprechen: „Vor zwei Tagen wimmelte es in diesen Räumen von Kripoleuten; ich sehe sie wie Gespenster herumschwirren, alles durchwühlen, alles anfassen, alles beglotzen. Und dann dieser Eklat mit dem angeblichen Waffenfund. Und dann bist du aus deiner eigenen Wohnung in Handschellen abgeführt worden. Wie hältst du das aus?"
Robert nahm sie in die Arme: „Das ist ganz lieb von dir, dass

du dir so viele Sorgen machst. Aber jetzt bist du bei mir. Und das zählt. Alles andere wird sich regeln!"
Lange standen sie da wie zwei Königskinder, die doch zueinander gefunden hatten, bis die Nacht mit ihnen verschmolz.
Die Sonnenstrahlen, die durch das Fenster auf ihr Gesicht schienen, weckten Anke am nächsten Morgen sanft. Als sie die Augen öffnete, saß Robert schon vollständig angezogen am Bettrand und schaute sie lächelnd an.
„Du siehst so gelöst aus, wenn du schläfst!"
„Und wenn ich wach bin?"
„Dann siehst du besonders schön aus", lachte Robert, womit es ihm gelang, Anke das Aufstehen zu erleichtern. Im Sonnenschein frühstückten sie auf dem Balkon und ließen sich ausgiebig Zeit dabei. Am liebsten wäre Anke gar nicht mehr nach Hause zurückgefahren, weil sie Angst vor sich selbst hatte, wenn sie in ihre stille, leere Wohnung kam. Sie fürchtete sich vor quälenden Gedanken, die sich wie schleichendes Gift in ihr ausbreiteten, sobald sie allein war.

Anstatt allein in ihrer Wohnung zu bleiben und sich den Kopf zu zermartern, wollte sie lieber in den Stall fahren. Eine Reitstunde wäre jetzt das beste Mittel, einen klaren Kopf zu bekommen. Genau das brauchte sie jetzt. Also zog sie sich zuhause um und machte sich auf den Weg.
In der Frühe war alles ganz still. Die Stallburschen waren damit beschäftigt, die Boxen der Pferde auszumisten, Der Stallbesitzer fuhr mit seinem Traktor und seinem Heuwender los. Die einzige Reiterin, die ihr Pferd schon gesattelt hatte, war Susanne, die Reitlehrerin. Sie staunte nicht schlecht, als sie Anke kommen sah.
„Ich möchte heute gern Rondo reiten", erklärte Anke ihr Anliegen so bestimmt, dass Susanne nichts entgegnete. Sie nickte nur, öffnete Anke die Sattelkammer und verschwand

mit ihrem Pferd in der Reithalle.
Anke war überrascht über ihr selbstbewusstes Auftreten, weil sie sich innerlich gar nicht sicher fühlte. Im Gegenteil, sie spürte ein leichtes Zittern und eine ziellose Anspannung. Diesen Zustand hoffte sie mit Hilfe von Rondo zu ändern. Aber kaum hatte Anke seine Box betreten, bewegte er sich hektisch hin und her, schnappte nach dem hingehaltenen Apfel, als befürchtete er, von Anke geschlagen zu werden.
„Was hast du denn, mein Junge?“ fragte Anke überrascht über dieses Verhalten. Mit ruhigen Bewegungen ging sie auf das nervöse Tier zu, streichelte es am Hals und gab ihm eine Möhre, die Rondo nun zufriedener und gelassener auffraß. Anschließend führte sie ihn hinaus in die Sonne, wo sie ihn anband. Rondos Fell glänzte in der Sonne. Es machte Anke in diesem Moment besonders viel Spaß, das brave Tier zu putzen, weil sie ganz allein am Stall war. Niemand, der sie mit Fragen bombardierte, niemand, der ihr spitze Bemerkungen zuflüsterte, niemand, der ihr die Laune verderben konnte. Voll und ganz konzentrierte sie sich auf den ruhigen Wallach, sattelte und trenste ihn und führte ihn zum Reitplatz. Zum Glück ritt die Reitlehrerin in der Halle, so konnte Anke ungestört reiten.
Mit einer Anspannung, die sie sich nicht erklären konnte, stieg sie auf und ritt eine Weile im Schritt, bevor sie die Zügel aufnahm und zu traben begann. Rondo schien ebenfalls sehr angespannt zu sein, nichts war von dem ruhigen, gelassenen Pferd zu spüren, das Anke sonst kannte. Was war nur mit ihm los? Sie hatte sich so sehr auf eine Reitstunde mit ihm gefreut. Sollte diese nun an Rondos Laune scheitern? Ankes Hände packten die Zügel fester und ihre Beine drückten sehr unsanft gegen die Flanken des Pferdes, um dem Wallach zu zeigen, was er tun sollte. Aber Rondo wurde bockig und widersetzte sich ihren Hilfen. Plötzlich befand sie sich in einem

Machtkampf mit dem Tier. Mal sehen, wer sich am Ende hier durchsetzen konnte, überlegte Anke erbost und wurde noch härter mit ihren Händen und ihren Schenkeln. Aber das Ergebnis kehrte sich ins Gegenteil von dem, was sie erreichen wollte. Rondo sprang zur Seite, schüttelte unwillig den Kopf und ging in eine andere Richtung, als Anke ihm vorgab. Nun wurde Anke erst recht wütend, packte die Zügel so fest und trat ihm so fest in die Flanken, damit er endlich gehorchte. Mit einem überraschenden Satz sprang Rondo in die Luft, buckelte wie ein Rodeopferd und rannte wie von der Tarantel gestochen über den großen Reitplatz. Damit hatte Anke nicht gerechnet. Sie verlor ihren Sitz im Sattel, rutschte zu weit nach vorne, so dass die Zügel, die sie fest umklammert hielt, locker herunterhingen. Sie schlang ihre Arme um den Hals des Pferdes, um sich festzuhalten. Aber nach einigen Runden wilden Galopps rutschte sie an der Seite herunter. Ihre Hände krampften sich immer noch fest um die Zügel. In dieser Situation schaffte sie es nicht, sie zu öffnen und die Zügel loszulassen, wodurch ihr Sturz noch schlimmer wurde. Rondo zog Anke mehrere Runden hinter sich her, bis er endlich langsamer wurde und stehen blieb. Anke hatte die Augen fest geschlossen. Sie wagte es gar nicht, sie zu öffnen und nachzusehen, ob ihr etwas fehlte. Viel zu sehr war sie erschrocken. Doch als sie die Nüstern von Rondo an ihrem Hinterkopf spürte und plötzlich seine Zunge, die ihr durchs Genick leckte, öffnete sie die Augen und stellte erleichtert fest, dass sie unverletzt war. Von Kopf bis zu den Füßen klebte Sand des Reitbodens an ihr, der außerdem in ihre Reitkleider gedrungen war. Es juckte sie am ganzen Körper. Als sie sich umdrehte und direkt in Rondos Gesicht sah, musste sie sogar lachen. Im ersten Moment hatte sie schon den Eindruck gehabt, Rondo machte ein besorgtes Gesicht. Aber wie sollte das möglich sein, wo er sie doch nach allen Regeln der

Kunst abgeworfen hatte?
Schwerfällig stand sie wieder auf. Sie zitterte am ganzen Körper. Bei dem Gedanken wieder aufzusteigen, kroch Angst in ihr hoch. Gerade deshalb war es sehr wichtig für sie, gleich wieder aufzusteigen, denn sonst blieb die Angst in ihr sitzen. Also bemühte sie sich wieder in den Sattel. Für den Rest ihrer Stunde beschloss sie allerdings, es ruhiger anzugehen. Ganz versöhnlich ritt sie nur noch im Schritt und Trab. Nun ging Rondo auch wieder sehr gelassen und zufrieden unter ihr, deshalb dauerte es nicht lange, bis Anke sich wieder wohl fühlte auf seinem Rücken. Nun erst konnte sie absteigen und das Pferd versorgen.
Nach diesem enttäuschenden Intermezzo, fuhr sie wieder zurück in ihre kleine Wohnung. Kaum war sie dort angekommen, geschah genau das, was sie mit dieser Reitstunde zu vermeiden versucht hatte. Der Sturz vom Pferd hatte ihr inneres Chaos verstärkt. Während sie sich auszog und in die Duschkabine stieg, spürte sie tiefe Niedergeschlagenheit. Dieser Abwurf passte genau in ihre derzeitige Verfassung, dachte sie zerknirscht. Es kam ihr so vor, als würde ihr Leben Stück für Stück demontiert: kurz nach Esches Übergriff wurde sie von Kullmann – ausgerechnet von Kullmann – gebeten, sich beurlauben zu lassen. Anschließend wurde Robert nach allen Regeln der Kunst wie ein Hauptverdächtiger behandelt. Dadurch nistete sich ein quälender Verdacht gegen ihren Willen in ihrem Kopf ein, der ihre Beziehung zu Robert erschwerte. Und nun diese ernüchternde Erfahrung mit Rondo auf dem Reitplatz. Es kam ihr so vor, als sei dieser Abwurf geschehen, um ihr das Ausmaß ihrer derzeitigen Situation vor Augen zu führen.
Nach einer ausgiebigen Dusche sah sie, dass ihre rechte Seite übersät war mit Kratzern und Schrammen, die sich mit brennenden Schmerzen meldeten. Behutsam versorgte sie

die Abschürfungen mit einer Wundsalbe, eine Beschäftigung, die sie, so gut sie konnte, in die Länge zog, weil sie Angst davor hatte, durch Nichtstun ins Grübeln zu geraten. Ihre äußeren Blessuren konnte sie versorgen, aber den Rest des Tages verbrachte sie mit selbstquälerischem Nachdenken. Neben ihrer beunruhigenden Situation auf der Dienststelle bedrängten sie zusätzlich Zweifel, ob ihre Entscheidung, reiten zu lernen wirklich die Richtige war. Damit wollte sie sich Zerstreuung gönnen, aber das Gegenteil hatte sie erreicht. Einerseits stockten ihre reiterlichen Fähigkeiten mehr als sie sich das vorgestellt hatte; andererseits hatte ihre Arbeit sie genau dorthin verfolgt, was sie in einen unerträglichen Zwiespalt geraten ließ.

Während sie lustlos zwischen dem fest verschlossenen Fenster, das zur Straße zeigte, und ihrer Sitzgruppe pendelte, schaute sie sich in der Wohnung um. Dort sah es so unordentlich aus wie noch nie. Das Chaos, das sich ihr bot, glich dem Gefühlschaos, das sich in ihr breitgemacht hatte. Ständig kreisten ihre Gedanken um die vielen gegensätzlichen Erlebnisse mit Robert. Einerseits war er ein einfühlsamer und liebevoller Mann, der ihr all das gab, wonach sie sich immer gesehnt hatte. Aber er besaß auch eine andere Seite. Die Streitgespräche zwischen Biehler und Robert konnte sie nicht einfach ignorieren, sie hatten tatsächlich stattgefunden und waren wirklich nicht harmlos verlaufen. Biehler hatte damit gedroht, dass er Robert eine Straftat nachweisen wollte, aber Robert hatte Biehler nicht weniger bedroht. Roberts Drohung wusste Anke noch ganz genau: *„Und du solltest mich nicht unterschätzen! Wenn du wirklich meinst, mir Schwierigkeiten machen zu müssen, dann wirst du mich mal kennen lernen."* Hatte Peter Biehler Robert wirklich kennen gelernt?

Nein, so etwas durfte sie einfach nicht denken, niemals, tadelte sie sich selbst! Robert war genau der Mann, den sie in

ihm sehen wollte, und nichts anderes. Damit fertig, zwang sie sich nun, endlich ihr zerstörerisches Misstrauen aufzugeben. Sie verstand aber nicht, dass sogar Kullmann in Robert den Hauptverdächtigen sah; Anke wusste genau, dass Kullmann ein Kriminalbeamter war, dem nichts entging. Wenn ihr Chef einen Verdacht hatte, war er immer begründet. Diese Gedanken zermürbten sie zunehmend und ließen ihre Zweifel an Robert wachsen. Aber wenn er wirklich der Polizistenmörder war, so hätte er viele Möglichkeiten gehabt, auch ihr etwas anzutun, immerhin war sie Polizistin. Nichts dergleichen war bisher geschehen. Wie sie sich geliebt hatten, das konnte sie sich nicht nur einbilden. Soviel Gefühl, wie Robert ihr zeigte, und so viel Aufmerksamkeit, Zärtlichkeit und Offenheit, das konnte kein falsches Spiel sein. Er konnte ihr immer in die Augen schauen, niemals hatte sie darin auch nur den geringsten Zweifel, die geringste Unsicherheit gesehen. Nein, niemals war Robert der Mann, für den ihn die Kollegen hielten. Er war zärtlich und aufmerksam, genauso, wie Anke sich ihren Lebenspartner immer gewünscht hatte.
Der Rest des Tages zog sich unendlich hin. Sie spürte nicht den geringsten Impuls, die verwahrloste Wohnung zu entrümpeln, um sich damit von ihren quälenden Gedanken zu befreien. Ihr schwirrender Kopf mit den ungelösten Fragen lähmte sie. Unmerklich wurde die Luft immer muffiger, weil sie sich nicht traute, das Fenster zu öffnen. Als ob sie Angst hätte, ihre Gedanken könnten nach draußen dringen und sie verraten.
Am Abend stand Robert mit einem bunten Blumenstrauß vor der Tür, der an einem anderen Tag Anke riesig gefreut hätte. Aber an diesem Abend fühlte sich Anke so hin und hergezerrt, dass sie sich über nichts und niemanden mehr freuen konnte. Robert bemerkte ihr Zögern. Er verpackte seine Beobachtung in eine liebevolle Bemerkung, aber Anke spürte,

wie sich alles in ihr sperrte, offen mit ihm über ihre zerklüftete Gefühlslage zu reden. Geschickt wich sie ihm aus, indem sie ihm erklärte, immer noch nichts von Kullmann gehört zu haben und somit immer noch vom Dienst befreit zu sein, was ihr sehr zu schaffen mache. Übergangslos bat sie Robert, sie wieder allein zu lassen. Robert sah sie ruhig an, zeigte kaum etwas von seiner Überraschung. Zum Glück schwieg er. Aber seine Augen schienen sie zu durchbohren. Diese Augen, die sie an ein tiefblaues Meer erinnerten, in dem sie liebend gerne versunken wäre, gaben ihr nun das beängstigende Gefühl, dass er ganz tief in sie hineinschauen konnte. Sie fürchtete sich plötzlich davor, dass diese Augen ihre Gedanken lesen konnten. Hastig schob sie ihn vor die Tür.

An diesem Abend stand Anke überhaupt nicht der Sinn danach, den herrlichen Blumenstrauß zu versorgen, weil er sie an Robert und an ihre widerstreitenden Gefühle zu ihm erinnerte. Hastig entsorgte sie den Strauß in der Mülltonne. Zufrieden über ihren Entschluss schlüpfte sie in ihren Pyjama und legte sich ins Bett. Sofort schlief sie ein. Als sie am nächsten Morgen aufwachte, schien die Sonne in ihr Zimmer. Mit sanften Bewegungen räkelte sie sich, um langsam wach zu werden, doch plötzlich hielt sie inne. Ihre rechte Hüfte schmerzte ganz heftig, und auch ihre rechte Schulter ließ sich nicht mehr richtig bewegen. Sogar am rechten Knie spürte Anke jede geringste Bewegung. Erschocken zog sie die Decke weg. Sie war übersät mit blauen Flecken, und ihre Schürfwunden leuchteten rot entzündet.

Vorsichtig stand sie vom Bett auf und machte einige Schritte. Zum Glück wurde es nicht schlimmer, sie hatte sich also nur Prellungen und Hämatome zugezogen. Die Schmerzen ließen sie wieder über ihr Erlebnis mit ihrem geliebten Rondo nachdenken. Was hatte dieses Pferd zu dieser Reaktion getrieben? Nicht ein einziges Mal war er bisher heftig oder

bockig geworden. Warum gerade gestern, an einem Tag, an dem sie seine Treue ganz besonders gebraucht hätte?
Wie Schuppen fiel es von Ankes Augen. Sie hatte einen ganz dummen Fehler gemacht, hatte Rondo für ihre Unzufriedenheit verantwortlich gemacht. Zwingen wollte sie ihn, ihr das zu geben, was sie unbedingt haben wollte, nämlich Bestätigung. Sie wollte Macht über ihn haben. Meine Güte, wie konnte sie sich nur zu einer solchen Reaktion hinreißen lassen? Niemals wollte sie die alleinige Verfügungsgewalt über andere haben. Wenn sie nicht loslassen könnte, würde sie nie erfahren, was sie selbst konnte und wollte. Das Verhalten Rondos hatte ihr gezeigt, wie falsch sie sich benommen hatte; denn erst als ihr der Sturz schmerzlich die Augen geöffnet hatte, hatte Rondo sich auch wieder gezeigt - so gelassen und zuverlässig, wie sie ihn kannte.
Nach ihrem reiterlichen Missgeschick hatte sie sich sofort bei Susanne für eine Reitstunde an diesem Nachmittag angemeldet, die sie auf keinen Fall verpassen wollte. Nach dieser Erkenntnis war es ihr ein besonderes Bedürfnis, diese Dummheit wieder gutzumachen. Mit gemischten Gefühlen brach sie auf. Im Stall herrschte sehr viel Betrieb, der schnell von Anke Besitz ergriff. Kaum war sie aus dem Auto gestiegen, kamen fast alle Reiterkollegen auf sie zu und bombardierten sie mit Fragen über den Mord an Peter Biehler. Niemand wollte glauben, dass die Polizei dazu fähig sei, Robert eines Mordes zu beschuldigen. Mühsam wich Anke den Fragen aus, so gut sie konnte. Sie versuchte einfach, nicht mehr hinzuhören, bis der Stallbesitzer fragte: „Wie kannst du an Roberts Unschuld zweifeln?"
Erschrocken schaute Anke ihn an und entgegnete: „Wer behauptet denn so etwas?"
„Das behauptet niemand! Aber du zeigst mit deinem Verhalten, wie du darüber denkst!"

Diese Worte trafen Anke unvermittelt hart, zumal sie tatsächlich die letzten Stunden, ja sogar Tage, mit diesen quälenden, ungewissen Fragen und Zweifeln verbracht hatte. Sah man ihr so genau an, was sie wirklich dachte?
„Nur weil ich nicht über meine Arbeit sprechen darf, zieht ihr daraus eure Schlussfolgerungen. Das ist nicht fair", war das einzige, was Anke zu ihrer Verteidigung sagen konnte. Diese Unterstellung drohte ihr für einige Augenblicke den Boden unter den Füßen wegzuziehen.
Rasch entfernte sie sich von der neugierigen Meute, weil sie die nächste Reitstunde mit Rondo mitreiten wollte. Zielstrebig steuerte sie auf den Stall zu. Als sie Rondos Namen rief, hörte sie jedoch keine Antwort. Zaghaft ging sie weiter und rief wieder seinen Namen. Misstrauisch schaute Rondo ihr entgegen, wobei er seinen Kopf sehr hoch hielt und sie seitlich anblickte, dass das Weiß in seinem Auge zu sehen war. „Was ist denn los mir dir?" Da sah sie, dass Rondos Nüstern leicht bebten. „Kennst du mich nicht mehr?" Auf Ankes beruhigende Stimme legte sich sein Argwohn wieder. Langsam drehte er sich zu ihr um.
Mit einer Aufregung, als sei es ihre erste Reitstunde, stieg sie auf und ritt auf den Reitplatz. Rondo verhielt sich ebenfalls merkwürdig verkrampft unter ihr. Er spürte deutlich, dass Anke nicht locker im Sattel saß. Susanne Werth wartete jedoch auf sie und begann sofort mit ihren Kommandos, was Anke das Erlebnis am Vortag schnell vergessen ließ.
Robert kam vorgefahren. Er winkte ihr nur flüchtig zu und verschwand im Stall. Anke setzte ihre volle Konzentration ein, um die Kommandos der Reitlehrerin auszuführen, so dass sie keine Zeit hatte, über Roberts Erscheinen nachzudenken. Als sie nach der Stunde Rondo im Schritt trocken ritt, beobachtete sie, dass Robert mit Doris Sattler Nepomuk sattelte und wie die beiden sich dabei köstlich amüsierten.

Was hatte das wieder zu bedeuten?
Genau beobachtete sie die beiden, bis sie mit dem Pferd zum Reitplatz kamen. Doris stieg auf und ritt ganz dicht an Anke vorbei. Sie hielt an und zischte ihr hochnäsig zu: „Bilde dir bloß nichts mehr auf Robert ein, Dich hat er endgültig satt! Endlich hat er kapiert, dass ich die einzige bin, die ihm bedingungslos vertraut. Das ist nämlich genau das, was er jetzt braucht. Weißt du, ich käme niemals auf die Idee, Robert zum Mörder abzustempeln - so wie du."
Dieser Angriff hatte Anke gerade noch gefehlt, dabei hatte sie für diese Reitstunde schon genug Tiefschläge hinnehmen müssen. Genügte es nicht, vom Stallbesitzer den Vorwurf gemacht zu bekommen, an Roberts Unschuld zu zweifeln? Aber nicht nur er hatte sie mit diesen Anspielungen angefeindet, die ganze Stallgemeinschaft zeigte mit ihrem ablehnenden Verhalten, dass sie von Ankes Haltung gegenüber Robert nichts hielten. Und nun musste auch noch Doris Sattler ihren Senf dazugeben. Ein Kloß stieg in ihren Hals. Robert hatte sie verraten. Er hatte mit Doris gesprochen und dabei nicht aufgepasst, was er sagte. Das konnte sie ihm noch nicht einmal übel nehmen, weil sie sich selbst dafür die Schuld gab. Sie hatte ihn mit ihren Bedenken konfrontiert und ihm damit wehgetan. Obwohl sie sich gestern nach ihm gesehnt hatte, hätte sie gegen ihr Gefühl gehandelt, wenn sie ihn nicht abgewiesen hätte. Die zerstörerischen Gedanken hatten ganz von ihr Besitz ergriffen, sie schaffte es einfach nicht, sich dagegen zu wehren. Zu gern wollte sie Robert vertrauen, aber ihre Zweifel schoben sich vor ihre tief empfundene Zuneigung.
„Dein Vertrauen ist nichts wert", schoss sie giftig zurück. „In deinem Fall ist es nämlich umgekehrt: Wer kann dir schon trauen?"
„Eifersüchtig, weil ich gut aussehe und du nicht?" Mit einem

verächtlichen Blick wandte Doris sich von Anke ab.
„Wenn das alles ist, was du zu bieten hast…" bemerkte Anke in einem eisernen Ton, der ihre Verfassung nicht verriet.
Die Angst, Robert verloren zu haben, überwältigte sie. Leidvoll spürte sie, wie viel er ihr bedeutete. Sie liebte ihn und wollte ihn nicht verlieren.
Kurzentschlossen hielt Anke Rondo direkt vor Robert an, der am Rand des Reitplatzes stand, und meinte: „Heute geht es mir wieder viel besser!"
Roberts Augen glitten an ihr vorbei, als suchten sie Doris.
„Was hältst du davon, heute mit mir essen zu gehen?"
Etwas verwirrt schaute Robert auf Anke und überlegte eine Weile. Ihr kam die Zeit, die er zum Überlegen brauchte, viel zu lange vor, bis er endlich sagte: „Ich freu mich, dass es dir wieder besser geht. Gestern hast du ja wirklich sehr mitgenommen ausgesehen. Aber leider habe ich heute schon etwas vor. Ich rufe dich morgen an, einverstanden?"
Resigniert nickte Anke, weil sie keine Wahl hatte. Leise kam ihr der Verdacht, dass Robert für diesen Abend mit Doris verabredet war, was sie innerlich kochen ließ. Hoffentlich endete der Abend in einer Pleite, fluchte sie still vor sich hin.
Kaum war sie in ihrer Wohnung angekommen, rannte sie zur Mülltonne und fischte dort den Blumenstrauß wieder heraus. Unter dem Wasserhahn säuberte sie ihn, entfernte die verwelkten Blüten und arrangierte den gesunden Rest in einer kleinen Vase. Trotz der schlechten Behandlung sah der Strauß noch wunderschön aus und bildete einen Farbtupfer in Ankes chaotischer Wohnung. Zufrieden über diesen Anblick begann sie, getrieben von ihrer inneren Unruhe, die Wohnung aufzuräumen, was sich zu einem abendfüllenden Programm ausdehnte. Die Arbeit tat ihr gut, denn sie beseitigte damit nicht nur das Chaos in ihrer Wohnung.

*

Esche sah in den letzten Tagen morgens übernächtigt und mitgenommen aus. Als Kullmann ihn darauf ansprach, erhielt er nur feindselige und ausweichende Antworten. Die aggressive Stimmung des eifrigen Kollegen machte ihn vorsichtig. Auf Kullmann wirkte er wie ein Pulverfass, das durch den geringsten Auslöser explodieren könnte. Diese Verwandlung schien ihn seit Robert Spenglers Freilassung ergriffen zu haben, was Kullmann sehr argwöhnisch stimmte. Unweigerlich tauchte die Frage in ihm auf, was die Festnahme von Robert Spengler für Esche wirklich bedeutete.
Das veranlasste ihn dazu, den Telefonhörer in die Hand zu nehmen und die Nummer des Polizeipräsidiums in Köln zu wählen. Er musste endlich dieses Gespräch führen, um Klarheit zu bekommen. Leider gelang es ihm an diesem Morgen nicht, etwas über Horst Esches Versetzungsgrund in Erfahrung zu bringen, weil der zuständige Mitarbeiter nicht anwesend war. Also musste Kullmann sich bis zum Nachmittag gedulden, weil er den neuen Kollegen nicht persönlich dazu befragen wollte. Viel zu impulsiv war dieses Gespräch verlaufen, so dass er sich keine sachliche Antwort von ihm versprach.
Also ging er zu seinem nächsten Plan über, nämlich zu Steven Dienhardt zu fahren und ihn zu befragen. Er versprach sich davon, dass dieser junge Mann die Ermittlungen in eine völlig andere Richtung lenken konnte.
Gemeinsam mit seinem Kollegen Jürgen Schnur fuhr er los. Steven Dienhardt lebte auf der Folster Höhe, eine Wohngegend, die aus Blöcken von Hochhäusern bestand, die am erhöhten Rande der Stadt lag. Je näher sie den Hochhäusern kamen, desto trostloser wurde die Gegend. Die Häuser wirkten ungepflegt und verwahrlost mit abbröckelndem Putz,

Balkone wurden als Rumpelkammern benutzt, viele hatten ihre Wäsche zum Trocknen dort aufgehängt. Viele Fenster waren durch Spanplatten ersetzt worden. Vereinzelte Bewohner versuchten, den grauen Widrigkeiten zu trotzen, indem sie Geranien auf dem Balkongeländer anpflanzten. Diese bunten Farbtupfer stachen in der Verwahrlosung dieser Wohngegend besonders hervor. Das einzige, was Kullmann diesem Stadtteil positiv abgewinnen konnte, war die herrliche Aussicht. In aller Deutlichkeit hatte man von der Anhöhe aus über Burbach und Malstatt bis hin zum Ludwigspark Stadion einen weiten Überblick. Auf dem Parkplatz, auf den sie gerade fuhren, um ihr Auto abzustellen, hielten sich mehrere Männer auf, denen man nicht zu nahe kommen sollte. Aber sie beobachteten die Beamten nur, wie sie den Wagen abstellten und auf eines der Hochhäuser zugingen. Kullmann spürte ihre feindseligen Blicke und war froh, als sie im Innern des Hauses angekommen waren.
Steven Dienhardt wohnte im achten Stock. Die Wohnungstür machte einen sehr wackeligen Eindruck, als sei sie schon mehrere Male aufgebrochen und immer wieder notdürftig zusammengeschustert worden. Klingeln war nicht möglich, weil eine Klingel fehlte. Also klopften sie an. Steven Dienhardt hatte sie schon erwartet und ließ sie sogleich herein. Die Wohnung bestand aus zwei Zimmern und einer Kochnische. Durch die Eingangstür traten sie direkt in den Wohnbereich. Eine Glastür führte zum Balkon, an dessen Geländer Blumentöpfe aufgehängt waren. Verdorrte Zweige und Wurzelranken ragten aus der pulvertrockenen Blumenerde heraus und hinterließen das traurige Bild von Vernachlässigung. Vom Balkon aus hatte man einen Ausblick über die großen Parkplätze und auf verschiedene Läden. Von dort oben wirkte die Folster Höhe wie ein eigenständiger Stadtteil mit Geschäften aller Art; es gab Apotheken, Kneipen und sogar ein Kino.

Der erste Eindruck, den der junge Mann bei Kullmann hinterließ, war erfreulich. Trotz der verwahrlosten Wohngegend machte Steven Dienhardt einen gepflegten Eindruck. Auch seine kleine Wohnung schien hell und freundlich. Obwohl seine Einrichtung überwiegend aus einfachen Möbeln bestand, wirkte sie geschmackvoll und gemütlich. Ein Sofa stand an die Wand angelehnt, dessen bunter Chintzbezug einen Farbtupfer darstellte. Dieses Sofa sah neu aus, als sei es noch nicht oft benutzt worden. Lediglich an den leeren Cola-Flaschen, die daneben lagen, und an den Chipstüten erkannte Kullmann, dass Steven sich dort oft aufhielt. Ein großer Fernseher füllte eine Ecke, eine Stereoanlage eine andere. Zwischen diesen zeitlosen Möbelstücken befand sich neben dem Fernseher eine schöne antike Kommode, die Platz für die Videokassetten und DVDs bot. In der Ecke, die als Küche diente, entdeckte Kullmann ein altes, restauriertes Büffet, das die Küche von dem Rest der Wohnung trennte. Wären da nicht die unangenehmen Geräusche der Nachbarwohnungen gewesen, hätte Kullmann fast vergessen können, wo er sich gerade befand.
Als Kullmann sich dem jungen Mann vorstellte, bemerkte er, dass Steven ständig zu Boden schaute. Seine Hose hing nur locker an seinen Hüftknocken, so dass er die Hosenbeine über den Boden zog, weil sie zu lang waren. Außerdem war die Hose drei Nummern zu groß, so dass Kullmann schon befürchtete, dass er sie unterwegs verlieren könnte. Das T-Shirt dagegen war zu kurz und zeigte das untere Drittel des Rückens und den Ansatz seiner Pofalte. Über diese Mode war Kullmann schon immer entsetzt, aber er erinnerte sich, dass viele Jugendliche diesem Modestil nachhingen.
„Wohnst du schon lange hier?“ fragte Kullmann, während er sich weiter umsah.
„Ja, schon immer. Ich kann mir nichts anderes leisten!“

„Und die Tür sah schon immer so demoliert aus?"
„Nein! Vor kurzem ist hier einer eingebrochen, hat aber nichts geklaut, weil es bei mir nichts zu holen gibt", murrte Steven. „Hat nur ein Scheiß-Chaos angerichtet. Verdammt ärgerlich, der Typ hätte doch ein paar Kröten dalassen können, als er gemerkt hat, was für ein armer Schlucker ich bin."
„Hast du den Einbruch bei der Polizei angezeigt?"
„Bei den Scheiß-Bullen anzeigen? Sie sind gut!" Das Staunen des Jungen war echt. „Kein Schwein interessiert sich für uns. So was ist für die doch kein Verbrechen, wenn ein Unfall, bei dem eine alte Frau totgefahren wird, kein Verbrechen ist!"
„Genau wegen dieses Unfalls sind wir hier!"
„Das war kein Scheiß-Unfall! Abgemurkst haben die meine Oma", blaffte der Junge weiter. Sein Blick war unentwegt auf den Boden gerichtet und seine langen, blonden Haare fielen über sein Gesicht, so dass Kullmann nichts davon erkennen konnte. Nur die abstehenden Ohren lugten unter den langen Haaren hervor.
„Das wollen wir jetzt und hier genau klären", beruhigte Kullmann Steven wieder. „Also, wo ist der Unfall passiert und wo hast du gestanden, dass du das alles so gut erkennen konntest?"
Steven ging mit den Beamten auf den Balkon.
„Schauen Sie", zeigte er hinunter auf die Straße. „Auf der anderen Seite vom Parkplatz ist das Geschäft, wo meine Oma immer einkaufen ging. Ich habe ihr immer geholfen, die schweren Tüten zu tragen. War ja nicht mehr so fit, die Alte. An dem Scheiß-Tag war es verdammt früh dunkel. Ich hatte meiner Oma gerade die Tasche abgenommen und war schon auf der anderen Straßenseite angekommen, als der Idiot mit der Scheiß-Karre angerast kam wie ein Bekloppter. Meine Oma war einfach nicht mehr schnell genug, war ja schon achtundsiebzig. Ohne zu bremsen ist der Scheißkerl auf mei-

ne Oma losgefahren. Ich war leider zu weit weg, deshalb konnte ich nichts mehr für sie machen."

„Kannst du den Unfall auch ohne deine Fäkaliensprache schildern?" fragte Kullmann betont gelassen. „Der Begriff Scheiße in jedem zweiten Wort ist nicht gerade aussagekräftig!"

„Scheiße Mann, Sie haben doch keine Ahnung. Ich kam mir so verdammt beschissen vor, weil ich zusehen musste, wie meine Oma durch die Luft wirbelte."

Eine Weile blieben alle drei still, bis Jürgen fragte: „Wie konntest du die Männer im Auto erkennen, wenn es schon so früh dunkel war?"

„Schauen Sie mal genau hin!" zeigte der junge Mann wieder zur Unfallstelle. „An der Stelle, wo der Unfall passiert ist, hängt eine Straßenlampe. Meistens ist das Ding kaputt, weil irgendeiner etwas dran schmeißt. Aber an dem Abend war sie an und ich konnte alles sehen."

Die Erklärung klang einleuchtend, wenn Kullmann den Worten dieses hitzköpfigen Jungen glauben konnte.

„Als ich den Unfall bei den Bullen melden wollte, haben die sich einen Scheißdreck für den Tod einer alten Frau interessiert!"

„Das sind böse Anschuldigungen! Wie kannst du so etwas behaupten?" wies Kullmann den jungen Mann in seine Schranken.

„Weil die Bullen mich nicht nach irgendwelchen Einzelheiten gefragt haben. Das hat die gar nicht interessiert, schließlich war es spät, die wollten nur noch Feierabend machen."

„Du bist also auf die Wache gegangen?"

„Sag ich doch! Aber den Weg hätte ich mir sparen können! Die haben nichts gemacht. Gar nichts! Heute weiß ich wieso, weil es Scheiß-Bullen waren, die meine Oma totgefahren haben", schimpfte der Junge vor sich hin.

„Das wollen wir erst einmal klären", stellte Jürgen klar, woraufhin der Junge verstummte.
„Wie ist es herausgekommen, wer das Auto gefahren hat?" fragte Kullmann.
Verblüfft schaute der Junge abwechselnd von Kullmann zu Jürgen. Kullmann bekam den Eindruck, dass er genau überlegte, was er darauf antworten sollte.
„Steven, antworte uns", drängte er Steven.
Es dauerte eine Weile, bis Steven endlich reagierte: „Walter Nimmsgern ist irgendwann gekommen und hat wissen wollen, was passiert ist. Meine Oma war seine Tante."
„Wie hatte Walter Nimmsgern von dem Unfall erfahren?" fragte nun Jürgen.
„Er ist bei Rot über die Ampel gefahren - so hat er es mir erzählt - und musste deshalb zur Verkehrspolizei. Dort ist er auf die Unfallgeschichte mit meiner Oma gestoßen. Er ist gleich zu mir gekommen und wollte genau wissen, was passiert ist."
„War Walter Nimmsgern allein, als er zu dir kam?" fragte Kullmann.
„Nein, es war jedes Mal einer dabei, aber den Namen weiß ich nicht!"
„Wie sah der Kollege denn aus?"
Nun lachte Steven zum ersten Mal: „Den kann ich gut beschreiben: der sah aus wie Heiner Lauterbach zu seinen Glanzzeiten!"
Horst Esche, dachten Jürgen und Kullmann gleichzeitig.
„Walter hat mir großkotzig versprochen, sich darum zu kümmern", beschwerte sich der Junge. „Hoch und heilig! Aber der Dickwanst hat noch nie was gepeilt gekriegt."
„Du weißt, dass Nimmsgern inzwischen tot ist?"
„Ja, ich weiß, dass mein Onkel tot ist."
„Peter Biehler und Andreas Hübner sind ebenfalls tot!"

„Ich breche aber nicht in Tränen aus! Meine Oma ist auch tot, schon vergessen!?"
„Seit wann wusstest du, wer die beiden Autofahrer waren?"
„Seit Walter mir das gesteckt hat."
„Warum hat er das getan?" fragte Jürgen staunend.
„Keine Ahnung. Vielleicht wollte er angeben. Was weiß ich?"
„Dein Hass auf die beiden muss verdammt groß gewesen sein", überlegte Jürgen laut.
Steven schaute weiterhin zu Boden und meinte trotzig: „Groß ist gar kein Ausdruck! Die bringen einfach meine Oma um und kommen so davon. Unser einer muss schon bluten, wenn er einen schief anguckt. Die Scheiß-Bullen dürfen doch alles!"
„Wie sehr hast du die beiden Polizisten und Walter Nimmsgern gehasst?" fragte Jürgen in einem Tonfall, als interessierte er sich dafür, welche Berufsausbildung Steven machen wollte. Steven spürte auch nicht die Bedeutung dieser Frage und murrte nur: „Die Scheißkerle sind genau da, wo sie hingehören."
„Und was ist mit dem Kollegen, der Walter Nimmsgern immer begleitet hat? Hat der nicht auch den Tod verdient?" fragte Jürgen weiter.
„Warum? Der hat doch nichts gemacht. Der Typ ist mir scheißegal!"
Schweigend hatte Kullmann diesem Teil der Unterhaltung gelauscht und trat anschließend auf den Balkon. Von dort aus sah er viele Menschen, die zu den Geschäften eilten und einige Jugendliche, die sich zu einem Grüppchen versammelt hatten, rauchten, redeten und laut lachten. Einige Autofahrer fuhren mit Vollgas und dröhnenden Auspuffrohren davon, andere suchten nach einem freien Parkplatz.
„Wie ist es möglich, dass hier eine Frau totgefahren wird

und niemand bemerkt es? Das ganze Gelände ist voller Menschen!"
„In der Scheiß-Gegend kennt jeder nur sich. Da kann einer um Hilfe schreien, das interessiert hier keinen", erklärte Steven resigniert.
Wieder schwieg Kullmann eine Weile. Er wandte seinen Blick vom Fenster ab und schaute sich weiter in der kleinen Wohnung um, bis er auf etwas Interessantes stieß. Über dem Sofa hingen Fotos, die Steven als Sportschützen zeigten, der eine Trophäe entgegennahm. Stolz lächelte der Junge in die Kamera, ein Lächeln, das sein Gesicht direkt sympathisch machte.
„Steven, wie ich hier sehe, bist du ein aktives Mitglied im Schützenverein", meinte Kullmann, während er den nervösen jungen Mann beobachtete.
Nun wurde Steven erst richtig nervös. Er nestelte an seinen Hosentaschen herum und bewegte sich immer hastiger.
„Was soll der Scheiß?" murrte er. „Ich musste aus dem Verein rausgehen, nachdem meine Oma gestorben war. Sie hat die Kohle immer beigesteuert!"
„Und hast du eine Waffe, mit der du schießen gegangen bist?"
„Nein! Dafür hat das Geld nicht gereicht. Aber der Verein hat für arme Schweine wie mich immer welche zur Verfügung gestellt. Sonst hätte ich das nicht machen können!"
Nun schaute der Junge ganz trotzig auf und platzte wütend heraus: „Was soll der ganze Scheiß? Meine Oma wurde totgefahren, nicht erschossen."
„Das ist uns bekannt!"
Wieder blickte Steven auf den Boden und drehte den beiden Beamten den Rücken zu.
„Es geht Ihnen gar nicht um meine Oma! Sie sind nur wegen dieser Polizistenmorde hier, stimmt's?" begriff Steven endlich.

Als er keine Antwort bekam, drehte er sich um und schaute die beiden Beamten an.
„Ich habe nichts damit zu tun!“ erklärte er in die Stille.
„Ich brauche von dir eine Aussage, die wir schriftlich aufnehmen müssen“, erklärte Kullmann. „Ich schlage vor, du kommst morgen früh zu uns ins Büro und bringst es hinter dich!“
„Scheiße, Scheiße, Scheiße!“ schrie Steven los. „Ich sage doch: Ich habe mit den Polizistenmorden nichts zu tun.“
„Dann hast du auch nichts zu befürchten!“
Plötzlich blieb der junge Mann ganz ruhig vor Kullmann stehen und fragte: „Warum muss ich dann zu Ihnen ins Landeskriminalamt kommen?“
„Weil wir jede Aussage schriftlich aufnehmen müssen, die wir im Laufe der Ermittlungen bekommen. So wie wir Verdächtige suchen, müssen wir auch die herausfiltern, die nicht für die Tat in Frage kommen“, erklärte Kullmann sehr geduldig.
„Geht es um mein Alibi?“ fragte Steven.
„Darum geht es auch!“
„Wann sind die Polizisten denn umgebracht worden, damit ich weiß, für wann ich ein Alibi brauche?“ fragte Steven.
„Das brauchst du jetzt noch gar nicht zu wissen“, wehrte Kullmann ab.
Aber Steven blieb hartnäckig: „Walter ist doch schon vor über einem halben Jahr umgebracht worden. Ich kann doch heute unmöglich wissen, wo ich damals war?“
„Wir lassen dir einfach Zeit, dich zu erinnern.“
Unruhig begann Steven wieder in der kleinen Wohnung hin und her zu gehen und murmelte vor sich hin. Jürgen und Kullmann beobachteten ihn dabei. Plötzlich blieb er stehen und schimpfte: „Ich krieg es nicht gepeilt! Glauben Sie wirklich, ich hätte die Bullen erschossen?“
„Was wir glauben, werden wir dir nicht unter die Nase bin-

den", meinte Kullmann kühl.
Stevens kleine, graue Augen verengten sich und voller Misstrauen meinte er: „Ich habe das nicht getan. So eiskalt bin ich nicht, auch wenn mir die Typen nicht Leid tun. Aber was passiert mit mir, wenn mir nicht einfallen will, wo ich war, als sie erschossen wurden?"
„Wenn du nichts getan hast, hast du auch nichts zu befürchten. Also, du kommst morgen früh einfach vorbei und machst deine Aussage. Wo ist das Problem?"
„Okay, ich bin morgen da!" lenkte Steven nun doch ein.
Jürgen schrieb ihm Ort und Zeitpunkt für die Befragung auf und daraufhin verließen sie die kleine Wohnung wieder.
„Hältst du es für möglich, dass er der Polizistenmörder ist?" fragte Jürgen, als sie in dem klapprigen alten Aufzug standen und innigst hofften, dass dieses alte Gebilde sie heil nach unten bringen würde.
„Ich weiß es nicht! Dieser Junge ist noch ein Kind, bei dem es mir schwer fällt, in ihm einen Mörder zu sehen. Allerdings ist er sehr trotzig und unbeherrscht, was mir wiederum nicht an ihm gefällt."
„Ich höre Zweifel in deiner Stimme!" hakte Jürgen nach.
„Zweifel gibt es immer solange, bis alles bewiesen ist. Leider sind die Beweise in diesen Fällen äußerst dürftig! Mich beschäftigt die Tatsache, dass alle Kollegen mit äußerster Präzision getötet worden waren. Der Täter hatte nichts dem Zufall überlassen, was also einen Mord im Affekt ausschließt. Dem Jungen traue ich diese überlegten Handlungen in seinem hitzigen Kopf einfach nicht zu. Wenn wir von ihm kein Geständnis bekommen, wird es schwer, ihm diese Taten nachzuweisen!"
„Wenn weder Robert Spengler noch Steven Dienhardt ein Geständnis ablegen, stehen wir wieder am Anfang!" überlegte Jürgen.

„Was Robert Spenglers Beteiligung an den Polizistenmorden betrifft, so habe ich meine Zweifel. Warum sollte er sich sein Leben gerade jetzt zerstören, nachdem es durch diese Erbschaft erst richtig lebenswert geworden ist? Nur leider hat er ein Motiv, das ich nicht außer Acht lassen kann!"
„Wenn Steven Dienhardts Schilderungen zutreffen, dass Nimmsgern ihm die Namen der beiden unter die Nase gerieben und anschließend nichts mehr unternommen hat, hat er ebenfalls ein Motiv für alle drei!" bestimmte Jürgen.
Grimmig fügte Kullmann an: „Warum sind wir nur nicht schon viel früher auf den Jungen gestoßen?"
„Vermutlich, weil niemand die Bedeutung der Akte Dienhardt kannte, als wir Nimmsgerns Sachen durchsucht haben", überlegte Jürgen.
„Das stimmt ja auch wieder nicht. Hübner hätte doch sofort reagieren müssen", widersprach Kullmann.
Jürgen stutzte.
Sie blieben kurz stehen und schauten sich an, bevor Kullmann anfügte: „Wenn es wirklich stimmt. Sollte es sich um falsche Anschuldigungen handeln, ist es kein Wunder, dass Hübner nicht reagiert hat."
Sie setzten ihren Weg zum Auto fort.
Esche! schoss es Kullmann durch den Kopf. Er war dabei, als Nimmsgern mit Steven Dienhardt gesprochen hatte, und somit der einzige, der das Verbindungsglied zwischen allen getöteten Polizisten gekannt hatte.
„Dann hat Esche die Akte Dienhardt gekannt. Aber warum hat er nicht etwas erwähnt?" staunte Kullmann.
„Das müssen wir ihn wohl selbst fragen", meinte Jürgen, weil er darauf auch keine Antwort wusste.
Ein wichtiges Beweisstück war durch die Nachlässigkeit eines Kollegen, den Kullmann immer sehr geschätzt hatte, in der Asservatenkammer gelandet, wo man es vergessen hät-

te, wäre Jürgen bei seinen Ermittlungsarbeiten nicht zufällig wieder darauf gestoßen. Was hatte das nun wieder zu bedeuten?
„Wie bist du überhaupt auf diese Akte gestoßen?“ fragte er Jürgen. Die Sonne stand hoch am Himmel, es herrschten sommerliche Temperaturen. Rasch zog Kullmann sein graublaues Jackett aus und schwang es über seine rechte Schulter. „Für dieses Wetter bin ich einfach zu warm angezogen“, stellte er fest, während er sich umständlich daran machte, die Ärmel seines blauen Hemdes hochzukrempeln.
Jürgen blieb davon völlig unberührt. Er trug wie gewohnt seinen kombinierten Anzug, der tadellos saß. Über Hitze oder Kälte beklagte er sich nie. Er überging Kullmanns letzte Bemerkung und knüpfte an die davor gestellt Frage an: „Du hattest Esther und mir den Auftrag gegeben, nach Leuten zu suchen, die mit Polizisten in Konflikt geraten sind und sich dadurch verdächtig gemacht haben. Dabei sind wir darauf gestoßen. In Steven Dienhardts Akte stand, dass er sich verbal sehr negativ über die Polizei geäußert hatte. Das war einer von vielen Fällen, aber da ich alle Fälle genau überprüft habe, konnte mir Steven Dienhardt einfach nicht entgehen!“
Kullmann klopfte ihm sofort auf die Schulter und meinte lobend: „Ich wusste schon immer, was ich an dir habe. Die Perfektion, mit der du deine Arbeit durchführst, ist es, was eine wirklich gute Polizeiarbeit ausmacht. Wer weiß, vielleicht kommen wir tatsächlich auf diesem Weg der Aufklärung ein gutes Stück näher.“
Jürgen wurde ganz verlegen, weil Kullmann ihn noch nicht oft gelobt hatte.
Sie fuhren zurück zum Landeskriminalamt, wo Kullmann seinen Kollegen absetzte und gleich weiterfuhr. Für diesen Tag hatte er sich vorgenommen, die Bankkonten von Kurt

Spengler zu überprüfen. So viel versprechend die neuen Ermittlungen waren, so sehr wurde nun auch sein Ehrgeiz angestachelt, endlich den Fall Luise Spengler zu lösen.
Diese Nachforschungen würden sehr zeitaufwendig und mühsam werden. In diesem Moment vermisste er Anke sehr, die ihm oft allein dadurch half, dass sie ihn aufheitern konnte. Ihn plagte sein Gewissen, sie zu hart angefasst zu haben. Insgeheim gestand er sich ein, dass ihn möglicherweise sein persönlicher Ärger darüber, dass sie sich ihm gegenüber so verschlossen zeigte, verleitet hatte. Aber warum sollte sie sich ihm anvertrauen, er war ihr Chef und nicht ihr Freund oder Vater? Närrisch hatte er sich verhalten und dafür wollte er sich bald bei ihr entschuldigen. Wollny, der den Vorgang kannte, hatte mit keinem Wort erwähnt, dass Anke einen Fehler gemacht hatte, also stand der Wiederaufnahme ihrer Arbeit nichts im Wege.
In Kurt Spenglers Bank hatte Kullmann die Unterlagen bekommen, die er für seine Ermittlungen benötigte. Mit einem Stapel Unterlagen unter dem Arm kehrte er an seinen Arbeitsplatz zurück, um dort in aller Ruhe alles durchzusehen. Er wusste, dass eine zähe und aufwändige Arbeit vor ihm lag. Als er am späten Abend mit stolzer Genugtuung aufatmete, hatte sich die Mühe gelohnt.
Kurt Spengler war hoch verschuldet! Bis vor zwei Jahren hatte er immer wieder beachtliche Summen von den Konten seiner Frau abgehoben. Dann hatte Luise ihm diese Möglichkeit abgeschnitten, indem sie ihm die Vollmacht über ihre Konten entzogen hatte. Seitdem befand er sich finanziell in großen Schwierigkeiten. In regelmäßigen Abständen wurden gewaltige Summen von seinem Konto abgehoben, ohne eine Angabe des Verwendungszwecks. Aber nur selten kam wieder Geld zurück.
Nun hatte Kullmann endlich das gefunden, was ihm weiter-

half: Kurt Spengler hatte ein Motiv, seine Frau zu töten! Er brauchte dringend einen ungehinderten Zugriff auf das Vermögen seiner Frau. Aber es war nur ein Indiz, einen Beweis hatte er nicht. Seine innere Stimme sagte ihm, dass Nimmsgern diesen Beweis hatte und deshalb sterben musste.

In Steven Dienhardt auch Nimmsgerns Mörder zu sehen, fiel ihm schwer, weil die beiden miteinander verwandt waren. Obwohl Dienhart seiner Ablehnung gegenüber der Polizei genügend Ausdruck verliehen hatte, sah Kullmann keinen kaltblütigen Serienmörder in dem Jungen, der selbst vor der eigenen Verwandtschaft nicht halt machte.

Also stand nun eine weitere Frage im Raum: Hatte Kurt Spengler den Kollegen Nimmsgern ebenfalls getötet, um seine Haut zu retten? Ein Motiv für den Mord an Nimmsgern hatte Kurt Spengler aber nur, wenn er wirklich der Mörder seiner Frau war. Mit jeder neuen Spur, die sie fanden und der sie nachgingen, tauchten noch mehr Fragen auf, überlegte Kullmann und rieb sich seine überanstrengten Augen.

Es war früher Nachmittag, als er mit seinen Ermittlungen fertig war und beschloss, zu Kurt Spengler aufzubrechen. Inzwischen war es sommerlich warm geworden, weshalb Kullmann sein graublaues Jackett aus Baumwolle gegen ein leichtes Leinensakko tauschte, damit er bei dem bevorstehenden Gespräch nicht in Schweiß ausbrach.

Kurt Spenglers Haus lag im Stadtteil Rotenbühl auf einem Hügel in einer kleinen, ruhigen Straße, die Am Stadtwald heißt. Als er dort ankam, überkam ihn ein sehr unbehagliches Gefühl. Dieses Haus war kein gewöhnliches Haus, es war eine prunkvolle Villa im neugotischen Baustil, dessen asymmetrische Form mit Giebeln, Erkern und Balkonen den Blick auf sich zog. Ornamente zierten den Eingang. Zwei Säulen und ein darüberliegender Balkon mit schmiedeeisernem Geländer bildeten einen prächtigen Rahmen, der mit einer

bunten Blumenpracht geschmückt war. Das Dach bestand aus mehreren Ziertürmchen und Giebelfenstern. Luise war aus einem dieser verspielt aussehenden Fenster rücklings herausgestürzt, fiel Kullmann plötzlich ein, was ihm aufs Herz drückte. Die Anlage um das Haus herum befriedigte höchste Ansprüche moderner Gartengestaltung, Blumenbeete in den schönsten Farben schmückten das große Anwesen und säuberlich gestutzte Hecken säumten das Gelände, um vor Einblicken von außen zu schützen.
Über mehrere Generationen hinweg hatte sich dieses prachtvolle Anwesen im Familienbesitz befunden. Schon immer war das Anwesen der Stolz der Familie und wurde mit großer Hingabe gepflegt, was Luise auch Zeit ihres Lebens fortgesetzt hatte, wie Kullmann an den formvollendeten Pflanzenarrangements erkennen konnte. Luise hatte schon immer einen besonderen Sinn für Schönheit gehabt.
Kullmann war zu angespannt, um Anzeichen von Vernachlässigungen zu entdecken. Schweren Herzens ging er auf das Portal zu und klingelte. Es dauerte sehr lange, bis ihm eine kräftige Frau mit herrischem Gesichtsausdruck öffnete.
„Ich möchte mit Herrn Kurt Spengler sprechen", erklärte Kullmann.
So mürrisch, wie die Alte dreinschaute, antwortete sie: „Der Herr ist nicht zu Hause. Sie haben Pech."
Damit war für sie das Thema erledigt, und die Tür fiel ins Schloss. Aber Kullmann ließ sich nicht so leicht abwimmeln, also klingelte er wieder. Noch mürrischer öffnete die Alte die Tür einen kleinen Spalt und wartete wortlos ab.
„Wann ist denn der Herr zu Hause? Ich muss dringend mit ihm sprechen!"
„Rufen Sie vorher an!"
Wieder stand er vor der verschlossenen Tür.
Enttäuscht ging Kullmann über den schmalen Weg zurück zu

seinem Auto. Mehr zufällig als misstrauisch drehte er sich auf halbem Weg um und sah Kurt Spengler an einem der oberen Fenster stehen. Das war ja der Gipfel, ärgerte er sich und so, als hätte er seinen Gedanken gelesen, öffnete er das Fenster und rief herunter: „Norbert, du Versager. Gibst du denn nie auf?"
„Ich bearbeite den Mord an deiner Frau und muss dich bitten, mit mir zu sprechen, sonst bekommst du Schwierigkeiten. Dein hinterhältiges Spiel hat ein Ende gefunden, weil ich jetzt am längeren Hebel sitze. Entweder du öffnest mir die Tür oder ich lasse dich vorladen. Dann sieht die Befragung anders aus."
„Aha, unser kleiner Teddybär muckt auf, wie süß!" lachte Kurt Spengler und verschwand vom Fenster.
Verwirrt fragte sich Kullmann, was die Masche mit dem Teddybär zu bedeuten hatte. Aber lange überlegen konnte er nicht, weil die Haustür kurze Zeit später von dem Herrn persönlich geöffnet wurde.
„Komm herein, Norbert, und schau dir gut an, was dir in den letzten vierzig Jahren entgangen ist!".
Was man sich mit dem nötigen Kleingeld alles leisten konnte. Der Luxus protzte an allen Ecken und Enden, es hatte sich nichts geändert in all den Jahren. Große Fenster ließen flutartig das Licht in die große Diele hinein, so dass der Glanz der Einrichtung besonders eindrucksvoll zur Geltung kam. Während Kullmann sich in diesem prächtigen Ambiente umschaute, musste er daran denken, wie er vor Jahren zusammen mit Luise durch diese Hallen spaziert war. Ohne sie wirkte diese Pracht für ihn nur noch protzig und überladen.
„Wir gehen am besten in meine Bibliothek. Nur in gepflegter Umgebung kann man sich entspannt unterhalten", prahlte Kurt Spengler. Er führte seinen Gast durch die Diele, als Kullmann Schritte hinter sich hörte. Trotz Spenglers Drän-

gen drehte er sich von Neugierde getrieben um. Mit erhobenem Haupt stolzierte die rothaarige Frau durch die Halle, die an dem Tag in Spenglers Begleitung war, als Kullmann zusammen mit Anke auf dem Rückweg von Marthas Kneipe zum Landeskriminalamt war. Ihr Make up war wieder grell aufgetragen.
Ohne Kommentar führte Spengler den Polizeibeamten weiter in den angepriesenen Raum. Die Bibliothek war ganz aus Holz gebaut, so dass der Anblick Kullmann den Atem verschlug. Diesen Raum hatte er niemals gesehen, vermutlich weil Luise sich damals nicht gerne dort aufgehalten hatte. Er war durch verschlungene Gewölbeformen mit holzummantelten Strebepfeilern und durch halbkreisförmig in das Rauminnere eingebuchtete Bücherwände an den Schmalseiten ganz im Barockstil gehalten, der so charakteristisch war, dass er auf den ersten Blick wie ein Original wirkte. Deckenhohe Bücherschränke waren um die Pfeiler herumgebaut und in jeder zurückversetzten Nische befand sich ein kleines Fenster. Das Mobiliar in diesem Raum war mit aufwendigen Intarsien verziert. Sogar der Boden bestand aus verschiedenen Holzarten, die kunstvoll wie ein Mosaik angeordnet waren. Während die Bücherregale aus Nussbaumholz angefertigt waren, umgaben die Säulen maserige Furniere. Der Parkettboden wechselte zwischen dunkler Eiche, rotem Kirschbaumholz und hellem Kiefernholz, was dem Raum eine warme Ausstrahlung verlieh. Die hohen Regale waren mit unzähligen alten Büchern voll gestellt, darunter eine große Anzahl mit einem faltigen Lederrücken. Trotz der Schönheit dieses Raumes war er sogar an einem sonnigen Tag wie diesem sehr dunkel. Die Fensternischen waren zu klein, um genügend Licht hereinzulassen. Der Kronleuchter, der prächtig von der hohen Decke herabhing, musste eingeschaltet werden und kam mit all seiner Pracht zur Geltung. Die Mitte des Zimmers

schmückte ein Schreibtisch aus Nussbaumholz, der auf vier mit Intarsien verzierten Streben stand. An diesem Tisch ließen sich die beiden Männer nieder.
„Na, Norbert. Wie fühlt sich ein großer Kriminalbeamter in dieser bescheidenen Hütte?“
Bevor Kullmann antwortete, ließ er in aller Ruhe die Bilder seines eigenen Hauses vor seinen Augen passieren. Er wohnte im Stadtteil Schafbrücke direkt an der stark befahrenen Kaiserstraße. Doch kaum hatte er sein Domizil betreten, tauchte er in eine andere Welt ein. Auf der Rückseite seines Hauses befanden sich eine Terrasse und ein kleiner Garten, die von einer Stille eingehüllt wurden, sodass nichts mehr an die Hektik der Hauptstraße erinnerte. Dieses Fleckchen Erde war seine Oase zum Abschalten, Entspannen und neue Energie tanken. Bisher diente ihm das Erlebnis, vom pulsierenden Leben der Kaiserstraße in die harmonische Stille, die vom Grumbachtal ausging, einzutauchen, als innerer Ausgleich zu seiner belastenden Arbeit. Aber bald würde diese kleine Welt seinen Lebensabend bestimmen, was ihn mit einer unbändigen Vorfreude erfüllte. Das konnte Kurt Spengler mit all seinem Luxus nicht übertreffen.
„Ich fühle mich stark, weil ich nichts Unrechtes getan habe“, erwiderte Kullmann kalt. „Ich kann jeden Morgen gut in den Spiegel schauen!“
„Da siehst du aber nichts Beneidenswertes“, lachte Kurt. „Du bist doch der klassische Verlierer. vierzig Jahre ist es nun her, dass Luise sich für mich entschieden hat und du trauerst immer noch hinter ihr her. Noch nicht einmal eine eigene Ehe hast du fertig gebracht, nur diesen stumpfsinnigen Beruf, wo man sich nur mit Leichen beschäftigt. Vermutlich ist das dein bester Umgang, weil Leichen keinen mehr enttäuschen können.“
Kullmann schaute ihm geduldig entgegen. Kurt konnte ihn

nicht mehr verletzen, weil er zu viel belastendes Material in den Händen hielt. Zwar brachte ihm das Luise nicht mehr zurück, aber so konnte er erreichen, dass ihr Mörder gefasst wurde.
„Bist du nun fertig mit deinen Beleidigungen?"
Kurt nickte und staunte über Kullmanns Gelassenheit.
„Warum wollte Luise sich von dir scheiden lassen?" begann Kullmann mit seinen Fragen.
„Oh, davon wusste ich nichts", reagierte Kurt prompt.
„Warum bist du auf Lügen angewiesen?" ließ Kullmann sich nicht beirren.
Kurt Spengler zog sich in Schweigen zurück, ein gutes Zeichen für Kullmann.
„Das weiß ich so genau, weil du über die Scheidungsabsicht deiner Frau schon mit dem Anwalt Bertram Klose gesprochen hast."
„Du bluffst! Bertram Klose ist schlau genug zu wissen, dass er besser die Schweigepflicht einhält", konterte Spengler in eisigem Tonfall.
„Bertram Klose ist wirklich schlau", amüsierte Kullmann sich nun sogar. „Er weiß genau, wann er von der Schweigepflicht enthoben ist – nämlich dann, wenn Gefahr im Verzug ist."
Nun schwieg Kurt Spengler eine Weile, bis er endlich sagte: „Was willst du eigentlich? Luise kannst du nicht mehr zurückgewinnen, sie ist tot. Willst du mir beweisen, dass du mir ein ebenbürtiger Gegner sein kannst?"
Kullmann schwieg.
„Aber das schaffst du nicht! Du hast nicht den Kampfgeist, nicht die Kraft; an mich kommst du nicht ran. Es ist doch nur ein verzweifelter Versuch, dich für das zu entschädigen, was ich dir damit angetan habe, als ich dir Luise wegschnappte."
Kullmann blieb immer noch still, was Kurt dazu veranlasste, weiterzureden, weil er das Schweigen schwer ertragen

konnte: „Damals, als Luise zu mir kam, hat sie dich immer belächelt. Nie hatte sie ein schlechtes Wort über dich gesagt, dazu war Luise zu charaktervoll. Dafür nannte sie dich immer einen treuen Teddybär. Sie meinte, du warst für sie so etwas wie ein lieber Bruder, der immer da ist, wenn man ihn braucht, immer hilfsbereit und selbstlos."
Spengler grinste: „Ja, so hat sie dich beschrieben. Ich fand das wirklich süß. Ich brauchte dich nie als ernsten Konkurrenten zu fürchten."
Diese Worte trafen Kullmann sehr hart, aber er beherrschte sich. Nicht die geringste Regung ließ er sich anmerken, als er seine Frage wiederholte: „Also, warum wollte Luise sich von dir scheiden lassen?"
„Du kannst dich aber an etwas festbeißen, wie eine Zecke", lachte Kurt. „Ich weiß es nicht!"
„Dein Nichtwissen könnte man durchaus auffrischen", ermahnte Kullmann.
„Ich wüsste nicht, womit!"
Kullmann schwieg lange, bis er ein leichtes Flackern in Spenglers Augen sah.
„Wie habt ihr denn eure Geldangelegenheiten geregelt?"
Nun lachte Kurt laut auf und protzte: „Ich brauche Luises Geld nicht, weil ich selbst genug verdiene."
„Da habe ich aber etwas anderes festgestellt. Du hast hohe Beträge von deinem Konto abgehoben, seit Luise dir vor zwei Jahren die Vollmacht über ihre Konten entzogen hat. Aber diese Löcher wurden nicht gefüllt. Du weißt genau, dass du hoch verschuldet bist. Also hattest du doch ein Motiv, Luise zu töten, weil du bei einer Scheidung nichts von ihrem Geld gesehen hättest. Im Falle ihres Todes wärst du der Alleinerbe – wäre der Fall bei den Akten!"
Spenglers Augen verengten sich zu schmalen Schlitzen. Fest presste er seine Lippen aufeinander, als hätte er Angst, sie zu

öffnen und etwas Unüberlegtes auszusprechen.

Kullmann verbarg seine Freude hinter kaltem Spott: „War Luise für dich nicht mehr als ein Goldesel, den man sich hält, so lange er funktioniert?"

Kurt versteifte sich in sein Schweigen.

„Geld ist das stärkste Motiv der Welt; damit fangen die kleinsten Gaunereien an", fügte Kullmann hinzu, als wolle er einen Analphabeten belehren.

„Du spinnst doch völlig", reagierte Kurt Spengler endlich.

„Was machst du mit den riesigen Summen, die du in den letzten Jahren abgehoben hast? Wo ging das Geld hin?"

„Das geht dich nichts an", erwiderte Spengler böse, weil er merkte, wie Kullmann empfindlich an seinem Fundament rüttelte.

„Oh doch, das geht mich etwas an, weil du im Verdacht stehst, deine Frau getötet zu haben!"

„Du machst dich lächerlich", versuchte Spengler aufzutrumpfen, als er wieder seine alte Fassung zurück gewonnen hatte. „Luise ist inzwischen neun Monate tot, und die Polizei ist schon lange zu dem Schluss gekommen, dass es ein tragischer Unfall war. Was willst du also noch hier? Ist es dein ganz persönliches Interesse, mich zu vernichten? Siehst du zum ersten Mal nach vierzig Jahren Entbehrungen die Chance dazu? Mehr kann es doch nicht sein, weil du ganz alleine behauptest, Luise sei ermordet worden. Die gesamte Polizei sieht das anders!"

„Ich weiß, dass du ein verdammt guter Spieler bist. Aber dieses Spiel wirst du nicht gewinnen, weil du auf die falsche Karte setzt."

Kullmann erhob sich und ging auf den Ausgang zu, als er sich noch einmal umdrehte und anfügte: „Du wirst von der *gesamten Polizei* noch hören. Also halte dich zur Verfügung, jeder Versuch, die Stadt zu verlassen, wird als Fluchtversuch

angesehen und verschlechtert deine Situation ganz erheblich."
Dann verließ er das Haus, das trotz seines luxuriösen Prunks sehr beklemmend auf Kullmann wirkte. Erst als er durch die Stadt fuhr, die im herrlichsten Sonnenschein lag, konnte er wieder aufatmen. Die Atmosphäre in Spenglers Haus hätte ihm fast die Luft genommen. Ständig hatte ihn das Gefühl begleitet, Luises Geist schwebte noch in diesen Mauern.
Da fiel sein Blick auf ein Werbeplakat, das überdimensional groß an einer Kreuzung stand, so dass man es gar nicht übersehen konnte. Darauf waren lachende Gesichter abgebildet und der Werbespruch lautete: „Schönes Saal-Land". Erst darunter konnte Kullmann lesen, was es mit diesem Spruch auf sich hatte: Dort wurde für die Spielbank Saarbrücken geworben, die vor nicht allzu langer Zeit in der Nähe des Messegeländes eröffnet worden war.
Das könnte des Rätsels Lösung sein! Er hatte es sogar selbst ausgesprochen und hatte diesen Gedanken nicht zu Ende gedacht, so groß war das Brett vor seinem Kopf gewesen: Kurt Spengler war ein Spieler. Nur in einer Spielbank gingen solche Summen hin und her. Als er weiterfuhr, stieß er doch tatsächlich auf ein weiteres Werbeplakat für die Spielbank Saarbrücken, auf dem stand: „Krötenwanderung". Das war genau der passende Ausdruck für das, was Kurt Spengler ständig passierte: seine Kröten wanderten ständig von seinem Konto auf das der Spielbank. Gab es nicht schon Untersuchungen, dass gerade Banker dafür prädestiniert waren zu spielen? Sie glaubten an die Macht des Geldes und konnten sich irgendwann nicht mehr diesem Bann entziehen.
Nun wusste Kullmann, was er zu tun hatte. Seine Freude war so groß, dass er unverzüglich von seinem Handy aus den Staatsanwalt Foster anrief und ihn um die richterliche Anordnung zur Befragung in der Spielbank bat. Nun wollte er

keine Zeit mehr vergeuden. Gleich an diesem Abend wollte er die Spielbank besuchen und den Geschäftsführer fragen, ob Kurt Spengler bei Ihnen verkehre. Mit dieser Bestätigung hätte er genügend Indizien, um diesen Mann zu verhaften. Das einzige, was ihm immer noch fehlte, war der unumstößliche Beweis. Wieder spürte er die Gewissheit aufkommen, dass Nimmsgern auf diesen Beweis gestoßen war und dass ihn genau das sein Leben gekostet hatte. Aber, dass Kurt Spengler tatsächlich auch der Polizistenmörder war, konnte er sich auf keinen Fall vorstellen. Er kannte ihn zu lange, um genau zu wissen, dass er kein Mensch war, der grundlos etwas tat. Der einzige erklärbare Grund, die beiden anderen ebenfalls zu töten, wäre gewesen, dass Hübner und Biehler ebenfalls auf die Spur gekommen waren, auf die Nimmsgern gestoßen war. Die Spur, die er schon lange verzweifelt suchte! Kullmann wollte und konnte das einfach nicht glauben, weil es nicht zusammenpasste. Biehler hatte bei der Verkehrspolizei gearbeitet, also konnte er gar nicht mit Kurt Spengler in Berührung gekommen sein. Und Hübner arbeitete zu keiner Zeit an dem Fall Luise Spengler, so dass er gar keine Gelegenheit gehabt hatte, an belastende Beweise zu gelangen.
Also blieb weiterhin die Frage nach dem Täter zwischen Robert Spengler und Steven Dienhardt zu klären. Am meisten entsetzte es ihn, dass Esche von Anfang von davon wusste. Die Tatsache, dass er niemals ein Wort über Dienhardt verloren hatte, bestätigte seine Zweifel. Sein Eindruck, dass Esche ein herausragend guter Polizist war, hatte sich nach den jüngsten Erkenntnissen revidiert. Nur warum sollte Esche einen Falschen der drei Morde beschuldigen, wenn er die Lösung des Problems schon lange auf der Hand gehabt hätte? Bei seinem Ehrgeiz, sich beruflich zu verbessern, sah Kullmann in diesem Verhalten einfach keinen Sinn!
Bevor er sich auf den Weg zur Staatsanwaltschaft machte,

rief er in Köln an. Diesmal hatte er Glück, denn sofort meldete sich der Mitarbeiter, der Kullmann die gewünschte Information geben konnte.

*

Als Anke aufwachte, war es schon hell, also beschloss sie aufzustehen. Missmutig setzte sie sich an den Frühstückstisch und schaute auf das Telefon. Robert hatte nicht angerufen, obwohl er es versprochen hatte. War sie die einzige, die nicht erkannte, dass er mit Doris Sattler zusammen war, während sie blind vor Liebe nur davon träumte, von ihm geliebt zu werden? Das musste sie klären. Für heute beschloss Anke, mit Robert Tacheles zu reden. Ihre Ungewissheit musste ein Ende haben.
Am Nachmittag zog Anke ihre Reithose an und machte sich auf den Weg zum Stall. Großes Treiben herrschte am Stall. Sie stieg aus dem Auto, schon wurde sie von vielen Reitern mit Fragen bestürmt. Angst überfiel sie, wieder unterschwellige Vorwürfe, Robert fallen zu lassen, zu hören. Aber nichts dergleichen geschah. Obwohl sie sich darüber wunderte, dass die Stimmung unter den Reitern sich so schnell ändern konnte, freute sie sich, von den ungerechten Anfeindungen verschont zu bleiben. Alle wollten einfach nur wissen, wie die Ermittlungen vorangingen, worauf sie ihnen allerdings nicht antworten konnte, weil sie es selbst nicht wusste. Geschickt wich sie den Fragen aus.
Als ihr Blick auf den Reitplatz fiel, sah sie, dass gerade eine Springstunde gehalten wurde. Doris Sattler saß auf Nepomuk. Nun wusste sie, warum Robert sie nicht angerufen hatte. Sie würde ihr Vorhaben, mit ihm offen zu reden, in

die Tat umsetzen. Das hinterließ bei ihr ein Gefühl, als pumpe ihr Herz auf doppelter Leistung. Zu allererst betrat sie die dunkle Stallgasse. Sie steuerte Rondos Box an. Erwartungsvoll schaute er ihr entgegen. Sie streichelte seine weichen Nüstern und beschloss, ihn nach der Springstunde auf dem Platz zu reiten. Seit sie den abenteuerlichen Sturz von Rondo erlebt hatte, war ihr ein Licht aufgegangen. Aus der Erfahrung hatte sie viel gelernt und freute sich darauf, ihre neuen Erkenntnisse ausprobieren zu können.

Dass die Springstunde zu Ende war, erkannte Anke daran, dass Doris mit Nepomuk so dicht an ihr vorbeiging, dass sie die beiden gar nicht übersehen konnte.

„Du wirst es nicht glauben! Robert gibt mir Nepomuk für die nächsten Turniere. Er hat volles Vertrauen zu mir und sagt, ich darf mit seinem Pferd machen, was ich will", flötete sie, um Anke damit zu ärgern. Und das gelang ihr auch – der Schlag saß. Am liebsten hätte Anke dieser Person die Augen ausgekratzt, aber sie beschränkte ihre Wut nur auf den giftigen Kommentar: „Dann kannst du ja wenigstens mit seinem Pferd machen, was du willst!"

Verwirrt schaute Doris sie an und musste erst überlegen, was sie darauf kontern sollte. Aber um Boshaftigkeiten war sie wahrhaftig nicht verlegen: „Weißt du das so genau?"

„Ich hoffe, du weißt es!" gab Anke zurück, wobei sie gnadenlos bluffte. Sie wusste nämlich nicht, wie weit die Freundschaft zwischen Doris und Robert ging, aber sie wollte auf keinen Fall kampflos das Feld räumen. Als Doris mundtot weiterging, freute Anke sich. Sie hatte mit ihrem Bluff richtig gelegen. Zufrieden sattelte sie Rondo und führte ihn auf den Platz. Auf dem Weg dorthin kam ihr Robert entgegen. Als er Anke sah, hellte sich sein Gesicht so sehr auf, dass Ankes glaubte, sie träume. Was hatte das nun wieder zu bedeuten?

„Anke, ich wusste gar nicht, dass du am Stall bist. Ich woll-

te dich gerade anrufen und fragen, ob wir zusammen essen gehen?“
Ankes Gedanken gingen drunter und drüber. Sie erkannte, dass diese Einladung die ideale Gelegenheit war, endlich mit Robert zu sprechen. Aber Roberts undurchsichtiges Verhalten ließ sie daran zweifeln, ob das Gespräch ihr wirklich Klarheit verschaffen könnte. Was sie aber auf keinen Fall wollte, war, ihm bedingungslos nachzugeben. Also meinte sie: „Gern! Aber zuerst muss ich Rondo reiten, er ist heute noch nicht bewegt worden!“
„In Ordnung, ich schaue dir zu!“
Anke traute ihren Ohren nicht. Alles hörte sich wieder genauso an wie vor der Hausdurchsuchung.
Als sie auf den Platz ritt, sah sie Helmut Keller dort trainieren. Als er sie sah, parierte er sein Pferd durch zum Schritt und ritt neben sie.
„Was hast du inzwischen über den Mord an Peter Biehler herausgefunden?“ fragte er.
„Leider noch nichts. Wir ersticken in Arbeit; deshalb kommen wir nur schleppend voran!“
„Du meinst, die Polizistenmorde?“
„Ja genau“, nickte Anke.
„Gehört der Mord an Peter Biehler auch zu diesen Polizistenmorden?“
Anke wunderte sich darüber, warum Helmut Keller so genau fragte. Bisher hatte unter den Reiterkollegen noch niemand einen Zusammenhang hergestellt, alle hatten sich nur für den Stand der Ermittlungen im Fall Biehler interessiert. Erst als sie Helmut Kellers prüfenden Blick bemerkte, erkannte sie, dass sie schon wieder begann, wie eine Polizistin zu denken. Rasch besann sie sich und nickte als Antwort, womit Helmut Keller dann auch zufrieden war.
Zuversichtlich ritt sie den Wallach und freute sich über die

Korrekturen, die Robert ihr gelegentlich zurief. Daran erkannte sie, dass er ihr seine volle Aufmerksamkeit schenkte. Diese Reitstunde baute sie richtig auf.
Hinterher gab sie Rondo seine Futterration und verließ die Box, denn nun hatte Rondo nur noch Fressen im Kopf.
Ganz ruhig war es inzwischen im Stall geworden. Die Kinder waren schon lange nach Hause gefahren, einige Reiter saßen noch auf der Terrasse der Reiterklause und tranken dort zum Abschluss des Tages ein kühles Bier.
Anke und Robert beschlossen, zu dem Lokal „Zur Tabaksmühle“ am Tabaksweiher in St. Arnual zu fahren, um sich dort ein Plätzchen im Freien zu suchen. Die angenehmen Temperaturen luden dazu ein, auf der gemütlichen Terrasse mit Blick zum Weiher, der von Bäumen eingerahmt wurde, die Stille und die Natur zu erleben. Im Licht der untergehenden Sonne, das sich im Wasser spiegelte, gab Anke sich gern dem trügerischen Gefühl hin, das Leben sei völlig einfach. Genau das brauchte Anke jetzt und wollte es zusammen mit Robert genießen.
Arm in Arm schlenderten sie auf die Terrasse zu und suchten unter den vielen Menschen, die wohl die gleiche Idee für diesen Abend hatten, einen Platz. Sie hatten Glück, ein Tisch war frei.
Lange schwiegen die beiden. Sie genossen das leise Murmeln der anderen Gäste, das die Stille durchbrach, bis Robert sagte: „Ich habe das komische Gefühl, dass diese Hausdurchsuchung zwischen uns steht!“
Anke schaute Robert an, doch bevor sie protestierte, überlegte sie. Sie musste ehrlich zu sich selbst bleiben, weil er damit nicht Unrecht hatte. Ihr Verhalten ihm gegenüber hatte sich erst nach dem Ergebnis dieser Untersuchung verändert. Ganz unwillkürlich war das geschehen, der Keim des Misstrauens war in ihr gesät. Wie war es nur möglich gewesen, die Tat-

waffen ausgerechnet bei ihm zu finden? Und dann noch alle drei? Diese Fragen erschwerten ihr Vertrauen ganz gewaltig, weil sie durch ihre Arbeit als Polizistin geprägt war. So sehr sie diesen Mann auch liebte, standen noch andere Probleme zwischen ihnen, die sie unbedingt mit ihm besprechen musste. Robert hatte selbst dafür gesorgt, dass sie nicht einfach nur auf ihre Gefühle hören konnte. Durch Doris Sattler hatte er Zweifel gesät, die in ihrer Situation wie Wasser auf die Mühle waren.

„Gewissermaßen hast du Recht! Aber du darfst dabei nicht vergessen, dass Kullmann diesen Fall bearbeitet. Das ist nämlich ein Glücksfall für dich. Kullmann wird niemals aufgeben, bevor nicht alles getan worden ist. Wenn es noch Fragen gibt, wird er sie klären, darauf kannst du dich verlassen", erklärte Anke so zuversichtlich, wie sie es eigentlich gar nicht war. Immerhin hatte Kullmann sie in Urlaub geschickt, weil sie sich in den Hauptverdächtigen verliebt hatte. Wenn Anke nur an diese unangenehme Unterhaltung dachte, wurde ihr ganz unwohl zumute.

„Klar gibt es noch offene Fragen, sonst hätte ich das Untersuchungsgefängnis niemals verlassen dürfen", wandte Robert ein. „Es wurden nämlich keine Fingerabdrücke auf den Waffen gefunden, womit die Ermittlungen wieder ins Strudeln geraten sind. Hoffentlich ist dein Chef wirklich so gut, wie du behauptest, denn sonst komme ich für Taten ins Gefängnis, die ich nicht begangen habe!"

Anke spürte schon wieder ihre Zweifel, als sie ihn so sah. Wie hatte Kullmann zu ihr gesagt in diesem letzten, heftigen Gespräch: *Robert ist der klassische Frauenheld, der den Frauen schon immer etwas vormachen konnte.* Wie sollte sie wissen, ob er ihr jetzt nicht auch etwas vormachte; schließlich ging es um seine Zukunft. Um ein Leben im Gefängnis verhindern zu können, war ein Mensch sicherlich zu allem bereit. Robert stellte

bestimmt keine Ausnahme dar.
„Ich bin unschuldig“, beteuerte er wieder und schaute Anke dabei tief in die Augen.
Dieser Blick, diese blauen Augen waren es, die Ankes Widerstand normalerweise zum Schmelzen gebracht hätten. Doch heute sah sie noch mehr in diesen Augen. Deutlich erkannte sie die dunklen Seiten, die sie bisher nicht hatte sehen wollen.
„Ich will dir glauben, dass du mit diesen Verbrechen nichts zu tun hast“, meinte Anke langsam und gedehnt. Robert spürte, dass sie noch etwas auf dem Herzen hatte.
„Das ist aber nicht alles, was zwischen uns steht!“
Robert schwieg, was Anke nicht gefiel.
„Ich möchte Klarheit darüber haben, welche Rolle Doris Sattler in deinem Leben spielt.“
„Fängst du schon wieder damit an?“ konterte Robert unfreundlich. „Wir hatten uns doch schon einmal darüber unterhalten, und da habe ich dir schon einmal gesagt, dass nichts mehr zwischen Doris und mir ist.“
„Du hattest mir an dem Tag dein „Großes Ehrenwort“ gegeben, mit Doris darüber zu sprechen, dass sie sich nicht mehr zwischen uns stellt.
Robert seufzte: „Das habe ich auch getan!“
„Und?“
„Sie war einsichtig!“
Sollte Anke ihm das glauben? Doris Sattlers Verhalten sprach nämlich eine ganz andere Sprache.
„Bitte, verdirb uns doch nicht den Abend wegen Doris. Das ist sie doch gar nicht wert“, drängte Robert nun. „Ich habe mich wirklich auf diesen Abend gefreut. Nach deiner abweisenden Haltung von gestern hatte ich schon große Angst, dich endgültig verloren zu haben. Aber als ich dich heute am Stall gesehen habe, spürte ich wieder Hoffnung. Lass uns den

Abend genießen!"
Langsam brach Abendrot herein und ließ den See in einem Rot schimmern, als stünde er in Flammen. Lange genossen sie die verträumte Atmosphäre. Ihre Plätze verließen sie erst, als der Kellner zu verstehen gab, dass sie schließen wollten. Erst jetzt bemerkten Anke und Robert, dass sie die letzten Gäste waren.
Weil die Stimmung so romantisch war, beschlossen sie, den Abend noch nicht zu beenden. Gemeinsam fuhren sie zu Ankes Wohnung. Sie öffneten eine Flasche Wein und tranken sie bei romantischen Balladen wie „bell'amore mio" und „I'm in trouble" von Zucchero, dessen Songs für ruhige Stunden sehr passend waren. Zunächst verlegen, dann immer vertrauter tanzten sie im sanften Rhythmus der Musik. Robert umarmte sie immer inniger, drückte sie an sich, küsste ihre Stirn, ihre Wangen, ihren Hals und streichelte ihren Rücken. Ankes innerer Widerstand löste sich immer mehr in seinen Armen auf. Sie schmiegte sich an ihn und erwiderte seine leidenschaftlichen Küsse. Als die Musik-CD zu Ende war, gingen sie ins danebenliegende Schlafzimmer. Als Anke die Nachttischlampe einschaltete, begann Robert langsam und elegant, sich in dem schwachen Lichtschein auszuziehen. Amüsiert schaute Anke ihm zu und juchzte bei jedem Kleidungsstück, das er ihr entgegen warf. Bis zu seinen Boxershorts führte er sein Schauspiel vor und forderte anschließend Anke auf, es ihm nachzutun. Verlegen lachte Anke und rannte vor Aufregung zuerst einmal auf die Toilette. Dort machte sie sich frisch. Als sie wieder ins Schlafzimmer zurückkam, stand Robert mit dem Rücken zu ihr. Er stand direkt vor dem kleinen Tisch, auf dem sie immer ihre Dienstwaffe ablegte, wenn sie von der Arbeit nach Hause kam. Sofort war sie aus ihren Schwärmereien gerissen, denn genau dort befand sich auch jetzt ihre Waffe. Sie hatte völlig vergessen, sie wegzuräumen.

Als Robert sich langsam zu ihr umdrehte, hielt er die Pistole auf sie gerichtet.
„Mit so etwas arbeitet eine zarte, zierliche Frau wie du?" fragte er skeptisch, doch Anke blieb die Luft weg. Sie glaubte, dass das ihr Ende bedeuten würde. Robert war doch der Polizistenmörder, er hatte alle auf die gleiche Art getötet, indem er die Waffen der Opfer benutzt hatte. Und genau in dieser Situation befand Anke sich jetzt, hilflos dem Mörder ausgeliefert.
„Mein Gott Anke, wie siehst du denn aus?" rief Robert und wollte einen Schritt auf sie zumachen, als Anke schrie: „Nein, bitte nicht! Nicht ich!"
Erst jetzt merkte Robert, dass er immer noch die Waffe in der Hand hielt. Behutsam legte er sie auf den alten Platz zurück und schaute Anke an.
„Anke, was ist mit dir? Was habe ich getan?"
Aber Anke konnte gar nicht mehr antworten, sie bekam keine Luft mehr. Kraftlos ließ sie sich auf einen Stuhl sinken.
Was war nur mit ihnen geschehen? fragte sie sich. Wie ein schleichendes Gift hatte dieser Fall ihr Glück mit Robert zerstört. Ohne ihre Ermittlungsarbeiten im Fall der Polizistenmorde wäre sie niemals auf eine solche Idee gekommen, Robert könnte sie in ihrer eigenen Wohnung erschießen. Je mehr sie darüber nachdachte, umso absurder kam ihr das alles vor.
Robert spürte auch die Kluft zwischen ihnen immer größer werden. Welche Vorwürfe wollte sie ihm machen? Wollte sie ihm vorwerfen, ihre Dienstwaffe von einem Platz aufgehoben zu haben, wo sie sie unerlaubterweise liegengelassen hatte? Aber nun machte es den Eindruck, als wollte sie nur ihm vorwerfen, etwas falsch gemacht zu haben.
Enttäuscht zog er sich wieder an und schritt entschlossen zur Ausgangstür. Bevor er die Wohnung verließ, schaute er noch

einmal zu ihr zurück und meinte traurig: „Und du willst mir sagen, dass du an meine Unschuld glaubst!?“
Leise fiel die Tür ins Schloss und zurück blieb eine unerträgliche Stille.
Es dauerte eine Weile, bis Ankes Atem sich wieder normalisiert hatte. Erst da konnte sie wieder klar denken. Das erste, was sie erkannte, war, dass sie alles falsch gemacht hatte. Völlig verzweifelt rannte sie in ihrer kleinen Wohnung hin und her und fragte sich, was nur in sie gefahren war, so zu reagieren. Sie hatte ihn zutiefst verletzt, dabei wollte sie ihm doch so gerne glauben. Allmählich rief sie sich die Situation ins Gedächtnis. Natürlich hatte er nach ihrer Waffe gegriffen, sie hatte selbst den Fehler gemacht, sie dort liegen zu lassen. Aber erschießen wollte er sie damit bestimmt nicht. Zu viele Gelegenheiten hätte er bereits dazu gehabt, und er hatte sie nicht genutzt. Denn welcher Mörder machte vorher noch einen Striptease, bevor er sein Opfer tötete? Das kam ihr am unwahrscheinlichsten vor.
Nachdem sie eine Weile in ihrer Wohnung völlig aufgebracht herumgerannt war, konnte Anke endlich einen Entschluss fassen. Sie rief ein Taxi an, weil sie in ihrer Verfassung unmöglich Auto fahren konnte. Damit ließ sie sich zum Staden fahren. In einiger Entfernung von Roberts Wohnung stieg sie aus. Die wenigen Meter wollte sie durch die Nachtluft gehen, um einen klaren Kopf zu bekommen. Die Luft war kühl und angenehm. Alles war still bis auf die leisen Autogeräusche von der Stadtautobahn auf der anderen Saarseite. Die Villa, in der Robert wohnte, lag eingerahmt von Laubbäumen, die sich noch dunkler von der Fassade des Hauses abzeichneten. Eine Weile blieb sie davor stehen und atmete tief durch. Sie wusste noch gar nicht, wie sie ihm gegenübertreten sollte, hatte sich noch gar keine Worte zurechtgelegt. Trotzdem trat sie auf das Haus zu. Ihr Entschluss war gefasst, sie musste

sich bei Robert entschuldigen, das war sie ihm schuldig.
Die Haustüre war nur angelehnt. Erstaunt drückte Anke gegen die Tür und trat in den Korridor. Roberts Wohnung lag im ersten Stock. Sie nahm die Treppe. Oben angekommen, klingelte sie bei Robert. In seiner Wohnung brannte Licht. Nichts rührte sich. Wieder drückte sie auf den Klingelknopf, aber sie konnte kein Geräusch aus der Wohnung vernehmen. Das fehlte noch, überlegte sie. Ihn überhaupt nicht in der Wohnung anzutreffen, damit hatte sie nicht gerechnet. Das brachte ihre ganze Entschlossenheit völlig ins Wanken.
„Robert, hier ist Anke! Bitte mach auf!“ rief sie.
Tatsächlich wurde die Tür einen schmalen Spalt geöffnet. Anke kam sich wie ein lästiger Hausierer vor. Ganz vorsichtig streckte er den Kopf heraus, als vergewissere er sich, wer vor seiner Tür stand.
„Bist du allein?“ fragte er, was Anke bejahte.
„Ich möchte mich bei dir entschuldigen, weil ich mich eben wie eine Vollidiotin benommen habe. Dafür brauche ich keine Begleitung!“
Hastig öffnete Robert die Tür, zog Anke blitzartig in seine Wohnung und verschloss die Tür wieder.
„Hast du jemanden im Haus gesehen?“ fragte er immer noch atemlos.
„Nein!“
Nun erst sah Anke, wie Robert aussah. Er hatte Kratzer und blaue Flecken im Gesicht, seine Kleidung war verschmutzt und zerrissen.
„Meine Güte, was ist denn hier los?“
„Ich bin vor dem Haus überfallen worden, gerade als ich aus dem Auto aussteigen wollte“, antwortete Robert und zuckte zusammen, als Anke ihre Hand auf seine linke Schulter legen wollte. „Autsch. Dort hat er mich mit einem harten Gegenstand getroffen.“

„Wie bist du ihm entkommen?“
„Ich habe zurückgeschlagen. Er ist einige Schritte rückwärts getaumelt. Diese Gelegenheit habe ich genutzt, im Haus zu verschwinden. Als ich noch einmal zurückgeschaut habe, hatte er etwas in seiner Hand, was eine Waffe gewesen sein könnte!“
„Hast du ihn erkennen können?“
„Nein, er trug so etwas wie einen Strumpf über dem Gesicht“, erklärte Robert. „Aber, wie bist du überhaupt ins Haus gekommen?“
„Die Haustür war nur angelehnt!“
„War das Schloss beschädigt?“
„Darauf habe ich nicht geachtet, weil ich ja nicht ahnen konnte, dass ein Einbrecher im Haus ist“, meinte Anke und erkannte erst jetzt, was sie gerade gesagt hatte: „Du meinst also, der Täter ist jetzt hier im Haus?“
„Ja! Du hattest verdammtes Glück, dass du ihm nicht begegnet bist!“
Gerade, als Robert diesen Satz ausgesprochen hatte, wurde es dunkel in der Wohnung.
„Jetzt hat er den Strom abgestellt!“ stieß er entsetzt aus. „Wir sitzen hier in der Falle!“
„Nein. Wo ist das Telefon, ich rufe jetzt die Kollegen bei der Polizei an. Dann werden wir ja sehen, wer hier in der Falle sitzt!“
Robert kramte in einem Regal nach einer Taschenlampe, mit der er Anke den Weg zum Telefon leuchtete. Aber die Telefonleitung war tot.
„Wo ist dein Handy?“ fragte sie.
„Es liegt im Auto.“
Nun war ihre Situation in der Tat sehr heikel, stellte sie fest, weil sie ihr Handy ebenfalls vergessen hatte. In der Gemütsverfassung, in der sie von ihrer Wohnung aufgebrochen war,

hatte sie nicht mehr an eine solche notwendige Kleinigkeit denken können.
„Wenn dieser Kerl die Telefonleitung trennen kann, kennt er sich verdammt gut in dem Haus aus", stöhnte Anke. „Er überlässt wirklich nichts dem Zufall. Hast du denn eine Ahnung, wer es auf dich abgesehen hat?"
„Nein, absolut nicht. Was sollen wir jetzt nur machen?" flüsterte Robert. Als er von Anke keine Antwort bekam, fügte er an: „Eigentlich wollte ich dich so kurz nach unserem missglückten Stelldichein nicht wieder sehen. Aber das ändert nichts daran, dass ich mir jetzt auch noch um dich Sorgen machen muss!"
Bei diesen Worten wurde Anke sofort warm ums Herz. Wieder fragte sie sich, warum sie Robert so panikartig verdächtigen konnte. Nie und nimmer konnte dieser einfühlsame Mensch ein Mörder sein. Aber sie war von ihrer Arbeit als Kriminalpolizistin und dem täglichen Umgang mit Kriminellen so geprägt, dass sie schon unsensibel für seine Aufrichtigkeit und seine Liebesbezeugungen geworden war. Ihr Arbeitsdenken hatte ihr einen bösen Streich gespielt; wenn einmal der Verdacht im Hinterkopf spukte, sucht man leichter einen potenziellen Verbrecher als einen ehrlichen Menschenfreund. Leider war der Abend, von dem sie sich so viel versprochen hatte, in einer Situation geendet, die ihre privaten Wünsche zurückstellte, dafür ihre Fähigkeiten als Polizistin forderte. In dieser Situation kam es sehr auf ihre beruflichen Erfahrungen an, sie durfte auf keinen Fall die Nerven verlieren. Mit einem kühlen Kopf musste sie nun die Situation steuern, damit sie eine Chance hätten, der Gefahr zu entkommen.
„Das hat aber auch einen Vorteil", überlegte Anke. „Er weiß nicht, dass du Besuch hast. Wir haben den Überraschungsmoment auf unserer Seite!"
Da hörten sie ein Geräusch an der Tür. Erschrocken zogen

sie sich ins Wohnzimmer zurück. Von dort aus schlich Anke auf den Balkon, um nachzusehen, ob dieser Weg als Fluchtweg in Frage kam. Aber leider konnten sie von diesem Balkon nicht herunter springen, dafür war er viel zu hoch. Enttäuscht kam Anke in die Wohnung zurück und suchte Robert in der Dunkelheit.

„Wo bist du?“ flüsterte sie in die Dunkelheit.

„Pss! Er ist immer noch an der Tür!“ zischte er ganz in ihrer Nähe.

Ganz langsam näherte sie sich der Richtung, aus der Roberts Antwort kam und fand ihn auch gleich. Geduckt saß er hinter einem Sessel, bewaffnet mit seiner Taschenlampe.

Plötzlich krachte es laut und die Tür fiel in die Wohnung. In den Trümmern stand eine schwarze Gestalt. Seine Silhouette war nur undeutlich zu erkennen, weil er in der Finsternis durch seine schwarze Kleidung gut getarnt war. Anke musste ihre Augen sehr anstrengen, um ihn überhaupt zu sehen. Zu ihrer Sicherheit versteckte sie sich an einer anderen Stelle als Robert, damit er sie beide nicht auf einen Schlag erwischen konnte. Sie mussten die Gelegenheit genau abpassen können, um zuzuschlagen. Immerhin waren sie zu zweit, da müsste es ihnen doch gelingen, den Eindringling zu überwältigen.

„Gibt es noch einen zweiten Ausgang?“ fragte Anke ganz leise. Aber Robert verneinte.

Gerade noch rechtzeitig hatte sie sich hinter dem Schrank versteckt, da stürzte der Mann auch schon genau in Roberts Richtung. Mit einem Hechtsprung hatte er das Sofa überquert und landete sofort über Robert, der in seiner Verzweiflung seine Taschenlampe einschaltete und den Eindringling damit zu blenden versuchte. Aber der Mann schlug ihm blitzartig den Gegenstand aus der Hand. Mit einer geschickten Handbewegung verschränkte er in Sekundenschnelle Roberts

Arme auf dem Rücken und versuchte, Robert in dieser unbequemen Haltung aus der Wohnung heraus zu treiben. Aber Robert wehrte sich mit aller Kraft, trat mit seinen Füßen in die Beine seines Angreifers und stemmte seinen Körper mit aller Wucht gegen ihn. Mit einer hastigen Bewegung drehte die schwarze Gestalt Robert in seine Richtung, holte weit aus und schlug mit aller Wucht in sein Gesicht. Entschlossen griff Anke nach der Stehlampe, die direkt neben ihr stand, wagte sich aus ihrem sicheren Versteck heraus und wollte ihm damit von hinten über den Kopf schlagen. Genau in dem Moment hörte der Eindringling sie und drehte sich so schnell um, dass Anke erschrak und den Mann nur an der rechten Schulter treffen konnte. Robert rührte sich nicht mehr, was Anke nur ganz am Rande registrierte, weil sie nun hilflos dem Einbrecher ausgeliefert war. In der einen Hand hielt er einen Stock, die andere hatte er zur Faust geballt. Sekundenlang standen sie sich so gegenüber. Ankes Herz raste wie wild. Nichts konnte sie tun. Sie konnte nicht weglaufen, sie konnte ihn nicht überwältigen, weil sie keine Waffe hatte, sie konnte auch keine Hilfe herbeischaffen. Sie saßen in der Falle! Doch dann geschah etwas, womit sie nicht gerechnet hatte. Der Einbrecher drehte sich um und rannte so schnell davon, als ginge es um sein Leben und nicht um ihres. Fassungslos schaute Anke ihm nach, wie er durch die eingetretene Tür verschwand und hielt wie versteinert ihren Blick auf die zertrümmerte Tür gerichtet, als könnte der Einbrecher seine Meinung ändern und wieder zurückkehren. Erst als Robert leise zu stöhnen begann, besann sie sich wieder und wandte sich ihm zu. Als sie ihn mit der Taschenlampe anleuchtete, erschrak sie. Sein Gesicht war übel zugerichtet, Blut sickerte aus mehreren Platzwunden, außerdem waren noch einige blaue Flecken hinzugekommen. Als er Anke sah, lächelte er schmerzverzerrt und grunzte schwer verständlich:

„Unser Rendezvous hatte ich mir romantischer vorgestellt." Ein Zahn fiel ihm aus dem Mund und kullerte vor Ankes Füße.
Betroffen nahm Anke Robert in die Arme und wartete zusammen mit ihm auf den Krankenwagen, den ein aufmerksamer Nachbar gerufen hatte. Er war durch den Lärm aufgeweckt worden und hatte zum Glück nachgesehen, was in Roberts Wohnung los war.

*

Kullmann fuhr zum Landeskriminalamt zurück, um sich dort seinem Bericht zu widmen. Verzweifelt suchte er nach seiner Lesebrille, bis er sie in der obersten Schublade seines Schreibtisches fand. Sonst hatte ihm Anke diese Arbeit abgenommen, deshalb gehörte der Griff zur Lesebrille noch nicht zu seiner Routine. Sie fehlte ihm sehr, wobei er nicht nur an ihren unermüdlichen Eifer dachte. Er vermisste auch ihr heiteres Wesen, das ihm oft neuen Auftrieb gab. Es wurde höchste Zeit, dass sie wieder im Team mitarbeitete.
Das Büro lag verlassen da, weil viele Kollegen Feierabend hatten und andere im Außendienst tätig waren. Nur eine Putzfrau arbeitete still vor sich hin. Sie befand sich gerade in Ankes Zimmer. Kullmann grüßte die Frau, als sein Blick auf Ankes Schreibtisch fiel. Dort lag Ankes Schlagstock! Völlig erstaunt ging er darauf zu und fragte die Putzfrau: „Wie kommt dieser Stock auf den Tisch?"
„Der lag auf dem Boden. Ich habe ihn aufgehoben und auf den Tisch gelegt", erklärte die Frau.
„Wo lag der Stock?" wollte Kullmann nun ganz genau wissen, weil ihm plötzlich ganz unwohl zumute war.

Die Putzfrau zeigte auf eine Stelle direkt unter dem Schreibtisch, wo der Stock nur gefunden werden konnte, wenn man sich bückte und auf dem Boden suchte. Dort hatte Anke den Stock niemals vergessen, weil sie viel zu gewissenhaft ihre Utensilien immer absperrte, bevor sie das Büro verließ. Was war dort geschehen?

Neugierig nahm Kullmann ein Vergrößerungsglas und begutachtete den Stock genauer. Tatsächlich fand er an einer Stelle einen kleinen Fleck, der durchaus eine Blutkruste sein konnte. Außerdem dunkle Haarreste. Schleunigst eilte er hinunter in das Labor.

„Wie gut, dass ich dich noch antreffe! Ich brauche dich jetzt!"

Er zeigte Theo den Schlagstock und erklärte: „Kannst du feststellen, was das für ein Fleck auf dem Stock ist?"

„Klar", erklärte Theo sich sogleich bereit, Kullmanns Bitte nachzukommen. „Bei der Gelegenheit kann ich dir eine Neuheit der Kriminaltechnik vorstellen. Es handelt sich um die Substanz Leukokristalle, mit der man zweifelsfrei Blutspuren feststellen kann, selbst an Stellen, wo es mit dem bloßen Auge nicht mehr sichtbar ist."

„Und ein Irrtum ist ausgeschlossen?" zweifelte Kullmann.

„Völlig! Diese Kristalle reagieren auf eine Substanz, die nur in Blut vorkommt. Somit ist eine Verwechslung ausgeschlossen."

Geschickt setzte Theo die hochwertige Substanz ein, womit er Kullmann eine Demonstration der neuen Untersuchungsmethode vorführte. Dabei kam eindeutig heraus, dass es sich um Blut handelte.

„Um näheres festzustellen, müsste ich eine DNA-Anlyse durchführen, weil ich nicht sagen kann, ob es menschliches Blut ist", erklärte Theo.

Aber Kullmann genügte das Ergebnis schon. Lachend winkte

er ab und rief schon im Hinausgehen: „Das Ergebnis reicht mir völlig aus, Kollege! Vielen Dank!“

Deutlich sah Kullmann das Bild vor Augen, wie Esche mit seiner dicken Beule am Kopf am Schreibtisch gesessen hatte. Diese Beule hatte geblutet. Zwar hatte Esche wenige Haare, aber diese wenigen Haare waren dunkel, fast schwarz. Auf die Frage, wie er sich diese Beule zugezogen hatte, hatte er eine sehr ausführliche Geschichte über Robert Spengler erzählt, die ihn zweifelsfrei als Hauptverdächtigen und dazu noch als gefährlich darstellte. Angeblich hatte ihm Robert mit einem Knüppel über den Kopf geschlagen. Nun erst erkannte Kullmann, dass dieser angebliche Überfall nie wieder besprochen worden war. In diesem Fall stand es Aussage gegen Aussage, was auch bedeutete, dass Robert die Wahrheit gesagt haben konnte und dieser Überfall hatte niemals stattgefunden. Nach dem, was Kullmann von den Kollegen in Köln erfahren hatte, fiel es ihm wie Schuppen von den Augen: Esche hatte ihm eine raffinierte Falle gestellt, er als alter Hase war wie ein Anfänger darauf hereingefallen.

Verärgert rieb Kullmann sich die Augen. Nun erst erkannte er das ganze Ausmaß seiner Blindheit. Die Szene kam ihm vor Augen, wie Anke vor ihm gesessen und nur mit Mühe herausgebracht hatte, dass Esche mehr von ihr wollte, als sie zulassen konnte. Unmissverständlich hatte sie ihm gesagt, dass Esche aufdringlich war und ihr Angst eingejagt habe. Genau in diesem Moment hätte er reagieren müssen. Aber was hatte er getan? Er hatte ihr Anliegen lächelnd heruntergespielt mit den Worten, sie könne sich wehren. Er hatte Esche in Schutz genommen, anstatt Anke zu schützen. Er hatte versagt, als es um das Thema sexuelle Belästigung am Arbeitsplatz ging. Damit hatte er ihrem Vertrauen in ihn einen schweren Schaden zugefügt. Bestürzt über diese Feststellung rieb Kullmann sich die Schläfen, die zu pochen begannen.

Wie weit war Esche noch gegangen, um Anke aus dem Rennen zu bringen? War es ihm tatsächlich nur um die Beförderung gegangen? Kullmanns Schläfen pochten immer mehr. Diese Fragen hatte er sich nicht gestellt. Übelkeit stieg ihm hoch bei der Erkenntnis, dass er Ankes Angst nicht an sich heran gelassen hatte. Eigentlich hätte er sie nach der jahrelangen Zusammenarbeit besser kennen sollen. Was war er doch für ein Narr! Tatsächlich hatte Esche es geschafft, einen Keil zwischen Anke und ihn zu treiben.

Schnell verstaute er den Schlagstock in seinem Schreibtisch und verließ das Landeskriminalamt. Da ihm ein Besuch in der Spielbank Saarbrücken bevorstand, fuhr er zuerst nach Hause, um sich dort etwas Passendes für diesen Zweck anzuziehen.

Er entschied sich für einen kombinierten Anzug aus leichtem Leinenstoff in blaugrau, eine Farbe, die er immer gerne trug. Einerseits war sie neutral, andererseits passend für jede Gelegenheit. Zu seinem Erstaunen stellte er fest, dass die Hose etwas eng geworden war. Das war das Ergebnis seines guten Appetits. Eigentlich sollte er auf sein Gewicht besser achten, weil er schon genügend Pfunde mit sich herumtrug, aber es schmeckte einfach zu gut. Darauf wollte er nicht verzichten. Geschickt lenkte er seine Aufmerksamkeit auf seine Krawatte, die er passend zum Anzug auswählte.

Zuerst machte er sich auf den Weg zu Anke. Schleunigst wollte er ein klärendes Gespräch mit ihr führen, was ihm gerade nach diesen erschreckenden Erkenntnissen gewaltig auf der Seele brannte. Vielleicht begleitete sie ihn sogar zur Spielbank. Anke schaffte es immer wieder, seinen Horizont an Ermittlungsmöglichkeiten zu erweitern. Ihre liebenswürdige Art entkrampfte manche Situation und erleichterte dadurch die Arbeit.

Aber er hatte Pech. Anke war nicht zu Hause. Enttäuscht

stand er vor der verschlossenen Tür und spürte, wie seine Entschlossenheit wieder erlahmte. Resigniert fuhr er allein zur Spielbank. Auf keinen Fall wollte er diese Arbeit aufschieben, weil er sich sonst viel zu sehr mit seinen Gewissensbissen plagen musste.

Neugierig betrat er die Spielbank. Am Eingang wurde er aufgefordert, seinen Personalausweis abzugeben. Als er stattdessen seinen Polizeiausweis zückte, sah er den üblichen Wechsel im Gesichtsausdruck.

„Ich bin dienstlich hier und habe ein paar Fragen", meinte er freundlich an der Theke. „Kann ich mit dem Geschäftsführer sprechen?"

„Ich werde ihn suchen. Sie können sich solange bei uns umsehen", erwiderte die Empfangsdame freundlich.

Dieser Einladung kam Kullmann gerne nach. Neugierig betrat er einen großen Saal, der von einer exklusiven Atmosphäre beherrscht wurde. Die Geräusche waren sehr gedämpft, dic Luft flirrend. Große Spieltische waren umringt von Besuchern, die mit entschlossenem Blick ihre Jetons einsetzten und verloren. Die Mehrzahl der Tische waren Roulettetische; französisches Roulette und amerikanisches Roulette. Auf der linken Seite des Raumes wurden zwei Black-Jack-Tische von Spielern belagert. Als Blickfang stand ein Glücksrad inmitten des Geschehens, das keine Beachtung fand. Nur der Croupier saß gelangweilt daneben und wartete auf Kundschaft. Ein seltsam anmutender Tisch stand weiter hinten, den Kullmann erst bei näherem hinsehen als chinesisches Würfelspiel „Sic Bo" erkannte. An diesem Abend fand dieses Spiel auch keine Anhänger. Ebenso der Baccara-Tisch, der direkt daneben stand und genauso verlassen aussah. Die meisten Besucher konzentrierten sich auf die ständig rollende Kugel des Roulettes. Jeder Spieler befand sich in seiner eigenen Welt, zu der niemand Zutritt hatte. Die Isolation dieser Menschen ließ Kullmann

frösteln. Er stand direkt daneben und wurde gar nicht gesehen. Es hatte aber auch den Vorteil, unbemerkt beobachten zu können.
Eine kegelförmige Theke ragte bis in die Mitte des Raumes und wurde beleuchtet von ineinander verschlungenen Lichterketten, die in ihrer Künstlichkeit abstießen und wohl den Hauch der großen Welt ausstrahlen sollten. Die meisten Barhocker standen leer.
Auf der gegenüberliegenden Seite standen die Spielautomaten, deren gelegentliches Klingeln und Rasseln, wenn ein Gewinn fällig wurde, die einzigen Geräusche waren.
Während Kullmann auf den Geschäftsführer wartete, spürte er die bleierne Luft in diesem Ambiente. Die Schritte wurden verschluckt, die Menschen wirkten auf ihn wie hypnotisiert. Nichts von dem, was um sie herum geschah, konnte ihr Interesse wecken. Ihre ganze Aufmerksamkeit galt dem Spiel. Den einzigen Schwung brachten die deutlichen Stimmen der Croupiers, die riefen „Ihre Einsätze bitte!". Daraufhin erwachten die Spieler zum Leben, indem sie der Aufforderung folgten. Im Anschluss daran hieß es: „Nichts geht mehr! Rien ne vas plus!", was noch eine letzte Hektik auslöste für spät entschlossene Einsätze. Es überraschte ihn sehr, dass viele der Spieler jung waren, die an den Roulette-Tischen standen und mit Jetons ihre Einsätze gaben. Diese Jetons wechselten ihre Besitzer im Flug und niemand schien sich großartig daran zu stören. Gefesselt und mit starrem Blick blieben sie am Spieltisch stehen, als könnten sie Gewinne erzwingen.
Einige festlich gekleidete Damen und Herren waren ebenfalls unter den Gästen und spielten und verloren mit einer Routine hohe Geldsummen, die Kullmann erschrecken ließ. Der Spieltrieb hatte sie alle hier im Griff. So auch eine Frau, die Kullmann bekannt vorkam. Je genauer er hinsah, desto sicherer wurde er sich, dass er sie nicht zum ersten Mal sah. Es

war die Rothaarige, die er schon zweimal in Kurt Spenglers Nähe gesehen hatte. Bei ihrer ersten Begegnung war es nicht auszuschließen, dass sie zufällig in Spenglers Begleitung war, doch als er sie sein prachtvolles Haus verlassen sah, wusste er, dass mehr dahinter steckte. Sie hier zu erblicken, stärkte Kullmanns Zuversicht, mit seinen Ermittlungen die richtige Richtung eingeschlagen zu haben.

Kullmann setzte sich an die Theke, um Spenglers Bekannte in Ruhe beobachten zu können. Sie trug ein sündhaft teures Kleid, das mit ihren Reizen nicht geizte, dazu Schmuck, der aussah wie ein Schatz aus Tausend-Und-Einer-Nacht. Sie bewegte sich sehr elegant - schon verführerisch. Knisternde Erotik verbreitete sie mit ihren geschickten Bewegungen, womit es ihr tatsächlich gelang, die Aufmerksamkeit anderer Spieler auf sich zu lenken. Es war nicht möglich, diese auffallende Frau zu übersehen. Solche Frauen konnten den Männern gefährlich werden, überlegte Kullmann.

Je länger er diese Menschen beobachtete, umso mehr überkam ihn das Gefühl, in dieser Spielwelt einem Geheimnis von Kurt Spengler näher zu kommen. Sollte er wirklich spielsüchtig sein, dann wollte er diese ihm fremde Atmosphäre in sich aufnehmen, um diese Seiten von Spengler besser verstehen zu können. Kullmann lächelte über sich. Er kam sich wie ein verdeckter Ermittler vor, der sich beim Gegner getarnt einschmuggelte, um ihn besser kennen zu lernen. Sein Eindruck wurde immer deutlicher: die schillernde, rothaarige Dame passte genau in Kurt Spenglers Lebensstil. Sie gehörte zu der gleichen Welt, in der Spengler lebte – es war die Welt voller Glanz und Glamour.

Kurze Zeit später kam der Geschäftsführer. Auf Kullmanns Frage hin, ob er Kurt Spengler kannte und in seiner Spielbank bereits gesehen hatte, bekam er die Antwort, die er sich erhofft hatte. Er schaute nicht auf die Uhr, als er das Casino verließ.

Am nächsten Morgen war der Himmel voller schwarzer Wolken, die Unheil verkündend herabblickten. Schwüle Gewitterluft erschwerte Kullmanns Schritte, als er durch den Hof auf das Landeskriminalamt zuging. Kein Lüftchen wehte, das eine Erleichterung hätte sein können. Schweißgebadet betrat Kullmann das Büro, heute ging er in Sachen Pünktlichkeit mit gutem Beispiel voran. Esche war bei einem Einsatz, von dem Kullmann nichts wusste. Auf seinem Schreibtisch lag lediglich eine Notiz von ihm, die mehr verschwieg, als sie mitteilte. Zähneknirschend schob Kullmann die Notiz zur Seite, als Jürgen eilig sein Zimmer betrat. Auch er wischte sich den Schweiß aus dem Nacken und aus dem Gesicht.
„Warum ist Esche allein zum Einsatz gefahren?" fragte Kullmann anstelle einer Begrüßung.
Überrascht schaute Jürgen seinen Chef an und antwortete dann: „Ich weiß nichts von einem Einsatz."
Sofort erinnerte Kullmann sich wieder daran, dass Esche schon zweimal in den zwei Jahren, seit er in seiner Abteilung war, mit seiner einzelkämpferischen Methode erstaunliche Festnahmen zuwege gebracht hatte. Einmal kam er völlig überraschend mit dem Kindermörder aus Merzig hereinspaziert und ein Jahr später zelebrierte er dasselbe Schauspiel mit dem Raubmörder aus Saarlouis. Wenn er wieder auf diese Weise einen so wichtigen Fall wie diesen aufklärte, könnte Kullmann vielleicht die unübliche Arbeitsweise dulden. Aber ihn beschlich ein sehr ungutes Gefühl, weil Esche bei den letzten Ermittlungsarbeiten seine Professionalität eingebüßt hatte. Unter diesen ungünstigen, ja sogar gefährlichen Bedingungen durfte er seinen Mitarbeitern niemals so viel individuellen Spielraum bei der Bearbeitung eines Falles lassen. Jeder Einsatz, der in Kullmanns Abteilung anfiel, ging über seinen Schreibtisch; unabhängig davon, ob er zur erforderlichen Zeit persönlich anwesend war oder der Bereitschafts-

dienst; Kullmann wurde immer informiert. An diesem Morgen war Kullmann nichts über einen Einsatz gemeldet worden, der Esches Anwesenheit erfordert hätte. Das wiederum bestätigte Kullmanns Befürchtung, dass Esche einen dunklen Alleingang unternehmen könnte. Sofort rief er bei Anke zu Hause an. Die neuesten Erkenntnisse gaben ihm Anlass, sich Sorgen um sie zu machen. Aber er hatte schon wieder kein Glück, Anke war nicht erreichbar!

Jürgen beobachtete ihn, schwieg aber und wartete, bis Kullmann von alleine sprach: „Ich mache mir Sorgen um Anke. Inzwischen habe ich eingesehen, dass ich ihr Unrecht getan habe. Ich bemühe mich seit gestern Abend, sie zu erreichen, leider erfolglos."

„Inwiefern hast du Anke Unrecht getan?" fragte Jürgen.

Etwas mutlos und niedergeschlagen berichtete Kullmann: „Esche Versetzungsgrund aus Köln war eine Anzeige einer Arbeitskollegin wegen sexueller Belästigung am Arbeitsplatz!"

„Das beantwortet aber nicht meine Frage", stellte Jürgen fest.

Kullmann berichtete von seinem letzten heftigen Streitgespräch mit Anke und von Ankes Schlagstock, auf dem Haare und Blutspuren gefunden worden waren.

Jürgen hörte genau zu, schien seinen Chef aber nicht zu verstehen. Es dauerte eine Weile, bis er sagte: „Ich verstehe da wohl so einiges nicht!"

Kullmann schaute den Kollegen an und fragte: „Ist dir in den letzten Wochen jemals zu Ohren gekommen, dass Esche mehr Interesse an Anke hatte, als Anke lieb und recht gewesen wäre?"

Nun brach Jürgen der Schweiß erst richtig aus. Eine Weile schaute er Kullmann nur an, bis der Alte drängte: „Du weißt etwas! Rück raus mit der Sprache!"

Jürgen wischte sich über die Stirn. „Ich habe nur durch Zufall ein Gespräch zwischen Esther und Anke gehört", begann er sehr zurückhaltend. „Ohne lauschen zu wollen", fügte er noch schnell an. Aber Kullmann winkte ab und meinte ungeduldig: „Hier geht es um viel wichtigeres. Was hast du gehört?"

„Esther sagte zu Anke, als sie von dir beurlaubt worden war: *Du hättest Esche nicht so behandeln dürfen. Er ist nicht schlecht und das, was du ihm angetan hast, hat er wirklich nicht verdient.* Dann fügte sie noch etwas an, was ich nicht mit Sicherheit wiederholen kann, weil ich mich entfernte. Die Unterhaltung war privater Natur und ging mich nichts an", wand Jürgen sich ganz verlegen unter Kullmanns Blicken.

„Rede weiter!" Kullmann konnte seine Unruhe kaum bändigen.

„Jetzt, wo du mir von dem Schlagstock erzählst, merke ich, dass ich einen Fehler gemacht habe. Aber ich dachte einfach, das sei ein Frauengespräch, und wollte mich nicht in private Dinge einmischen, deshalb habe ich diesem Satz einfach keine Bedeutung beigemessen!"

„Dann sag doch endlich den Satz!" wurde Kullmann ungeduldig.

„Esther sagte zu Anke: *„Er hätte sterben können!"* gab Jürgen endlich zerknirscht zu.

„Und du hast geglaubt, die beiden reden über die neueste Mode?" sprang Kullmann wütend von seinem Stuhl auf. „An was hätte er denn sterben können? An Liebeskummer, weil Anke ihn verschmäht hatte? Mein Gott, was hast du dir denn nur gedacht, bei dieser Unterhaltung einfach nicht zu reagieren?"

„Ich habe bestimmt nicht an seine Beule am Kopf gedacht, weil niemand an einer Beule am Kopf einfach stirbt!" rechtfertigte Jürgen sich verzweifelt. „Außerdem hatten wir doch

für die Beule eine Erklärung, die den gesamten Polizeiapparat in Bewegung gesetzt hatte."
„Und was haben die beiden noch geredet?" lenkte Kullmann schnell wieder ein.
„Anke fragte daraufhin: *„Woher willst du das wissen?"* und Esther antwortete: *„Horst hat mir alles erzählt!"* Den Rest der Unterhaltung hatte ich mir nicht mehr angehört, weil ich mir so schäbig vorgekommen bin!"
Kullmann rannte in seinem Büro hin und her, schüttelte den Kopf, bis er endlich sagte: „Warum? Warum hast du den Mund gehalten? Warum dann immer noch, als ich Anke aufgefordert habe, Urlaub zu nehmen. Ich habe nichts von alledem gewusst, habe Anke beschuldigt, was sie gar nicht verantworten konnte. Ich habe genau den Fehler gemacht, vor dem sich jede Frau fürchtet, wenn sie auf diese Weise in Bedrängnis gerät. Vielleicht hatte sie auf mich gehofft, aber ich trampelte auf ihrer verletzten Seele mit Füßen herum, weil ich völlig ahnungslos war. Das alles hätte verhindert werden können, hättest du mich auf diese Unterhaltung angesprochen."
„Du hattest Anke bereits beurlaubt, als dieses Gespräch stattfand", wehrte Jürgen sich schwach, fühlte sich dabei aber keineswegs besser.
Kullmann übersah Jürgens bedrückte Miene. Zu sehr war er mit seinen Gedanken beschäftigt.
„Sag mal, hatte es wirklich nur ethische Gründe, mir nichts von dieser Unterhaltung zu sagen?" überlegte Kullmann laut und blieb direkt vor Jürgen stehen.
Jürgen schaute in das zornesrote Gesicht seines Vorgesetzten und antwortete: „Nein!"
„Sondern?!?"
„Ich musste befürchten, dass du mir nicht glaubst und mir vielleicht sogar eine Verwarnung gibst, weil Esche für dich

so etwas wie der perfekte Kriminalbeamte ist. Du bist ja völlig überzeugt von ihm und hast keinen Zweifel daran gelassen!"
Nun war Kullmann völlig sprachlos. Eine Weile schaute er Jürgen an und nickte dann bedächtig, bevor er sprach: „Stimmt! Nach seinen früheren Erfolgen war ich sehr überzeugt von ihm. War das so auffällig?"
Als Jürgen nickte, schüttelte der Alte den Kopf: „Mein Gott! Kein Wunder, dass Anke mir nicht mehr vertraute. Natürlich musste sie Angst haben, dass ich ihr nicht glauben würde, wenn du es ebenso empfunden hast."
Eine Weile schwieg er, bis er weiter sprach: „Wurde von Esche eigentlich eine Aussage schriftlich festgehalten, wie er zu dieser Beule gekommen ist?"
„Ich glaube nicht. Als er uns von Robert Spenglers Tätlichkeit erzählte, hast du alles mobilisiert, um Anke zu retten", spielte Jürgen auf den Großeinsatz des Sondereinsatzkommandos an. „Danach ist dieser Vorfall nie mehr erwähnt worden!"
„Stimmt! Esche ist wirklich verdammt gut. Er hat genau gewusst, wie ich reagiere, wenn es um Ankes Sicherheit geht. Ganz geschickt hat er die Situation so dargestellt. Nichts hat er dem Zufall überlassen, gar nichts."
„Und du bist dir nun ganz sicher, dass Robert Spengler nicht derjenige war, der Esche eins übergezogen hat?" zweifelte Jürgen immer noch.
„Ja! Anke hatte ihren Schlagstock seit ihrem Dienstbeginn in meiner Abteilung noch nicht gebraucht. Woher sollen deiner Meinung nach die Spuren kommen, die eindeutig daran festgestellt worden sind?"
Jürgen nickte und nach einer kurzen Bedenkzeit fragte er weiter: „Aber es ist auch nicht ausgeschlossen, dass Robert Spengler ihm diese Beule beigebracht hat?"
„Und wann sollen die beiden sich begegnet sein?" fragte

Kullmann hitzig zurück. „Nach Esches Aussage sind die beiden sich nach Feierabend vor dem Altenheim begegnet, aber Robert Spengler weiß angeblich nichts von einer solchen Begegnung! Es gibt keine Zeugen, nichts, was in dieser gottverlassenen Gegend kein Wunder ist."
„Die Gegend eignet sich für Esches Geschichte, weil sie so verlassen ist", stimmte Jürgen seinem Chef zu. „Aber wenn das so ist, was hat dann Robert Spengler mit Ankes mutmaßlichem Schlagstockeinsatz auf Esche zu tun?"
„Ganz einfach: Anke liebt Robert! Esche lässt keine Gelegenheit aus, bei Anke zu landen. Nun kann ich mir denken, was wirklich passiert ist: Anke hat Esche mit ihrem Schlagstock abgewehrt, und Esche rächt seine verletzte Eitelkeit damit, dass er ihren Liebhaber einfach als Mörder verdächtigt und festnehmen lässt. Das ist ihm glänzend gelungen!" Kullmann klang verbittert.
„Aber die Tatwaffen wurden doch tatsächlich bei Robert Spengler gefunden", widersprach Jürgen.
„Genau da liegt der Hund begraben!! Ausgerechnet Esche war bei dieser Hausdurchsuchung dabei. Er hat die Voraussetzungen dazu geschaffen. Dabei konnte er sich unbeobachtet in Robert Spenglers Wohnung und Umgebung bewegen. Hinzu kommt, dass auf den Tatwaffen keinerlei Fingerabdrücke zu finden sind, noch nicht einmal die der früheren Besitzer. Warum macht Robert sich die Mühe, die Spuren zu verwischen, vergisst dabei nur eine Kleinigkeit, nämlich die verräterischen Waffen richtig zu entsorgen, damit sie nicht mehr gefunden werden. Das ergibt keinen Sinn!"
„Du meinst also, Esche führt einen persönlichen Krieg gegen Robert, weil er von Anke verschmäht wurde. Glaubst du nicht, dass dieser Verdacht ein bisschen zu weit geht? Immerhin suchen wir einen mehrfachen Polizistenmörder, da steht eine ganze Menge auf dem Spiel. So verletzt kann niemand

sein, dass er einen Unschuldigen eines solchen Verbrechens beschuldigt und dabei noch Gefahr läuft, den wirklichen Mörder auf freiem Fuß zu lassen", lehnte Jürgen Kullmanns Überlegungen entschieden ab.
„Das werden wir erst erfahren, wenn wir mit Esche darüber sprechen können. Was mich immer noch sehr stutzig macht, ist die Tatsache, dass Esche Steven Dienhardt kennt und somit auch die Zusammenhänge. Damit muss er doch gewusst haben, dass Steven Dienhardt höchst verdächtig ist. Alles passt auf den Jungen; alle Zusammenhänge, nach denen wir so lange gesucht haben, sind bei Steven Dienhardt zu finden. Esche hat ihn bereits gekannt, als alle drei Kollegen noch gelebt haben. Er muss doch von Anfang an von dem Jungen gewusst haben. Sieht das denn nicht so aus, als versuchte er, alles in eine Richtung zu lenken, die ihm gerade in den Kram passt?"
„Aber wie soll Esche denn an die Waffen gekommen sein?"
„Erinnerst du dich nicht, dass Steven Dienhardt erwähnte, dass Esche jedes Mal mit Nimmsgern zusammen den Jungen besuchte?"
„Doch! Aber wie du schon selbst bemerkt hast, hatten die Kollegen zu dem Zeitpunkt noch gelebt", stellte Jürgen sofort klar.
Kullmann ließ sich nicht beirren: „Erinnerst du dich auch den an Zustand von Stevens Wohnungstür?"
„Ja natürlich erinnere ich mich daran. Aber erinnerst du dich auch, dass Steven Dienhardt schon seit einer Stunde hier sein müsste?!"
Überrascht schaute Kullmann auf die Uhr und meinte verärgert: „Ich kann nur hoffen, dass wir diesen hitzköpfigen Jungen nicht völlig falsch eingeschätzt haben!"
Im gleichen Augenblick klopfte es an der Tür, und Erik Tenes betrat das Büro. Seine riesige Gestalt ließ das Büro klein

erscheinen. Er überreichte Kullmann die Tageszeitung. Staunend las Kullmann den Artikel:

*„**Überfall auf den Polizistenmörder!**" Die Polizei hat den mutmaßlichen Polizistenmörder auf freien Fuß gesetzt. Der Verdächtige wurde in seiner Wohnung überfallen und schwer verletzt. Er verdankt es einem glücklichen Zufall, dass er noch am Leben ist, weil die Unbekannten in ihrem Vorhaben gestört worden sind."*

Sofort ahnte Kullmann etwas und fragte: „Durch wen sind diese so genannten Unbekannten denn gestört worden?"

„Durch Anke Deister!" antwortete Erik Tenes. „Sie war während des Überfalls bei ihm in der Wohnung, und hat bereits bei den Kollegen für Einbruch und Diebstahl ihre Aussage gemacht. Inzwischen ist sie nach Hause gefahren."

„Also ist ihr nichts passiert!" atmete Kullmann erleichtert auf.

„Nein! Aber ihre Aussage deckt sich nicht mit dem Zeitungsartikel. Es war nämlich nur einer."

„So, wie Sie mich ansehen, gibt es aber noch etwas", hakte Kullmann beunruhigt nach.

„Ja! Es geschah etwas sehr Eigenartiges! Nach Ankes Schilderungen ging der Einbrecher äußerst brutal vor, aber als er Anke Auge in Auge gegenüberstand, hielt er sofort inne. Nach ihrer Aussage wäre es kein Problem für den Einbrecher gewesen, sie zu töten, weil sie unbewaffnet war. Aber er hat sie einfach stehen lassen und ist davongerannt."

„Gott sei Dank!" stöhnte Kullmann auf. „Das ist die Hauptsache!"

„Verfasser dieses Zeitungsartikels ist Ingo Weber!" fügte Erik Tenes vielsagend an.

„Der Name erinnert mich daran, dass es von ihm schon unangenehme Zeitungsartikel über uns gab", überlegte Kullmann. „Es waren Artikel über die Polizistenmorde. Schon als ich diese Artikel gelesen hatte ich das Gefühl, das er Insider-

wissen der Polizei benutzt. Es gibt wohl eine undichte Stelle bei uns. Ich muss herausfinden, wo!“
„Was sagt unsere Presseabteilung dazu?“ fragte Erik.
„Sie kennen den Journalisten nicht persönlich. Aber ich werde ihn nun kennen lernen. Ich bekomme allmählich den Verdacht, dass dieser Mann uns entscheidend weiterhelfen kann!“
„Und was geschieht jetzt mit Steven Dienhardt?“ erinnerte Jürgen wieder an ihr Gespräch, bevor Erik Tenes das Zimmer betreten hatte.
„Wir machen folgendes: Jürgen und Erik, ihr beide fahrt zu Stevens Wohnung und nehmt den Jungen fest. Er hat sich grundsätzlich verdächtig gemacht, weil er hier nicht aufgetaucht ist. Sollte er nicht zu Hause sein, dann besorgt ihr über den Hausmeister einen Schlüssel zur Wohnung. Die Genehmigung bekomme ich von Staatsanwalt Foster, da habe ich keine Bedenken“, ordnete Kullmann an.
„Und was machst du?“ fragte Jürgen.
„Ich fahre zu Anke. Ihr Telefon ist immer besetzt, über Handy habe ich sie nicht erreichen können. Deshalb werde ich jetzt bei ihr vorbeifahren und mich in aller Form entschuldigen. Ich werde sie wieder zum Dienst zurückbeordern. Ohne Ankes Einsatz kommen wir hier nämlich nur sehr beschwerlich voran!“
Erik Tenes schaute seinen Vorgesetzen etwas verwundert an, stellte aber keine Fragen. Zusammen mit Jürgen verließ er das Büro. Kullmann setzte sich mit Staatsanwalt Foster in Verbindung, bevor er zu Ankes Wohnung fuhr.
Ankes Auto stand vor der Wohnung auf der gegenüberliegenden Straßenseite geparkt, worüber Kullmann sich freute. Das bedeutete, dass sie zu Hause war. Zufrieden klingelte er an der Tür und wartete geduldig, dass sie endlich öffnete. Aber nichts geschah. Wieder klingelte er; wieder tat sich nichts.

Ungeduldig suchte Kullmann einen Weg zum hinteren Teil des Hauses, aber das Tor war fest verschlossen. Die Fenster zu Ankes Wohnung lagen so hoch, dass er keine Möglichkeit hatte, hineinzuschauen. Frustriert ging er wieder zu der alten, verwitterten Haustür und klingelte so lange, bis eine Nachbarin ein Fenster aufriss und empört rief: „Können Sie nicht kapieren, dass niemand da ist? Das ganze Haus hört schon den Lärm, den Sie machen."

„Ist alles in Ordnung bei Frau Deister?" fragte Kullmann, ohne auf die schlechte Laune der Frau zu achten.

„Vermutlich. Sie wird nicht zu Hause sein, was in letzter Zeit öfter bei ihr vorkommt!"

„Aber ihr Auto steht doch vor der Tür!?" beharrte Kullmann weiter.

„Sie ist letzte Nacht mit dem Taxi weggefahren, das habe ich zufällig beobachtet!"

Damit gab Kullmann sich vorläufig zufrieden und fuhr wieder zum Landeskriminalamt zurück.

Dort waren in der Zwischenzeit auch Erik und Jürgen eingetroffen. Von Steven Dienhardt gab es keine Spur! Nachdem Kullmann berichtet hatte, dass er Anke in ihrer Wohnung nicht angetroffen hatte, sahen die beiden allerdings sehr beunruhigt aus.

„Was ist mit euch? Gibt es etwas, was ich wissen muss?" fragte Kullmann sofort.

„Wir waren in Steven Dienhardts Wohnung und haben alles durchsucht, was darauf hinweisen könnte, wo er sich versteckt; dabei sind wir auf etwas sehr Interessantes gestoßen!"

„Auf was?"

Jürgen und Erik sahen sich an, bevor Erik weiter sprach: „Wir haben Fotos von Nimmsgern, Biehler und Hübner gefunden."

„Und? Rede weiter!" wurde Kullmann ungeduldig.

„Aber das waren nicht alle Fotos."
„Macht es nicht so spannend, mir ist nicht nach Rätselraten!"
„Es war auch ein Foto von Anke dabei!"
Nun verstand Kullmann.
„Mein Gott! Ich habe sie in ihrer Wohnung nicht angetroffen. Hat sie den Kollegen des Einbruchdezernats gesagt, wo sie hinfahren wollte?"
Erik antwortete: „Zu den Kollegen des Einbruchsdezernats sagte sie unmissverständlich, dass sie endlich nach Hause fahren wollte."
„Dann müssen wir wieder zu ihrer Wohnung zurückfahren! Ich habe keine Ruhe, bis ich weiß, dass sie in Sicherheit ist", eilte Kullmann den Kollegen voran zum Dienstwagen.
„Bisher hat der Polizistenmörder alle seine Opfer draußen im Wald mit der eigenen Waffe erschossen!" überlegte Erik, der sich unaufgefordert einfach ans Steuer setzte. „Halten Sie es denn für möglich, dass er seine Methode ändert?"
„Ich bin kein Profiler. Ich befürchte jedoch, dass er bei ihr anders vorgeht, weil er keine andere Möglichkeit hat, an sie heranzukommen. Bisher war Anke niemals alleine im Wald und erst recht nicht im Stadtwaldgebiet am Schwarzenberg. Wenn sie im Wald war, dann immer hoch zu Ross am Schanzenberg und immer zusammen mit Robert Spengler. Für den Mörder war es nicht gut möglich, sie dort zu töten, weil es einen Zeugen gegeben hätte. Aber in ihrer Wohnung kann er sie alleine antreffen. Deshalb dürfen wir nicht ausschließen, dass er seine Strategie ändern wird", überlegte Kullmann. Doch plötzlich schlug er sich mit der flachen Hand an die Stirn und fügte an: „Mir fällt gerade ein, dass ihre Waffe sich in ihrer Wohnung befindet!"
Daraufhin drückte Erik ein wenig mehr aufs Gaspedal; mit hoher Geschwindigkeit kamen sie an dem grauen Mietshaus

in der Quienstraße an, in dem Anke wohnte.
Die Nachbarin tauchte sofort wieder am Fenster auf, als sie die drei Männer kommen sah, und schimpfte: „Sie schon wieder?!“
„Haben Sie in der Zwischenzeit einen Besucher bemerkt, der zu Anke Deister wollte?“ fragte Kullmann zur Begrüßung.
„Meinen Sie, ich hätte nichts Besseres zu tun, als nur am Fenster zu hängen?“
„Es ist sehr wichtig für uns, gute Frau. Bitte, können Sie uns sagen, ob Sie etwas beobachtet haben?“ besänftigte Kullmann hastig die Nachbarin, weil er keine Zeit für Diskussionen hatte.
„Nein, ich habe nichts bemerkt. Tut mir leid, dass ich Ihnen nicht weiterhelfen kann“, bemerkte sie nun etwas freundlicher.
Kullmann bedankte sich bei ihr und klingelte im Sturm an Ankes Wohnung. Wieder geschah nichts.
Betont höflich wandte er sich an die neugierige Nachbarin und bat sie, ihm die Tür zu öffnen, damit sie in das Treppenhaus gelangen könnten. Der Summer ertönte. Hastig öffnete er; zusammen mit Erik und Jürgen rannte er die wenigen Stufen hinauf zu Ankes Wohnungstür. Als er dort auf den Klingelknopf drückte, reagierten nur die Nachbarn. Mehrere Türen wurden geöffnet, und neugierige Blicke wurden auf die drei Männer geworfen. Aber Erik war sehr effektiv in seinen Bemühungen, die Schaulustigen zu vertreiben. Innerhalb kurzer Zeit waren alle wieder verschwunden.
„Was machen wir jetzt?“ fragte Kullmann.
„Wenn die Tür unversehrt ist, bedeutet das doch, dass Steven Dienhardt auch nicht in der Wohnung sein kann!“ überlegte Jürgen, doch Erik widersprach: „Vielleicht hat Anke ihn hereingelassen. Es wäre doch möglich, dass sie ihn kennt!“
„Wir müssen hinein, egal wie. Wer weiß, vielleicht ist Steven

noch da drin, und wir können das Schlimmste noch verhindern", drängte Kullmann.
„Das dürfte kein Problem sein", bemerkte Erik und taxierte die Tür.
„Was haben Sie vor?"
„Ich trete die Tür ein. Oder haben Sie einen besseren Vorschlag?" meinte Erik trocken.
Kullmann befürchtete, dass jede Sekunde lebenswichtig sein konnte, wenn Steven Dienhardt wirklich schon in der Wohnung war. Trotzdem zögerte er und forderte Jürgen auf, den Hausmeister aufzusuchen und nach dem Schlüssel zu fragen. Aber dazu kam es nicht mehr, weil Erik bereits mit einem Satz gegen die Tür sprang und diese laut krachend ins Innere der Wohnung polterte.
Hastig eilten die drei hinein, aber in der Wohnung sah alles völlig normal aus.
„Anke, wo sind Sie?" rief Kullmann.
Die Tür zum Schlafzimmer wurde geöffnet und Anke stand in eine Decke eingewickelt im Türrahmen. Ganz verschlafen wirkte sie, rieb sich zuerst die Augen und schaute fragend auf die drei Kollegen.
„Mein Güte, was ist denn hier passiert?"
Kullmann eilte auf sie zu, packte sie an den Schultern und rief voller Erleichterung: „Meine Güte, Anke. Ich habe mir solche Sorgen um Sie gemacht. Ihr Telefon war immer besetzt und geöffnet haben Sie auch nicht, als ich hier geklingelt habe wie ein Wilder. Wie konnten Sie nur so gedankenlos sein. Ich hatte schon Angst, dass Sie dem Mörder von Angesicht zu Angesicht gegenüber stehen und ich Ihnen nicht mehr helfen kann."
„Mein Gott, ich habe geschlafen!" gähnte Anke.
„Das kann doch nicht sein. Nach allem, was ich hier veranstaltet habe, in Ihre Wohnung zu gelangen, können Sie doch

nicht ernsthaft behaupten, Sie hätten nichts gehört!" war Kullmann immer noch sehr aufgebracht.
„Doch, genau das!"
„Ach was! Reden Sie doch nicht. Sie sind beleidigt und wollen es mir heimzahlen!"
Erik und Jürgen verzogen sich wieder aus der Wohnung, als sie bemerkten, dass ihr Einsatz nicht mehr nötig war.
Kullmann setzte sich auf das Sofa und wartete, bis Anke sich angezogen hatte und wieder aus dem Schlafzimmer zurückkam.
Mit mürrischer Miene blieb sie vor ihrem Chef stehen und meinte: „Sie glauben wohl, immer alles zu wissen. Aber diesmal sind Sie einfach auf dem Holzweg, egal wie ungern Sie das zugeben wollen. Ich habe mir die ganze Nacht um die Ohren schlagen müssen, weil bei Robert eingebrochen und er dabei verletzt wurde. Ich bin nach dem Einbruch mit Robert ins Krankenhaus und anschließend zur Polizei gefahren. Und jetzt habe ich mir weiß Gott eine Mütze Schlaf verdient. Ich habe den Telefonhörer einfach auf die Seite gelegt, weil ich ungestört sein wollte. Da kommen Sie gleich mit der ganzen Tür ins Haus gefallen und unterstellen mir, dass ich nicht geschlafen habe. Das wird ja immer schöner. Außerdem bin ich beurlaubt, da kann ich ohnehin machen, was ich will. Was soll also dieser Auftritt?"
Kullmann war wirklich zu weit gegangen. Grübelnd rieb er sich das Kinn und überlegte, bevor er endlich zugab: „Sie haben Recht! Ich war so voller Sorge um Sie, dass ich einfach nicht mehr überlegt habe."
Eine Weile schwiegen beide, bis Kullmann noch anfügte: „Ich möchte Sie bitten, den Dienst wieder anzutreten, weil ich Sie brauche. Ohne Ihre Hilfe bin ich nur ein halber Ermittler!"
Anke staunte. Sie konnte kaum glauben, was sie da gehört hatte. Aber sie wollte auch nicht zu lange zögern. Viel zu

sehr hatte sie auf diese Chance gehofft, die sie sich jetzt nicht durch ihren Trotzkopf entgehen lassen wollte. Mit einem verschmitzten Lächeln fragte sie. „Sie haben doch nicht die Tür eintreten lassen, nur um mir das zu sagen?“
„Nein“, schüttelte Kullmann den Kopf, während er sein Handy aus der Tasche zog und eine Nummer wählte. Auf Ankes fragenden Blick meinte er: „Ich rufe eine Firma an, die Ihnen heute morgen noch die Tür repariert. Außerdem stelle ich einen Beamten vor der Tür ab, bis alles wieder in Ordnung ist. Dann können Sie sich ganz unbesorgt ausschlafen und morgen wieder zum Dienst kommen.“
„Warum diese übertriebene Sorge um mich? Der Überfall letzte Nacht galt Robert und nicht mir. Als der Einbrecher mich sah, ist er geflüchtet. Also wollte er nichts von mir. Warum sollte er seine Meinung ändern?“ Anke fühlte sich durch Kullmanns Sorge geschmeichelt, so dass sie ihre Abwehrhaltung endlich aufgab und sich zu ihrem Chef setzte.
„Es hat sich einiges ereignet in den letzten Tagen. Das werde ich Ihnen morgen bis ins Detail berichten. Außerdem bin ich sehr gespannt auf Ihren Bericht über den Einbruch in Roberts Wohnung. Sie haben ja in letzter Zeit wirklich viel durchmachen müssen. Aber eine Frage muss ich jetzt schon stellen: Kennen Sie Steven Dienhardt?“
Anke dachte nach und schüttelte dann den Kopf: „Nein, wer soll das sein?“
„Seine Großmutter, Maria Dienhardt, wurde vom Auto erfasst, das mutmaßlich Hübner und Biehler gefahren haben. Die beiden sollen einfach geflüchtet sein und Steven Dienhardt behauptet, alles mit angesehen zu haben“, erklärte Kullmann.
„Und was hat das mit mir zu tun?“
„Wussten Sie von dem Unfall?“
„Nein! Ich kann mir auch nicht vorstellen, dass Hübner zu

so etwas fähig war. Außerdem würde ich so etwas niemals unterstützen, was Sie eigentlich wissen müssten", murrte Anke.
„Sicher, das weiß ich. Trotzdem sind Sie in Gefahr! Nimmsgern ist der Onkel von Steven Dienhardt. Er hatte von dem Unfall erfahren und wollte angeblich helfen, was nie geschehen ist. Das einzige, was er gemacht hat, war, Steven Dienhardt die Namen der Kollegen zu geben. Warum er das getan hat, werden wir nicht mehr erfahren. Aber so haben wir endlich einen Zusammenhang für alle drei Polizistenmorde", erklärte Kullmann.
In der Zwischenzeit war ein Polizist eingetroffen, der die Aufgabe übernahm, Ankes Wohnung zu bewachen.
„Heißt das, Robert ist aus dem Schneider?" Das war für Anke die wichtigste Bedeutung, die sie aus den Worten ihres Chefs entnahm.
„Sagen wir so: es erleichtert seine Situation erheblich!"
„Aber, nun weiß ich immer noch nicht, was das alles mit mir zu tun hat!"
„Steven Dienhardt ist nicht zum Verhör erschienen. Daraufhin haben wir seine Wohnung durchsucht und Fotos von allen drei Opfern gefunden!" Kurz zögerte Kullmann, bevor er anfügte: „Er hatte auch ein Foto von Ihnen. Verstehen Sie nun meine Sorge?"
Anke schaute das Foto von Steven Dienhardt eingehend an, konnte aber nur kopfschüttelnd bemerken, dass sie diesen Mann nicht kannte.
„Welchen Grund sollte er haben, auch mich zu töten? Ich kenne ihn nicht und bin nie mit ihm in Berührung gekommen", zweifelte Anke.
„Leider ist das nicht so einfach! Könnte es nicht sein, dass Hübner in irgendeiner Weise mit Steven Kontakt aufgenommen hatte, als Sie zum Beispiel in seiner Nähe waren?"

„Wie soll das gehen? Dann hätte ich den Jungen ja gesehen!"
„Vielleicht haben Sie im Auto gewartet und konnten ihn nicht sehen. Wenn er Sie aber gesehen hätte, könnte er auch Sie in seinem unermesslichen Hass auf die Polizei einfach mitschuldig an dem Unfall gesprochen haben", erklärte Kullmann seinen Gedankengang.
„Ich erinnere mich nicht an eine solche Aktion. Allerdings kann ich ziemlich sicher behaupten, dass ich mit Hübner nicht mehr unterwegs war, seit wir uns getrennt haben."
Kullmann erhob sich wieder von seinem Platz und meinte abschließend: „Trotzdem bleibt der Wachposten vor der Tür, bis der Schaden behoben ist. Und morgen freue ich mich darauf, Sie auf der Dienststelle zu begrüßen. Ich habe einen Fehler gemacht, als ich Sie beurlaubt habe und dafür entschuldige ich mich."
Mit diesen Worten verließ er Anke. Sie glaubte zu träumen.

*

Anke war glücklich, wieder ihre Büroräume betreten zu können. Den letzten Tag hatte sie viel Zeit zum Schlafen; deshalb fühlte sie sich frischer denn je, um ihre Arbeit wieder aufzunehmen. Als sie an Esches Dienstzimmer vorbeikam, fand sie es leer vor, was ihr nur recht sein konnte. Die Tür zu Hübners Büro war wieder geschlossen. Zaghaft öffnete sie sie einen Spalt und warf einen Blick hinein. Überrascht stellte sie fest, dass die persönlichen Dinge von Hübner entfernt worden waren. Während ihrer Abwesenheit waren die Kollegen also aktiv geworden, überlegte sie. Insgeheim war sie erleichtert, nicht selbst diese belastende Arbeit übernehmen zu müssen, obwohl sie sich bei diesem Gedanken wie

ein Feigling vorkam. Hübner hatte ihr einmal sehr viel bedeutet, da war es schon beschämend, sich so aus der Affäre zu ziehen. Leise ließ sie wieder die Klinke ins Schloss fallen und setzte den Weg in ihr Büro fort. Kullmann erwartete sie bereits. Wie üblich betrat Anke sein Büro mit dem frisch gebrühten Kaffee, um ihren Chef in der gewohnten Weise begrüßen zu können.
„Liebe Anke, wie sehr habe ich das vermisst", begrüßte sie Kullmann. Obwohl Anke sich immer darüber freute, wenn Kullmann ihr das Gefühl gab, willkommen zu sein, so spürte sie heute, dass da noch mehr war. Mit ihrer eigenen Tasse setzte sie sich ihrem Chef gegenüber und meinte: „Ich freue mich natürlich über den herzlichen Empfang, aber ich bin mir fast sicher, dass sich das nicht ausschließlich auf meine Person bezieht!"
„Was wollen Sie damit sagen?"
„Ich vermute mal, dass Sie neue Ermittlungsergebnisse ausbrüten. Daher könnte auch Ihre gute Laune kommen", sagte Anke vorsichtig.
Nun musste Kullmann laut auflachen.
„Sie kennen mich wirklich gut und das freut mich", bestätigte er, doch gleichzeitig legte er seine Stirn in Falten und fügte an: „Trotzdem gibt es etwas, was mich beunruhigt. Wir haben Steven Dienhardt immer noch nicht gefunden, trotz großer Fahndungsaktion. Seine überraschende Flucht gibt mir natürlich zu denken. Er gehört zum engsten Kreis unserer Verdächtigen; deshalb ist er als gefährlich einzustufen."
„Glauben Sie, dass er der Polizistenmörder ist?"
„Zunächst wollte ich nicht glauben, dass er für diese raffinierten Delikte in Frage kommt. Aber seine Flucht lässt mich zweifeln, ob er nicht etwas Wichtiges vertuschen will. Er ist das Verbindungsglied zu allen Opfern und er hatte für jeden ein Motiv. Außerdem hatte er genügend Zeit, weil er arbeits-

los ist. Deshalb konnte er jedem nachspionieren und dessen Gewohnheiten erfahren. Hinzu kommt noch, dass er sich als Sportschütze mit Waffen auskennt."
Anke nickte zu Kullmanns Ausführungen. Nebenbei registrierte sie, dass dadurch der Verdacht von Robert zweifelsfrei abgefallen war. Sie konnte sich aber nicht darüber freuen, weil sie ein schlechtes Gewissen plagte. Sie selbst hatte Zweifel an seiner Unschuld gehabt und ihn das im falschen Augenblick spüren lassen. Nun erst merkte sie, wie beeinflussbar sie doch gewesen war. Wie sehr grämte sie nun ihre Erinnerung, ihre Angst und ihre Vorurteile nicht besser beherrscht zu haben. Andererseits hatte sie in der Situation große Angst verspürt – egal wie unschuldig er war. Die eigene Waffe von der anderen Seite zu erblicken – das war ein Gefühl, als sähe man sein ganzes Leben wie einen Film ablaufen. Da konnte sie nicht mehr zwischen Vorurteil und Loyalität unterscheiden.
„Sie sehen nicht sehr glücklich aus, Anke!" stellte Kullmann fest.
„Verstehe ich das richtig: Steven Dienhardt ist der Hauptverdächtige?" vergewisserte Anke sich, bevor sie ihrem Chef antwortete.
„Ja! Robert Spengler ist entlastet. Mit welchen Gedanken quälen Sie sich?"
„Ich habe den Fehler gemacht, selbst an Roberts Unschuld zu zweifeln. Er hat das gespürt und ich befürchte, dass das nun zwischen uns stehen könnte", erklärte Anke zerknirscht.
„Sie lieben Robert wirklich sehr. Ich wünsche Ihnen, dass alles gut wird. Wieder fühle ich mich schuldig, weil ich nicht behutsam genug gehandelt habe. Ich habe mir oft geschworen, mich aus Ihrem Leben herauszuhalten. Trotzdem habe ich mich in dieser Angelegenheit eingemischt. Das tut mir leid!" Kullmann ging so offen mit sich in Gericht, dass Anke

neue Hoffnung schöpfte. In ähnlicher Weise hatte Kullmann sich bei ihr entschuldigt, als ihre Beziehung zu Hübner auseinander gegangen war. Auch damals fühlte er sich schuldig, als ob seine Sorgen um Anke das Scheitern der Beziehung verursacht hätten. Kullmann würde sie nicht im Stich lassen, das spürte sie auch heute. Auch wenn er seine Selbstanklage sicher übertrieb, so verstand sie das als Zeichen, dass das alte Band von tiefer Zuverlässigkeit sicher hielt. Das hatte sie in den letzten Jahren schätzen gelernt und das hatte ihr in den turbulenten Tagen gefehlt.
„Na ja, aus meiner Sicht habe ich die Grenze zwischen Dienst und Privatleben in der letzten Zeit etwas vernachlässigt", bekannte sie lächelnd. „Trotzdem möchte ich Sie fragen, warum Sie Steven Dienhardt nicht sofort mitgenommen haben, als sie die Zusammenhänge erkannt haben."
„Anfangs hielt ich ihn nicht für den Richtigen, weil er nach meiner Auffassung nicht die Intelligenz besitzt, seine Taten so ausgeklügelt durchzuführen."
„Und dann hat seine Flucht Ihre Meinung geändert?" schlussfolgerte Anke.
„Unter anderem auch, ja!"
Plötzlich wirkte Kullmann völlig zerknirscht, als er anfügte: „Nicht die Flucht allein hat mir die Augen geöffnet! Ich stand eine Weile auf dem Schlauch, bis ich begriff, was hier in den Büroräumen wirklich vorgefallen ist."
Anke wurde blass und sagte leise: „Nun verstehe ich gar nichts mehr!"
„Nach der vielsagenden Begegnung zwischen Erik Tenes und Horst Esche habe ich mit den Kollegen in Köln telefoniert und herausgefunden, warum Esche wirklich versetzt worden ist. Außerdem weiß ich, dass Esche nicht Robert seine Beule am Kopf zu verdanken hat!"
Anke wusste nicht, welche Geschichte Esche Kullmann er-

zählt hatte. Nichtsdestotrotz machte es den Eindruck, als sei Kullmann hinter die ganze Wahrheit gekommen. Dieser Gedanke erschreckte sie.

„Sie brauchen nicht zu erschrecken, weil ich weiß, dass Sie völlig richtig gehandelt haben, und dass ich blind war. Ich habe einfach nicht sehen wollen, was sich hinter den Bürotüren ereignet hat, weil ich von Esche viel zu überzeugt war. Damit habe ich Sie im Stich gelassen und - das tut mir sehr leid!"

Nach einer Weile fügte er an: „Ich kann nur gegen Esche vorgehen, wenn Sie ihn anzeigen!"

Aber Anke schwieg weiterhin.

Daraufhin lächelte Kullmann verlegen und fügte an: „Ich habe Ihren Schlagstock unter Ihrem Schreibtisch gefunden; und Theo entdeckte Blutspuren und Haarreste. Seitdem habe ich Esche nicht mehr zu Gesicht bekommen. Also gab es bisher noch keine Gelegenheit, ihn zur Rede zu stellen. Ich wollte mich ohnehin vorher mit Ihnen absprechen, wie ich vorgehen soll."

Anke atmete auf, aber sie wollte sicher gehen: „Woher wissen Sie, was in diesen Büroräumen wirklich passiert ist?"

„Sie haben Ihren Schlagstock bestimmt nicht zum Nasenbohren benutzt", scherzte Kullmann.

Anke lachte erleichtert auf.

Inzwischen hörten sie, dass die Kollegen nach und nach eintrafen und der gewohnte Arbeitslärm entstand. Für Anke war es ein Genuss, diese vertrauten Geräusche zu hören.

Eine Weile schwieg sie und versuchte, Kullmanns Aussage einzuordnen. Aber so sehr sie sich auch freute, dass Robert endlich aus der Schusslinie war, so konnte sie immer noch nicht Kullmanns Gedankengängen folgen.

„Wie kann mein Erlebnis im Büro zur Aufklärung der Polizistenmorde beigetragen haben?"

„Dadurch habe ich endlich begriffen, dass Esche ein falsches Spiel gespielt hat. Er hat von Anfang an von Steven Dienhardt gewusst, aber das hat er uns verschwiegen. Stattdessen treibt er schon die ganze Zeit sämtliche Ermittlungen zielstrebig auf Robert Spengler hin, was ihm scheinbar auch gelungen ist. Damit hätte er zwei Fliegen mit einer Klappe schlagen können: erstens Robert Spengler als Konkurrenten auszuschalten und zweitens die Lorbeeren für besonders gute Polizeiarbeit zu ernten."
„Glauben Sie nicht, dass das zu weit geht, wenn Sie Esche das Motiv unterstellen, lediglich einen Konkurrenten auszuschalten?" widerstrebte Anke diese Vermutung.
„Auf jeden Fall sind mir die Augen geöffnet worden", wandte Kullmann vielsagend ein.
Sofort hielt Anke inne.
„Ich bin mit meinen Ermittlungen ein gutes Stück weitergekommen", machte der Chef eine bedeutungsvolle Pause, um Anke auf die Folter zu spannen. „Ich habe gestern - nach meinem spektakulären Besuch bei Ihnen – mit dem Reporter Ingo Weber gesprochen! Sie glauben nicht, wie entscheidend uns dieser Schritt bei den Ermittlungen weiterhelfen kann!"
„Sie machen mich neugierig!" gestand Anke.
„Oh ja! Aber das erkläre ich Ihnen später. Zunächst möchte ich von Ihnen noch einige Details über den Einbruch in Roberts Wohnung wissen. Erst dann kann ich mir sicher sein!"
„Und was wollen Sie wissen?"
„Sie erklären in Ihrer Aussage beim Einbruchsdezernat, dass Sie dem Täter mit einer Stehlampe auf die rechte Schulter geschlagen haben, der Täter aber sich von Ihnen abwendete und fluchtartig die Wohnung verließ! Kann es sein, dass der Einbrecher Sie kannte?"
Anke überlegte eine Weile, bis sie antwortete: „Mein Eindruck war viel mehr, dass der Täter nicht damit gerechnet

hatte, noch jemanden in der Wohnung anzutreffen und völlig überrumpelt war, als er mich sah. Ich kann also nicht mit Sicherheit darauf antworten!"
Kullmann rieb sich nachdenklich über die Stirn und meinte: „Welchen Eindruck hatten Sie denn, als Sie die beiden kämpfenden Männer beobachteten?"
„Sie konnten beide verdammt gut kämpfen."
„Also war es dem Einbrecher nicht möglich, Robert zu töten in der kurzen Zeit, bis Sie eingriffen", fragte Kullmann weiter.
„Ich hatte eher den Eindruck, dass der Einbrecher Robert unbedingt lebend aus dieser Wohnung herausschaffen wollte."
„Sie glauben also, dass der Einbrecher auf keinen Fall Robert in seiner Wohnung töten wollte?"
„Auf keinen Fall", bestätigte Anke.
„Das hilft mir weiter!", erklärte er.
Dann stand er auf, ging zu seinem Aktenschrank und nahm dort einen ganzen Stapel Papiere heraus. „Das sind meine Unterlagen der Ermittlungen über Kurt Spengler. Verfassen Sie diese bitte als Bericht; Sie wissen, wie schwer mir diese Art von Arbeit fällt!"
Anke nickte, wofür sie von Kullmann ein dankbares Lächeln erntete. „Wenn Sie fertig sind, lade ich Sie zu einem feudalen Essen in Marthas Kneipe ein! Vielleicht kann ich Sie damit ein wenig für das entschädigen, was ich Ihnen angetan habe!"
Erwartungsvoll schaute er Anke an, die ihre Freude kaum zügeln konnte. Überglücklich machte sie sich an die Schreibarbeit, die ihr sonst immer so verhasst war. Heute war es für sie ein Wohlgenuss, diese Arbeit für ihren Chef zu tun; sie hätte sich nichts Schöneres vorstellen können. Pünktlich zur Mittagspause konnte Anke den Bericht abschließen und Kullmann zur Unterschrift vorlegen. Er verzichtete darauf,

seine Lesebrille aufzusetzen, unterschrieb ungesehen mit der Bemerkung: „Ich vertraue Ihnen, da brauche ich nichts mehr zu kontrollieren." Dann sperrte er den Bericht in seine Schreibtischschublade.

Als die beiden das Gebäude verließen, war die Luft so schwül und bleischwer, dass sie bei der geringsten Bewegung ins Schwitzen gerieten. Der Himmel verschwamm grau in grau. Kein Lüftchen regte sich. Schon seit Tagen herrschte dieses Wetter und drückte auf die Gemüter. Trotzdem hüpfte Ankes Herz vor Freude, als sie den Weg zu Marthas Kneipe zurücklegten. Es war nicht nur die Bestätigung dafür, dass Kullmann doch der Mann war, den sie in ihm sehen wollte, es war auch der Schritt in die vertraute Welt, die sie beschwingt und fröhlich machte. Kullmann wirkte ebenfalls sehr beflügelt, überlegte Anke und stellte erst jetzt fest, dass er einen neuen Anzug trug. Er war aus dunkelblauem Leinenstoff. Darin sah er trotz seiner leicht untersetzten Statur sehr elegant und vor allem sehr seriös aus. Beim Frisör war er auch; er trug sein Haar kürzer, wodurch es ein wenig fülliger wirkte. Was hatte diese Verwandlung bewirkt? fragte Anke sich neugierig wie immer, wenn es um Kullmanns Privatleben ging. Martha stand vor der Theke und erwartete sie schon. Hocherfreut kam sie auf die beiden zu und meinte: „Wie schön, dass Anke wieder dabei ist." Dabei schaute sie prüfend an ihr herunter und fügte an: „Sie können wirklich wieder ein gutes Essen vertragen."

Lachend fragte Anke: „Was gibt es denn Gutes?"

„Dibbelabbes (Kartoffel-Topf-Kuchen) mit Apfelkompott!" antwortete Martha nicht ohne Stolz.

„Hmm!" rieb Anke sich den Bauch. „Das ist mein Lieblingsessen - wenn es andere für mich kochen!"

Erwartungsvoll setzten sie sich an den Tisch, den Martha ihnen zeigte.

„Draußen habe ich heute keine Tische aufgestellt, weil es ein Gewitter gibt", erklärte sie den beiden, die sehnsüchtig auf den kleinen Innenhof geschaut hatten.
„Auf ein Gewitter hoffen wir alle; dann kommt endlich wieder Sauerstoff in die Luft", nickte Kullmann und wischte sich den Schweiß von der Stirn. „Meine Güte, im Alter fällt einem alles schwerer. Früher hat mir dieses drückende Wetter nicht halb so viel ausgemacht."
„Das glaub ich Ihnen nicht. Jeder kämpft mit dieser Witterung, auch junge Menschen. Das hat mit Ihrem Alter überhaupt nichts zu tun", widersprach Anke entschieden, worüber Kullmann lachen musste.
„Es ist immer wieder schön, von einer jungen Frau wie Ihnen so nett aufgemuntert zu werden; trotzdem merke ich meine Jahre." Als wenn er sich vor Anke rechtfertigen müsste, fügte er nach einer Weile hinzu: „Nach diesem Fall in Pension zu gehen, war meine beste Entscheidung seit langer Zeit. Ich freue mich schon auf die Zeit nach der Arbeit!"
Seine Augen leuchteten, als Martha mit dem angekündigten Essen zu ihnen an den Tisch kam.
„Liebe Martha, setz dich doch bitte einen Moment zu uns", meinte Kullmann, was die Wirtin auch gerne tat. Auch ihre Augen glänzten, was Anke nicht entging.
„Liebe Anke, ich habe im Büro noch mit niemandem darüber gesprochen, weil es dort niemanden gibt, dem ich mich anvertrauen möchte. Außer bei Ihnen und deshalb sollen Sie es auch als Erste erfahren", begann Kullmann so feierlich, dass Anke sich schon wie in einer Kirche fühlte.
„Martha und ich werden heiraten, sobald ich pensioniert bin. Ich habe ein großes Haus, einen großen Garten und eine große Terrasse, was ich alles gerne mit ihr teilen möchte. Und mein Ruhestand lässt mir genügend Zeit, ein gemeinsames Leben mit Martha zu genießen."

Anke war so gerührt, dass ihr Tränen in die Augen schossen. Verlegen wischte sie sie weg, ging zu Martha und nahm sie in die Arme.
„Ich wünsche Euch alles Gute. Ihr glaubt gar nicht, wie ich mich freue, diese Nachricht zu hören. Und Danke für das Vertrauen!"
Anschließend ging sie zu Kullmann und wollte ihm die Hand geben, doch der Alte stand auf, nahm sie in die Arme und drückte sie herzlich an sich.
Als alle wieder auf ihren Plätzen saßen, fragte Anke: „Und wer übernimmt dann die Kneipe hier?"
„Meine Schwester Rosi und ihr Mann Ernst", antwortete Martha. „Die beiden können es kaum erwarten. So eine Kneipe wollten sie schon immer machen, aber ohne Startkapital war es ihnen nie möglich. Jetzt haben sie endlich die Chance ihres Lebens!"
„Kann Rosi auch so gut kochen wie Sie?" musste Anke einfach fragen, worüber Martha sich sehr geschmeichelt fühlte.
„Rosi hat es von mir gelernt!"
„Dann kann ja nichts mehr schief gehen!" meinte Anke.
Hier sollte also der Abschied von Kullmann beginnen. Trauer stieg auf, aber sie wehrte sich noch etwas dagegen; mit belegter Stimme sagte sie: „Dann ist Ihr Entschluss also wirklich endgültig! Und ich hatte immer noch gehofft, dass Sie es sich vielleicht noch einmal überlegen könnten."
„Na na, liebe Anke! Wer wird denn gleich so traurig sein", lächelte Kullmann. „Ich gehe in den Ruhestand und nicht aus dem Leben!"
Verwirrt schaute Anke ihren Chef an, bis er anfügte: „Wir werden zwar nicht mehr zusammenarbeiten wie früher, aber ich kann Ihnen jederzeit mit Rat und Tat zur Seite stehen. Martha und ich haben das alles besprochen und sind uns darin einig. Sie weiß, wie gerne ich meine Arbeit immer

gemacht habe, sie möchte mir den Spaß nicht verderben!“ Listig lachte der Alte seine Kollegin an, die daraufhin ganz erleichtert aufatmete.
„Na, das ist ein Wort“, lachte Anke. „Trotzdem staune ich über Ihren Entschluss, weil Sie noch vor einer Woche zu mir gesagt haben, der Zeitpunkt, in den Ruhestand zu gehen, wäre total ungünstig.
„Stimmt! Aber diese Aussage war wohl nicht so ernst gemeint. Inzwischen habe ich mich schon bestens auf meinen neuen Lebensabschnitt eingestimmt und muss sagen, es gefällt mir. Martha verwöhnt mich jetzt schon so sehr, dass ich zugenommen habe. Meine alten Anzüge werden zu eng; ich musste mir schon Neue kaufen. Aber das macht uns nichts aus. Ihre Leidenschaft ist das Kochen und meine ist das Essen. Noch nie in meinem Leben ist es mir so gut ergangen!“
Darüber mussten sie alle drei lachen. Kullmanns gute Laune übertrug sich immer mehr auf Anke.
„Ich spüre es jetzt schon, wie sehr Sie mir fehlen werden“, ahnte Anke schwermütig. „Wir hatten in letzter Zeit zwar unsere Differenzen gehabt, aber ohne Ihre Erfahrungen wird alles viel schwieriger werden!“
„Liebe Anke! Wenn Sie später mal einen Rat brauchen, wissen Sie immer, wo Sie mich finden!“
Anke nickte.
Martha bemerkte, dass die Unterhaltung dienstlich wurde und verabschiedete sich von den beiden, die ihrem Hunger freien Lauf ließen.
„Gestern Nachmittag habe ich dem Reporter Ingo Weber einen Besuch abstatten wollen. Er war nicht da, aber dafür seine Mutter. Wer weiß, vielleicht war das sogar noch besser, weil die gute Frau mir in ihrer Einfachheit alles schön ausgeplaudert hat. Und Sie können mir glauben, dieses Gespräch war so aufschlussreich, dass ich nun alle Zusammenhänge

kenne und auch die Quellen, aus denen der ehrenwerte Herr Weber schöpft."

Anke schaute ihn sprachlos und neugierig an. Das wäre typisch Kullmann, auf unerwarteten Hinterwegen den entscheidenden Schlüssel für die Klärung zu finden.

„Wie Sie sich bestimmt erinnern, wurde im Fall Luise Spengler in der Zeitung immer nur von einem Unfall berichtet! Welches Interesse könnte ein Journalist an einer solchen Darstellung haben?"

„Vielleicht wollte er einfach damit erreichen, dass die Ermittlungsarbeiten im Fall Luise Spengler eingestellt werden", überlegte Anke, während sie ihren leeren Teller zur Seite schob.

„Richtig. Und warum? Weil der Journalist davon profitiert, wenn der Täter in Ruhe gelassen wird", ließ Kullmann endlich die Katze aus dem Sack.

Anke hatte immer noch Mühe, seinem Optimismus zu folgen, weil sie keine Zusammenhänge erkennen konnte.

„Können Sie sich erinnern, dass alle Zeitungsberichte über die getöteten Kollegen von Ingo Weber stammen?"

Anke nickte, aber sie spürte, dass Kullmann mehr aus diesen Artikeln gelesen hatte als sie.

„Ich vermutete schon lange, dass die Informationen nur von einem Insider stammen können. Durch die Zeitungsberichte wird ausnahmslos der Eindruck hinterlassen, dass es sich bei den drei ermordeten Kollegen um einen Polizistenmörder handelt. Damit wird die Notwendigkeit, dass wir nach Hintergründen oder Zusammenhängen suchen, die vielleicht bis in die Vergangenheit zurückreichen können, untergraben."

„Und zwar?" staunte Anke nun doch.

„Zum Beispiel bis zum Fall Luise Spengler!"

Nun verstand Anke gar nichts mehr.

„Ich komme Ihnen jetzt bestimmt wie ein alter Spinner vor,

der fröhlich herum fantasiert; aber dem ist nicht so. Ich habe endlich eine Vorstellung, wer oder was hinter all den Verbrechen steckt. Da ich aber weder Beweise noch eine Aussage von einem Verdächtigen habe, habe ich mir einen Plan zurechtgelegt. Und um diesen Plan umzusetzen, brauche ich Ihre Hilfe. Ich hoffe, ich kann auf Sie zählen."

Anke fühlte sich stolz, wenn Kullmann sie für solche Aufgaben ins Vertrauen zog.

„Natürlich können Sie auf mich zählen", versicherte sie ihm.

„Dann erzähle ich Ihnen nun, was ich vorhabe!" begann er.

Es sollte noch eine sehr lange Mittagspause werden. Er schilderte ihr eingehend den ausgeklügelten Plan. Anke hörte hellwach zu; sie brauchte keine Zwischenfragen zu stellen.

„Ihr Plan ist genial. Sie können auf mich zählen", stimmte sie zu.

Grinsend stellte er fest: „Jetzt haben wir doch tatsächlich wieder „ein kleines Geheimnis"!"

Anke lachte und spürte wieder wie damals bei ihrem ersten Fall in Kullmanns Abteilung das prickelnde, abenteuerliche Gefühl, seine Komplizin in einem sehr gewagten Spiel zu sein. Es war nicht nur der kindliche Reiz, etwas Verbotenes zu tun, sondern viel mehr die Gewissheit, mit Kullmann, ihrem Chef und Mentor, eine ungetrübte Vertrautheit zu erleben. Wie schwer war ihr die Zeit gefallen, als sie auf sein Geheiß hin Urlaub nehmen musste, wie hatte sie unter Selbstvorwürfen gelitten, durch ihre Unvorsichtigkeit sein Vertrauen zu ihr zerstört zu haben. Jetzt kehrte die Gewissheit zurück, wieder an seiner Seite zu stehen, mit ihm den alten Schulterschluss zu machen. Wie war sie nur auf den Gedanken kommen, Kullmann sei am Ende doch nur ein kaltherziger Vorgesetzter? Es gab keine Kluft zwischen ihnen, und die Gemeinsamkeiten, die sie immer bei ihrem Chef und ihr zu sehen

geglaubt hatte, waren keine Wunschvorstellungen, sondern Wirklichkeit.
Nach einer kurzen Pause wurde Kullmanns Tonfall wieder ernst: „Aber zuerst müssen wir Steven Dienhardt finden. Er ist unser Hauptverdächtiger im Fall der Polizistenmorde und gefährlich, er könnte unseren Plan durchkreuzen. Sie warten also auf meine Anweisungen und tun nichts auf eigene Faust!"
„Klar. Sie können sich auf mich verlassen", beteuerte Anke.
Kaum hatten sie Marthas Kneipe verlassen, begann es zu donnern und zu blitzen. Innerhalb von Sekunden setzte ein Platzregen ein, der die beiden durchnässte. Schnell suchten sie Schutz unter einer leuchtend roten Markise und warteten, bis der Schauer nachließ.
„So wollte ich das Gewitter auch nicht haben", murrte Kullmann, zog seine Jacke aus und drehte sie aus wie einen Putzlappen. Auch Ankes Kleider waren durchnässt. Sie empfand es als sehr angenehm. So konnte sie die schwüle Hitze viel besser ertragen. Als der Regen nachließ, setzten sie ihren Weg zum Landeskriminalamt fort. Wie zwei begossene Pudel kamen sie dort an.
„Gut schaut ihr aus", lachte Jürgen, als er die beiden kommen sah. Die Freude war allerdings einseitig, weil keiner in sein Lachen einstimmen konnte.
„Von Steven Dienhardt gibt es immer noch nichts Neues. Ich habe inzwischen alle Krankenhäuser angerufen, aber er ist nirgends eingeliefert worden. Es fehlte mir gerade noch, dass der Notdienst vom Winterbergkrankenhaus mir aufzählen wollte, wann der Junge nach Schlägereien bei ihnen behandelt worden ist, aber das hat mich nicht interessiert. Wir müssen erfahren, wo er jetzt ist, und nicht, wo er vor einem halben Jahr war." Mit diesen Worten verschwand Jürgen wieder, doch Kullmann rief ihn wieder zurück: „In welchem

Krankenhaus ist er behandelt worden?"
„Im Winterbergkrankenhaus", antwortete Jürgen verwundert über diese Frage. „Liegt doch nahe, schließlich wohnt er um die Ecke!"
Kullmann verschwand in seinem Büro.
Anke zog sich ebenfalls zurück und begann, verschiedene Berichte zu schreiben, die schon länger darauf warteten, endlich fertig gestellt zu werden. Da sie nun sozusagen auf Abruf war, musste sie etwas tun, um die Zeit totzuschlagen. Aber in ihr brodelte es vor Aufregung und Erwartung.
Nach einer Weile verließ Kullmann das Gebäude, und wenige Sekunden später klopfte es an ihrer Tür. Ankes Herz schlug bis zum Hals, weil sie befürchtete, dass Esche wieder etwas von ihr wollte. Sie rief auch nicht herein, sondern hielt nur die Luft an, bis die Tür sich langsam öffnete und Erik Tenes hereinschaute. Erleichtert atmete sie wieder aus und meinte: „Ach, Sie sind's! Kommen Sie rein!"
Er schloss die Tür hinter sich und blieb unbeholfen im Zimmer stehen.
„Setzen Sie sich doch", forderte Anke auf, aber er schüttelte den Kopf und meinte: „Danke, ich bleibe lieber stehen."
Anke zuckte nur die Schultern und schaute auf den großen Mann, wie er da vor ihr stand und den Eindruck machte, als wüsste er nicht, warum er in ihr Zimmer gekommen war. Mit seinen blonden Haaren, seiner tief gebräunten Haut und seinem muskulösen Körper erinnerte er sie an den Barbie-Puppen-Mann namens Ken. Als Kind hatte sie immer mit Barbie-Puppen gespielt und mit den Puppen in der Hand Gespräche geführt. Lange Zeit waren das die einzigen Gespräche, weil ihre Eltern nie Zeit für sie hatten. Ihr Vater war beruflich im Ausland unterwegs, und ihre Mutter musste zuhause bleiben, weil sie ein Kind hatte. Immerzu kam sie sich als ein Störfaktor vor; ihre Existenz hinderte die Mut-

ter daran, den Vater auf seinen Reisen zu begleiten. Erst als sie älter wurde, hatte ihre Mutter sich nicht mehr die Mühe gemacht, bei ihrer Tochter zu bleiben. Von da an begleitete sie ihren Mann überall hin und wirkte viel glücklicher und zufriedener. Den Kontakt zum Elternhaus hatte Anke abgebrochen. Jede Unterhaltung mit ihren Eltern empfand sie als aufgezwungen, so als wäre es ihre Pflicht, mit ihnen weiterhin heile Welt zu spielen, die sie niemals hatten.

Während sie darüber nachdachte und den schweigsamen Eisklotz vor sich sah, spürte sie es wieder ganz genau. Seine Unzugänglichkeit und seine Distanziertheit versetzten sie in ihre trostlose Kindheit. Sie hatte ein Bett voller Puppen und Plüschbären in allen Größen, aber nie ein gutes Wort oder eine streichelnde Hand, die ihr in all den Jahren das Gefühl gab, geliebt zu sein. Das einzige, was sie sich für ihr zukünftiges Leben wünschte, war Geborgenheit an der Seite eines Menschen, der sie liebte. Und was hatte sie getan? Plötzlich wurde ihr ganz elend zumute, als habe sie sich einen gewaltigen Tritt in den Magen versetzt. Sie misstraute dem Mann, der ihr das alles hätte geben können, weil sie unfähig war, bedingungslos zu lieben und sich einfach fallen zu lassen.

Immer noch schwieg Tenes, wodurch ihre schweren Gedanken fast unerträglich wurden. Wütend sagte sie: „Ich bin vielleicht nicht gerade die perfekte Kollegin, aber reden kann man trotzdem mit mir!“

Erstaunt schaute er sie an. Seine Augen waren bernsteinbraun und schauten so eindringlich, wie Anke es noch nicht an ihm bemerkt hatte. So kalt, wie sie ihn eingeschätzt hatte, wirkte er gar nicht mehr.

„Entschuldigung, ich wollte nicht unhöflich sein“, meinte er mit seiner sonoren Stimme. „Ich habe mich darum bemüht, einem anderen Partner zugeteilt zu werden, weil ich es mit Esther nicht mehr ausgehalten habe. Und da hat Kullmann

den Vorschlag gemacht, dass ich mit Ihnen zusammenarbeiten soll!“
„Ich weiß nicht, ob ich mich darüber freuen soll. Sie machen auf mich eher den Eindruck, als wären Sie der geborene Einzelkämpfer“, drückte Anke ihre Bedenken vorsichtig aus.
Erik lächelte, was sein Gesicht sympathisch aussehen ließ.
„Das täuscht“, wand er sich verlegen, ging auf das Fenster zu und schaute angespannt nach draußen auf den Regen, als er weiter sprach: „Ich habe etwas sehr Schlimmes in Köln getan und versuche mit meinem Wechsel nach Saarbrücken einen Neuanfang. Ich will darüber hinwegkommen, aber es fällt mir verdammt schwer.“
Anke horchte auf. Sie verhielt sich still. Sie wollte ihn nicht mit vorschnellen Fragen stoppen. Er sprach weiter: „Ich hatte eine kleine Familie. Eine wunderbare Frau und eine zwölfjährige Tochter. Kathrin, meine Tochter, ist immer geritten. Dadurch habe ich reiten gelernt, weil ich sie manchmal begleitete.“
Damit hatte er eine Frage beantwortet, die Anke sich vor einer Woche gestellt hatte.
„Sie wollte eine Turnierreiterin werden und hatte auch großes Talent. Auf jedem Pferd ritt sie gut.“
Wieder schwieg er eine Weile, bis er anfügte: „Im gleichen Stall ritt auch Helmut Keller zu diesem Zeitpunkt. Daher kenne ich Ihn! Er war auf meine Tochter aufmerksam geworden, weil sie so talentiert war; er wollte sie sogar trainieren. Aber soweit ist es nicht mehr gekommen!“
„Was ist passiert?“ Ankes Neugierde wurde nun doch geweckt.
„Sie starben beide bei einem Autounfall auf glatter Straße. Meine Frau war schwanger!“
Eine Weile blieb alles ruhig im Zimmer. Das Gesagte hing bleischwer in der Luft. Lange wartete Anke, aber er woll-

te nichts mehr hinzufügen. Also fragte sie: „Und was ist das „Schlimme", das Sie getan haben?"
Erstaunt schaute er sie an, als habe sie etwas Unanständiges gefragt, doch rasch besann er sich wieder und antwortete: „Die Straßen waren glatt gefroren. Ich hatte meiner Frau versprochen, sie zu fahren, aber ich habe sie versetzt."
„Oh!" erschrak Anke.
So schrecklich das alles auch klang, so spürte Anke doch, dass das noch nicht alles war. Erik würde an diesem Tag auf keinen Fall mehr über diese Tragödie erzählen. Immerhin hatte er einen Anfang gemacht und sich ihr geöffnet. Das war vielleicht der Beginn eines viel versprechenden Arbeitsteams.
„Danke, dass Sie so viel Vertrauen zu mir haben", bemerkte sie anerkennend.
Ganz verlegen antwortete Erik: „Noch nie habe ich mit jemandem darüber sprechen können. Vielleicht hat mich das so verschlossen gemacht." Als er wieder aus dem Fenster schaute, sah Anke, wie seine Kiefer mahlten, so als strengte es ihn sehr an, darüber zu sprechen. „Und jetzt, nachdem ich es Ihnen erzählt habe, fühle ich mich besser." Er drehte sich zu ihr um und lächelte so verunsichert, als habe er etwas sehr Dummes gesagt. Es dauerte eine Weile, bis er sagte: „Ich habe das Gefühl, dass meine Geschichte bei Ihnen in guten Händen ist!"
Anke nickte zustimmend.

Es war schon spät, als Kullmann das Büro betrat. Gleichzeitig mit ihm traf Esche ein, wie Anke und Erik durch die verschlossene Tür hören konnten. Neugierig öffneten sie die Tür einen Spalt, um die beiden beobachten zu können.
„Dich suche ich schon seit gestern", sagte Kullmann freundlich. „ich brauche dringend deine Hilfe!"

Fast wären wieder bei Anke die alten Klappen gefallen. Schenkte Kullmann Esche immer noch die alte Gunst? Hatte er sie etwa auf die Leimrute des Verständnisses gelockt, um sie zu besänftigen? In Kullmanns Stimme mischte sich ein Ton von forscher Entschiedenheit. Wie ein Blitz schoss es Anke durch den Kopf: Natürlich! Der Alte wusste ganz genau, was er tat!

„Ich wurde gerufen, weil Steven Dienhardt flüchtig war", erklärte Esche.

„Das hätte ich beinahe vergessen", meinte Kullmann und schlug kameradschaftlich auf Esches rechte Schulter.

Esche unterdrückte einen Schmerzensschrei und krümmte sich für den Bruchteil einer Sekunde, doch dann richtete er sich wieder auf und lächelte, als sei nichts geschehen.

„Oh, habe ich dir wehgetan?" fragte Kullmann, aber Esche schüttelte den Kopf und meinte: „Es geht schon! Ich bin gestern gestürzt, genau auf diese Stelle", erklärte Esche und zeigte auf die Schulter.

Nun sah Anke, welches Spiel Kullmann mit Esche spielte. Er brauchte eine Bestätigung dafür, was er von ihr über den Einsatz der Stehlampe erfahren hatte.

„Es tut mir leid, dass ich dir wehgetan habe!"

Kullmanns Wort hatte etwas Tröstliches.

Während er auf Ankes Zimmer zuging, sprach er weiter zu Esche: „Ich war gerade bei Kurt Spengler; er hat endlich gestanden. Er will eine Aussage zu Protokoll geben. Ich werde Anke zu ihm schicken, weil sie die meiste Erfahrung mit dieser Arbeit hat."

„Das kann ich doch auch machen", drängte Esche sich hastig auf. „Ich werde ihn festnehmen und hierher bringen!"

„Horst", drehte Kullmann sich ganz theatralisch um und meinte: „Ich erinnere mich, dass du gerufen worden bist, Steven Dienhardt zu suchen; bis jetzt hast du ihn nicht gefunden, wenn ich richtig informiert bin!“ Dem konnte Esche nichts entgegensetzen, also sprach Kullmann weiter: „Da diese Aufgabe weitaus gefährlicher ist als ein Protokoll aufzunehmen, wirst du wohl einsehen, dass ich es Anke überlasse, die Befragung durchzuführen. Ich möchte sie nicht der Gefahr aussetzen, womöglich auf Steven Dienhardt zu treffen.“ Kullmann richtete seinen Blick fest auf Esche, der sich hinter einer freundlichen Miene versteckte.

„Ich werde Kurt Spengler nicht festnehmen lassen, weil keine Fluchtgefahr besteht. Er wird sich bis zum Prozess zur Verfügung halten und keine Schwierigkeiten machen“, sprach Kullmann zufrieden weiter. „Aber über Dienhardts möglichen Aufenthaltsort gibt es etliche Hinweise aus der Bevölkerung, also mach dich lieber auf die Suche. Jürgen und Esther sind ebenfalls an der Arbeit, aber bisher ohne Ergebnis.“

Wortlos verzog sich Esche in sein Büro, ohne die Tür zu schließen.

Hastig sprangen Anke und Erik von ihrem Lauschposten weg, als Kullmann zielstrebig Ankes Zimmer ansteuerte. Noch während er eintrat, sprach er so laut, dass niemand im Büro es überhören konnte: „Ach Erik, gut, dass ich Sie hier antreffe. Für Sie habe ich auch einen Auftrag. Sie werden Anke zu Kurt Spenglers Haus begleiten.“

Dann schloss er die Tür zu und sprach normal weiter: „Also, Sie beide fahren zu Kurt Spengler und befragen ihn zu dem Mord an seiner Frau. - Die Fragen habe ich mit Anke schon durchgesprochen. - Er darf auf keinen Fall merken, dass diese Befragung fingiert ist, weil er dann möglicherweise unsere Pläne durchkreuzt.“

„Fingiert? Pläne?“ staunte Erik nur noch.

„Anke wird Ihnen alles erklären“, vertröstete ihn Kullmann. „Nach der Befragung beobachtet ihr weiterhin das Haus. Wenn Spengler das Haus verlässt, folgt ihr ihm und sagt mir

Bescheid."
„Und was machen Sie?" fragte Anke.
„Ich warte hier im Büro für den Fall, dass Kurt Spengler nach der Befragung hier auftauchen wird."
„Glauben Sie denn, dass er in die Höhle des Löwen kommen wird, nachdem wir ihn über den Mord an seiner Frau befragt haben?" fragte Erik skeptisch.
„Ich weiß es nicht, deshalb müsst ihr ihm unbedingt folgen und dürft ihn nicht aus den Augen verlieren. Falls er es sich anders überlegt, müsst ihr verhindern, dass er flüchtet."
Mit großer Anspannung machten Anke und Erik sich auf den Weg. Es regnete immer noch. Der Tag verabschiedete sich so schnell, als würde bald die Nacht einbrechen. Es war gerade acht Uhr abends.
Erik setzte sich ungefragt ans Steuer des Wagens und ließ sich während der Fahrt zu Spenglers Haus von Anke berichten, von welchen Plänen Kullmann gesprochen hatte. Als sie schwieg, zog er staunend die rechte Augenbraue hoch und meinte: „Der Alte ist aber ganz schön pfiffig!"
„Reden Sie nicht so schlecht über Kullmann. Er hat uns allen eine ganze Menge voraus!" Anke wurde plötzlich sehr heftig, als sie an Kullmanns Pensionierung dachte. „Sein Weggang wird ein großer Verlust für unsere Abteilung sein."
In Spenglers Haus brannte in fast allen Räumen Licht.
Hastig rannten sie durch den strömenden Regen zur Haustür und klingelten. Kurt Spengler öffnete persönlich und war erstaunt.
„Was hat das wieder zu bedeuten?" fragte er unfreundlich, ohne Anstalten zu machen, die beiden hereinzubitten.
„Dürfen wir hereinkommen?" Anke überging seine Frage. Das hatte sie von Kullmann gelernt: wenn ein Verdächtiger zu fragen begann, bedeutete das Unsicherheit, die sofort und unbedingt ausgenutzt werden sollte. Spengler musste

sie eintreten lassen.
„Sagen Sie bloß nicht, dass sie schon wieder den Unfall meiner Frau recherchieren!“ schimpfte Kurt Spengler weiter. „Der Alte kann sich einfach nicht eingestehen, dass er damals nicht der Auserwählte von Luise war. Aber, indem er mich verfolgt, kann er die vierzig Jahre nicht mehr rückgängig machen!“
Erik schaute Anke fragend an, weil er nicht wusste, wovon Kurt Spengler sprach. Anke verstand ihn umso besser. Seit der letzten Unterhaltung mit Kullmann in Marthas Kneipe wusste sie, was Luise Spengler ihm damals bedeutet hatte, dass er sie geliebt hatte, bis Martha Kullmanns Lebenswege kreuzte. Anke konnte endlich Kullmanns Motivation verstehen, diese starken, zähen Hintergründe, die sie immer vermutet hatte.
Spengler bot ihnen keinen Sitzplatz an. Er ließ sie in der großen Diele stehen und stand breitbeinig ihnen gegenüber. Eriks Größe war ihm dabei sichtlich ein Dorn im Auge. Er maß ihn ständig mit kritischem Blick. Herabschauen, das war es, was er in dem Moment gerne getan hätte, aber Erik machte ihm einen Strich durch die Rechnung.
„Mit dem Alten meinen Sie vermutlich Hauptkommissar Kullmann“, begann Anke, um klarzustellen, dass sie seine abfälligen Bezeichnungen nicht akzeptierte. „Der Grund unseres Besuches hat nichts mit Verfolgung oder ähnlichem zu tun. Es gibt neue Hinweise, denen wir nachgehen müssen; deshalb hat Herr Kullmann uns zu Ihnen geschickt!“
„Warum kommt er nicht selbst?“
„Ganz einfach. Er spricht gerade jetzt mit unserem Kollegen Horst Esche, von dem er die neuen Hinweise bekommen hat. Horst Esche hat sehr viel zu berichten. Deshalb sind wir da.“
Kurt Spengler wurde nervös. Er begann, auf und ab zu gehen. Dieses Schauspiel gefiel Anke, weil es genau das war,

was Kullmann vorausgesehen hatte. Er drehte den beiden seinen Rücken zu und schaute eine Weile aus dem Fenster. Plötzlich drehte er sich um: „Wer ist Horst Esche? Was will der denn schon wissen?"
„Die Fragen stellen wir!" stellte Erik in einem Tonfall klar, dass Kurt Spengler sofort innehielt.
„Ich zähle Ihnen hiermit Ihre Rechte auf", begann Anke, zog ganz langsam einen Zettel aus der Hosentasche und begann, den Text herunterzuleiern, bis Kurt sie unterbrach.
„Lassen Sie das! Ich kenne meine Rechte und habe vor, meinen Anwalt zu rufen. Bis dahin werde ich kein Wort mehr mit Ihnen reden!"
„Einverstanden! Dann erwarten wir Sie morgen früh um neun Uhr im Landeskriminalamt. Kullmanns Büro kennen Sie ja", ordnete Anke an.
„Und vergessen Sie nicht, Ihren Anwalt mitzubringen", spöttelte Erik, bevor sie das Haus verließen.
Als die Tür wieder ins Schloss gefallen war, atmeten sie beide erleichtert auf. Es regnete immer noch, die Luft war so frisch, wie schon lange nicht mehr.
„Meine Güte, solche Spielchen habe ich schon lange nicht mehr spielen dürfen. Das war ein innerer Vorbeimarsch", freute Erik sich mit einer Leidenschaft, die Anke erstaunen ließ. Ihre aufkeimende Neugier schob sie jedoch beiseite.
Gemeinsam eilten sie durch den Regen zum Dienstwagen, fuhren einige Meter und versteckten sich ganz in der Nähe des Hauses, so dass sie alles unbemerkt überblicken konnten.
„Was hat Esche damit zu tun?" fragte Erik in die Stille des Wagens. „Er ist ein Kollege! Kann es sein, dass Kullmann gegen seine eigenen Kollegen ermittelt?"
„Er ermittelt nicht gegen seine Kollegen allgemein, sondern nur gegen Esche", stellte Anke klar.
„Warum das?"

„Esche ist Kurt Spenglers Sohn!"
Tenes fragte staunend: „Warum erfahren wir das erst jetzt?"
„Er hat es verstanden, das geheim zu halten. Kullmann kam dahinter, weil er nach Ingo Weber gesucht hatte. Mit der Entdeckung des Reporters kam die ganze Wahrheit ans Licht", erklärte Anke weiter.
„Ich verstehe da einiges nicht", gestand Erik. „Horst Esche war jahrelang in Köln beschäftigt. Dass er früher in Saarbrücken gearbeitet hat, davon ist mir nichts bekannt!"
„Das hat er auch nicht!"
„Welche Wahrheit hat Ingo Weber ans Licht gebracht?" fragte Erik weiter.
„Lassen Sie mich ausreden, dann werden Sie alles verstehen."
Sofort verstummte Erik.
„Kullmann hat herausgefunden, dass der Reporter Ingo Weber der Halbbruder von Horst Esche ist. Esches Mutter war von Kurt Spengler schwanger, der sie aber nicht heiraten konnte – oder wollte, wer weiß. Dafür bekam sie von ihm Alimente, bis sie einen Herrn Weber heiratete. Von diesem Weber bekam sie einen zweiten Sohn, Ingo Weber."
„Wie hat er das herausbekommen?"
„Er hat mit Ingos Mutter gesprochen, die ihm alles völlig ahnungslos erzählt hat."
„Aber damit verstehe ich immer noch nicht, warum Kullmann gegen Esche ermittelt. Er ist unbestreitbar ein Schwein, denn das, was er sich geleistet hat – ich meine den Überfall auf Sie" – Anke platzte zornig heraus: „Musste das in der ganzen Abteilung breitgetreten werden?" Aber Erik ließ sich nicht unterbrechen – „hat er sich in Köln auch schon geleistet. Er hat sich keine Spur verändert. Aber damit hat diese Aktion doch bestimmt nichts zu tun!" Tief atmete Anke durch, um ihren Schrecken schnell wieder zu vergessen. Sie hatte keine

Zeit für Gefühlsduseleien.
„Nein! Kullmann hat die Kontobewegungen von Kurt Spengler überprüft und dabei durch Zufall entdeckt, dass er einen neuen Mercedes Geländewagen per Geldkarte bezahlt hat. Ein solches Auto wurde nie von Kurt Spengler benutzt, aber Esche protzte vor drei Tagen mit diesem Luxus-Gefährt. Hinzu kamen noch eine große Summe in einem Uhrengeschäft und hohe Geldbeträge in verschiedenen Designerläden, die alle über eine Geldkarte Kurt Spenglers beglichen wurden. Sei kurzem prangt an Esches Arm eine Rolex. Mit seinen edlen Designerklamotten sieht er aus, als komme er frisch vom Laufsteg."
„Das hat Kullmann alles überprüft?" staunte Erik.
„So ist es! Unsereins kann sich diese Dinge nicht leisten, es sei denn, er würde im Lotto gewinnen oder erben. Beides ist bei Esche nicht der Fall. Kullmann hat festgestellt, dass Spengler mehrere Konten hat. Davon wird eins ausschließlich von Esche genutzt."
„Glaubt Kullmann, dass Esche seinen Vater erpresst?"
Anke nickte.
In dem Haus, das sie beobachteten, blieb es still. Anke befürchtete schon, Kullmanns Plan könne nicht aufgehen. Das einzige, was sie erkennen konnten, war, dass er telefonierte. Allerdings dauerte dieses Gespräch nicht sehr lange, Kurt Spengler hatte wohl seinen Anwalt nicht erreicht.
„Aber womit hat er seinen Vater erpressen können?"
„Esche und Nimmsgern haben anfangs an dem Fall Luise Spengler gearbeitet. Mit Sicherheit ist dabei etwas herausgekommen, was Esche dazu benutzt, seinen Vater zu erpressen, anstatt es Kullmann zu melden."
„Aber warum sollte er das tun? Er ist ehrgeizig und könnte sich eine Beförderung verdienen, wenn er mit seinen Beweisen herausrückt?"

„Vielleicht ist es so etwas wie Futterneid unter Brüdern. Robert Spengler, Luises Sohn, ist immer im Luxus aufgewachsen, während Esche als Sohn niemals akzeptiert, geschweige denn adoptiert worden ist. Er musste immer zusehen, wie gut es Robert ging."

Regen prasselte auf das Autodach.

„Es ist doch sehr bezeichnend, dass Esche sich von dem Geld seines Vaters ausgerechnet einen silbergrauen Mercedes-Geländewagen kauft, haargenau das gleiche Modell, wie Robert es fährt – einen ML 500!"

Erik nickte staunend über diese Beweisführung.

„Eine Beförderung hat er durch Roberts Verhaftung als Polizistenmörder angestrebt. Damit hätte er drei Fliegen mit einer Klappe geschlagen: Robert wäre endlich nicht mehr der ewige Gewinner, Esche wäre befördert worden und hätte noch dazu das Geld seines Vaters", erklärte Anke weiter.

„Ich habe Esche in Köln kennen gelernt", begann Erik schnaubend. „Dort hat er auch keine Schweinerei ausgelassen. Den Kolleginnen gegenüber benahm er sich wie ein Inquisitor aus dem Mittelalter: Frauen hatten im Polizeidienst nichts zu suchen. Sie waren für ihn Lustobjekte, die still halten sollten, wenn es ihm danach war. Deshalb wurde er versetzt. Lange war er mit seinen perversen Spielchen nicht aufgefallen. Als eine Kollegin sich beklagt hatte, wurde ihr nicht geglaubt. Die Bedeutung sexueller Belästigung am Arbeitsplatz und die Gleichstellung von Mann und Frau waren noch nicht so weit vorgedrungen, dass es bei jedem Vorgesetzten im Kopf angekommen wäre. Es musste erst noch einige Kolleginnen treffen, die sich dann zusammengeschlossen haben und mit vereinten Kräften gegen Esche vorgingen. Daraufhin musste der Polizeipräsident reagieren und Esche versetzen."

„Deshalb ist er bei uns gelandet?!" lief es Anke eiskalt über den Rücken, weil ihr wieder die schreckliche Szene in ihrem

Büro einfiel. Das war ja der Gipfel, ihre Abteilung in Unwissenheit darüber zu lassen, welcher Schuft sich dort bei ihnen einschleichen sollte. Fast wäre sie zum Opfer geworden, wenn es ihr nicht gelungen wäre, sich wirkungsvoll zu wehren. Entsetzt schüttelte sie sich.

„Als ich meine Versetzung nach Saarbrücken beantragt habe, habe ich nicht gewusst, dass Esche auch hier ist. Deshalb war ich schockiert, ihn hier zu sehen. Als ich von seinem Überfall auf dich erfahren habe, bekam ich die Bestätigung, dass solche Typen sich niemals ändern." Erik legte eine kurze Denkpause ein, bevor er anfügte: „Aber zu solchen Gemeinheiten hätte ich ihn nicht fähig gehalten. Das erinnert mich an Kain und Abel aus der Bibel. Brudermord setzt allen Verbrechen die Krone auf!"

„Tja, im Fall seines Bruders Robert Spengler hat er sich verrechnet", bemerkte Anke innerlich kochend vor Wut, weil sie durch Eriks Bericht aufgewühlt war. „Gott sei Dank ist Kullmann schlauer als Esche. Sonst hätte es tatsächlich Roberts Ende bedeuten können!"

„Und Esche hätte mit seinen arglistigen Spielchen gewonnen!"

Im Haus von Kurt Spengler tat sich was. Sie sahen, wie das elektrische Garagentor sich öffnete und ein Jaguar im Rückwärtsgang herausgefahren kam. Bis zur Hauptstraße folgten ihm Erik und Anke mit ausgeschalteten Scheinwerfern. Kurt Spengler hatte nichts bemerkt. Er fuhr weiterhin in ruhigem Tempo durch die Stadt.

„Was will Kullmann denn erreichen, wenn Kurt Spengler in sein Büro kommt?" fragte Erik, während er dem Jaguar folgte.

Der Regen wurde stärker. Für Kurt Spengler war es unmöglich zu erkennen, dass er verfolgt wurde. Auch die Verfolger hatten ihre Not, ihn nicht aus den Augen zu verlieren.

„Er hofft, dass Kurt einen Fehler macht, wenn er sich in die Enge getrieben fühlt. Die Erwähnung von Esches Namen war ganz gezielt. Kurt Spengler sollte den Eindruck gewinnen, dass wir mehr über Esche wissen, als ihm lieb sein könnte!"
„Wenn die Dinge so liegen, hat er schon den ersten Fehler gemacht", staunte Erik. „Er gab uns gegenüber vor, Esche nicht zu kennen."
„Stimmt! Kullmanns Plan funktioniert also", stimmte Anke zu.
„Nur leider führt die Richtung, in die Kurt Spengler fährt, nicht zum Landeskriminalamt", stellte Erik überrascht fest.
„Nein. Wie es aussieht, fährt er ins Krankenhaus zu Robert!"
„Schöne Bescherung! Niemand kann ihm einen Vorwurf machen, wenn er seinen Sohn im Krankenhaus besucht!"
„Inzwischen ist es aber zehn Uhr in der Nacht, keine übliche Zeit für Krankenbesuche. Was will er dort?" überlegte Anke.
„Vielleicht hat der kurze Anruf damit zu tun", vermutete Erik.

*

Inzwischen hatten alle bis auf Kullmann die Dienststelle verlassen. Der heftige Regen blieb. Im Stakkato trommelte er auf den asphaltierten Innenhof. Bei geöffnetem Fenster begrüßte Kullmann die frische Luft, fühlte sich aber in dem unerbittlichen Regenrhythmus wie gefangen. Dass sich der Tag schneller dem Ende neigte, bedrückte ihn. Die Ungewissheit, ob sein Plan funktionierte, ließ ihn nicht zur Ruhe kommen. In der Eintönigkeit des Regenkonzerts fiel ihm das Warten schwer. Er wollte endlich was Handfestes.

Das Telefon läutete in die Stille. Erwartungsvoll riss Kullmann den Hörer herunter und bellte seinen Namen hinein.
„Hier ist Jürgen. Wir haben zusammen mit den Kollegen alle Verstecke abgesucht und keine Spur von Steven Dienhardt gefunden. Die Kollegen der Bereitschaftspolizei sind seit Stunden daran, den Jungen über die Landesgrenze hinaus zu suchen, ohne Ergebnis. Was sollen wir jetzt machen? Sollen wir die ganze Nacht weitersuchen?"
„Nein, das ist nicht nötig. Solange der Junge nicht in unserer Nähe ist, ist er nicht gefährlich", meinte Kullmann, worauf Jürgen verwundert reagierte: „Wie kommst du darauf, dass er nicht in unserer Nähe ist?"
„Weil ihr ihn dann gefunden hättet. Also macht euch nicht verrückt, brecht die Arbeit ab und meldet euch morgen früh wieder, bevor ihr die Suche fortsetzt", lautete Kullmanns Anweisung. Jürgen seufzte erleichtert auf.
Nach diesem Gespräch informierte er den Kollegen an der Pforte, welchen Besucher er noch zur späten Stunde erwartete. Schließlich sollte sein Plan nicht an einer Kleinigkeit scheitern, die er trotz seines ausgeklügelten Planes übersehen hat.
Das Warten begann. Die Luft seines Büros lag bleischwer auf seinen Schultern.
Nur widerwillig folgte er seinem Drang, zur Toilette zu gehen, weil er befürchtete, dass ausgerechnet dann der erwartete Anruf von Anke und Erik käme. Aber er konnte nicht länger warten. Er beeilte sich. Auf dem Rückweg hörte er eine Tür schlagen.
Erschrocken drückte er sich in einen Türrahmen. Die einzige Lichtquelle, die den langen Gang in ein gespenstisches Licht tauchte, kam aus seinem Büro. Wieder hörte er ein Poltern, als habe sich der Eindringling in der Dunkelheit an etwas gestoßen. Wie ein Blitz überfiel ihn der Gedanke, dass

er das nächste Opfer des Polizistenmörders sein könnte. Wo lauerte er auf ihn? Dieser lange Gang bestand aus vielen Türen, die offen standen. Wenn Kullmann nun versuchte, zum Ausgang zu laufen, würde er ihm mit Leichtigkeit den Weg versperren, denn er befand sich zwischen Kullmann und der Pforte, die seine Rettung bedeuten könnte. In diesem Augenblick begann das Telefon zu klingeln. Kullmann nahm all seinen Mut zusammen und huschte schnell in sein Büro. Er wollte gerade den Hörer abnehmen, als das Telefon aufhörte zu läuten. Schweißgebadet stand er nun vor dem stillen Apparat und ärgerte sich, dass er nicht schneller reagiert hatte. Er glaubte, einen Schatten an seiner Tür gesehen zu haben. Hastig eilte er auf den Schreibtisch zu, um seine Dienstwaffe herauszunehmen, aber mit Schrecken musste er erkennen, dass er genau diese Seite des Schreibtischs wie immer abgeschlossen hatte.

Er hatte fest damit gerechnet, dass Kurt Spengler sich auf den Weg zum Landeskriminalamt machen würde, wenn Anke und Erik ihren Auftrag erledigt hätten; aber sie hätten ihn auch vorgewarnt, weil sie ihn nach dem Besuch weiter observierten. Das konnte nicht Spengler sein, der im Flur auf ihn lauerte. Er würde sich nicht wie ein Dieb hereinschleichen. Aber wie war es möglich, dass ein Fremder in das Gebäude gelangte? Kullmann blieb keine Zeit, darüber nachzudenken. Er befand sich in höchster Alarmbereitschaft, als völlig lautlos die schattenhafte Gestalt in sein Zimmer glitt. Kullmann erschrak zu Tode, weil er den Eindringling gar nicht gehört hatte. Blitzschnell wollte die schwarze Gestalt über den Alten herfallen, doch Kullmann reagierte schneller. Geduckt wich er aus, so dass der Schatten zu Boden polterte. Kullmann umrundete seinen Schreibtisch und wollte auf den Flur rennen. Doch der Eindringling hatte sich wieder aufgerappelt. Er packte ihn von hinten, Kullmann verlor das Gleichgewicht und fiel. Dabei schlug er heftig mit den Kopf auf. Einige Sekunden fühlte er sich wie benebelt. Da begann die Gestalt zu sprechen. Kullmann hatte sich nicht getäuscht. Gerne hätte er diesen Triumph ausgekostet, aber nun lag er unter dem Polizistenmörder, befand sich mit ihm ganz allein im Büro und war sich alles andere als sicher, ob sein Plan, der inzwischen sehr durcheinander geraten war, am Ende doch noch gelingen würde.

„Na, du alter Klugscheißer! Jetzt habe ich dich da, wo ich dich immer haben wollte: am Boden!“ Triumphierend kniete Esche über ihm. Im fahlen Lichtschein konnte Kullmann sein Grinsen sehen, das sein Gesicht langsam zu einer zynischen Grimasse verzerrte.

„Wenn du an meine Waffe willst, hast du ein Problem“, röchelte Kullmann, weil Esche mit einer Hand seinen Hals umklammerte.

„Die brauche ich nicht, weil du kein Gegner für mich bist, alter Mann!“ lachte Esche. „Schau dich nur an, wie du vor mir liegst. Für dich brauche ich eigentlich keine Waffe, aber du wirst mir die Waffe schon geben!“

Mit einem Ruck zog er Kullmann hoch und schubste ihn unsanft in sein Büro zurück.

„Los, alter Mann! Ich weiß, du hast die Waffe in deinem Schreibtisch. Sperr ihn auf und hol sie raus. Es soll alles so aussehen, dass der Polizistenmörder ein weiteres Mal zugeschlagen hat. Ich werde auch fleißig mithelfen, den bösen Kerl zu erwischen. Glaub mir, ich werde großen Einsatz zeigen, wenn es darum geht, den Mörder von Kullmann, dem Unschlagbaren, dem Sherlock Holmes des einundzwanzigsten Jahrhunderts, zu finden!“

„Dafür ist es zu spät“, meinte Kullmann, doch Esche schlug ihm so fest in die Rippen, dass Kullmann die Luft wegblieb.

„Hol die Waffe!“ schrie er nun. „Wenn du glaubst, dass Kurt

Spengler jetzt kommt, hast du dich getäuscht!"
Kullmann fühlte sich ausgeliefert. Wie konnte Esche von seinem Plan erfahren haben?
„Da staunst du, Alter? Ich habe Kurt angerufen und ihm gesagt, wo er seinen verwöhnten Sohn finden kann. Das hat ihn mächtig erschüttert!" lachte Esche; Kullmanns Hoffnung verließ ihn endgültig. Von neuem begann ihn die Frage zu quälen, wer versucht hatte, ihn im Büro zu erreichen, als er zu spät an den Telefonapparat gelangt war. Wenn es nicht Erik und Anke waren, wer dann? Nun war er ganz auf sich allein gestellt gegen einen Mann, der schon drei Kollegen auf dem Gewissen hatte. Seine Chancen standen nicht gut.
In seiner Not bückte Kullmann sich und tat so, als wollte er den Schreibtisch aufsperren. Aber er griff nach dem Schirmständer, der direkt neben seinem Schreibtisch stand, sprang auf und ließ ihn auf Esche niedersausen. Doch ihm gelang es, rechtzeitig die Arme hochzureißen und den Schlag abzuwehren. Wie ein Tier brüllte er auf; Kullmann glaubte, ein Krachen gehört zu haben. Aber Esche stieß den Schirmständer weg und fiel mit aller Wucht über Kullmann her, warf ihn zu Boden und trat wild auf ihn ein. Mit letzter Kraft versuchte Kullmann sich vor dem Angriff zu schützen, indem er die Arme vor sein Gesicht hielt. Im Eifer des Gefechts fiel ihm der Schreibtischschlüssel aus seiner Jackentasche. Esche nahm ihn an sich und sperrte mit schmerzverzerrtem Gesicht das Schubfach auf, in dem die Dienstwaffe lag.
„Was haben wir denn hier?" spottete er, als er die SigSauer 9mm mit ungeschickten Bewegungen aus dem Fach nahm.
Kullmann glaubte sich verloren. Verzweifelt wollte er Esche die Waffe aus der Hand schlagen. Esche lachte.
Plötzlich sah Kullmann in gleißendes Licht und war für einige Sekunden desorientiert. Was war passiert? Wo war er? Hatte Esche ihn ins Jenseits befördert? Als er eine andere

Stimme hörte, wusste er sofort, wo er sich befand. Er war immer noch in seinem Büro und am Leben.
„Horst, bist du völlig wahnsinnig geworden“, schrie Kurt Spengler verzweifelt. Er hatte die Deckenbeleuchtung eingeschaltet.
Verwirrt drehte Esche sich um, doch diesen Moment nützte Kullmann um aufzuspringen und Esche mit einem Handkantenschlag zu Boden zu schlagen. Er drehte seine Hände auf den Rücken. Esche schrie auf vor Schmerzen, doch Kullmann störte sich nicht daran. Er legte ihm Handschellen an.
Esche kämpfte weiter trotz seiner aussichtslosen Lage. Er schrie und sein Gesicht spiegelte tiefste Verachtung: „Du elender Verräter. Wir hatten eine Abmachung. Warum hast du die Nerven verloren?“
Kurts Gesicht lief rot an vor Wut, aber er bemühte sich um einen sachlichen Ton: „Wovon redest du? Auf mich konntest du dich immer verlassen. Wie ich sehe, hast du die Nerven verloren – nicht ich. Ober wie willst du mir deine entwürdigende Lage erklären? Was du Kullmann angetan hast, gehört nicht zu meinem Repertoire.“
Kullmann war benommen von seinem Gefecht, trotzdem verstand er diese Begegnung der besonderen Art zwischen Vater und Sohn. Er genoss es, den beiden zuzusehen.
„Du warst es doch, der seine Zunge nicht mehr im Zaum halten konnte. Alles wolltest du auffliegen lassen, trotz unserer Vereinbarung, und das nur, um dich im Polizeidienst besser profilieren zu können. Du warst nicht nur geldgierig, sondern auch karrieregeil. Du hast deine Grenzen einfach nicht mehr gesehen!“
Spenglers Stimme klang wie erfroren.
„Willst du tatsächlich behaupten, ich sei der alleinige Sündenbock. Das könnte dir so passen. Noch habe ich die bessere Karte“, giftete Esche. Man sah ihm an, dass er am liebsten

über seinen Vater hergefallen wäre, hätten ihn die Handschellen nicht daran gehindert.
„Spiel dich nicht so auf, du machst dich mit jedem Wort lächerlicher“ ließ ihn Kurt Spengler abblitzen.
„Du bist ein Schwein!“ verlor Esche völlig die Fassung. „Zu mir sagst du, ich sei karrieregeil und geldgeil! Aber was ist das, was du bist? Du bist im höchsten Grade selbstsüchtig und hinterlässt nur seelisch zerstörte Menschen, wenn sie das Glück haben, am Leben zu bleiben!“
„Am besten ist es, du schweigst jetzt!“ versuchte Kurt Spengler eine letzte Ermahnung. Aber Esche war nicht mehr zu bremsen; es brach aus ihm heraus: „Meine Mutter konntest du nicht heiraten, weil du bei einer Scheidung von Luise nichts bekommen hättest. Also hast du die arme Frau einfach im Stich gelassen. Zum Glück nur im Stich gelassen. Luise hat sich ihr Grab selbst geschaufelt, weil sie dich im Testament bedacht hat. Das hätte sie sich besser überlegen sollen.“
„Pass auf, was du sagst“, drohte Kurt. „Du sitzt genauso dicht am Abgrund, also sei besser still.“
„Oh ja!“ schrie Esche. „Ich werde dich jetzt mitnehmen, genauso wie du es an meiner Stelle getan hättest. Du weißt genau, dass ich die Fingerabdruckkarte vom Fensterrahmen in Luises Zimmer habe!“
Nun war es endlich raus. Kullmann verschlug es die Sprache. Endlich wusste er, was der fehlende Beweis war. Auch ein weiterer Verdacht, der ihn von Anfang an nicht loslassen wollte, bestätigte sich in diesem einzigen Satz. Esche hatte nicht mit der Spurensicherung im Haus Spengler gearbeitet, weil er an diesem Tag Kurt Spengler verhörte. Nur Walter Nimmsgern konnte an dieses Beweisstück gelangt sein.
Spenglers Farbe war aus seinem Gesicht gewichen. Eine Weile schwiegen Vater und Sohn, bis er in die Stille sagte: „Nun weiß ich, dass es ein Fehler war, meinem eigenen Sohn zu

vertrauen. Du hattest einfach nicht genug Verstand für das Spiel, das du mit mir spielen wolltest. Leider habe ich das nicht erkannt. Vermutlich deshalb, weil du mein Sohn bist. Diese Tatsache hat mir den Blick für deine wirklichen Fähigkeiten verschleiert."

Esche sah seinen Vater mit kalten Augen an. Als wenn sich eine Wand zwischen ihm und seinem Vater auftürmte, erstarb ihr Gespräch.

Kullmann verständigte die Kollegen, die die beiden Männer abholen sollten. Anschließend las er beiden ihre Rechte vor und wartete, bis sie aus seinem Büro verschwunden waren.

Kurze Zeit später trafen Anke und Erik ein.

Sie fanden Kullmann erschöpft an seinem Schreibtisch vor. Seine Gesichtsfarbe war aschfahl und seine Wangen eingefallen. Eine Hand legte er auf die linke Brustseite und schaute unentwegt unter sich. Anke zögerte nicht lange, ging an seinen Schreibtisch und reichte ihm die Nitroglyzerin-Tabletten, die er jetzt brauchte. Dankbar schaute er sie an, nahm eine Tablette und legte sie unter seine Zunge.

Farbe kehrte in sein Gesicht zurück.

„Woher wissen Sie, was ich brauche?" fragte Kullmann immer noch ganz verwundert.

„Ich weiß noch sehr genau, wie Sie in Ihrem eigenen Haus überfallen worden sind und anschließend so wie jetzt aussahen. Damals erzählten Sie mir, dass Sie an Angina pectoris leiden. Die Herzarterie kann sich plötzlich verstopfen oder verkrampfen. Das Nitroglyzerin legt man unter die Zunge und die Arterien werden dadurch in Sekundenschnelle erweitert. Das habe ich mir gut gemerkt, falls wieder ein Notfall eintreten sollte. Und genau das ist gerade geschehen!" erklärte Anke.

Diese Fürsorge tat Kullmann gut. Er dankte ihr mit einem anerkennenden Lächeln.

„Was bin ich froh, dass ich Sie habe! Das war knapp. Ich möchte gerne noch meinen Ruhestand genießen können. Dieser Überfall hätte das um ein Haar verhindert."
„Welcher Überfall?" fragten Anke und Erik wie aus einem Mund.
Kullmann erholte sich schnell und war wieder ganz der Alte: „Ich mache Euch einen Vorschlag: Anke kocht uns einen guten Kaffee und dann erzähle ich Euch die ganze Geschichte!"
Während der Kaffee durch die Maschine knatterte, berichtete Kullmann von Esches Überfall. Abschließend bemerkte er: „Ich wurde gerade vom Krankenhaus angerufen. Dort lässt er sich seine gebrochenen Arme schienen. Aber morgen früh kommt er zum Verhör."
Anke und Erik lachten und meinten: „Haben Sie ihm so zugesetzt?"
„Oh ja! Ich habe ihm den Schirmständer auf den Kopf schlagen wollen, aber er hat ihn mit seinen Armen abgewehrt. Gott sei Dank! Wer weiß, wie der Kampf sonst ausgegangen wäre!"
Anke schüttelte den Kopf: „Sie darf man nicht unterschätzen. Es ist nicht das erste Mal, dass Sie einen Gegner besiegt haben!"
Kullmann lächelte. Aber bei der Erinnerung an dieses Geschehen konnte ihm das Lächeln vergehen. Esche war zu allem entschlossen. Diese Erkenntnis erschütterte ihn immer noch.
Als der Kaffe in ihren Tassen dampfte, erinnerte Erik ihn an sein Versprechen, ihnen die ganze Geschichte zu erzählen.
Froh über dieser Ablenkung begann Kullmann zu sprechen: „Nach Jürgens Bemerkung, das Winterberg-Krankenhaus habe versucht, ihm aufzuzählen, wann Steven Dienhardt nach Schlägereien dort in der Notaufnahme behandelt worden sei, habe ich nach den genauen Behandlungszeiten des

Jungen gefragt und mit Erstaunen festgestellt, dass er ein hervorragendes Alibi hatte. Er war jedes Mal in stationärer Behandlung, wenn ein Kollege erschossen wurde!"

„Und trotzdem haben Sie ihn suchen lassen?" staunte Erik.

„Ja. Esche durfte nicht merken, dass diese Suchaktion fingiert war. Er sollte sich in Sicherheit wiegen."

„Sie hatten Esche also von Anfang an als Polizistenmörder im Verdacht?"

„Nicht von Anfang an", wehrte Kullmann ab.

An Anke gewandt fuhr er fort: „Erst als Sie mir erzählten, dass der Einbrecher in Roberts Haus versucht hatte, Robert aus der Wohnung zu zerren, gingen bei mir die richtigen Lichter an!"

Kullmann ließ seine Zuhörer zappeln.

„Das verstehe ich nicht", schüttelte Erik den Kopf.

„Ganz einfach, er wollte Robert irgendwo im Freien erschießen. Es sollte wie Notwehr aussehen. Dann wäre Robert als Polizistenmörder beschuldigt worden und hätte keine Chance mehr gehabt, sich dagegen zu wehren. Esche hätte sich als großen Helden aufspielen können, hätte todsicher eine weiße Weste behalten und eine Beförderung bekommen."

„Ein grausamer Plan! Aber warum hat er die Kollegen erschossen?"

Kullmann erhob sich von seinem Stuhl und meinte: „Das kann ich nur von ihm selbst erfahren. Morgen früh werde ich Esche verhören!"

Zufrieden fügte er an: „Aber Sie beide haben sich einen freien Tag verdient. Sie haben gute Arbeit geleistet!"

Am nächsten Morgen wurde sie von der Sonne geweckt, die ihr gnadenlos ins Gesicht schien. Verwundert schaute Anke auf die Uhr: es war schon fast Mittag. Trotzdem war sie noch müde. Gähnend stand sie auf, begann mit ihrer Morgentoi-

lette und frühstückte an ihrem kleinen Tisch, der in der Sonne stand.
Sie freute sich darauf, Robert zu besuchen und ihm mitteilen zu können, dass der mutmaßliche Polizistenmörder gefasst war und dass er sich keine Sorgen mehr zu machen brauchte. Der Fall war abgeschlossen. Sie wollte damit beginnen, Robert unbeschwert zu begegnen. Keine Verdächtigungen, keine Zweifel, keine Eifersucht mehr, einfach nur noch glücklich sein mit ihm, lieben und geliebt werden. Wie sehr hatte sie sich danach gesehnt. Endlich stand diesem Glück nichts mehr im Weg.
Sie fühlte sich in dieser sonnigen Ruhe gut aufgehoben, wollte auftanken, ohne auf die Uhr zu schauen. Bestimmt würde das ein guter Tag, hoffte sie in der Vorfreude, Robert wieder zu sehen. Wie konnte sie ihm gegenüber treten und sagen, dass der Mörder gefasst war? Die Erinnerung an ihre vorschnelle Angst mischte sich mit der Scham, dass sie an Roberts Unschuld gezweifelt hatte. Hoffentlich würde er ihr das verzeihen. Sie wollte ihre Worte gut wählen, ganz ehrlich sich entschuldigen. Verlangen konnte sie nicht von ihm, dass er ihr verzeihen würde.
Am frühen Nachmittag machte sie sich auf den Weg ins Krankenhaus. Kaum hatte sie Roberts Zimmer betreten, sah sie, dass sein Krankenbett leer und schon wieder frisch bezogen war.
„Wo ist Robert Spengler?“ fragte sie eine Krankenschwester, die ihr im Flur begegnete.
„Er ist heute Morgen entlassen worden!“
Anke stand wie vor dem Nichts. Ihr erster Schritt fand keinen Boden. Damit hatte sie nicht gerechnet. Nun stimmten die Sätze, die sie sich zurechtgelegt hatte, nicht mehr. Sie geriet ins Flattern. Wo würde sie Robert treffen? Und ihre Entschuldigung solle auch zu der Situation passen.

Sie fuhr zu seiner Wohnung am Staden, aber auf ihr Klingeln öffnete niemand.
Bedrückt stieg sie wieder in ihr Auto ein und wartete lange Zeit, bis sie sich endlich entschloss, zum Stall zu fahren. In dieser verzweifelten Situation konnte ihr nur noch einer helfen: Rondo. Sie wollte mit ihm ausreiten, einfach abschalten, um ihre verwirrenden Gedanken von sich fern zu halten.
Das erste, was sie am Stall sah, war Roberts Auto. Ihr Herz meldete sich, ihre Hände zitterten. Hier war er also.
Sie beeilte sich, in den Stall zu kommen. Dort war alles ruhig. Nepomuks Box war leer.
Sie ging weiter auf Rondos Box zu. Ihre innere Unruhe übertrug sich auf ihn. Er drehte seinen Kopf in die andere Richtung, als wollte er ihr die kalte Schulter zeigen und begann zu äpfeln, ein deutliches Zeichen von Nervosität. Rasch besann Anke sich. Ihre Erwartungen an das Pferd waren zu groß. Rondo konnte ihr nicht ein inneres Gleichgewicht zurückgeben, er konnte nur ihre Stimmung widerspiegeln, was er mit diesem Verhalten deutlich zeigte. Nervös blickte er sie an und wieder weg, er wirkte verunsichert. Ihn so zu sehen, tat Anke leid. Lange verharrte sie ganz still vor seiner Box, bis das Pferd wieder zur Ruhe kam. Langsam drehte er sich um, streckte seinen Kopf heraus und stupste sie mit seiner weichen Nase an, was ihr große Erleichterung verschaffte. Mit ruhigen Bewegungen streichelte sie ihn, bevor sie die Stallgasse verließ.
Nun wollte sie Robert gegenüber treten, wollte ganz sie selbst sein. Dass das nicht leicht werden würde, spürte sie schon, als sie den Weg zu den Koppeln antrat, weil sie glaubte, Robert dort zu finden.
Vier große Koppeln lagen im hinteren Bereich des Stalls direkt am Waldrand. Die Entfernung vom Stall war so groß, dass man sich dort unbemerkt aufhalten konnte.

Robert saß im Sonnenschein auf einem abgesägten Baumstamm und schaute seinem Wallach beim Grasen zu. Anke blieb vor ihm stehen. Er war so sehr in seine Gedanken vertieft, dass er Anke erst nach einer Weile bemerkte.
Roberts Gesicht sah lädiert aus. Ein dunkelblauer Streifen umrandete sein rechtes Auge, Hämatome in allen Farben verunstalteten sein Gesicht, die Unterlippe wölbte sich unförmig an den Nahtstellen; den fehlenden Zahn hatte man durch einen Zahnersatz ausgeglichen.
„Ich habe gute Neuigkeiten", begann Anke.
Das angeschlagene Gesicht tat Roberts faszinierendem Aussehen keinen Abbruch. Seine sportliche Figur in den engen Jeans mit dem kurzärmeligen Hemd, seine muskulösen und braungebrannten Arme ließen in Anke den Wunsch aufkeimen, umarmt zu werden, sich anlehnen zu können und sich ihm hinzugeben. Seine blonden Haare schimmerten noch heller in der warmen Sonne, das Blau seiner Augen leuchtete noch stärker als sonst.
Mit diesen Augen schaute er sie fragend an; unwillkürlich musste Anke wieder daran denken, wie er das erste Mal vor ihr gestanden hatte. Sofort hatte sie sich in diese Augen verliebt und spürte, dass seitdem dieses Gefühl immer stärker, intensiver und leidenschaftlicher geworden war.
Jetzt stand sie wie angewurzelt vor ihm. Sie brachte keines der Worte heraus, die sie sich vorbereitet hatte. Es versetzte ihr einen dumpfen Schlag in den Magen, weil Robert sich nicht bewegte; er saß da wie eine Statue, stumm und mit starren Augen. Er kam ihr vor wie ein Fremder, trotz der Nähe meilenweit entfernt. Ihre Hoffnung schwand.
„Der mutmaßliche Polizistenmörder ist gefasst. Ich habe doch von Anfang an gesagt, dass Kullmann den Richtigen finden wird", startete sie einen verzweifelten Anfang.
Robert blieb unbeweglich sitzen.

„Ist das nicht wunderbar? Du bist aus der Schusslinie. Nichts steht mehr zwischen uns", kämpfte sie mit Worten. Was hatte sie sich vor wenigen Minuten noch geschworen: einfach sie selbst sein, ehrlich und ungekünstelt. Dass es so schwer sein würde, hätte sie nicht erwartet. Sie fühlte sich wie vor einer Wand. Er hatte sie weder begrüßt, noch beachtet; er kapselte sich ab. Trotz ihrer wachsenden Unsicherheit wollte sie nicht aufgeben. Zu viel stand auf dem Spiel.

„Ich liebe dich. Ich habe mich nach dir gesehnt!" Nun hatte sie die Wahrheit offen und unverblümt ausgesprochen, wie sie es sich vorgenommen hatte. Obwohl sie immer noch die Ungewissheit zwischen ihr und Robert spürte, war sie froh, alles gesagt zu haben, was ihr auf dem Herzen lag.

Robert änderte seine Haltung nicht, der Boden begann unter ihren Füßen zu schwinden.

Anke spürte einen Schmerz, der sie fast zerriss. Das Band war zerrissen. Er schaute sie aus kalten Augen an, als habe er den Stab endgültig gebrochen. Die Sekunden des Schweigens kamen ihr vor wie endlose Stunden.

„Warum sagst du nichts?" hielt sie es einfach nicht mehr aus.

„Weil es kein „uns" mehr gibt!"

Das hörte sich wie ein endgültiges Urteil an. Das Ende.

Keine Emotion lag in seiner Stimme, keine Unschlüssigkeit, keine Chance, seine Entscheidung zu ändern.

„Es tut mir wirklich leid", sprach er weiter. „Wir hätten ein schönes Paar werden können, aber dein Beruf hat dich schon angefressen. Du kannst nicht nach Hause kommen und abschalten. Nein, deine Arbeit hat dich immer im Griff. Sogar dann, wenn wir uns lieben. Dein Beruf hat zwischen uns gestanden und hat deinen Kopf so verwirrt, dass du gar nicht gemerkt hast, wen du vor dir hast. Ich habe dich ehrlich geliebt und wollte mein Leben mit dir teilen. Deine Arbeit hat

dir den Blick verstellt. Du kannst nicht mehr unterscheiden, wer es wirklich gut mit dir meint und wer nicht."
Er sprang von dem Baumstamm auf, stellte sich vor sie und schaute sie eine Weile mit trauriger Miene an.
„Dein Verdacht mir gegenüber hat mich so tief verletzt, dass ich ihn nicht vergessen kann." Er entfernte sich mit langsamen Schritten. Auf halbem Weg drehte er sich um: „Diese Entscheidung ist mir nicht leicht gefallen."
Eine Weile spürte Anke nichts. Sie spürte noch nicht einmal, dass sie existierte. Doch mit den Sekunden, die verstrichen, erwachten ihre Gefühle immer mehr. Sie sah seine schemenhafte Gestalt, die sich entfernte, nicht nur von ihrem Standpunkt, sondern aus ihrem Leben.
Siedend heiß fiel ihr ein, welchen entscheidenden Fehler sie gemacht hatte. Ehrlich und offen wollte sie sein, aber es war ihr nicht gelungen. Sie hatte sich nicht bei ihm entschuldigt für den Verdacht gegen ihn, hatte das Wichtigste vergessen. Deshalb hatte ihr ganzes Bitten nichts genützt. Diese Erkenntnis schoss durch sie hindurch und hinterließ das Gefühl der Niedergeschlagenheit. Völlig unbeweglich stand sie da, regungslos, wie gelähmt. Nichts an ihr konnte sie bewegen, nichts. Eine Gefühlsmischung wie grauer Einheitsbrei machte sich in ihrem Kopf breit, dass sie glaubte, er müsste unter dem Druck in tausend Teile zerspringen. Die Gedanken, diese Selbstvorwürfe, dass sie sich alles selbst zuzuschreiben hatte, quälten sie. Sie war selbst daran schuld. Sie hatte sich genau das zerstört, wonach sie sich so sehr gesehnt hatte. Kurze Zeit hatte sie das Glück in ihren Händen gehalten, das die Erfüllung ihres Traums hätte sein können. Sie hatte versagt, war unfähig gewesen, dieses Geschenk zu pflegen und zu bewahren. Unwillkürlich tauchte die Frage in ihr auf: Hätte sie einen Menschen ertragen, der sie selbst so schwer angeschuldigt hätte? Vermutlich nicht! Deshalb durfte sie Roberts

Reaktion nicht verurteilen.
Es dauerte lange, bis sie sich aufraffte, um zum Stall zurückzugehen. Ganz langsam kehrte ihr Geist in die Gegenwart zurück; wie mechanisch bewegte sie sich auf den Stall zu.
Ihr Kopf arbeitete in Zeitlupe. Ihr Blick verengte sich auf Rondo, ein Ausritt mit ihm als Strohhalm, als Rettung. Wie eine Verliererin schlich sie auf die Box zu. Rondo reagierte sofort. Fragend schaute er ihr entgegen und brummelte so leise, dass es schon fast nicht zu hören war. Trotzdem erkannte Anke in diesem Verhalten, dass er auf sie gewartet hatte. Wieder staunte Anke, wie feinfühlig dieses Pferd doch sein konnte. Auf keinen Fall wollte sie ihn als Wundpflaster missbrauchen, sie wollte gut auf sich aufpassen und das Pferd schonen.
„Du wirst mir jetzt helfen, indem wir beide einen Ausritt machen", sprach Anke leise zu ihrem geliebten Pferd.
In aller Ruhe sattelte und trenste sie ihn, während um sie herum der Betrieb zunahm. Die Schulpferde wurden von den Kindern geputzt, Privatpferdehalter hatten ebenfalls ihre Pferde im Sonnenschein stehen, und Geplapper schallte über den Hof und über den Reitplatz. Bellende Hunde mischten sich in dieses Treiben. Die Terrasse der Reiterklause war inzwischen auch geöffnet und einige Pferdebesitzer, die ihre Pferde auf die Koppel gestellt hatten, saßen jetzt dort und tranken ein frisch gezapftes Bier. Ihr Lachen schallte über den ganzen Hof.
Als Anke Rondo in den Hof führte, wo sie aufsteigen wollte, sah sie gerade, wie Robert und Doris Arm in Arm zu seinem Wagen schlenderten. Bis zur Beifahrertür gingen sie eng umschlungen. Bevor Doris sich aus seiner Umarmung löste, küssten sie sich leidenschaftlich. Ganz ohne Hast öffnete er ihr die Tür, ließ sie einsteigen und ging um den Wagen herum zur Fahrertür. Als er Anke erblickte, blieb er eine Se-

kunde stehen und schaute sie an. Sogar auf diese Entfernung konnte Anke seine blauen Augen erkennen. Sie waren für sie gestorben. Er stieg in seinen Wagen und fuhr davon.
Schwermütig stieg Anke in den Sattel. Sie versprach sich von der Stille des Waldes, in die sie nun reiten wollte, Abstand zu gewinnen. Das hatte sie bitter nötig. Kaum hatte sie den Gedanken zu Ende gedacht, kam Nadja zusammen mit der Vereinsvorsitzenden auf sie zugelaufen, und rief: „Warte bitte einen Moment!"
Anke wartete ungehalten, bis die beiden außer Atem bei ihr angekommen waren.
„Ich habe heute Morgen in der Zeitung gelesen, dass ihr den Polizistenmörder verhaftet habt. Stimmt das?" fragte nun die Vereinsvorsitzende etwas ruhiger.
„Ja, das stimmt!"
„Stimmt es auch, dass es jemand von deinen Kollegen war?"
Anke nickte. Sie spürte, wie unangenehm ihr das Gespräch war, aber sie wollte nicht unhöflich sein. Die beiden hatten nichts gefragt, worauf sie nicht hätte antworten dürfen.
„Gott sei Dank! Dann ist Robert endlich aus dem Schneider", meinte sie erleichtert. „Ich hatte sowieso keine Sekunde geglaubt, dass Robert damit was zu tun hatte. Dafür ist er einfach nicht der Typ. Er hat das Herz auf dem rechten Fleck!"
Dieses Lob nahm Anke fast den Atem. Schmerzhaft wurde ihr bewusst, dass niemand hier im Stall außer ihr Robert jemals verdächtigt hatte! Sie konnte sich ihre Verirrung nicht verzeihen. Sie erinnerte sich an die Frage des Stallbesitzers, warum sie Robert fallen lasse. Warum hatte sie die Maßstäbe verloren? Die Leute im Stall hatten ihrem Gefühl vertraut. Sie machten ihr keine Vorwürfe, aber durch ihren unerschütterlichen Glauben an Robert wurde sie zum schwarzen Schaf. Die Arbeit an dem Fall hatte sie geblendet und ihren Blick auf die Wirklichkeit verzerrt. Roberts bittere Analyse stimmte. Ob sie jemals

die Fessel der berufsbedingten Wahrnehmungsfähigkeit lösen konnte? Diese Falle, die Welt grundsätzlich mit Misstrauen und bösen Vorahnungen zu sehen! – Sie flüchtete sich in diese Gedanken, um die offene Wunde nicht zu sehen, die die Trennung ihr geschlagen hatte.
Jetzt setzte sie zu allererst ihren Entschluss um und ritt mit Rondo in den Wald.
Der Schritt in die Natur wirkte auf sie wie ein Übergang von einem Zustand voller Schatten und Grausamkeit in eine Welt voller Schönheit, Ordnung und Harmonie. Das erinnerte sie an den Fluss Styx, über den vom Reich der Lebenden in das Reich der Toten übergesetzt wurde, nur mit dem Unterschied, dass sie sich jetzt fühlte, als sei sie aus der Finsternis ins Licht zurückgekehrt.
Leise rauschte der Wind in den Baumkronen. Sonnenstrahlen bahnten sich vereinzelt ihren Weg durch das dichte Laub und veranstalteten auf dem Reitweg ein bewegtes Spiel aus Licht und Schatten. Vögel zwitscherten in den Bäumen, gelegentlich pochte das Hämmern eines Spechts gegen einen Baumstamm.
Tief atmete sie die frische Luft ein und hoffte, damit ihren Kummer verdrängen zu können. Ein bleischwerer Brocken drückte in ihrer Brust, ihre Freude am Reiten drohte an dem kalten Krater ihrer Schwermut zu scheitern. Sollte der Rest ihres Lebens nur noch aus ihrer Arbeit bestehen? Sie hatte sich zweimal verliebt, und beide Male hatte sie kein Glück gehabt. Hübner hatte sie betrogen und ihr damit wehgetan. Und Robert! Sie hatte ihn des Mordes verdächtigt. Wie absurd ihr Verhalten wirklich war, stand ihr glasklar vor Augen, jetzt, wo sie die Weiche nicht mehr neu stellen konnte.
Am liebsten hätte sie die Erinnerung an die letzte Woche aus ihrem Leben gestrichen. Diese krassen Wechselbäder hatten die Grenzen ihrer Belastbarkeit angekratzt. Noch immer spürte sie ihre Unfähigkeit, von diesen Gedanken loszulas-

sen. Da ritt sie durch die schöne Natur und war unfähig, sie zu genießen. Der Himmel leuchtete azurblau, das Grün der Bäume war voll ausgereift, die ersten Anzeichen des Sommers. Aber sie nahm nichts davon wahr.
Langsam kam sie an den Berg, der über die Eisenbahnschienen des Messebahnhofs führte. Hier hatte das Unglück begonnen, erinnerte sie sich. Hier war Robert festgenommen worden, weil Esche ihn als Polizistenmörder verdächtigt hatte. Hier hatte der Bruch seinen Anfang genommen. Esche hatte einen teuflischen Plan inszeniert. Er hätte es um ein Haar geschafft, Kullmann von Roberts Schuld zu überzeugen.
Nun stand sie wieder an dieser Stelle. Der Kampf war vorbei. Obwohl sie froh war, dass Roberts Unschuld zweifelsfrei bewiesen worden war, schmerzte sie die Erkenntnis, die Verliererin in diesem falschen Spiel zu sein. Ihr Atem ging stockend, bis sie völlig in Tränen aufgelöst auf dem Pferd saß. Ganz still verhielt sich Rondo unter ihr. Sein Ohrenspiel verriet seine Aufmerksamkeit. Ständig richtete er seine Ohrmuscheln zur Reiterin, um sich eingehender auf sie zu konzentrieren. Ihre veränderte Gemütslage beunruhigte ihn, deshalb drehte er seinen Kopf zur Seite und schaute auf seine Reiterin. Er vergewisserte sich, dass er sich richtig verhielt. Das tat er, weil jede Bewegung von ihm in diesem Augenblick ihren Sturz verursachen könnte. Also blieb er stehen und wartete geduldig.
Lange brauchte Anke, bis sie sich wieder beruhigt hatte. Der Tag neigte sich langsam dem Ende zu. Die Dämmerung kündigte sich mit länger werdenden Schatten an. Bis zum Stall hatte sie noch eine lange Strecke vor sich. Im Dunkeln wollte sie nicht reiten.
Das Handy, das sie zu ihrer Sicherheit mitgenommen hatte, begann zu klingeln. Aber Anke verspürte nicht die geringste

Lust, abzuheben. Viel zu sehr war sie mit sich beschäftigt. Sie wollte mit niemandem sprechen. Es dauerte eine Weile, da wandelte sich der Klingelton in einen schrillen Piepston; der Anrufer hatte eine Nachricht auf der Mail-Box hinterlassen. Das konnte sie sich auch noch anhören, wenn sie sich besser fühlte, dachte Anke und gab Rondo ein Zeichen, dass er weitergehen sollte. Gehorsam setzte das große Tier sich in Bewegung, im ruhigen Schritt traten sie den Rückweg an.
Langsam wurde es dunkler und Wind frischte auf. Die hohen Baumkronen wiegten sich im Wind. Alte, morsche Baumstämme ächzten und polterten unter der Last, als stimmten sie mit ihren disharmonischen Lauten in das quälende Stimmengewirr in ihrem Kopf ein. Die Dunkelheit schritt schneller voran, Anke konnte nur mit Mühe den Weg erkennen. Rondo wurde nervöser. Hinter jeder Hecke und jedem Baumstamm schienen ihm schlimme Gefahren aufzulauern. Auch Anke sah überall Schatten. Sie verlor etwas den Überblick. Ob sich wirklich unheimliche Gestalten dort bewegten oder ob sie ihrer Phantasie entsprangen? Sie spürte die Anspannung des Pferdes ganz deutlich. Rondos Rücken war bretthart angespannt. Laut stieß er die Luft aus den Nüstern, wölbte seinen starken Hals, dass er noch kräftiger aussah. Er schaute immerzu von der einen zur anderen Seite, ohne seinen Schritt zu verlangsamen. Beim geringsten Geräusch begann er zu tänzeln, wobei er so viel Schwung entwickelte, dass Anke große Not hatte, nicht aus dem Sattel zu fliegen. Zu ihrer Erleichterung machte er keine Anstalten, einfach wegzurennen. Auf ihre ruhige Stimme reagierte er. Trotz seiner großen Angst ließ er sich immer wieder besänftigen.
Als sie durch die letzten Baumreihen den hellerleuchteten Stall sah, atmete Anke erleichtert auf. Ihre Anspannung drohte sie zu zerreißen, zum Glück hatte Rondo gute Nerven bewiesen und sie sicher zurückgebracht.

Der Ostwind wurde stärker.
Nur noch eine Pferdebesitzerin und ihre Mutter waren am Stall. Anke war nicht ganz allein.
Mit aller Sorgfalt putzte sie Rondos verschwitztes Fell, säuberte seine Hufe und pflegte sie mit Huffett. Anschließend führte sie ihn in seine Box, wo seine Futterration vom Abend noch auf ihn wartete. Während Anke ihre Putzutensilien, den Sattel und die Trense säuberte und wegräumte, kamen Mutter und Tochter bei ihr vorbei und meinten: „Wir haben heute Morgen in den Nachrichten gehört, dass ihr den Polizistenmörder festgenommen habt!"
„Ja, endlich ist es vorbei. Jetzt habe ich viel mehr Zeit, mich um Rondo zu kümmern", lachte Anke.
„Das glaube ich gern. In letzter Zeit haben wir dich hier nicht oft gesehen", lachte die Mutter.
Mutter und Tochter verabschiedeten sich und ließen Anke allein zurück. Der Letzte hatte die Aufgabe, alle Stalltüren abzusperren, aber damit wollte sie sich noch Zeit lassen. Lieber ging sie noch einmal an Rondos Box. Er war immer noch mit Fressen beschäftigt und bemerkte sie kaum. Also öffnete sie die Box, ging hinein und setzte sich auf den mit Stroh ausgelegten Boden, um von dort das Tier beobachten zu können. Im Schein der Neonröhren glänzte sein rotes Fell wie Perlmutt. Während sie zu ihm hinaufschaute, stiegen traumartige Bilder auf. Sie sah sich glücklich und verliebt über Felder und Wiesen galoppieren. Der Fuchswallach streckte sich kraftvoll unter ihr und lief so schnell, dass Anke das Gefühl hatte, über der Erde zu schweben. Neben ihr sah sie Robert auf Nepomuk, der genauso schnell ritt wie sie mit Rondo. Robert streckte seine Hand nach ihr aus, glückselig griff sie danach.
Plötzlich ging das Licht im Stall aus.

*

Obwohl Kullmann in dieser Nacht wenig geschlafen hatte, fühlte er sich hellwach, als er an diesem Morgen das Büro betrat. Für heute waren die Verhöre von Kurt Spengler und Horst Esche angesetzt. Die Gewissheit, Kurt Spengler des Mordes an seiner Frau überführen zu können, hob seine Laune mächtig an.

In der Nacht hatte die Spurensicherung noch die Häuser der beiden Verdächtigen durchsucht und tatsächlich bei Esche den entscheidenden Beweis gefunden, den Nimmsgern wahrscheinlich an seinem Todestag bei sich getragen hatte. Warum der Kollege die Fingerabdruckkarte nicht im Labor hinterlegte und sie von den Kollegen in das AFIS-System einspeisen ließ, würde Kullmann nie mehr erfahren. Nur durch dieses eigenmächtige Handeln hatte es fast ein Jahr gedauert, bis er endlich auf gesicherter Grundlage gegen Kurt Spengler vorgehen konnte. Es war seiner Hartnäckigkeit zu verdanken, dass der Fall niemals als Unfall mit Todesfolge in einer Akte verstaubte, weil Kullmann eine alte Pflicht zu erfüllen hatte. Luises Ermordung durfte nicht ungestraft bleiben. Sie hatte diesen Tod nicht verdient – sie hatte, wenn er es sich richtig überlegte – dieses trostlose Leben an der Seite eines Zockers nicht verdient. Aber damals hatte sie sich für Kurt entschieden und nicht für ihn. Obwohl Kullmann ein neues Lebensziel hatte, nämlich Martha, eine wunderbare Frau, so spürte er doch immer noch diese alte Wunde wie eine schmerzliche Niederlage.

Das Verhör mit Kurt Spengler verlief im Sande. Kurt hatte seinen Anwalt für ihn sprechen lassen, dem es auch bestens gelungen war, keine Information preiszugeben. Lediglich den Beweis der Fingerabdrücke konnte der gewiefte Anwalt nicht zerreden.

Kurt Spengler durfte nach einer Nacht im Untersuchungsgefängnis und einem halben Tag im Verhörzimmer zusammen mit seinem Anwalt das Büro wieder verlassen. Sein Gesichtsausdruck wirkte entmutigt, von seinem Kampfgeist war wenig geblieben.
„Wer ist nun hier der klassische Verlierer?" diese Frage konnte Kullmann sich nicht verkneifen. „Der kleine Teddybär ist wohl unterschätzt worden. Er hat nicht nur aufgemuckt, er hat den Spieß umgedreht!"
Kurt Spengler schaute Kullmann resigniert an, konnte nichts entgegnen. Es waren seine eigenen Worte, mit denen Kullmann zurückschlug. Sein Anwalt ließ ihm keine Gelegenheit, noch in letzter Sekunde ein falsches Wort zu sagen und zerrte ihn unsanft hinaus aus dem Gebäude.
Der Verlauf des Verhörs hinterließ bei Kullmann einen bitteren Nachgeschmack. Umso mehr erwartete er von der Befragung Esches. Dieser hatte auf einen Anwalt verzichtet. Kullmann würde mehr erfahren.
Esche saß mit zwei geschienten Armen in dem anderen Verhörzimmer. Böse schaute er Kullmann entgegen, der mit Begleitschutz eintrat. Wegen der Schienen konnten Esche keine Handschellen angelegt werden, was Kullmann beunruhigte. Langsam trat er auf den Platz gegenüber von Esche zu und nahm innerlich Abschied von seinen alten Vorstellungen über diesen Mitarbeiter. Esche hatte ihn aufs Kreuz gelegt, hatte es geschafft, ihn zu blenden. Nichts von ihm war das, was er ursprünglich geglaubt hatte, in ihm zu sehen. Am Unverzeihlichsten empfand er dabei Esches Übergriff auf Anke, die er selbst schutzlos gelassen hatte, weil er auf Esches Täuschung hereingefallen war. Bei dieser Vorstellung kam noch sein Ärger über sich selbst hinzu, dass er nicht imstande gewesen war, Esche zu durchschauen. Es war letztlich schade, dass Esche seine Fähigkeiten auf den falschen Weg gebracht hatte.

„Herr Esche, Sie wissen, warum wir hier sitzen?" begann Kullmann kurz und bündig.
„Seit wann so formell?" lachte Esche, wobei sein Versuch, locker zu wirken, fehlschlug. Verkrampft grinste er Kullmann an.
„Seit sich unsere Rollen geändert haben. Ich bitte Sie, sich angemessen zu verhalten!"
Esche schwieg. Sein Lachen erfror.
Kullmann stellte sein Tonband ein und begann mit den üblichen Formalitäten, den Zeitpunkt, den Ort und die anwesenden Personen aufzuzählen. Dann begann er mit dem Verhör:
„Sie haben sich gegen einen Anwalt entschieden. Das bedeutet, dass Sie bereit sind auszusagen. Also stelle ich Ihnen jetzt meine Fragen und beginne mit dem Fall Walter Nimmsgern. Welches Motiv hatten Sie, den Kollegen zu töten?"
Eine Weile blieb alles still, bis Esche begann: „Nimmsgern wollte mich anschwärzen, weil ich meine Informationen an meinen Bruder Ingo weitergab, der sie in die Zeitung setzte. Damit wäre meine Karriere beendet gewesen, und der Dickwanst hätte die Lorbeeren eingeheimst."
„Wie hat Nimmsgern erfahren, dass Sie Ihre Informationen an Ingo Weber weitergeben?" fragte Kullmann.
„Das war ein dummer Zufall! Ingo hatte bei mir angerufen und sofort losgeredet, ohne zu merken, dass Nimmsgern den Hörer abgehoben hatte und nicht ich!"
„Das ist Ihr Motiv, einen Kollegen zu töten?"
„Das war nicht meine einzige Sorge. Aus dieser Sache wäre ich bestimmt irgendwie wieder herausgekommen. Töten wollte ich Nimmsgern nicht – wirklich nicht!"
„Sprechen Sie nicht in Rätseln! Sie haben mir meine Frage noch nicht beantwortet", wurde Kullmann ungeduldig.
„Also gut, fange ich wieder von vorne an: Ich habe gearbeitet, und Nimmsgern ist mit vollem Mund hinter mir herge-

laufen, weil er nichts kapiert hatte. Als endlich die Durchsuchung von Kurt Spenglers Haus angesagt wurde und auch die Mannschaft der Spurensicherung vor Ort anrücken sollte, hatten Sie mir aufgetragen, das Verhör mit Kurt Spengler durchzuführen. Sie haben ja selbst gewusst, wie dämlich Nimmsgern war."

„Beleidigungen ersetzen keine Fakten", ermahnte ihn Kullmann.

„Na gut! Jedenfalls bestand mein Fehler darin, dass ich am Telefon meinem Bruder andeutete, dass ich den Fensterrahmen des Fensters, aus dem Luise Spengler gestürzt war, nach Fingerabdrücken untersuchen lassen wollte. Denn wenn sie gestoßen worden wäre, dann hätte sich der Täter mit Sicherheit aus dem Fenster gelehnt und nachgeschaut, wo sie hingestürzt wäre. Und dabei hält man sich am Rahmen fest, wenn das Fenster so hoch liegt. Damit hatte niemand gerechnet, weil von Anfang an niemand an die Mordtheorie glauben wollte außer Ihnen. Sie haben mich auf diese Idee gestoßen. Dieses Gespräch hatte Nimmsgern mitgehört, was ich erst bemerkt habe, als ich wieder aufgelegt hatte. So schnell, wie ich mich umdrehte, konnte der Dicke nicht unbemerkt aus dem Türrahmen verschwinden."

„Sie wussten also, dass Nimmsgern diese Spurensicherungskarte mit sich herumträgt?"

„Ja! Der Idiot wollte es so aussehen lassen, dass es sein Einfall war, dort nachzuschauen. Damit hätte er alle Trümpfe in der Hand und ich keine Chance mehr, meinen Fehler mit diesen Presseinformationen wieder gutzumachen."

Gehässig lachte Esche, dass Kullmann fröstelte. Jetzt zeigte er sich ohne Maske.

„Das war natürlich zu viel für mich. Dieser Nichtsnutz hielt das in der Hand, was ich für meine Zukunft brauchte. Das konnte ich nicht zulassen."

„Und weiter?"
„Ich habe nichts dem Zufall überlassen", begann Esche mit seinen Schilderungen. „Ich wusste, welchen Weg Nimmsgern fuhr und wann. Also habe ich einfach an seinem Wagen etwas herumgespielt, damit er es nicht ganz nach Hause schaffte. Der Zufall kam mir ein wenig zur Hilfe. Er blieb mitten im Wald am Schwarzenberg liegen. Nimmsgern musste zu Fuß weitergehen, so dass ich ein leichtes Spiel mit ihm hatte."
Kullmann erinnerte sich daran, dass man einen Defekt in der Benzinleitung von Nimmsgerns Wagen gefunden hatte. Aber die Kollegen der Kriminaltechnik konnten keinen eindeutigen Hinweis darauf finden, dass Sabotage vorlag. Nun hatte er endlich eine Antwort auf eine der vielen unbeantworteten Fragen.
Kullmann staunte über so viel Berechnung und fragte mehr sich selbst als sein Gegenüber: „War es das wirklich wert? Tötet man einen Menschen und dazu noch einen Kollegen nur aus dem Grund, dass die Beförderung nicht mehr möglich war?"
„Wie ich schon sagte: Töten wollte ich Nimmsgern nicht, das können Sie mir glauben. Ich wollte nur die Spurensicherungskarte haben, weil ich der Meinung war, dass ich einen Anspruch darauf hatte. Aber er hat sich geweigert. Nicht nur das, er hat versucht seine Waffe zu ziehen. Damit hatte ich wirklich nicht rechnen können. Als ich merkte, dass ich nichts bei ihm erreichte, musste ich zusehen, dass ich ihm die Waffe wegnehme. Das ist mir auch leicht gelungen, weil der Dicke viel zu träge war. Dabei hat sich der Schuss gelöst; Nimmsgern war sofort tot."
Kullmann kontrollierte das Aufnahmegerät, ob es auch funktionierte.
„Auf keinen Fall bin ich losgezogen, um Nimmsgern zu töten. Reden wollte ich mit ihm – nur reden. Aber der Dicke war so

panisch, schon in dem Moment, als ich auf ihn zugegangen bin, da ist einfach die Situation eskaliert."

„Was heißt hier, der Kollege war schon in dem Moment panisch, als Sie auf ihn zugegangen sind? Wollen Sie damit sagen, dass Nimmsgern schon Panik bekommen hatte, ohne zu wissen, was auf ihn zukommt?" zweifelte Kullmann.

„Genau das! Ich hatte das Gefühl, Nimmsgern hatte Angst, in der Dunkelheit im Wald aus dem Auto steigen zu müssen!"

Kullmann räusperte sich und bemühte sich, die Befragung ganz neutral weiterzuführen. Wie viel er davon glaubte, wollte er Esche nicht unter die Nase binden.

„Wie erfuhr Kurt Spengler von diesem Beweisstück?" war seine nächste Frage, die ihn sehr beschäftigte, weil genau das der Aspekt war, unter dem Kullmann seinen Plan, Spengler und Esche gegeneinander aufzuhetzen, in die Tat umsetzen konnte.

„Das war wohl der einzige Fehler, den ich machte. Ich brauchte Geld, und es kotzte mich an, dass Robert alles hatte und ich nichts. Also erzählte ich ihm von dem Beweisstück und was ich alles damit machen könnte. Daraufhin kombinierte Kurt, dass ich Nimmsgern erschossen hatte, weil nur Nimmsgern an dem Tag in seinem Haus war. Unweigerlich ergab sich daraus die folgenschwere Erkenntnis, dass wir uns gegenseitig in der Hand hatten."

Eine Weile schwiegen beide. Kullmann wischte sich den Schweiß von der Stirn.

„Kommen wir nun zu Hübner! Welches Motiv hatten Sie, den Kollegen zu erschießen, mit dem Sie nach Nimmsgern zusammengearbeitet haben?" fragte Kullmann.

„Hübner hätte meinen Plan zunichte gemacht, indem er Robert Spengler festnehmen wollte. Und das natürlich auf eigene Faust. Immerhin stand eine Beförderung aus, auf die war jeder scharf; auch Hübner."

„Warum wollten Sie Robert Spenglers Verhaftung durch Hübner verhindern, die Sie zu einem späteren Zeitpunkt selbst vorgenommen haben?“ verstand Kullmann das Motiv nicht.
„Ganz einfach: Im Verhör wäre mit Sicherheit herausgekommen, dass Robert nicht der Täter war. Das musste ich verhindern, weil ich Robert für meine Pläne als Verdächtigen gebraucht habe.“
„Den eigenen Bruder?“
„Halbbruder!“ korrigierte Esche sofort.
„Trotzdem muss ich an Kain und Abel denken!“ Kullmann schüttelte sich bei dem Gedanken. „Was hat sich geändert, als Sie Ihren Halbbruder selbst festgenommen haben?“
„Zu dem Zeitpunkt wusste ich genau, was zu tun war“, antwortete Esche.
„Die Tatwaffen in Roberts Mülltonne deponieren!“ kombinierte Kullmann.
„Genau das!“
„Wäre das nicht auch möglich gewesen, als Hübner Robert festnehmen wollte?“
„Nein! Dann wäre Hübner zur Hausdurchsuchung mitgenommen worden und nicht ich!“
Entsetzt über die gnadenlose Geistesgegenwart seines Gegenübers nickte Kullmann. Ihn fröstelte und dankbar schaute er auf den Beamten, der zu seinem Schutz mitgekommen war.
„Wie passt der Überfall auf Robert Spengler in dessen Wohnung in Ihren eiskalt ausgeklügelten Plan?“
„Ich hatte ihn eigentlich schon am Auto abgefangen“, erklärte Esche. „Aber der Kerl hatte mehr Kraft, als ich erwartet hatte, und schaffte es, in seine Wohnung zu kommen. Also wollte ich ihn da rauszerren und irgendwo draußen erschießen. Schließlich sollte es aussehen, als habe Robert mich überrascht und ich in Notwehr gehandelt.“
Kullmann nickte, weil diese Aussage seine Vermutung bestätigte.
„Also doch die Wiederholung von Kain und Abel!“ überlegte

Kullmann laut. „Wie kann man seinen Halbbruder nur so sehr hassen?"
„Das kann man ganz leicht, wenn man die Hintergründe kennt", murrte Esche.
„Erklären Sie mir das genauer!"
„Robert bekam in seinem Leben alles. Er war einfach das Glückskind und hat niemals irgendetwas tun müssen, um sich das zu verdienen, was er alles besaß", begann Esche.
„Ich höre Neid heraus", stellte Kullmann schockiert fest. „Sie können nicht behaupten, dass Robert alles hatte, weil Sie es gar nicht beurteilen können. Das einzige, was Sie beurteilen, ist das, was Sie sehen – nämlich die materielle Seite!"
„Ja und! Mein toller Vater hat sich nicht die Mühe gemacht, irgendwas für mich zu tun. Den Spaß mit meiner Mutter wollte er sich nicht nehmen lassen. Als er hörte, dass sie von ihm schwanger war, hat er sich aus dem Staub gemacht. Mit Alimenten glaubte er, uns abspeisen zu können. Den Plan habe ich ihm durchkreuzt."
„Seit wann wissen Sie, wer Ihr Vater ist? Ist Kurt Spengler auf Sie zugekommen?"
„Nein! Spengler wollte von mir nichts wissen! Ich habe in den Unterlagen meiner Mutter den Eintrag auf den Vater gefunden. Das ist schon lange her. Zunächst konnte ich nicht viel damit anfangen, weil Spengler auf meine Bemühungen, Kontakt aufzunehmen, keine Anstalten machte. Aber dann geschah das Unvermeidliche mit seiner Frau Luise!"
„Sahen Sie darin sogleich die Möglichkeit, Spengler zu erpressen?" staunte Kullmann.
„Nicht so direkt. Ich sah meine Chance gekommen und wollte mir das holen, was mir zusteht. Ich war genauso sein Sohn wie Robert!"
„Und darum sollte Robert sterben?"
„Nein, sein Tod war einfach nur wichtig, damit mein Plan

auch funktionierte. Ich brauchte einen Polizistenmörder, und ein toter Mörder kann nichts mehr zu seiner Verteidigung sagen!"
„Sie haben wirklich an alles gedacht. Aber wie wollten Sie die zertrümmerte Wohnung von Robert Spengler erklären?" forschte Kullmann weiter.
„Dazu hätte ich nichts gesagt. Es hätte doch in dieser Nacht vieles möglich sein können", lachte Esche kalt.
„Wäre das nicht ein bisschen viel Zufall?"
„Nein! In der Zeitung stand doch von Wohnungseinbrüchen in der Wohngegend Am Staden. Das wäre doch überhaupt nicht aufgefallen!"
Kullmann erinnerte sich wieder an den kleinen, unauffälligen Zeitungsartikel. Esches Plan war gefährlich genau ausgetüftelt. Ohne seine glückliche Eingebung wäre es ihm nicht gelungen, diese beiden Männer zu überführen. Er hatte gezielt auf die Erzfeindschaft der beiden gebaut und damit Recht behalten. Kurt Spengler und sein Sohn Esche waren voneinander abhängig, obwohl sie sich hassten. Wie Raubtiere auf der Lauer. Nur deshalb war ihm dieser Schachzug gelungen, sonst hätte er auf Granit gebissen.
„Und Biehler? Warum ein Verkehrspolizist? Hatte er Ihnen einen Strafzettel verpasst, als Sie auf die Jagd nach Kollegen gehen wollten?" stellte Kullmann nun die letzte offene Frage.
„Biehler habe ich nicht erschossen", meinte Esche ganz gelassen.
Kullmann staunte. Was sollte diesen mehrfachen Mörder nun dazu bewegen, einen Mord nicht zu gestehen?
„Sie können ruhig bei der Wahrheit bleiben. Ihre ehrgeizigen Zukunftspläne sind ohnehin zerstört", meinte Kullmann unbeirrt, doch Esche schüttelte nur den Kopf und sagte: „Meine ehrgeizigen Pläne vielleicht! Aber das ist nicht alles, woraus

ein Leben besteht!“ Dabei lachte er, dass es Kullmann ekelte. „Was sollen denn jetzt noch diese Spielchen?“ meinte er barsch. Aber Esche war einfach nicht aus der Ruhe zu bringen. Lächelnd meinte er: „Am 26. Februar hat unser guter alter Bundespräsident Johannes Rau die RAF-Terroristin Schulz begnadigt, wie Sie sich bestimmt noch erinnern können. Sie war wegen mehrfachen Mordes zu lebenslanger Haft verurteilt worden. Meinen Sie nicht, dass ich auch mal bei dem guten Johannes Rau einen Antrag stellen soll? Warum sollte er mir nicht das gleiche Recht zukommen lassen?“
Kullmann erinnerte sich daran, weil diese Nachricht große Aufregung in die Abteilung gebracht hatte. Aber nun verspürte er keine Lust, sich mit Esche über seine fixen Ideen zu unterhalten, also wiederholte er seine Frage: „Warum Biehler?“
„Ich sagte doch schon, ich habe Biehler nicht erschossen!“
Nun war Kullmann völlig sprachlos. Eine Weile schaute er ihn nur staunend an, bis er weiterfragte: „Aber wie sind Sie an Biehlers Waffe gekommen, die Sie Robert Spengler zusammen mit den anderen unterschieben wollten?“
Esche lachte und meinte verschmitzt: „Können Sie sich noch erinnern, dass wir uns am Tatort begegneten?“
Kullmann überlegte eine Weile und erinnerte sich in der Tat daran, dass er ihn ganz alleine in der Nähe des Tatorts an einem kleinen Teich angetroffen hatte. Esche hatte auf dem Zaun gesessen und das Treiben beobachtet, als ginge ihn das Ganze nichts an.
Kullmann hatte Esche aufgefordert, diesen Ort zu verlassen, um keine Spuren zu verwischen.
„Sie werden es nicht glauben, aber ich habe die Tatwaffe dort gefunden, wo Sie mich gesehen haben. Als ich diesen kleinen Teich sah, ahnte ich, dass der Täter versucht hat, die Waffe dort loszuwerden. Er hat in seiner Eile nicht weit genug geworfen, denn sie lag am Rand des Wassers, bedeckt von altem Laub.“

Kullmann gefiel nicht, was er da hörte. Er wusste genau, dass seine Kollegen der Spurensicherung sehr gründlich arbeiteten, da war es für ihn unfassbar, wie eine solche Nachlässigkeit geschehen konnte. Vermutlich hatten sie den Tatort nicht weiträumig genug abgegrenzt. Schließlich konnten sie nicht das gesamte Wildgehege absperren, dann würde ihre Arbeit ins Uferlose ausarten.

Esche bemerkte nicht, wie sehr sich Kullmann mit diesen Fragen beschäftigte und redete einfach weiter: „Ich habe die Waffe eingesteckt, weil ich mir dachte, die könnte noch wichtig werden. Außerdem wäre bei dem Fund der Waffe das Muster der anderen Morde über den Haufen geworfen worden, und damit wäre mein Plan mächtig durchkreuzt worden."

Als er aufhörte zu reden, wurde es sehr still. Kullmann unterbrach die Stille, indem er fragte: „Wie ist es Ihnen gelungen, den Waffenfund bei der Hausdurchsuchung zu fingieren?"

„Das war nicht so einfach, weil es überall von Menschen nur so wimmelte. Zum Glück sind mir die Mülltonnen eingefallen. Dort hat nämlich lange Zeit niemand nachgesehen. Diesen Moment habe ich genutzt. Eine andere Möglichkeit blieb mir nicht."

Kullmann fehlten die Worte. Nachdenklich saß er Esche gegenüber. Er konnte einfach nicht fassen, was er da zu hören bekam. Da lag ein eindeutiges Geständnis vor ihm, aus dem Munde eines Mitarbeiters, dessen wahres Gesicht er selbst nicht erkannt hatte. Esche war der Wolf im Schafspelz. Lange hatte er dieses Spiel spielen können, zu lange. Je mehr Kullmann über die detailgenauen Schilderungen nachdachte, umso deutlicher wurde seine Erkenntnis, dass Polizisten am besten wissen, wie ein perfektes Verbrechen zu planen ist. Täglich wurden sie mit dieser Arbeit konfrontiert.

„Ihr Plan ist wirklich sehr genau durchdacht", meinte Kullmann, während er sich die Schläfen rieb. „Nun beschäftigt

mich noch eine Frage: Wie hätten Sie meine Ermordung in meinem eigenen Büro erklärt - zu einer Zeit, zu der nur wie beide dort waren?"
Erstaunt schaute Esche sein Gegenüber an. Darauf wusste er keine Antwort.
„Egal, wie gut Sie sich alles zurechtgelegt haben, am Ende wären Sie doch dort gelandet, wo Sie hingehören", erklärte Kullmann. „Eine alte Weisheit bewährt sich immer wieder: Verbrechen lohnt sich nicht!"
Er schaltete das Aufnahmegerät aus und verließ wortlos das Verhörzimmer.

In seinem Kopf rumorte nun eine völlig neue Frage: Wer hatte Peter Biehler umgebracht? Und diese Frage zog noch weitere Fragen mit sich: Wo mussten sie nun mit ihrer Ermittlungsarbeit ansetzen? Wieder ganz am Anfang? Sie hatten das Umfeld von jedem der Opfer akribisch genau untersucht und waren dabei nicht auf den geringsten Hinweis gestoßen, dass einer der Ermordeten einem anderen Täter zum Opfer gefallen sein konnte als dem Polizistenmörder, so sehr Kullmann sich auch gegen diese Wahrheit gesträubt hatte. Daraufhin hatten sie sich ausschließlich mit der Suche nach den Zusammenhängen zwischen Nimmsgern, Hübner und Biehler beschäftigt und tatsächlich Erfolg gehabt. Jetzt passte Biehler nicht mehr in das alte Konzept. Wie sicher war er sich doch gewesen, mit diesem einen Schlag die Lösung aller Rätsel gleichzeitig gefunden zu haben. Aber er hatte sich getäuscht.
Entmutigt setzte er sich in sein Büro und beschloss, Anke und Erik wieder zum Dienst zu bestellen. Diese neue Situation machte die Mitwirkung der beiden notwendig. Zuerst rief er bei Anke zu Hause an, aber sie meldete sich nicht. Dann wählte er die Nummer ihres Handys. Das war abgeschaltet

und leierte nur den obligatorischen Satz „Bitte versuchen Sie es später wieder“ herunter.
Anschließend rief er Erik Tenes an, den er erreichte. Der Kollege versprach, sofort ins Büro zu kommen.
Schon eine halbe Stunde später betrat Erik Kullmanns Büro. Seine Miene wirkte sehr betroffen, als er zur Begrüßung sagte: „Die Medien waren aber wieder verdammt schnell!“
„Was wollen Sie damit sagen?“ murrte Kullmann, dessen Laune schon schlecht genug war.
„Im Radio wird schon den ganzen Tag von dem erfolgreichen Zugriff der Polizei berichtet. Allerdings wurde vor einer halben Stunde eine Richtigstellung durchgegeben, dass der Verdächtige nicht für alle Polizistenmorde verantwortlich sei. Der Mord an dem Verkehrspolizisten ist also weiterhin noch nicht aufgeklärt und ein gefährlicher Mörder läuft immer noch frei herum“, zitierte Erik.
„Das ging aber schnell“, staunte Kullmann.
Eine Weile saßen beide stumm da. Kullmanns Lesebrille balancierte wieder gewagt auf seiner Nasenspitze, während er darüber hinwegschaute und sagte: „Unsere Ermittlungsarbeiten im Fall Biehler stehen wieder ganz am Anfang, weil wir von falschen Tatsachen ausgegangen sind.“
Eine Weile verharrten beide in Schweigen, bis Erik sagte: „Ich habe die Akte von Peter Biehler eingehend studiert. Da ist mir aufgefallen, dass er im Stall unbeliebt war. Da wir zurzeit keinen anderen Anhaltspunkt haben, müssen wir dort anfangen zu suchen!“
„Und was wollen Sie da finden? Wer hatte dort ein Motiv für einen Mord? Nur weil Biehler einem in die Quere geritten ist oder die Schubkarren mit seinen Füßen getreten hat, ist er doch nicht erschossen worden“, schüttelte Kullmann ungläubig den Kopf.
Während die beiden sich ratlos gegenübersaßen, versuchte

Kullmann wieder, Anke über ihr Handy zu erreichen. Aber auch diesmal erreicht er nur die Mail-Box. Dort hinterließ er die Nachricht, dass sie sich dringend bei ihm melden sollte.
„Vielleicht bringt uns der Reitstall doch weiter; wir haben ihn vernachlässigt, weil wir auf einen Täter in einem ganz anderen Umfeld fixiert waren", blieb Erik beharrlich bei seiner Überlegung.
„Welche Motive sind in einem Reitstall möglich?" fragte Kullmann, der vom Reitsport nicht sehr viel verstand. Das einzige, was er durch Anke erfahren hatte, war, dass dieser Sport viel Geduld mit einem großen Tier erforderlich machte und schmerzende Hintern und Muskelkater zur Folge hatte. Mehr wusste er nicht darüber.
„Peter Biehler und Helmut Keller waren beide Turnierreiter, allerdings in verschiedenen Kategorien."
„Interessant! Wenn ich nun auch noch wüsste, wovon Sie sprechen, könnte ich Ihnen vielleicht sogar folgen", bemerkte Kullmann ungeduldig.
„Zur Kennzeichnung unterschiedlicher Anforderungen werden die Reiter in ihren Leistungsprüfungen in verschiedene Kategorien eingeteilt und diese Kategorien wiederum in verschiedene Klassen. Die Voraussetzungen für die Einteilung in diese Klassen erfüllen die Reiter nur durch ihre Leistungen beim Turnier. Wenn sie dort platziert werden, erfolgt eine Eintragung beim Bundesleistungszentrum für Reiter in Warendorf. Nach mehreren Platzierungen gelangen sie in die nächsthöhere Leistungsklasse und somit auch in die nächste Kategorie."
„Ich will nur eine kurze Erläuterung und keinen Intensivkurs über die Leistungsprüfungsordnung für Reiter", murrte Kullmann und nahm endlich die Brille von der Nase.
Aber Erik ließ sich nicht beirren: „Peter Biehler ist erfolglos geritten, das habe ich dem Bericht entnommen. Er hat sich

also nicht für eine bessere Leistungsklasse qualifizieren können, musste sich immer im untersten Bereich herumquälen und sich mit den Kindern herumschlagen, die alle besser waren als er."

„Ich sehe immer noch kein Motiv! Oder wurde er von einem der Kinder getötet, weil er keine Konkurrenz war und die Kinder somit nicht mehr zu Höchstleistungen motivierte?" frotzelte Kullmann.

„Ihren Sarkasmus in Ehren, aber Sie werden nicht glauben, wie groß das Konkurrenzdenken unter den Turnierreitern ist. Selbst in den kleinsten Kategorien. Niemand gönnt dem anderen auch nur den geringsten Erfolg, und wenn er noch so verdient war."

„Woher kennen Sie sich so gut aus?" staunte Kullmann über das Insiderwissen, das Erik mit diesem Vortrag doch eindeutig bewies.

„Meine Tochter war eine angehende Turnierreiterin!"

Diese Antwort ließ Kullmann für eine Weile verstummen, da er über das Schicksal von Eriks Familie informiert war.

Nach einer kurzen Weile kam er wieder auf das Thema zurück: „Aber wie sollte zwischen Helmut Keller und Peter Biehler eine solche Konkurrenz bestanden haben, wenn die beiden in völlig unterschiedlichen Kategorien gestartet sind?"

„In diesem Fall glaube ich nicht an Konkurrenz, sondern an Neid", erklärte Erik. „Ich kenne Helmut Keller schon aus Köln. Dort war er straffällig geworden und hat später die Stadt verlassen. Damals war er auch schon ein erfolgreicher Turnierreiter!"

„Wie „straffällig"?" horchte Kullmann nun doch auf.

„Er hat einen Mann krankenhausreif geschlagen. Keller hat behauptet, er habe im Affekt gehandelt und kam mit einer Bewährungsstrafe für Körperverletzung davon. Das Opfer

war bis zu dem Zeitpunkt sein Sponsor gewesen und hatte ihm seine Pferde für die Turniere zur Verfügung gestellt. Es ging um einen Verstoß gegen die Bestimmungen der LPO."
„Was kann ein solcher Verstoß sein und wie wirkt er sich aus?"
„Ich werde mich einfach bei der Bundesleistungsanstalt in Warendorf erkundigen. Dort ist jeder Reiter registriert und, wenn ein solcher Verstoß vorliegt, ist er auch vermerkt! Vielleicht erfahren wir dort etwas, was uns weiterhilft."
Kullmann setzte seine Brille wieder auf, schaute auf die Uhr und stellte fest, dass es schon später Nachmittag war: „Wenn Sie das heute noch erledigen wollen, müssen Sie sich aber beeilen!"
Auf diesen Rat hin eilte der Riese aus Kullmanns Zimmer. Es dauerte bis zum Abend, bis er mit den Ergebnissen zu Kullmann zurückkehrte, der in der Zwischenzeit zum wiederholten Mal die Akte von Peter Biehler studiert hatte, ob es Hinweise auf Konflikte in seiner Dienststelle bei der Verkehrspolizei gegeben hatte. Aber es gab dort nichts, was für ihre Ermittlungen wichtig gewesen wäre. Verzweifelt rieb Kullmann sich über seine Nase. Seine Lesebrille schwebte nun wieder auf seinem Kopf.
Erik betrat forscher als sonst Kullmanns Büro und schimpfte: „Ich hätte schon früher daran denken sollen."

*

Anke erschrak über die plötzliche Dunkelheit im Stall. Eine Weile dauerte es, bis sich ihre Augen daran gewöhnt hatten. Sie hörte Schritte, konnte aber nicht lokalisieren, wo diese Schritte herkamen.

Langsam und lautlos erhob sie sich und sah das geöffnete Fenster von Rondos Box, das zum Hof führte. Kaum hatte sie beschlossen, durch dieses Fenster zu steigen und zu fliehen, wurde es von außen zugeknallt. Diese Fenster konnten nur von außen geöffnet werden, also war dieser Fluchtweg versperrt. Leider war es so schnell gegangen, dass sie nicht hatte sehen können, wer das Fenster verschlossen hatte.
Schnell verließ sie Rondos Box, der ganz aufgeregt mit den Hufen scharrte.
Der schwache Lichtschein, der durch den Vollmond in den Stall schien, ließ sie genau erkennen, wo sie sich befand. Sie stand genau in der Mitte der langen Stallgasse. Da hörte sie, wie eine Stalltür auf der andere Seite des Stalltraktes zugeschlagen wurde. Also war der Fremde nun im Stall. Hastig rannte sie an eine andere Boxentür mit der Absicht, durch diese Box zum offenen Fenster zu gelangen, um von dort in den Hof zu flüchten, als sie eine dunkle Gestalt auf sich zulaufen sah. Das ging zu schnell, sie musste ihr Vorhaben ändern. Außerdem begann das ihr völlig fremde Pferd aufgeregt herum zu springen, so dass Anke die Boxentür erschrocken wieder zuwarf und durch die Stallgasse zur unteren Stalltür rannte, durch die sie in den Hinterhof kommen wollte; aber die Tür war verschlossen. Voller Panik drehte sie sich um und wollte gerade überlegen, was sie tun sollte, als die große, dunkle Gestalt am anderen Ende des Ganges ganz langsam auf zukam. Fieberhaft überlegte Anke, welcher Fluchtweg für sie in Frage käme, denn aufgeben wollte sie noch nicht. Schnell sprang sie auf eine andere Pferdebox zu, aber der Schatten schien ihr Spiegelbild zu sein; sie hörte seinen Atem in bedrohlicher Nähe. Dieses Mal ließ sie sich nicht von dem völlig verrückt herum springenden Pferd abschrecken, sondern hastete auf das Fenster zu und sprang mit einem Hechtsprung hinaus. Im Hof gelandet, rannte sie

so schnell sie konnte; doch der Schatten war einfach schneller. Er war aus einem benachbarten Fenster gesprungen und hatte sie mit wenigen Schritten eingeholt. Mit einem kräftigen Stoß rammte er sie zu Boden, doch Anke kämpfte weiter. Blitzschnell drehte sie sich um und trat ganz gezielt zwischen die Beine ihres Gegners. Der Angreifer krümmte sich vor Schmerzen, da erkannte Anke ihn. Es war Helmut Keller. Was um alles in der Welt hatte das zu bedeuten, überlegte sie. Was war in ihn gefahren? Doch ihr blieb keine Zeit zum Überlegen. Schnell rannte sie auf ihr Auto zu, als sie wieder seine Schritte hinter sich hörte. Gegen den Riesen hatte sie einfach keine Chance. Schnell hatte er sie eingeholt. Mit roher Gewalt hob er sie wie eine Puppe hoch und trug die zappelnde Anke in Richtung Heuschober.
„Jetzt ist es aus mit dir, mein Fräulein“, hörte sie seine hämische Stimme. „Das könnte dir so passen, dich hier einzuschleichen und herumzuspionieren. Dieses Spielchen treibe ich dir jetzt aus!“
„Warum? Was habe ich dir denn getan?“ versuchte Anke ihn hinzuhalten, denn die Wut des Mannes war nicht zu übersehen.
„Tu bloß nicht so unschuldig. Dein Spiel ist aufgedeckt; du spielst nie mehr falsch. Mit mir treibt man keine solchen Spiele, das hat schon einer bereut“, zischte er.
Anke verstand kein Wort, nur eines erkannte sie. Ihre Situation war völlig aussichtslos. Er zerrte sie trotz all ihrer Bemühungen, sich freizustrampeln, in die Scheune, warf sie auf den Boden und wollte gerade diesen finsteren Ort verlassen, doch Anke war schneller. In Sekunden war sie auf den Beinen und rannte an ihm vorbei hinaus auf den Hof. Damit hatte sie Keller so sehr überrascht, dass er sich erst orientieren musste. Diese Zeit nutzte Anke, wieder durch ein Boxenfenster in das Innere des Stalls zu kommen, um sich

dort in der Dunkelheit zu verstecken. Nur dort hatte sie eine Chance, ihr Handy zu bedienen und Hilfe herbeizurufen.
Die Box, in die sie nun sprang, war lebensgefährlich, weil das erschreckte Pferd stieg und mit den Vorderhufen ausschlug. Sie öffnete die Boxentür, rannte durch die Stallgasse und versteckte sich in Nepumuks Box, von dem sie wusste, dass er sehr geduldig und ungefährlich war. Kaum war sie dort angekommen, zog sie ihr Handy vom Gürtel ab und wollte Kullmanns Nummer eingeben; aber da erst sah sie, dass ihr Handy nicht eingeschaltet war. Als sie es einschalten wollte, geschah nichts. Das kleine Mobiltelefon war zerstört worden. Plötzlich wurde es schwarz vor ihren Augen. Sie glaubte zu ersticken, sie rang nach Atem. Hastig versuchte sie sich von dem schwarzen Etwas , das sie einschnürte, zu befreien. Doch ihre Hände umklammerte ein eiserner Griff.
Ihr Kopf steckte in einer Nylontüte.

*

„Was haben Sie herausgefunden?" fragte Kullmann neugierig.
Erik antwortete: „Helmut Keller, der Turnierreiter, war zum A-Kader nach Warendorf nominiert worden. Allerdings waren seine beiden Pferde gesundheitlich nicht in Ordnung. Bei einem lautete die Diagnose: Hufrolle an beiden Vorderbeinen. Damit kann kein Pferd mehr springen, weil es immer Schmerzen hat. Also hat Helmut Keller eine Nervenschnittbehandlung an beiden Vorderbeinen durchführen lassen, weil das Pferd außergewöhnlich Springqualitäten besaß und somit auch eine Kapitalanlage darstellte. Durch diese Behandlung verspürt das Pferd keine Schmerzen mehr. Das ist verboten!"

Kullmann verstand nicht alles, was Erik da von dieser Pferdekrankheit erzählte. Aber er ließ den Kollegen weiterreden, weil er bestimmt noch auf den Punkt zu sprechen kommen würde, den Kullmann besser verstand.
„Sein zweites Pferd – ebenfalls ein sehr wertvolles Springpferd– litt am Kissing-Spines-Syndrom. Das bedeutet, dass die Dornfortsätze der einzelnen Wirbel sich bei jeder Bewegung aneinander reiben. Das Pferd konnte sich nicht schmerzfrei bewegen und bekam ständig schmerzstillende Medikamente, die unter Doping fallen!"
„Und was hat das mit Biehlers Mörder zu tun?" fragte Kullmann nun, weil er immer noch nicht verstand, worauf er mit diesem Vortrag hinauswollte.
„Peter Biehler hat beobachtet, wie der Tierarzt am Stall die Untersuchungen durchführte. Daraufhin hat er Helmut Keller in Warendorf angezeigt. Die Deutsche Reiterliche Vereinigung in Warendorf hat auf diese Anzeige hin die Pferde untersuchen lassen und die Diagnosen bestätigt. Helmut Keller wurde aus dem A-Kader gestrichen und für sämtliche Turniere bundesweit gesperrt. Er musste seine beiden Pferde, die sein Kapital waren, einschläfern lassen", antwortete Erik.
„Oh!" staunte Kullmann. „Jetzt verstehe ich, was Sie meinen. Mit dieser Anzeige hat Peter Biehler Helmut Kellers Existenz zerstört!"
„Ganz genau, weil Helmut Keller vom Reitsport gelebt hat", stimmte Erik zu.
Kullmann grübelte eine Weile, bis er anfügte: „Jetzt erinnere ich mich auch wieder ganz klar und deutlich an die Befragung, die Anke direkt nach Peter Biehlers Ermordung mit Helmut Keller durchgeführt hatte. Auf ihre Erklärung hin, dass sie jeden befragte, der Peter Biehler gekannt hat, um festzustellen, ob ein Motiv vorliege, reagierte Helmut Keller auf eine Art und Weise, die völlig untypisch für die Situation

war."
„Was hat er denn gesagt?" fragte Erik.
„Er sagte: *„Hier im Stall hatte wohl jeder ein Motiv, dieses verräterische Schwein um die Ecke zu bringen"*, was für einen Reiterkollegen, der einem gelegentlich in die Quere geritten ist, reichlich übertrieben erscheint", berichtete Kullmann.
„Wie hat er diese Beschuldigung erklärt?"
„Er versuchte sich herauszureden, indem er Robert Spengler vorschob, den Peter Biehler angeblich wegen Sterbehilfe anzeigen wollte!"
Erik nickte, weil er über diesen Sachverhalt bestens informiert war: „Nach unseren neuesten Erkenntnissen hat sich Helmut Keller mit genau diesen Worten verraten."
„Und ist vermutlich der Trittbrettfahrer, der den Mord an Peter Biehler genauso aussehen ließ wie den Mord an Walter Nimmsgern. Verdammt raffiniert!" ergänzte Kullmann.
Erik nickte, doch plötzlich stieß Kullmann entsetzt aus: „Ich habe Anke nirgends erreichen können. Mit Sicherheit ist sie heute völlig ahnungslos an den Stall gefahren, um reiten zu gehen. Hoffentlich hat Helmut Keller noch nicht erfahren, dass der Polizistenmörder nicht der Mörder von Peter Biehler ist!"
„Sehr unwahrscheinlich. Im Radio hört man sonst nichts; und im Fernsehen bringen sie es in allen Kanälen!" widersprach Erik.
Erneut wählte Kullmann Ankes Handynummer und wieder hörte er den Spruch „Versuchen Sie es später wieder", was bedeutete, dass sie ihr Handy nicht eingeschaltet hatte. Auch unter ihrer Telefonnummer zu Hause konnte er sie nicht erreichen. Das konnte ihm nicht gefallen, da stimmte was nicht, das musste er sofort überprüfen. Eine dumpfe Ahnung überkam ihn, Anke könne sich in Bedrängnis befinden.
Schnell eilten sie los. Doch Kullmanns Brille fiel von seinem

Kopf und landete genau vor seinen Füßen. Schimpfend hob er sie auf, legte sie auf den Schreibtisch und folgte Erik zum Dienstwagen, mit dem sie sich so schnell wie möglich auf den Weg zum Stall machten.

*

Mit letzter Kraft versuchte Anke sich gegen den stahlharten Griff von Helmut Keller zu wehren, aber ihre Kräfte verließen sie. Ihr wurde schwindelig, und je mehr sie sich anstrengte, umso mehr Luft brauchte sie und umso schneller verlor sie ihr Bewusstsein. Nur noch ganz am Rande spürte sie, wie sie auf den Boden knallte und wie ein Kadaver darüber geschleift wurde. Sie konnte sich nicht mehr wehren, dieses Schleifen über den harten Boden schmerzte überall. Als wenn nacheinander die Lichter ausgeschaltet würden, driftete sie in ein eisiges Dunkel. Das Schleifen hörte auf und Ruhe kehrte ein. Ruhe, das war das Einzige, was sie noch wollte. Nur noch Ruhe. Sie hörte wie aus weiter Ferne, dass etwas zu knistern begann, dann hörte sie aus noch weiterer Ferne ein Scheppern, als würde eine schwere Tür zugeschlagen. Nacht und Finsternis hüllten sie ein.

*

Während Erik den Dienstwagen mit Vollgas steuerte, forderte Kullmann über Funk Verstärkung an. Er nannte dabei den mutmaßlichen Mörder von Peter Biehler und den Einsatzort.

Schon von Ferne sahen sie die Rauchschwaden hochziehen.

„Der Stall brennt! Fahr schneller", rief Kullmann außer sich.

Erik holte das letzte aus dem Wagen heraus, schneller ging es wirklich nicht mehr. Mit Blaulicht rasten sie an anderen Fahrzeugen vorbei, überkreuzten Ampeln bei Rot und schossen ohne einen Blick nach rechts oder links über Kreuzungen. Kullmann forderte zusätzlich die Feuerwehr an.

Sie sahen sofort, dass die Scheune brannte. Hastig rannte Erik auf das Scheunentor zu. Aber es war durch eine dicke Kette mit Vorhängeschloss versperrt.

Schnell sprang er auf einen Traktor, der neben der Scheune abgestellt war und startete den Motor.

„Sie können nicht einfach da hineinfahren, sonst überfahren Sie Anke womöglich noch!" rief Kullmann gegen den Lärm an.

Wortlos warf Erik dem Alten ein Stahlseil zu, das er im Traktor gefunden hatte. Kullmann verstand sofort. Behände band Kullmann das Seil um die Kette am Scheunentor. Erik fuhr den Traktor an und mit einem Ruck brach das Tor heraus.

Mit einem Tuch vor Mund und Nase rannte Kullmann in die brennende Scheune und fand Anke in der Nähe des Tors. Bei dem Anblick bekam er fast einen Schock. Ihre Hände waren mit Heuballenschnur hinten zusammengebunden und ihr Kopf steckte in einer schwarzen Nylontüte, die am Hals ebenfalls mit Ballenschnur festgebunden war. So schnell er konnte, trug er Anke aus den Flammen. Erik hatte die Situation blitzschnell erfasst. Mit seinem Taschenmesser in der

Hand rannte er auf Kullmann und Anke zu und schnitt die Nylontüte auf. Ankes Augen waren geschlossen. Sie gab kein Lebenszeichen von sich.
„Zum Glück hatten die Flammen sie noch nicht erreicht“, meinte Erik, als er ihr unversehrtes Gesicht sah.
„Wenn sie noch lebt“, meinte Kullmann.
Sie trugen Anke in eine sichere Entfernung. Erst dann suchten sie nach Lebenszeichen. Erik ertastete einen schwachen Puls.
„Sie lebt noch!“
Kaum hatte er das ausgesprochen, sahen sie beide eine schattenhafte Gestalt in Richtung Wald verschwinden.
„Dann kann nur Helmut Keller sein! Den werde ich mir schnappen“, rief Erik und ließ Kullmann mit Anke zurück.
Während Kullmann auf den Notarzt wartete, bemühte er sich, durch eine Mund-zu-Mund-Beatmung erste Hilfe zu leisten. In den kurzen Verschnaufpausen redete er ihr gut zu, obwohl er befürchtete, dass es sich wie leeres Geschwätz anhörte. Aber er strengte sich mit äußerster Kraft an, indem er Anke und sich tröstete, alles werde wieder gut.
Endlich trafen Feuerwehr, Polizeikollegen und Krankenwagen ein. Völlig erleichtert sackte Kullmann vor Erschöpfung und Erleichterung zusammen. Er sah noch, wie der schlaffe Körper von Anke auf eine Bahre gelegt und beim Davontragen schon vom Notarzt versorgt wurde.
Aber als sie ihn auch mitnehmen wollten, wurde er wieder hellwach und wehrte sich mit allen Mitteln dagegen. Auf keinen Fall wollte er jetzt in ein Krankenhaus gebracht werden.
Die lodernden Flammen leuchteten bis zum Waldrand. Kullmann sah, wie Erik nach hinten kippte und sich jemand über ihn beugte. Erik konnte sich wieder aufrappeln. Ein gnadenloser Kampf der Giganten entbrannte, der so blitzschnell en-

dete, wie er begonnen hatte. Erik schob Keller in Handschellen vor sich her. Kullmann konnte aufatmen. Keller, den die Kollegen abführten, würdigte er keines Blickes.

In dieser Nacht fand Kullmann keinen Schlaf. Ständig stiegen die Schreckensbilder hoch, wie Anke leblos auf der Bahre lag. Hoffentlich bekam sie im Krankenhaus die beste Betreuung. Er wälzte sich hin und her, weil er vor Anspannung glaubte, innerlich zu zerreißen. Seine Machtlosigkeit - Anke gerade hier und jetzt nicht helfen zu können – ließ ihn nicht zur Ruhe kommen.
Als es hell wurde, hielt er es nicht mehr im Bett aus. Er fuhr geradewegs zur Notfallstation. Dort begegnete ihm der Arzt Dr. Weingard, den er aus solchen Fällen kannte. Beim Anblick dieses sympathischen Mediziners der die Gabe besaß, allein mit seinem verbindlichen Lächeln den schlimmsten Kummer zu mildern, hellte sich Kullmanns Gesicht auf.
„Wie geht es Anke Deister?“ fragte Kullmann ganz gespannt.
Dr. Weingard schaute ihn ernst an, nickte verständnisvoll, was Kullmann für einen Augenblick in den falschen Hals bekam, und sagte mit fester Stimme: „Sie hat verdammtes Glück gehabt. Zwar ist sie noch bewusstlos, aber ihr Zustand ist wieder stabil.“
Kullmann kam sich vor wie ein Hochdruckkessel, aus dem jetzt langsam die Luft entweichen durfte.
„Leider wissen wir nicht, wie lange die Sauerstoffzufuhr unterbrochen oder stark eingeschränkt war. Deshalb untersuchen wir ihr Gehirn in regelmäßigen Abständen mit Kernspintomographie und EEG, um ganz sicher zu sein. Bis jetzt sehen alle Gehirnströme normal aus, was uns natürlich sehr beruhigt.“
„Befürchten Sie denn, dass Anke einen Hirnschaden davon-

tragen könnte?" staunte Kullmann.
„Nun ja, das ist nie auszuschließen. Aber bis jetzt sieht es gut aus. Genau wissen wir es erst, wenn sie wieder wach wird", meinte Dr. Weingard. Belustigt fügte er an: „Sie muss aber hartnäckig gegen ihren Feind gekämpft haben. Sämtliche Fingernägel sind abgebrochen und ihr ganzer Körper ist übersät mit Hämatomen. Also, leicht hat sie es ihrem Gegner nicht gemacht!"
Darüber musste Kullmann schmunzeln.
„Eigentlich freue ich mich ja, wenn ich Anke sehe! Aber muss es denn immer unter solch traurigen Umständen sein?" sprach Dr. Weingard, wobei er sehr aufrichtig und traurig klang.
Kullmann räusperte sich verlegen und fragte: „Hatten Sie sich nicht schon mal mit ihr verabredet?"
Der Arzt wurde verlegen: „Ja, vor einigen Jahren, aber Anke hatte mich damals versetzt. Ich habe wohl keine Chance bei ihr!"
„Nicht aufgeben, junger Mann."
Kullmann glaubte, ihr Gespräch sei damit beendet, doch Dr. Weingard schaute ihn so eindringlich an, dass er spürte, dass der Arzt noch etwas auf dem Herzen hatte.
„Sie können mir alles sagen, was Anke betrifft", munterte Kullmann den Arzt auf. „Sie ist für mich so etwas wie eine Tochter."
„Ich weiß, aber es ist etwas heikel!" druckste der Arzt herum.
Eine Weile blieb er sehr unentschlossen, ging einige Schritte auf und ab, während er unentwegt Kullmann im Auge behielt. Doch die Geduld des Alten, der darauf wartete, dass er endlich weiter sprach, überzeugte ihn nun doch davon, dass es richtig sei, den freundschaftlichen Vorgesetzten ins Vertrauen zu ziehen, da er bisher noch kein Familienmitglied

von Anke Deister zu Gesicht bekommen hatte: „Also, Anke ist schwanger!“
Kullmann war sprachlos.
„So schrecklich es auch klingen mag, aber sie hatte großes Glück, dass der Täter ihr die Nylontüte über den Kopf gestülpt hat“, fügte der Arzt nach einer kurzen Pause an.
„Was wollen Sie damit sagen?“ insistierte Kullmann.
„Dadurch hat sie keine Rauchgase eingeatmet, was bei der starken Rauchentwicklung, der sie unmittelbar ausgesetzt war, innerhalb weniger Minuten zum Tod geführt hätte. Das Kohlenmonoxid wirkt deshalb so schnell, weil es um ein vielfaches schneller in das Hämoglobin des Blutes gelangt, als der Sauerstoff. Somit verdrängt Kohlenmonoxid den Sauerstoff aus sämtlichen Blutkörperchen und dadurch wird die Fähigkeit des Blutes, Sauerstoff zu transportieren, verhindert. Das führt zwangsläufig zum Tod durch Ersticken. Woran sie und das Kind gestorben wären. Nur weil die Nylontüte das verhindert hatte, konnten wir sie und das Kind retten.“
„Aber das Überstülpen der Nylontüte hätte doch ebenfalls einen Tod durch Ersticken zur Folge gehabt. Was ist da der Unterschied?“ fragte Kullmann, der zwar schon vielen Autopsien beigewohnt hatte, diese differenzierten Diagnosen nun doch nicht kannte.
„Ja sicher! Der Unterschied ist ganz einfach: Die Kohlenmonoxidvergiftung in dieser Konzentration geht viel schneller vonstatten als ein Tod durch Ersticken infolge Sauerstoffentzugs. Außerdem ist ein Mensch mit hochgradiger Kohlenmonoxidvergiftung nicht mehr zu retten, sollte es gelingen, ihn lebend aus dem Rauch zu bergen. Bei einem Austausch von über 50 Prozent Kohlenmonoxid gegen Sauerstoff ist dem Betroffenen nicht mehr zu helfen. Sie konnten durch ihr beherztes Eingreifen, und durch Ihre Mund-zu-Mund-Beatmung Anke retten, weil sie nur bewusstlos war. Das Kind

war in der Kürze der Zeit noch nicht betroffen, da der Embryo durch den Sauerstoffaustausch im Blut versorgt wurde. Das Blut ist in diesem Fall unversehrt geblieben."
„Im wievielten Monat ist sie denn?"
„Sie ist in der dritten Woche, eigentlich eine sehr kritische Phase. Sie hat wirklich Glück gehabt, dass sie das Kind trotz dieses gefährlichen Übergriffs nicht verloren hat!"
Kullmann bedankte sich und verließ das Krankenhaus

*

Nach drei Wochen konnte Anke zuversichtlich das Krankenhaus verlassen. In den Nächten stöhnte links neben ihr ständig eine jüngere Patientin, deren Beschwerden ihr Geheimnis blieben. Auf der anderen Seite erging sich eine ältere Dame dauernd in ihrer offensichtlichen Lieblingsbeschäftigung, einen Wald zu roden. Anke konnte selten durchschlafen, dachte wehmütig daran, dass draußen der Frühling seine ganze Pracht entfaltete – und hatte viel Zeit für sich. Als sie von ihrer Schwangerschaft erfuhr, blieb ihr zuerst die Luft weg, glaubte sie an einen bösen, verspäteten Aprilscherz. Sie passte nicht in das Bild der werdenden Mutter, die vor Glück explodiert, wenn sie die frohe Botschaft der Schwangerschaft ereilt. Allmählich gelang es ihr, sich mit der neuen Lebenssituation anzufreunden.
Sie fühlte sich bereit, Robert als einen Menschen anzunehmen, dessen Eigenschaften in dem Kind weiterleben würden.

Anfänglich schmerzte sie die Vorstellung, dass ihr Kind ohne den Vater aufwachsen müsste. Aber in den Krankenhaustagen wuchs auch ihr Verständnis für seine Entscheidung. Die schwelende Hoffnung auf Verzeihen und Versöhnen wich ihrer Einsicht, dass sie ihn mit einem maßlosen Verdacht von ihrer Seite weggejagt hatte. Aber das Kind würde sie immer an die schöne Zeit vor dem Bruch erinnern – wie ein bleibendes Geschenk, das ihr niemand nehmen könnte.
In ihrer Wohnung lag ein Brief auf dem Boden, unter der Tür durchgeschoben. Neugierig hob sie den Brief auf, öffnete ihn und las ihn. Er war von Kullmann. Darin bat er sie, im Büro vorbeizukommen, sobald sie das Krankenhaus verlassen hätte. Er habe mit seinem Abschied auf ihre Rückkehr gewartet, schrieb er, und wolle diese kleine Feier auf keinen Fall ohne sie begehen.
Darüber freute sie sich sehr. Bevor sie ihre Taschen auspackte, rief sie ihren ehemaligen Chef an und teilte ihm mit, dass sie am nächsten Tag wieder ihre Arbeit antreten werde.

Aufgeregt betrat sie an diesem Tag das Büro. Es gab mehrere Gründe, warum es kein Tag wie die anderen war, denn heute gab Kullmann endgültig seinen Abschied. Seine Entscheidung war unwiderruflich. Sein Nachfolger war schon im Dienst und mit ihm war eine Kollegin gekommen, die die Nachfolge von Hübner antreten sollte. Alle diese Veränderungen machten Anke nervös, weil sie die einzige in der Abteilung war, die die neuen Mitarbeiter noch nicht kannte. Als sie durch den langen Flur zu ihrem Büro ging, bemerkte sie als erstes, dass das Namensschild von Kullmanns Tür schon entfernt war. Dort stand nun Dieter Forseti! Sie wollte sich gerade von der Tür wieder wegdrehen und in ihr eigenes Zimmer gehen, das direkt gegenüber lag, als diese aufging und ein großer, hagerer Mann vor ihr stand.

„Sie sind bestimmt Anke Deister", sprach er distinguiert.
Anke nickte.
Er bat sie, in sein Büro einzutreten.
Dort war alles verändert worden, sogar das Mobiliar. Ein neuer Schreibtisch stand direkt vor dem Fenster, sodass der Besucher nicht das Gesicht seines Gegenübers erkennen konnte, weil das Licht, das durch das Fenster fiel, blendete. Die bequemen Stühle waren ersetzt durch unbequem aussehende, moderne Stühle, es gab keinen Teppich. Am meisten fehlten ihr Kullmanns Bilder. Stattdessen hingen dort Auszeichnungen von Dieter Forseti, die ihn als hervorragenden Polizisten mit allen Eigenschaften eines Profis und allen möglichen Ausbildungen, Spezialausbildungen und Diplomen würdigten.
Angeber, war Ankes erster Gedanke. Als sie in das Gesicht ihres neuen Chefs sah, fand sie ihren ersten Eindruck bestätigt. Dieser Mann wirkte auf sie unnahbar und kalt.
„Ich möchte Ihnen die Überraschung ersparen, deshalb habe ich auf Sie gewartet, bevor Sie in Ihr Zimmer gehen", sprach Forseti.
Anke ahnte Schreckliches.
„Ich habe vom Bundeskriminalamt in Wiesbaden eine Kollegin mitgebracht, die nun die Nachfolge von Ihrem verstorbenen Kollegen Hübner übernehmen wird. Sie heißt Claudia Fanroth und ist eine gebürtige Saarländerin, was mir Anlass dazu gab, sie mitzunehmen. Auf meinen Wunsch hin hat Kollegin Fanroth Ihr ehemaliges Büro bezogen. Sie werden ab sofort in Hübners ehemaligem Büro arbeiten."
Anke verbarg ihre Enttäuschung. Sie spürte in diesen wenigen Sätzen deutlich, dass sie ihren Status als rechte Hand des Chefs verloren hatte und nun zum Mittelfeld gehörte. So etwas hatte sie geahnt. Mit Kullmanns Weggang konnte es nur bergab gehen. Außerdem hatte sie nicht das Bedürfnis,

mit diesem unnahbaren Mann enger zusammenzuarbeiten. Da war ihr die Distanz lieber.

„Sie werden Claudia Fanroth heute auch noch kennen lernen", fügte er an. „Außerdem wird Hauptkommissar Kullmann a. D. heute seinen Abschied geben. Er hat auf Sie gewartet!"

Ohne eine Reaktion zu zeigen wartete Anke nur darauf, dass Forseti sie endlich entließ. Sie wollte sich zurückziehen und sich erst einmal mit dieser neuen Situation beschäftigen. Zu viel ging ihr durch den Kopf, so dass sie einfach eine Weile ihre Ruhe brauchte.

„Sie können jetzt gehen", sagte er endlich den Satz, auf den Anke gewartet hatte.

Im Flur fühlte sie sich plötzlich wie ein Mädchen von zwölf Jahren, das sich mit einem Knicks artig bedankte und brav darauf wartete, dass man ihr das Fortgehen erlaubte. Ihr Selbstbewusstsein stand gerade vor einer schweren Probe, auf die sie nicht vorbereitet war. Nun musste sie stark sein. Sie nahm sich fest vor, ihrem neuen Chef auf keinen Fall zu zeigen, was in ihr vorging. Zum Glück hatte sie Kullmann in der Hinterhand. Mit diesem Wissen fühlte sie sich gewappnet für die Zukunft. Eilig betrat sie Hübners ehemaliges Büro, mit dem Vorsatz sich nicht unterbuttern zu lassen. Aber als sie sah, dass dort ihre Möbel schon eingeräumt waren, fühlte sie sich überrannt. Ihr gerade erst gefasster Entschluss geriet ins Wanken.

Mutlos setzte sie sich an den Schreibtisch und heulte wie ein kleines Kind. Sie legte ihren Kopf auf die verschränkten Arme und ließ ihren Tränen freien Lauf. Wie lange sie so dort saß, merkte sie nicht. Ihr war alles egal. Plötzlich ging die Tür auf und sie erschrak, dass sie fast vom Stuhl gefallen wäre. Zu ihrer großen Erleichterung stand Kullmann mit besorgtem Gesicht vor ihr.

„Anke! Sie dürfen jetzt nicht den Kopf in den Sand stecken“, meinte er, womit er genau ins Schwarze traf. „Sie sind eine Kämpferin, vergessen Sie das nicht. Diese Situation werden Sie auch mit Bravour meistern.“
„Oh mein Gott! Wie soll ich das ohne Sie nur schaffen? Keiner kennt mich so gut wie Sie und was noch viel schlimmer ist, keiner hat mehr ein Interesse daran, mich aufzumuntern, zu motivieren oder zu trösten. Hier bin ich zu einem Nichts degradiert, das habe ich in dem kurzen Gespräch mit dem neuen Chef sofort erkannt!“
„Dann werden Sie ihm zeigen, was in Ihnen steckt. Und das können Sie. Er wird die Augen öffnen!“ meinte Kullmann unbeirrbar und fügte an: „So wie Sie gegen den Riesen Helmut Keller gekämpft haben, beweist das doch nur, dass Sie niemals aufgeben!“
„Aber ich kann wohl schlecht dem neuen Chef mit meinen Fäusten kommen“, lachte Anke und wischte sich endlich die Tränen aus dem Gesicht.
„Nein, aber dafür mit Leistungen“, beharrte Kullmann.
Da Kullmann sich noch etwas Zeit bis zu seiner Abschiedsfeier lassen wollte, bat er Anke, ihm wie in der guten alten Zeit einen Kaffee zu bereiten. Es machte Anke besondere Freude, ihm diesen Wunsch zu erfüllen. Er setzte sich auf die andere Seite ihres Schreibtischs und schaute dabei zu. Erst als der dampfende Kaffee in den Tassen vor ihnen stand, fragte er: „Können Sie sich überhaupt noch an Ihren Kampf gegen Helmut Keller erinnern? Sie waren lange bewusstlos, und wir waren alle in großer Sorge um Sie!“
„Ich kann mich bis zu dem Zeitpunkt erinnern, als er mir etwas Schwarzes über den Kopf gestülpt hat. Danach war mein Widerstand gebrochen“, gestand Anke.
Kullmann wirkte immer noch sehr betroffen, wenn er an diesen Abend dachte. Mit bedrückter Miene zählte er: „Er

hat Ihnen eine Nylontüte übergestülpt, was eigentlich Ihren Erstickungstod bedeutet hätte. Dann hat er Sie in den Heuschober gelegt und diesen angezündet. Er wollte Sie doppelt umbringen."

Anke erschrak.

„In Ihrem Fall war die Nylontüte sogar noch Glück im Unglück. Der Arzt sagte, dass Sie deshalb kein Kohlenmonoxid einatmen konnten und es nur diesem Umstand verdanken, dass Sie Ihr Leben und das Ihres Kindes nicht verloren haben."

„Heißt das, Helmut Keller hat die Scheune abgebrannt?" staunte Anke immer noch.

Kullmann nickte.

„Aber wie konnte ich das mit einer Nylontüte auf dem Kopf überleben? Normalerweise wäre ich durch das Nylon bis zur Unkenntlichkeit verbrannt worden!"

„Ja, vermutlich hatte Helmut Keller das alles auch bedacht. Aber er hatte eines nicht bedacht: an dem Abend herrschte starker Ostwind, der das Feuer in eine völlig andere Richtung trieb. Die Flammen konnten Sie nicht erreichen!"

„Und die Pferde?" Diese Frage interessierte Anke ganz besonders.

„Keines der Pferde ist zu Schaden gekommen, weil sich das Feuer in Richtung Wald ausbreitete und die Feuerwehr rechtzeitig vor Ort war. Ihrem geliebten Pferd Rondo ist nichts passiert. Er ist gesund und munter und wartet auf Sie!"

Darüber war Anke so erleichtert, dass sie lachen musste.

„Leider werde ich nicht mehr lange reiten können. Mit einem dicken Bauch werde ich es wohl nicht mehr schaffen, auf ein so großes Pferd aufsteigen zu können", meinte sie und schaute dabei an sich herunter. Noch war nichts zu sehen.

„Gut, dass Sie darauf zu sprechen kommen", meinte Kull-

mann mit einem Räuspern. „Martha und ich haben uns über Ihre Schwangerschaft unterhalten!"
„Was gibt es da sich zu unterhalten?" fragte Anke.
„Wir sind bereit, Ihnen zu helfen, wenn es Engpässe geben sollte, Familie und Beruf unter einen Hut zu bekommen. Da wir beide Kinder lieben, aber niemals das Glück hatten, welche zu bekommen, wäre es uns eine Freude, Babysitter zu sein."
Darüber musste Anke herzhaft lachen. Es dauerte eine Weile, bis sie sich wieder beruhigt hatte, dann sagte sie: „Soweit habe ich noch gar nicht gedacht!"
„Sie werden es doch behalten?" fragte Kullmann beunruhigt.
„Sicher werde ich das Kind behalten. Ich freue mich schon darauf."
„Werden Sie Robert sagen, dass das Kind von ihm ist?"
„Auf jeden Fall! Ich will völlige Klarheit für den Vater und für das Kind!"
„Das ist fair", stellte Kullmann anerkennend fest.
„Über Ihr Angebot freue ich mich riesig", fügte Anke an.
„Aber?" hakte Kullmann nach, weil er sofort merkte, dass es da noch etwas gab, was Anke beschäftigte.
„Sie werden es bestimmt nicht glauben, aber meine Mutter hat auf die Neuigkeit, dass ich schwanger bin, anders reagiert, als ich erwartet hatte!"
„Sprechen Sie!"
„Zunächst beklagte sie sich, dass ich ein uneheliches Kind bekomme, aber daraufhin stellte ich unmissverständlich klar, dass mein Kind vielleicht unehelich, aber nicht unerwünscht ist. Dieses Argument hat sie nachdenklich gestimmt. Zwei Tage später kam sie mich besuchen und versprach, mir und dem Kind unter die Arme zu greifen. Ist das nicht verblüffend?"

Kullmann runzelte die Stirn und meinte nachdenklich: „Sie ist immer noch Ihre Mutter, deshalb dürfen Sie nicht zu hart über sie urteilen. Mit Sicherheit ist sie nicht glücklich darüber, wir sehr ihr euch entfremdet habt in letzter Zeit!"
Darüber musste Anke eine kurze Zeit nachgrübeln, doch dann meinte sie trotzig: „Ach was! Mein Vater ist in Rente und jetzt gibt es diese vielen Reisen nicht mehr. Also hat sie Zeit. Sonst hätte sie sich niemals darauf eingelassen!"
Kullmann lachte und bemerkte: „Sie müssen noch viel lernen und das Kind wird Ihnen die Gelegenheit dazu geben!"
Zufrieden tranken sie ihren Kaffee, wobei sie ihren Blick in die Zukunft schweifen ließen. Anke spürte, dass die Neuordnung der Dienststelle nicht so schlimm war, wie sie es anfangs befürchtet hatte. Mit Kullmann an ihrer Seite empfand sie alles sehr erträglich, auch wenn er nicht mehr auf der Dienststelle war.
„Was ist eigentlich aus der Suche nach Steven Dienhardt geworden?" erinnerte Anke sich wieder, als sie gerade die Kaffeetassen ausspülen wollte und ihr Blick dabei auf ein Foto von Hübner fiel. Sollte er wirklich Schuld an diesem Unfall gewesen sein?
„Er ist bei einem Kumpel untergetaucht und ist erst wieder auf der Bildfläche erschienen, als alles vorbei war. Der Junge ist nicht dumm!"
Gemeinsam verließen sie nun das Zimmer und begaben sich in den großen Saal, wo der Abschied gefeiert werden sollte.

Erik kam mit einem Lächeln auf Anke zu. Er begrüßte sie mit einer Umarmung. Über diese Liebenswürdigkeit freute sie sich, weil sie so viel Wärme Erik nicht zugetraut hätte. Auch Jürgen und Esther waren froh, Anke wieder in ihrer Mitte zu haben. Ihre Begrüßung fiel so herzlich aus, dass Ankes anfängliche Bedenken, in dieser Abteilung einen schweren

Stand zu haben, sich in Nichts auflösten. Theo Barthels, Fred Feuerstein und Kurt Wollny schlossen sich den Willkommensgrüßen der Kollegen an. Als sich die Wogen des hocherfreuten Wiedersehens glätteten, bemerkte sie die neue Kollegin, die auf Anke riesengroß wirkte. Anke hatte sich mit ihren 175 cm oft für zu groß gehalten, aber diese Frau überragte sie an Körpergröße. Stolz und elegant gekleidet mit einem maßgeschneiderten Hosenanzug stand sie neben Dieter Forseti, dessen große, schlanke Erscheinung ebenfalls einen tadellosen Eindruck hinterließ. Ihre Miene wirkte hochnäsig. Durch ihre Größe konnte sie mühelos auf andere herabblicken, was sie auch unverhohlen tat. Außer auf Erik, wobei Anke sofort das Gefühl hatte, dass sie den Blickkontakt zu ihm suchte. Aber Erik schenkte ihr keine Aufmerksamkeit. Er stand etwas abseits, als sei ihm diese ganze Geselligkeit unangenehm.
Dieter Forseti stellte Anke die neue Kollegin als Claudia Fanroth vor; sie gaben sich mit deutlicher Zurückhaltung die Hand, eine steife Geste, die offensichtlich von Forseti erwartet wurde. Von nahem wirkte Claudias Gesicht streng. Ihre glatten, blonden Haare hatte sie zu einem schlichten Zopf im Genick zurück gebunden. Sie hatte ein ebenmäßiges, hübsches Gesicht, was Anke ihr neidlos zugestehen musste, obwohl sie nach außen sehr arrogant und humorlos wirkte. Wortlos drehte sie sich um und stellte sich wieder auf ihren Platz neben den neuen Chef.
Wollny hielt eine lange und warmherzige Lobesrede für Norbert Kullmann, dessen Weggang er sehr bedauerte. Die Ansprache war so schön, dass Anke Mühe hatte, nicht schon wieder loszuheulen.
Anschließend knallten die Sektkorken. Jeder bekam ein Glas Sekt. Als sie alle auf Kullmanns neuen Lebensabschnitt anstießen, bemerkte Anke, dass Erik keinen Sekt trank. In seiner Hand hielt er ein Wasserglas. Sofort erinnerte sie sich

an seine Tragödie, von der er ihr erzählt hatte, als sie gerade damit begonnen hatten, Kullmanns raffinierten Plan in die Tat umzusetzen, Kurt Spengler und Horst Esche in die Falle zu locken. Damals hatte sie deutlich gespürt, dass er ihr nicht alles erzählt hatte. Nun glaubte sie die Antwort darauf bekommen zu haben, ohne ihn fragen zu müssen. In einer festlichen Situation wie dieser Wasser anstelle von Sekt zu trinken, ließ sie vermuten, dass Alkohol der Grund für seine Schuldgefühle war.

Als Erik sie ansah, sah sie an seinen Augen, dass sie ihn verstand.

Dieses fröhliche Fest hatte sich Kullmann mehr als verdient, doch bedauerte es Anke, dass sie keine Stimmung zum Feiern hatte. Abseits des Geschehens beobachtete sie die Belegschaft ihrer Abteilung; nur wenige der alten Mannschaft waren übrig geblieben. Walter Nimmsgern und Andreas Hübner waren ermordet worden; Esche trat nun seinen Dienst für die nächsten Jahre in einer Gefängniszelle an und Norbert Kullmann ging in den Ruhestand. Das machte die Hälfte der Abteilung aus. Diese schrecklichen Umstände erschienen ihr zu frisch, als dass sie ausgelassen hätte feiern können; über der Zukunft hing ein großes Fragezeichen.

Erik Tenes kannte die neue Mitarbeiterin Claudia Fanroth und den neuen Vorgesetzten Dieter Forseti, wie Anke betroffen feststellte. Sie standen zusammen und plauderten angeregt miteinander. Erik machte dabei einen lebhaften Eindruck, so wie Anke ihn noch nicht kennen gelernt hatte. Das erschwerte ihre Situation. Wie eine Verschwörung wirkte die Szene auf sie. Nun musste sie besonders aufpassen, sonst rutschte sie in die Rolle der Außenseiterin, die sich ihren Status in der eigenen Abteilung neu erkämpfen musste.

Wie sehr Kullmanns letzter Fall doch alles verändert hatte!

Sie sah, wie ihr alter Chef sich langsam dem Ausgang näher-

te. Rasch folgte sie ihm und beobachtete ihn dabei, wie er in jedes Zimmer einen letzten Blick warf, bevor er die Diensträume für immer verließ. An der Tür sagte er zu der ganzen Gesellschaft: „Für mich waren diese Räume wie ein Zuhause. Anfangs glaubte ich, dass es ein Fehler sei, dieses Zuhause aufzugeben, aber ich gehe mit einem weinenden und einem lachenden Auge. Ich werde nämlich eine wunderbare Frau heiraten und mir mit ihr meinen Lebensabend verbringen."
Nach den besten Wünschen der Festgäste verließ er das Gebäude.
Anke stellte sich an das Fenster ihres neuen Büros und schaute hinunter auf die Straße, wo Kullmann entlang ging. Plötzlich blieb er stehen, drehte sich um und schaute zu ihr hinauf.
Sie winkten sich zu.
Dann verschwand er in der Dunkelheit.

Epilog:

Anke stand schon eine Weile auf der anderen Straßenseite vor dem Landeskriminalamt. Sie genoss die Stille und die klare Nachtluft. Die Fenster der ersten Etage, wo sich ihre Abteilung befand, waren hell erleuchtet, die Silhouetten der Feiernden huschten lautlos daran vorüber. Ihr war einfach nicht nach Feiern, sie wollte nachdenken, was ihr nur in der Stille der Nacht gelang.
Gerade erkannte sie die Umrisse von Erik Tenes, dessen Größe ihn von den anderen deutlich unterschied. Bei seinem Anblick fiel ihr ein, dass sie ihm sehr dankbar war. Sein selbstloser Einsatz ging weit über die üblichen Dienstpflichten hinaus. Er hatte zum Ziel, ihr Leben zu retten, wofür er ohne zu zögern eine lebensbedrohliche Befreiungsaktion durchgeführt hatte. Das grenzte an einen unbezahlbaren Idealismus, für den es keine angemessene Würdigung gegenüber den Hütern der Sicherheit gab.
Was Esche und Kurt Spengler betraf, so hatten sie eine schwierige Aufklärungsarbeit geleistet, die einen tiefen Einblick in die verschlungenen Wege des Verbrechens eröffnete. Dabei waren sie und ihr ehemaliger Chef und Vertrauter, Norbert Kullmann, ein großes Risiko eingegangen, was bei ihr einen bitteren Nachgeschmack hinterließ bei dem Gedanken, was die Richter nun aus diesen Fällen machen würden. Wie oft fielen die Urteile lächerlich im Vergleich zu der Schwere der Verbrechen und der Gefährlichkeit der Ermittlungsarbeiten für die Polizeibeamten aus!
Mit langsamen Schritten schlenderte sie in Richtung Staden.

Sie vermied es, direkt an Roberts Wohnung vorbeizugehen. Wenn sie an ihn dachte, spürte sie immer noch den Schmerz, den seine Lücke hinterlassen hatte. Sie hatten beide Fehler gemacht, Anke hatte ihn fälschlicherweise verdächtigt, ein Mörder zu sein, was sie inzwischen selbst als große Ungeheuerlichkeit empfand. Robert hatte sie ständig im Ungewissen gelassen, wie genau er es mit der Treue nahm, auch ein Verhalten, das schwer verzeihlich war. Die Früchte dieser launenhaften Beziehung trug sie nun unter ihrem Herzen. In einer Hinsicht zeigte Robert allerdings eine klare Linie. Er trat genau in die Fußstapfen seines Vaters, weil er für das Kind nur die Alimente zahlen wollte. Aber das sollte Anke nicht stören, sie freute sich inzwischen sehr auf ihre neue Aufgabe.
Nur leider kam dadurch ihr lieb gewonnenes Hobby – nämlich das Reiten – für eine lange Zeit zu kurz. Aber aufgeben würde sie diese neue Leidenschaft bestimmt nicht, viel zu viel hatte ihr das treue Pferd Rondo gegeben.
Sie ging über die kleine Fußgängerbrücke, die Daarler-Brücke. Auf der anderen Saarseite führte der Weg unter der Stadtautobahn hindurch zum Stadtteil St. Arnual, wo Anke wohnte. Am höchsten Punkt des Brückenbogens blieb sie stehen und schaute sich um. Zu ihrer rechten Seite lag im Lichtermeer der Teil der Stadt, den sie zurück ließ, der Staden. Zu ihrer Linken lag hell erleuchtet der Stadtteil, in den sie jetzt zurückkehrte, St. Arnual. Auf der Schnellstraße stand selbst zu dieser späten Stunde der Verkehr nicht still. Ständig huschten weiße Scheinwerferlichter oder rote Rückblendlichter vorbei. Unter der Brücke sah sie den still dahin fließenden Fluss, der in der Dunkelheit geheimnisvoll glitzerte. Sie war diesen Weg schon lange nicht mehr zu Fuß gegangen. Schade eigentlich, Saarbrücken hat schöne Seiten, dachte sie, auch bei Nacht.

Weitere Krimis aus dem Conte-Verlag:

Jean Amila *Mond über Omaha*
Reihe Amila 1,
214 Seiten, ISBN 978-3-936950-33-5, 10,00 €

Jean Amila *Mitleid mit den Ratten*
Reihe Amila 2,
212 Seiten, ISBN 978-3-936950-43-4, 10,00 €

Jean Amila *Bis nichts mehr geht*
Reihe Amila 3
210 Seiten, ISBN 978-3-936950-53-3, 10,00 €

Lilo Beil *Gottes Mühlen*
Kommissar Gontards erster Fall
184 Seiten, ISBN 978-3-936950-49-6, 9,90 €

Lilo Beil *Das Licht unterm Scheffel*
Kommissar Gontards zweiter Fall
180 Seiten, ISBN 978-3-936950-72-4, 9,90 €

Stefan Hüfner *Der Tote von Dresden*
184 Seiten, ISBN 978-3-936950-13-7, 9,90 €

Barbara Mansion *Mörderische Wallfahrt*
Mittelalterkrimi von der Saar
204 Seiten, ISBN 978-3-936950-59-5, 9,90 €

Kerstin Rech *Schenselo*
188 Seiten, ISBN 978-3-936950-60-1, 9,90 €

JuttaStina Strauss *Koks und Kosakenkaffee*
Guzzos erster Fall
286 Seiten, ISBN 978-3-936950-54-0, 13,90 €,

Markus Walther (Hrsg.) *Letzte Grüße von der Saar*
Krimi-Anthologie
244 Seiten, ISBN 978-3-936950-68-7, 12,90 €